京西之南

凸凹 著

北京出版集团公司
北京十月文艺出版社

引　子

　　京西百花山南麓有个榆林水村，村里的古立清、古立明乃一对双胞胎，岁齿仅有几分钟之差，面相却有霄壤之别。兄古立清，身材高挑、挺拔，皮色白，五官清秀，声调轻柔，举止斯文；弟立明，矮胖而黑，头部巨大，腮肉发达，张口就如平地雷响，抬腿就横行如蟹。

　　相伴成长，兄弟二人自然多同进同出，人们与之初次见面，脸上总是下意识地露出疑惑之色，心中嘀咕："这是亲哥儿俩吗？"

　　榆林水村人多张姓、史姓和刘姓，姓古的，就他们一家。古姓人却成了这个村的主宰，左右村庄的命运。后来，还影响了整个京西的气脉，成了不二的存在。这是后话。

1

　　据说古家是明朝移民时，从山西洪洞县大槐树底下跋涉而来。他们的家堂里有族谱，起始的那个人叫"大有"。他带着家人从洪洞起身，经晋中祁县，循太原外围，过昔阳大寨、河北阜平，爬到太行山的余脉——京西百花山的南麓，被脚下的石头绊了一下，重重地摔在那里。手里一直拄着的那根榆木拐杖就折去了一截，剩下的那一截已戳点不到地面，形同虚设，他便狠狠地把拐杖插在脚下，"狗日的，此处不留爷，必有留爷处！"骂过，也轻松了，朝他处走。

　　到京北，京东，京南，在京华大地上转了一遭之后，他居然没找到落脚的地界，就又折回了洪洞县的大槐树下。问他缘由，他只是不停地嘟囔着一句话："说话的语声都不是一个调调儿啊。"

　　这是什么理由？其实他不过是热土难离，脚在走，但心仍被大槐树的老根牵系着。在他处，他上半夜睡，因为累；下半夜就醒，因为陌生。醒来就瞪着空茫处，想心思，流泪。干粮袋走不出一二百里就空了，就一路要吃喝。燕赵大地自古民风淳厚，与之接连的京畿大地也一样厚道，即便是要吃喝，人们也不给脸色，而且给就给热的、给香的，但他吃下，喝下，总感到都是冷的，胃肠痉挛，睡不安稳。

回到故地，老屋已被推倒，他就折些树枝，薅些草棵，倚着残墙搭个窝棚，家人搂抱着睡在一起。真是奇怪，明明是北风呼号，但他耳根子也清净；明明是饥肠辘辘，腿杆子也灵活。他们有活着的感觉。究竟是移民户了，房倒屋塌，薄田也被收走，吃喝还需讨。讨来不易，相熟的村人不敢给，因为衙门有令，既然搬走了，就没有再回来的理由，就不能给热脸和乡情，以免"回潮"。如你怜惜，衙门不怜惜，连你一起赶。他们便只好到远处和旷野里讨。远处和旷野多得是野菜和草，一家人就吃糠咽菜，在不饱处求饱。但也有暖心的事，身后的野狗尾随得越来越多，一到晚间，就睡在他们的窝棚里不走。人狗依傍，居然缓解了冷，他们脸上没有愁容。虽然一家人在年关里也没有带荤腥的食物，但他们也不杀狗，因为狗进了家就是家人了，人性的柔软使他们下不去手。都说穷人和狗是相通的，这是对的，因为穷人和狗除了自身的一条命之外，其他一无所有。

衙门的意志是铁的，官兵不允许他们在原地逗留。他们驱赶的手段是过硬的，晓之以理的规劝，只是个简单的动作，不简单的动作，是用刀枪棍棒弄出疼痛，让你身不由己地往远处走。可他们就是不走，因为空茫的远处和未卜的前程让他们害怕：脸上打出血来，还可以止住，屁股戳出窟窿，还可以长上，而恐惧是无物之阵，他们拿它没办法。

后来官兵就杀躲在窝棚里的狗，且就地支起大锅，炖狗肉。大嚼，大喝，大叫，折磨窝棚里的人，让他们心痛，让他们觉得是自己害了这群仁义的狗。一只逃脱了的狗，偷偷溜回来，蹴在大有的脚下。它的右前腿被打折了，断骨白而尖利地戳破毛皮。大有心惊了一下，从身上扯下来一块破布，给它捆扎。狗下意识地叫了一下，让大有倏地站了起来，他走出窝棚，对官兵说：

"列位大人，也甭再难为我们了，等天亮了，我们就走。"

官兵们也饱，也醉，觉得再待在这么一爿冷天冷地里，也没啥意思，就起身撤了。走在最后的一名官兵对大有说："剩下的肉就留给你们了，你看看你们，瘦得连人样都没有，还不如狗肥。"

他们把狗肉埋了，连夜就动了身。守着一群屈死的鬼魂，他们更睡不着。

待阳春三月，一家人又趸到了大有被绊倒的那个地界。坐在地上打尖儿，随意望去，大有的眼突然亮了起来。他看到，他原来随意插在地上的那截拐杖，居然绽出了新芽。他以为看走眼了，匍匐着爬过去。果然是拐杖上拱出来的绿芽，芽叶上还敷着一层不易被察觉的湿润，原本光滑的杖柄，也生出暗绿的龟裂。他心中一喜，"真他妈的活了！"因为他知道，树木只要活过来，就会变得粗糙。

他把家人吆拢过来，说道："不走了，家就安在这里了。"

听了大有的话，那条被打折了腿的狗，突然就蹿出人群，环着他们跑，且一圈比一圈宽大，直到见不到身影。大有发现，狗居然没有落下残疾，只不过微微有些跛。过了一个时辰，狗回来了，蹲在那截神奇回春的榆木拐杖跟前，大叫不止。

大有哈哈大笑，"看见没，它比你们懂我。"

古大有站在山巅朝下望去，见到山的洼处飘着缕缕炊烟，心中大暖，他知道，这里既然有人家，自己便更有安营扎寨的理由了。

他把家人安置在阳坡上，一个人去村里拜地界。

循着羊肠小道下来，他已看清了人家的分布。也就二十几户人家，簇着一棵大榆树，环列成三个坨坨，透出村庄之小。到了大榆树下，见到三个老者正凝视着他的脚步。他憨憨地笑笑，向他们拱拱拳。那三个老者也拱拳回礼，表情和善。

“从哪里来？”一个老者问。

“山西大槐树。”古大有答。

“是被赶出来的吧？”另一个老者问。

“算是吧。”

“想留在这儿是不？”第三个老者问。

“是这个意思。”

“也不问问我们同意不同意？”

“我这不是来拜山头了吗。”

三个老者互相对了对目光，其中一个问那两个：“那就让他留下？”那两个都点点头，“留下吧。”

这个老者对古大有说：“其实你的狗比你来得早，沿村跑了一遭，惊了我们的牛羊猪鸡，整个村子就沸了一下子，这一沸，大人小孩都兴奋，说不出的欢喜，就欢迎你来。”

另一个老者插话说：“咱这里是荒山野岭，死寂死寂的，多几个会喘气儿的，反倒活泛，这就叫人不留天留。”

古大有十分感动，觉得这里的人心性古朴、处事简单，是生存福地，便情不自禁地矮下身去，给三个老者磕了一下。

三个老者分别是张姓、史姓和刘姓的头人，他们的决断，就是整个村子的意志了。村里腾出两间闲房，让古大有一家住进去，然后每家每户都根据自己的家庭所有，给他们送来一些生活用品，包括柴米油盐，也包括生产工具。

古大有感动得手足无措，嘟囔道：“这是恩德啊，可让我们怎么还。”

村人说，既然是恩德，本来就没指望还，你把日子过起来就是了。

因为村中央这棵大榆树和汩汩流淌的山泉，村子就叫榆林水村。有榆树，有水，不假，但放眼望去，并没见林，为什么也称林？古大有向三个老者问究竟，老者回答，榆树钱会飞，飞到哪疙瘩，哪疙瘩就会漾出新芽，日子久了，终究会成林子，就譬如你古家，初来乍到，就你们几个人，百年之后，子子孙孙，无穷无尽，还不漾出一大片人家。

古大有乐了，这里的人乐生，眼里有未来。

古大有便铁定了心思在这里生息，低头开荒，抬头养畜，到他寿终正寝的时候，他那根榆木拐杖也长成了参天大树，很气派地与村口那棵大榆树遥相致敬，几代人加起来，也有了五六十口，有了家族之实。古家人名下的山地有了上百亩，不仅牛羊成群，还栽植了满坡的果树，品种有核桃、柿子、花椒、毛桃和杏，还开了一爿老醋作坊，让人看到家族兴旺的同时，还知晓他们的来路。

古大有活了九十九岁。寿宴那天，整个榆林水村都给他凑寿食，张家一枚猪头四只猪蹄，史家两扇羊肉一挂羊杂，刘家一坛腌蒜两瓮老酒，汉子们打响火铳，孩子们扯起挂鞭，婆娘们给他纳几双老山鞋，祈望他生气旺盛，长命百岁。他没有理由不长寿，他乐善好施，蔼然待人，把自己"化"在人群中，一点也没有外来人的秉性，好像他天然就是这里的土著。即便人已望百，在山梁上行走也如履平地，喊上一嗓子，声音也能从东岭传到西岭。但寿宴办过的第二天一早，他把寿服穿戴整齐，稳稳地端坐在一把老椅子上，对家人说："你们去把村的头人都找来，我有话要说。"

张、史、刘姓的头人都到了，他欠欠身子，拱拱拳，"列位贤长，我的寿数到了，就把后人托付给你们了，他们虽然姓古，但都是你们的儿孙，该打该骂、该收拾、该调教，尽管放手。"

一众儿孙被他没头没脑的话语骇住了，扑通跪黑了庭堂，"你老好好的，就说身后的事，就想抛下我们，这以后我们怎么办？"

古大有笑笑，"好办，一切都听村里长辈的，遇事尽管随着村里人走，别净打自己的小算盘，也别自作主张出幺蛾子。"他平静地摆摆手，"一个人是树，大家伙才是林，林密挡风，活得稳当。"

族里人还想问个究竟，但他的眼已经合上了，嘴角有一丝微笑，脸上则一片安详。

他走得这么突然，走得这么无牵无挂。以至于族人都无心哭号，倒是村里人内心肃穆，感到多了一份责任。几个头人面面相觑，"这个古大有，一个外来的游民，竟把自己做成了人瑞，老户人家给他做寿，还给他发丧，真有他的。"

人们在山顶上的大榆树下给他起了坟茔，立了墓碑，古家的根算是扎下了。七天之后，在他墓碑东侧，又添了一抔小小的坟堆，随他逃荒而来的那条跛脚的狗也不吃不喝陪他去了，害得族人不忍漠视，也立碑一块，上边撰有文字：京西义犬之墓。本来想刻"古家义犬"，但想到"死人的坟头，活人的眼目"，既然落户在京西热地，要体恤人心。这样一来，古家的根不仅扎在此地的山水之上，也扎在此处的人心之中了。

2

偏僻的山村，生存的格局自然是小的。比如婚姻，嫁与娶，都是就地取材，在村里的几个姓氏间相互通婚。随着时光的推移，婚姻的秩序就越来越说不清楚了，不少家庭甚至有近亲繁育的境况，便多有残疾子嗣出现。这样一来，远道而来的古家，其儿女，就成了村里的稀罕角色。因为他们来自远处，可以"净血"，可以生出健旺的后生。

古家的后生就有挑选的余地，娶的都是标致女子，嫁的也多是出类拔萃的男丁。张姓、史姓和刘姓的头人就合计，认为，这血脉是天地造化的，古家兴旺的运势便是拦不住的，既然拦不住，就任其发展，咱们得讲究"顺生"。

顺生的结局，是村里的事物，古家有最终决定权。

清兵到这里征粮，来了十几号黑衣人。村里人驯顺，稍一恫吓，就把粮食堆在村口。清兵没有运输工具，还要村里人派驴驮。大家都觉得这多少有些欺负人，就像你奸污我的身子，还要我洗净了自己送上去。心里憋屈，要讨个说法。

头人们试着跟官兵商议，说，粮食可以给，但脚费你们得给几个。官兵的头目抡起佩刀砍在村口的老榆树上，榆树立刻淌出汁液，起初白，之后就浑黄，再后就深红，像人血。几个头人便浑身颤抖，不敢再多说，差人去找古家掌门的，跟他讨主意。眼下古家掌门的，叫古大富，才三十几岁的年纪，但满脸皱褶，皮色也黑，是喜是悲，旁人从表情上横竖也看不出来。他的脚很大，脚窝深陷，走路却无声，肚子也大，像挺着天赐的一团威严。

他一走近官兵，那个小头目就瑟缩，失声说道："你要干吗？"手上的佩刀自己就上下晃动，寒光既照给来人，也照给自己。

古大富一笑，"不干吗，给您送粮食。"

然后他挑了几个精壮汉子，分别在他们的耳边嘀咕一番，就牵着十几副驴驮朝山下走。

官兵很紧张，每人都把佩刀提在手上，人盯人地押在身后。

古大富开始唱小曲。他唱的不是山西民歌，而是京西酸曲。他入乡随俗了。

> 大镲子钉了三百六，
> 小镲子钉了二百双，
> 剩下一个镲子没地方儿钉，
> 钉在王大娘的屁股门儿上。

戏谑的曲调，弄出了戏谑的气氛，官民就都放松了。佩刀入鞘，互相说笑。

清兵的头目问古大富："你怎么长得这么紧张，又黑又丑。"

古大富一笑，牙齿白得温暖，"咱这是块僻地，靠老天吃饭，整天锄耪，就晒得黑，风吹雨淋，就长得丑，这都没关系，最要紧的，是左右不了收成，雨及时下，就收两粒，一遇到大旱，就颗粒不收，活得跟牲畜似的。"

头目说："也是，跟我们山东老家差不多。"

一问，知道他是山东莒县人，而且他还有点文化，居然知道过去的莒国和京西的燕国是患难兄弟，都是被秦国灭的。他还说："那时候，你们燕地的荆轲刺秦，我们莒国人是敬佩的，我们老家还珍藏着你们这里的青铜器和漆器。"

古大富说："你说的我都不懂，但我好像能听出一点话外的意思，多少年前我们是能坐下来说话的。"

头目说："现在也能。"

"那我就跟你诉诉委屈。"古大富顺势说，"你看，我们榆林水村，连着三年大旱，没打几粒粮食，你们征走之后，粮囤见底，米柜空，我们就只有喝西北风了。"

小头目愣了一下，赶紧恢复了威严，"没粮食吃还不好办，吃肉。"

"吃什么肉，吃人肉？"古大富笑着说。

古大富的黑脸白牙堆出来的笑容，让小头目很不舒服，因为白瘆瘆的，像刀光闪烁。

小头目下意识地按了一下刀鞘。

古大富拍了拍他的肩膀，"别紧张，不过是诉诉苦，我们是顺民，一切听官爷的。"

虽然是轻轻一拍，但小头目还是趔趄了一下，他感受到古大富手下有暗力，心里发虚。

走到一处悬崖——自然形成的一个深不见底的竖井。古大富随手搬起一块山石，朝竖井扔进去。久久才听到一声闷响，之后就有连绵不断的回音，嗡个不停。小头目的脸情不自禁地抽搐，他联想到什么。

奇怪地，驴队走到这里，驴子们横竖不走了，是鞭打，还是腿踹，它们纹丝不动。古大富吼道："你们要是不听官爷的，就把你们掀进井里，让你们碎尸万段。"

虽然是吼牲口，但赶脚的村里后生都悄然地闪到官兵的身后。

正此时，凭空就起了一阵旋风，让人睁不开眼，清兵的小头目陡升恐惧，一把攥住了古大富的手，"有话好说，你们可不能乱来。"

神秘的深井，倔强的驴子，催命的风，让他知轻重，他小声地对古大富说，这老山背后，谁知道还有人家？即便皇上英明也未必明察，我们就打个马虎眼，让你们把粮食驮回去吧。

风止住。再看他的队伍，个个浑身颤抖，面色青白，小头目苦笑了一下，问道："伙计们，咱们来过这里吗？"

"没来过！"兵丁们居然有统一的回答，且无一丝犹疑，体现着果断的意志。

官兵们就要仓皇撤去，"官爷且慢。"古大富对村里的后生说："大家把干粮袋解下来，交给官爷，他们还要走长路，不能饿。"

干粮袋里有实在的货色，腊肉、灌肠、熏豆腐干，配以焦黄的大饼。小头目心里说，这里的人真是厚朴。但是，又多少有些不甘心，咬着后槽牙对古大富呵斥道："你们且记住，管好自己的臭嘴！"

古大富点头哈腰地献殷勤，"官爷大德，我们永志不忘。"

小头目不耐烦地摆摆手，"快滚。"他心里对自己说，傻子都知道，项上的人头是用来吃饭的，不是用来砍的。其实所有的恩德，都是留给自己的。

荆轲！究竟不是莒县人啊！他后悔跟古大富的那一番攀谈。这里的人虽然厚朴，却是可恨的厚朴！

3

榆林水村从此多年无故事。

人们种地、放牧、栽植果树，自给自足，像生活在世外桃源。

古大富育有三子，老大叫古年，老二叫古月，老三叫古日。因为这老山背后的生活，没有起伏波澜，除了能够感受到岁月的周而复始，实在没有多余的感受，年月日就是全部了。

生活过于单调，他们找乐。

山西民歌倒是从祖辈那里传下来了，古家老小都能哼几首小调。但那是唱在黄土疙梁上、沙蒿蒿峁里的歌，唱在京西的青石堰上、荆棵岭上，就显古怪，还是京西酸曲与这地界适宜。所以，古家入乡随俗，每日唱的，都是当地流行的曲目。

京西酸曲，正经叫"山梆子"或"京西梆子"。

其实，山梆子一说，更接近本地人品性，便被叫得普遍。山里人率真、耿直，戏曲的腔调就纵情、高亢。唱段一起，就弄高声，好像要把整个人都狠狠地甩出去，撞到山壁才往回折，然后再哼哼唉唉。哼唉的背后，是回味无穷的人生快乐。

村里的戏场多设在传统的节日，大戏则放到春节。腊月热场，初一开锣，整个正月就唱得绵密连台。锣、鼓、梆、琴整日里吵得焦脆，人心也就热燥难耐，都想倾诉，都想登台，上不去台面的，也冲着山岚自吼，歪腔歪调，也自美，也痛快。

唱山梆子，多在村庙里的大戏台上（山里的庙能有多大？所以，"大戏台"不过是村里人的心理概念）。台楣上挂着长长的大红绫绸，台帮上镶着灿黄灿黄的雕纹楠木。戏未开锣，就觉得红火，就觉得富贵，就吊高了心气。对山里人来说，年节若没有梆子戏，就觉得过得窝囊憋屈。渐渐地，便形成了一个生活信念：宁可穷了地窖子，也不能穷了戏台子。

唱连台戏的人，就是村里人自己。戏里有生、旦、净、丑，村里有老、少、男、女，还犯得着请外人吗？就投入自己，就兴奋自己。

对唱戏最上心的，自然是妙龄男女。山里人本来就长得清秀，若再施些个粉黛釉彩，着一袭戏装，在戏台上一走，就好看得要死，就惹台下的男女倾慕。于是，村里的青年男女，都会唱一些个段子，都会走一场两场的步子，唱连台戏时，就都要争个扮相子。还有，素日里，老人们对自己的儿女看得极严，互相倾慕的男女若凑到一起，就很费些个周折。而唱戏的时候，人群熙攘，闹热如沸，老人们自己已沉浸其中了，就忘了别有觊觎的儿女，彼此倾慕的，就顺势聚在一起。由此看出，戏剧的本质，是给被禁锢的心灵，予以伸展的自由。

古年是唱小生的尖子，与他搭对的，正是与他痴恋着的刘玉芝。初二晚上，古年和玉芝唱《寻夫记·哭郦子》。其中，玉芝有长长的一段大哭腔——

　　一更的一点月牙儿高，寻夫佳人泪花儿飘；盼夫盼到年关到，见一见我儿的父哇（哎咳哎咳哟哟哟），不枉走一遭，不枉走一遭。

二更的二点月影儿明，寻夫佳人泪珠儿盈；身靠寒衣当被褥，一阵阵北风儿吹哇（哎咳哎咳哟哟哟），天气冷似冰，天气冷似冰。

三更的三点月影儿残，寻夫佳人泪道儿涟；乡路黑斜身子软，孤苦一人远狗吠哇（哎咳哎咳哟哟哟），身世可怜，身世可怜

…………

玉芝唱着唱着，想到素日里与古年聚会之难，便酸水浸了心肝，涕泪便汹涌遮面，一念二叹三咳咳，把个寻夫的寡女唱真切了，惹得台下老少便呜哇成一片。

戏自然要演到团聚，古年在幕后已被玉芝"哭"得泪眼婆娑了，上场时，就依然真情荡漾，便与角中的玉芝死命地抱在一起，成一团浑然的抽搐。

台下，玉芝的爹顿觉出个中滋味儿，便吼，个孽畜，演戏就演戏，还娘的真抱嚷！

台下便有些乱。台上的司鼓就急了，冲玉芝爹呵斥道，你捣的是哪门子蛋呢，再不住嘴，就把你轰出去嚷！

玉芝爹便矮了身子，将头扎在人群中，半羞半恼，也恨也怨，暗骂道，娘的，最能乱性的，就是这酸倒牙的戏了！

戏虽散场，玉芝和古年的爱情却爆发得不可收拾。两人已顾不得老人的感受，拼命地跑到村西的谷场，将身子双双地扔到谷秸之上。不久，那一个松软的、大大的谷秸垛，便簌簌地坍下去了……

生米已煮成熟饭，玉芝爹在心里也只好认了，但他碍于情面，嘴上就是不吐口。古大富托刘家的族长来说情，玉芝爹把头摇得像脖子上有顶戴花翎，闭口不语。"山西人远道而来，种子

好，全村人都愿意跟他古家谈婚论嫁，"族长一拍桌子，吼道："你装什么蒜，不知好歹！"玉芝爹被拍得倏地站起来："得让古大富亲自来。"

一如糖甜到深处就感到酸，山梆子唱到醋处自然就感到了缺陷。它最明显的缺陷就是硬，缺少跌宕与委婉，振聋发聩有余，余音绕梁、耐人回味不足。也不迁就嗓子，吼过几场之后，声音就嘶哑，使人感到遗憾，快乐尽管快乐吧，为什么还附以苦？

幸运的是，这里比邻河北涿州，那里行世的戏剧叫河北梆子，是全国闻名的剧种。它的唱腔，既高亢响亮，又哀婉悠长，种种的好处，耳朵是听得出的。村里的有心人就常到涿州去看戏，一是享受，二就是"偷"——偷一些调门，回来嫁接。有心人中有个更有心的，便是古年，因为他看上了一个唱青衣的角儿，柳绵桃。柳绵桃主演的《大登殿》《秦香莲》他都耳熟能详，且每个唱段他都能接着茬口唱下去，便把韵味带回村里。

因为是常客，柳绵桃也认识他，戏外相遇，忍不住朝他嫣然一笑。这一笑，让古年失魂落魄，回到村里连续几天都窝在炕上。

一如乱世只有刀剑，唯有盛世才有琴弦。日本侵占晋察冀，战乱开始，梨园封闭，柳绵桃也因拒绝给日本人唱戏，被一个日本兵从戏台上踢下来。跌得颜面出血，一条腿也折了。古年冲进人群，把她抱起来，一直抱回榆林水村里，把她"藏"在家里。

因为积习难改，柳绵桃一早一晚都要在崖畔上练嗓。一如是溪水就自然要流淌，是花朵就自然要开放，练着练着，她收束不住内心的冲动，整段地唱起来。山村静寂，山风清越，她的唱腔就显得格外妖娆。村里人说，到底是专业剧团的，开口就是一个清亮，能把心中的疙瘩唱舒展了。便把她的唱，当作日子的一部分，如果哪一天没有听到，就一如好菜蔬里没有放盐，寡淡得难以下咽。

伤愈之后，人们不忍她走，认为她本来就应该属于这个村子，不然一个陌生的山外人，怎么会一走进这里，就在心窝子里留下感情的根须了呢？他们便撺掇古年有个动作，把一棵游走的树，栽在山里，使其繁花满树，悦人眼目。古年说，这怎么使得，我家里还有个刘玉芝，可是明媒正娶的。村里人说，在我们京西，有连铺在盖的风气，不忤逆。

村里人的愿望，增添了古年的勇气，他便向刘玉芝和盘托出。玉芝居然不反对，因为柳绵桃的媚气、才气她也喜欢，而且，她还明白，这男人要是对一个女人动了心思，你即便是反对，也是没用的，他会明着躲避，暗地里偷，反倒没意思了。她说："你别剃头挑子一头热，我虽然不在乎，但你得问问人家愿意不愿意，人家是什么人？心高气盛，金枝玉叶。"

好像柳绵桃是一扇门，就是预备着被推的，古年大着胆子跟她一说，她居然就接受了。倒弄得古年有些不好意思，说，我这是不是有点儿乘人之危？柳绵桃说，古年你可别这么说，你也知道，涿州那地界正乱着，已无我的容身之地，戏已然是唱不下去了。再说，戏唱得再好，终究不是日子。戏是听的，而日子是过的，对女人来说，有日子可过，才是她的人生幸运，所以，我柳绵桃还得谢谢你。古年慌乱地说，不，不，你这是给了我古年一份大恩德，容我日后慢慢报答。

古年的报答，是把她当成墙上的画、台上的角儿，供起来。但是，越是不让她操持家务，她越是缝缝补补、浆浆洗洗——所有的粗活，她都样样动手。直至把一双用来抖兰花指的纤纤妙手，弄得跟山里的婆娘一样粗糙多皴。越是不让她蒙受生养之累，以保持身段，她越是恪守妇道，延续香火，一连给他生了三个儿子。以至于身膀肥大，举手投足间，与村妇无异。柳绵桃认为，人家刘玉芝那么厚道，那么大度，她不能蹬鼻子上脸娇惯自己，她要下贱，为家庭的兴旺毫不保留地奉献。

古年痛惜不已，说，是我害了你。

柳绵桃说，既然是生活，就要进入角色——我粗了手，却精细了日子，我臃肿了身子，却清爽妥帖了本心。戏究竟是戏，不能拿戏里的架势表演生活，你一旦不能分辨戏和日子，就不快乐了。

古年感到，多亏了她是演戏的出身，戏文的教化，戏韵的濡染，使柳绵桃内心温柔，更懂事理，更热爱生活，也更像个女人。因为敬重她这个人，他更加敬重戏，酝酿着，一旦时运改变，他一定为戏做点什么。

但古年的父亲古大富却不这样想，他觉得儿子的做法，正验证了人们对山西人的恶谥：老醯（西）拉胡琴——自顾自。即坐实了山西人自私自利的品性。所以，在古年纳柳绵桃入门之初，他就激烈反对，且用榆木棍子一阵痛打，直至把古年打瘫在床，一卧不起。是刘玉芝端屎端尿悉心照顾，才渐渐复原，没落下残疾。刘玉芝亲自去叩求公爹，说，人既然来了，就留下吧。这就叫肥水不流外人田。古大富说，她是什么肥水，分明是祸水。刘玉芝说，祸水也是水，也能浇活庄稼，打下粮食。古大富哭笑不得，说，你这个人，真是傻得实在，正因为傻，古家更不能亏待了你。

这么好的女子，居然不会生育，但却不恓惶，而是把柳绵桃生养的孩子视为己出，抚养调教，很上心。三个孩子跟她很亲，反倒把柳绵桃当作陌生人。把柳绵桃当作陌生人的，还有古大富，虽然她给古家延续了香火，但还是把冷脸给她，因为玉芝是他亲自登门从刘家娶过来的，凭空插进来这么一个戏子，让他在玉芝爹面前颜面扫地。玉芝爹懂得老亲家的心思，对古大富是敬的，因而对三个孩子也是慈爱有加，喝小酒的时候，用筷子蘸了，往孩子的小嘴里送。孩子们跟他没大没小，欢天喜地，其乐融融。以至于三个孩子长大之后，都有酒性，都有血性。

柳绵桃善解人意，在家庭生活中一贯隐忍，绝不争地位，更不争风吃醋。刘玉芝也不欺负她，事事都跟她商量，但她总是说，你是大姐，一切随你。古年在心里对柳绵桃自然是宠的，但在父亲和岳父的目光注视下，他不敢公开表现，进进出出，只是对玉芝热言热语、问寒问暖，对她则客客气气、不远不近。这让玉芝很受用，觉得这个男人还是很周正的，能撑得起门面。但是在暗地里，他往死里疼柳绵桃，亲得她浑身都酥痒，体液丰沛，真的像一颗多汁的绵桃。他们的性爱美得一塌糊涂，觉得外在的一切真是无关紧要。

4

一小队日本人也曾来过榆林水村。

他们走不惯山路，走得磕磕绊绊，甚至有些惶恐。他们灰头土脸地进了村，躺到老榆树下，低声叹息。狗从他们身边溜过，鸡从他们身边踅过，他们眼都不眨一下。他们怀抱着步枪，闷头吃自己带来的干粮。肉罐头的香味，倒是把鸡狗们招过来，朝他们摇头晃脑、吐舌头。他们便把罐头弄碎扔给它们，看它们贪婪地舔或啄。这近乎是自我娱乐，日本兵的苦脸上便也绽出笑容。这种情景能化解恐惧和陌生，村里的儿童便走近、围拢。这让他们很高兴，发给孩子们糖块，并笑着鼓励他们吃，咪西咪西地干活。

老人们看到他们和善，不忍心见他们因渴而吞咽困难，送来米汤和热水。他们很感动，叽里呱啦地说话，点头哈腰地行礼。见村民们不懂，一个日本兵倚在老榆树旁弹琵琶，用弦歌送快乐。见村里人听得纳罕，另一个日本兵还拿相匣子拍照。他们歇息完了，就走了，不抢不夺不带。

他们后来把拍下来的照片发表在他们出版的《支那画报》上，说明这里的居民未曾开化，憨厚得近乎原始，只有和善心地，绝无兵火之患，派驻军去占领，实无战略意义。从此把榆林水村遗忘在那里，不来骚扰。

倒是几路土匪常到这里争地盘，频繁拉锯，打打杀杀。他们都打着抗日义勇军的旗号，到村里拉夫、抢粮、奸淫、烹食牲畜，弄得民无宁日。所以，当时榆林水村不恨鬼子，却恨土匪。

拉锯的结果，一队叫京西抗日自卫团的土匪在榆林水村扎下了营盘。说是一个团，其实也就百八十号人。团长叫冯景旺，是山西洪洞县一个大地主的儿子。那里是八路军的晋西南根据地，实行土地革命，打土豪分田地，他的父亲被镇压，家人逃往四处，他则拉起一支队伍，从战争的缝隙中流窜到京西。队伍的成分不过是地主恶少、流氓阿飞、无业游民，其武器的配置也纷杂，有汉阳造、边区造、中正式、三八大盖，还有土枪、鸟铳、甜瓜手雷、小钢炮。他们一路走，一路躲避战火，待硝烟散尽，捡拾战场上的遗漏。俗话说，有枪便是草头王。他们靠手中的武器，横行乡里，肥自己的口福，与抗战无关。

因为榆林水村是个世外桃源，虽偏僻，却富足，山林田园畜，足可以伺候日子。冯景旺把司令部安在村庙里，坐吃村民的供奉。村民们虽然恨，但逆来顺受，不主动招惹。古大富虽然能对付清兵，但他没办法对付土匪，因为土匪不讲道理，礼仪和斯文一无用处，况且他们还打着抗日的旗号，所以，他在无奈中隐忍。

但冯景旺偏偏看上了他的儿媳柳绵桃。她是梨园行出身，长相、身段、气质、语风都秀出山林，他馋。酒足饭饱后他就往古年家踅，手里拎着酱猪蹄和烧鸡，还有山西老汾酒，要和古年兄弟再喝两盅。他每次进门，门都不是被敲开的，而是被毫无商量地推开的。京西在唐代出过一个大诗人贾岛，"推敲"的佳话在这里几乎是家喻户晓，但冯景旺的推敲与贾岛不沾，他是为了燃烧的欲望。因为已经喝过了，有了几分醉意，再喝，其实就是让自己顺理成章地放纵。所以，他一边捏着酒杯，一边让猩红的眼在柳绵桃身上不停地打滑。这可不是一般的眼神，里边有刀锋，类似剜在柳绵桃身上，女人能感到疼。事实上，虽然疼在柳绵桃身上，更锐利的痛，却作用在古年的心上，他随时都想发作。

冯景旺大呼小叫地催柳绵桃再弄几个下酒菜，要喝得妥帖，光有油腻的酱猪蹄和干巴巴的烤鸡是不成的。

待柳绵桃无奈地把酒菜端上来，冯景旺象征性地动了几筷子，便涎笑着赞美："嫂子到底是大地方来的，菜做得又地道又可口，一如她这个人。"

古年自然能听得出话语里的淫邪味道，闷声闷气地说道："她不值得夸奖，咱们喝酒，喝酒。"一边说话，一边狠狠地给柳绵桃使眼色，让她赶紧抽身退去。

女人退去的动作好像慢了些，手被冯景旺一下子抓住了。"嫂子别走啊，"他把女人往身边拉了拉，"好菜好酒，还要好声音，嫂子给唱一段。"

因为没有不唱的理由，柳绵桃僵在那里。

正在这时，刘玉芝闪进门来："绵桃，孩子们哭着找娘，你赶紧去哄一哄，这里有我呢，我伺候酒比你在行。"

望着柳绵桃袅娜而去的背影，冯景旺大失所望，狠狠地灌自己酒，就真的喝多了，昏花的醉眼，把刘玉芝看成了柳绵桃。因为刘玉芝没有生养过，而且也有唱戏的根底，身姿也苗条，再加上长得也不丑，醉眼之下，也有可人的姿色。他便情不自禁地在刘玉芝的胸前摸了一下。

啪的一个脆音，刘玉芝狠狠地捆了手的主人一记耳光。

冯景旺愣了一下，然后去寻找男主人的眼光。发现古年的脸子且青且抽搐，也是怒的含义，便嘿嘿地笑笑，调侃道："都说浑叔公素大伯子，小叔子挂在嫂子的裤腰上，嫂子的奶子就是预备着让小叔子摸的，你还至于急。"

"可是，可是你是司令。"古年壮着胆子说道。

"司令怎么着，司令也是人啊。"冯景旺居然还有一点委屈。

"既然也是人，那就尝尝人的味道，"刘玉芝又狠狠地捆过去一个耳光，"依老理，小叔子的脸，就是预备着让嫂子打的。"

冯景旺就要发作，但一个酒嗝猛烈地撞击了他的喉头，顿时眼前昏黑一片，不由自主地往后仰去。带倒了凳子，仰躺在地上，不动了。

古年被吓坏了，"你惹祸了。"

"是福跑不脱，是祸躲不过，"刘玉芝说，"既然已经是这样了，就什么也别怕了。"

"眼下怎么办？"古年问。

"好办。"刘玉芝凄然一笑，"把这只死狗拖出去，然后关门睡觉。"

夫妻俩把冯景旺拖到村庙前一个能被哨兵发现的地方，走了。

冯景旺半夜醒来，发现自己就躺在司令部的冷床上。他想翻个身，然而四肢滞重，像被抽去全身的筋骨，只好还瘫在原处。他紧急回想，想起了晚上的光景。他摸了摸发涨的脸颊，又涌上了一股怒气，想立刻就回去向古年问罪，但动弹不得，委屈之下，居然流下泪来。他心中大骂共产党，如果不是八路军打土豪分田地，作为土地上的豪门大户，定是跺跺脚都震动三邻，娶她个三妻四妾不在话下，宠幸她几个民女还不是小菜一碟。他妈的，抗日不抗日，关我球事，让老子找到机会，一定要跟土八路好好算一算账。骂过之后，心中稍稍平复，居然嘿嘿地笑了笑，嘟囔道："这酒真的不能多喝，一喝多了，就失去了水准，本来是要摸一摸柳绵桃的，却抓在刘玉芝的软奶子上，没劲！"

　　榆林水村的西北方向，有个果家房村，村北的后山上，有个叫瑞云寺的古庙。

　　瑞云寺是一处难得的形胜之地，北冠大寒岭，南带龙泉河，松桧阴森，果栗荣茂，千变万状，纵萃目前，山路崎岖，人迹稀少，是僧家修静的宝地。

　　据县志记载，该寺始建于北周武帝时期，隋文帝开皇年间重修，当年的石刻寺额一直保存到明代。瑞云寺的第二次重修是在唐代的玄宗时期。在五代时期，瑞云寺属于后唐的势力范围，受到后唐皇室的青睐。金元之际的高僧行懿，曾三住瑞云寺，在元代又主持修缮了被战争摧毁的寺院。行懿主持瑞云寺后，山寺日益兴旺，十年时间，僧众达到二百人。瑞云寺清风远播，四方檀信施斋送供，踊跃前来。

　　至民国初期，瑞云寺历四百余年已是面目皆非，只留下清代重修时的旧观。

　　寺院坐北朝南，两进院，前院长方形，青砖墁路呈田字形；后院正方形，青砖墁路呈米字形。整个寺庙中轴对称，肃穆古朴，威严而错落有致。门额嵌汉白玉匾"瑞云丛林"，系北洋军阀曹锟题书。可以看出，瑞云寺乃名寺，有自古而来的人气。但是随着中日在晋察冀地区战事的胶着，特别是匪患的频生，僧人远迁，留下了一座空庙。

冯景旺拉杆子过来时，最初就屯军于此。但古庙阴森，一到夜半，怪音迭起，似有僧众嘤嘤嗡嗡地在晦明中诵经。出门察看，却空空如也，只有荒草摇曳。人说，佛门重地，容不得兵火，再不敛心，不管不顾地住下去，一定会招来灾祸。冯景旺气哼哼地走了，临了从一个士兵的手里抄过来一杆步枪，用枪托狠狠地砸了一下有曹锟题书的匾额。匾额无恙，枪托却断了，冯景旺确信，这个地方，他真的不能住了。

不知什么时候，这里住进了一个排的八路。他们把寺庙的每个角落都打扫得干干净净，一口被尘封了的古井，也被他们深凿、拓展、淘洗得冒出了甘甜的泉水。古庙四处山头的制高点上，他们都放上了暗哨，庙顶上架着一挺机枪，大门口笔直地站着两个手挎机关（冲锋枪）的哨兵。

白天，这里书声琅琅，一到夜晚，油灯长明，还传出窸窸细碎的声音。总之，这里有神秘的动静。

古大富好奇心强，壮着胆子去那里探究竟，虽然躲躲闪闪、蹑手蹑脚，还是被哨兵逮住了。他被蒙上头，带到一个地界。松开眼，眨了几下之后，他看出来，他是被带到了寺庙后院放法器的偏殿。因为以往他常在这里走动，寺庙的各处他都熟悉。眼前站着一个人，穿着土布军装，扎着腰带，白脸长身，英俊而美。那个人朝他一笑，即便灯光昏暗，牙齿也白得有光泽。"老乡，你怎么到这里来了？"他问。

"因为好奇。"他觉得这个人类似神明，他不能撒谎。

"看到了什么？"

"什么也没看到，就被你们蒙上了脸，嘿嘿。"

"老乡尊姓大名？"

"嘿嘿，叫古大富。"

"呃，原来是榆林水村主事的。"

"你们知道我？"

那个人告诉他，不仅知道他，附近的所有自然村落，地形、人口、成分、性情、活动，一切情况，他们都心知肚明。

"看来你们这里是要地。"古大富是个精明人，他有本能的反应。

那个人看了看身边两个拿大枪的士兵，笑了笑，不置可否。那两个士兵端平了刺刀，寒光扑面。

古大富心中一惊，但很快又恢复了平静，"嘿嘿，长官，我只是好奇心重，误闯贵地，别无歹意。"

"知道，"那人应道，指了指身边的木凳，"您请坐。"

坐下以后，那个人便和气地介绍情况。我叫何家栋，是闽南人，来这儿之前，是晋察冀军区一个独立营的教导员。因为战事吃紧，蒋介石的作战部又不给供应军需，我们的武器弹药奇缺，一个班的战士，只半数有枪，其余的都是手执大刀长矛。子弹袋里也就三五粒弹，为了麻痹鬼子，剩下的就塞满了高粱秸。手榴弹也没几颗，即便是分头背着，也是攻坚时统一使用。倒是可以从鬼子那里缴获，但鬼子在逃跑时，活鬼子会把死鬼子身上的南瓜手雷摘下来背走，我们就寄希望受伤瘸行的不死不活的鬼子，但等我们的战士走近，他会拉响手雷，或"玉碎"，或与我们的战士同归于尽。

为此，晋察冀军区就建了自己的兵工厂。但兵工厂就成了鬼子重点攻击的目标，我们屡屡受损，伤亡也大。军区生产管理处，就隐蔽而分散地搞分工厂，我就是在这种情况下，被派到这里，负责建起了果家房兵工厂。瑞云寺的位置很偏僻，庙居也深，好隐蔽。我们在后院生产，在前院开设课堂，既是为了更好地麻痹敌人，也是因为保育院的孩子太多，鬼子扫荡的时候，转移困难，我们就捎带着分流。

"把孩子和兵工厂放在一起，太危险，这个主意，你们也想得出？"古大富插话道。

何家栋脸子红了一下，然后平静地说："这也是没办法的事，保育院的孩子大多是烈士的遗孤和作战失踪人员的弃儿，能够有这么一个被照管的去处，也是不幸之幸了。"

"你们八路军真是不容易！"古大富感叹道。

古大富的一声感叹，激起了何家栋亲切的感情，他做了一个邀请的手势，"老古，你不妨跟我一起，看看我们的兵工厂。"

瑞云寺后院的房间不多，大概有十二间房子。兵工厂的流程分四个股，锻造股、拉火股、木工股和完成股。锻造股，是翻砂工艺，做步枪枪管、金属零件和手榴弹铸铁弹体；拉火股，是火药、导火索制造车间；木工股，生产枪托和手榴弹柄；完成股，是枪械组装、弹药填充和最终完成车间。四个股，分别使用两个房间，剩下的四个房间就是库房了。走近了，古大富才看清，车间里照明用的是汽灯，但为了安全防范，灯罩很厚很严，所以洒下来的灯光比油灯还昏黄。战士们操作得很专心，即便是有人进来了，他们也不抬头。每个人脸色油黑，看不出本色，也没有表情，好像被刺耳的噪声和刺鼻的气味腌制得麻木了。

古大富知道这是个生死地，所以一直很紧张，再看到这里的设备十分原始和简陋，一切近乎都是靠手，而人的手会出汗、会颤抖，哪里有什么靠得住的准头？所以情不自禁地低声嘟囔了一句："闹不好，会出人命的。"他低低的一声，却被一个看似麻木的兵士听见了，他瞪了古大富一眼，"这有什么可怕的，死了，埋就是了。"

古大富心惊肉跳，一会儿感到身子很重，一会儿又感到身子很轻。

好不容易踅回了何家栋的房间，他猛地抓起地上那把锈迹斑斑的大铁壶，往干渴的喉咙里灌了一气儿凉水。

何家栋笑着说："老古，我的家底可都让你看到了，感觉如何？"

"沉重。"古大富苦笑了一下，"何长官，你们八路都像你这么狠吗？"

何家栋一震，"老古，你这是什么意思？"

"你平白无故地就让我知道了你的家底，就是拿钉子把我的心钉在你们的门板上了。"古大富解释说，"我们山西人是吃老陈醋长大的，心眼软，重义气，一股脑儿往善里活。比如与人交往，你敬我三分，我就敬你十分，你信任我三分，我就让你有十个放心。比如我们邻里之间，你要是对我不藏不掖，把整个家底亮给我，我反倒不轻松了——你没心没肺地出远门了，你的家我会不由自主地为你看，一旦有什么丢失，就好像是我给你偷去一样，这样一来，我的心整天都悬着，要加十二分小心，一点儿都不敢马虎。"

何家栋听罢，咯咯地笑了起来，像他那条白而细长的脖子被人掐住一样，一腔得意不能自由释放。

"这样吧，你做火药需要用木炭，我发动村里人给你烧；你旋手榴弹把儿需要木头，我组织人手给你砍。"

何家栋啪地给古大富行了一个军礼，炯炯的双目中，还有泪花晶莹。

从这一刻起，八路军果家房兵工厂与榆林水村之间，不仅相互信任，还有了信任之上的东西。

6

　　榆林水村，在毫无征兆的情形下，在山果林田畜之外，又开启了烧炭的买卖。买卖的经营者，在这里不叫经理，也不叫老板，而是叫把头。

　　买卖的把头，正是古大富。因为古家开着醋坊，有着经商的经验，既能联系销路，又善计盈亏，所以古大富当把头顺理成章，无人质疑。

　　榆林水炭业的经营方式是，由古大富外请技工，对烧炭户进行技术指导，炭烧成后，还是由他统一收购、外运、销售。让大家放心的是，炭款在收购的现场支付，从不拖欠，他们一点也不用过问烧炭之外的任何事务。所以，榆林水村的烧炭买卖做得顺风顺水。

　　木炭的外运，当然是靠驴驮，这是自前清以来就有的方式。运炭的时间是每天晚上，村里人关门闭户的时候，牵驴的人是古大富和他的老二、老三——古月、古日，压驮的是那几个外请的技工。那几个技工其实就是兵工厂的战士，长衣底下藏着短枪。古年看家，看醋坊，看庭院，也看女眷。柳绵桃风韵，刘玉芝也不丑，是两块心病。

　　驮重的驴都温驯，在山路上夜行，不仅不吼，连蹄音也轻柔。

西北方向是瑞云寺果家房兵工厂，驴队动身后朝东南方向走，走走停停。如果被偶尔经过的夜行人偶然看见，以为山里人爱惜牲口，不忍心累。但等到夜色浓厚之后，查看一切安好，他们便迅速趱了回来，急急地朝西北走。卸下木炭，他们会在瑞云寺里住下，挨过次日的白天，等到夜色再次厚重之后，他们才蹑行而归。

整个白天，古家爷仨帮着兵工厂旋手榴弹柄，挥汗如雨，一刻也不停歇。何家栋劝他们休息，说躲躲闪闪的夜路不好走，得蓄养精神。古大富说，我们一来你就给白腾腾的大馒头吃，让我们很不落忍。手榴弹柄所用的材料，是烧炭户捎带手的副产品——寸把粗，直溜的木茎。在砍伐木材时，随手挑选出来，背回炭窑，先去皮，然后文火捋直，再磨光，最后还打上一层蜂蜡，这在炭行里有称呼，叫"白蜡杆"。白蜡杆，用于锄柄、镐柄、锨柄、锤柄和手柄（手杖），就是不让平常人联想到手榴弹柄，所以随木炭运出，也不令人生疑。古家父子原来就有手艺基础，把长柄旋成短柄，只要给个尺寸，给个样品，他们自然旋得又快又好。

何家栋的兵工厂，不仅能得到上好的原料，还白得了三个熟练工人，他心情大好，增加了抗战必胜的信心，白净的脸上也添了红润，精力充沛之下，研读《论持久战》。

半年来，由于经常来往兵工厂，古大富父子对弹药的制作工艺和流程也渐渐熟悉了，他们不仅帮助旋手榴弹柄，也能像模像样地把手柄安装在弹体之上。但在一个晚上，古月在操作时，不小心触动了拉火，喷射的火花和瞬间腾起来的硝烟把他吓坏了，情急之下，他随手就把手榴弹朝稍远的地方扔去。几乎是在同时，斜刺里蹿出来一个战士，把整个身子死死地压在即将爆炸的手榴弹上。一声闷响，战士的身体腾空而起，撞到房梁上，又落回原地。看上去很完整，但闻声而来的何家栋上前一触碰，就无声地散了，血肉、筋骨，碎成一片。

古月坐在地上哇哇大吐，把吃下去的大白馒头全都吐了出来，因为还没来得及消化，一块挨一块地摊在那里，特别刺眼。何家栋试图搀起他，伸过来的手，被他打了回去。因为那只手刚刚动过死人，他受不了。古月低声抽泣着，他觉得这一切来得太突然，一点也不真实。古大富呆呆地站在那里，捕捉何家栋的眼神。何家栋居然朝他笑了一下，让他很震惊，情不自禁地骂了一声："狗日的！"

何家栋对围拢来的战士吩咐道："到各车间去查看一下，一定要仔细。"

之后他对自己的警卫员说："你去找个背静的地方，把他埋了吧。"

警卫员拿来一床被子，收拢了那些散碎的血肉、筋骨，然后收口一提，无声地走了。

"狗日的！"古大富又低低地骂了一句。他这时有点不可承受，这是一群什么人？在生死面前，无动于衷。

看到依然瘫坐在地上的古月，他突然就怒了，一阵乱脚踢过去，把古月彻底踢倒了。还觉得不够解气，提着古月的脖领子，把他提到他的呕吐物面前，"这是金贵的麦面做的，你给我吃下去。"

何家栋上前阻拦，被他推到一边。在趔趄中站稳了之后，何家栋狠狠地抽了古大富一个耳光，"畜生！"

古年的酒喝得有点多，眼睛迷糊了一下。他突然听到啪的一声锐响，脸颊立刻火辣辣地疼。他打了一个激灵，睁开了双眼。看到冯景旺站在身边，沾满猪油的胖手，就在他眼前晃着，"老子还坐在这儿，你却睡了，还懂不懂礼貌？"冯景旺觉得自己这一巴掌打得很有道理。吃我的、喝我的，还打我的脸，古年感到很委屈，也伸出巴掌打过去。手却被冯景旺攥住了，"你真他妈的是喝多了，就也甭逞强了，还是让嫂子陪我喝吧。"

柳绵桃从座位上站了起来，"孩子他爹，咱喝的是乐和，就千万别拿酒置气，你且去里屋歇一歇，我陪冯司令喝。"

古年还要撑持，柳绵桃说："你可别忘了爹临走时说的话。"

古年明白柳绵桃话里的意思，就摇摇晃晃进屋去了。里屋的门后，正站着发妻刘玉芝。"你放心地歇吧，还有我呢。"刘玉芝低声说道。他看到，女人的手里握着一把大号菜刀，既油渍麻花，又寒光闪闪，便把自己扔到炕上，只来得及嘟囔一句，"狗日的"，就昏睡过去了。

由于有兵工厂的背景，柳绵桃和冯景旺之间，就不再是简单的渔色与反渔色的关系了，对柳绵桃和刘玉芝来说，她们承担着额外的使命。所以，她们有了一份从容和镇静。

柳绵桃说："冯司令，我看您也喝得不少了，容小女子再敬您一杯，您也早点歇吧。"

但冯景旺被敬过之后，依然不罢手，"不急不急，美酒佳人的戏，才刚刚开始，怎么能就草草收场呢。"

柳绵桃无奈地一笑，"那好，但小女子不胜酒量，您可要多担待。"

冯景旺一咧嘴，"这哪里的话，唱戏的哪有不善饮酒的，喝，喝。"他一边说着，一边给柳绵桃满上了酒，并端起酒杯往女人的嘴边送。女人越是躲闪，他越是追赶，终至擒住女人的脖子，生生把酒灌下去。

他趁机在柳绵桃的胸上摸了一把，"哈哈，有味道。"

柳绵桃恼了，忘记了使命，恢复了本性，狠狠地掴去一个耳光。

冯景旺也恼了，把手中的酒杯狠狠地摔在地上，"司令的脸也是你这样的戏子能随便打的吗，告诉你，本大爷能心平气和地在你这里喝酒，就是给你们古家老大的面子了。"他抚了抚脸上的麻辣，接着说道："你刚才是不是听到一个炸声，那是从瑞云寺传来的动静。"

"瑞云寺有没有动静跟我有什么关系？"柳绵桃愣一下，说道。

"嘿嘿，我再问你，你公爹和两个小叔子到哪儿卖炭去了？"

柳绵桃心中一惊，马上答道："是去了平原的坨里大集，这全村人都知道。"

冯景旺察觉到了女人的惊慌，意味深长地笑笑，重新坐定在座位上，"好，好，扯远了，扯远了，咱们接着喝酒。"

女人有些无措，只好接着陪酒。这样一来，冯景旺就放肆了，"来来，离本司令近一些。"他生生把柳绵桃拉到自己的座位上，顺势在她的臀子上捏了一把。

由于心中慌乱，柳绵桃不知怎么应付，只好隐忍。冯景旺就得寸进尺了，拽开女人的领口，把整只手伸了进去。柳绵桃扭动着身子，似拒似迎，惹得冯景旺性起，把女人摁倒在酒桌上，整个身子就要覆盖上去。

刘玉芝破门而出，手里举着明晃晃的菜刀，她大声喊道："冯司令，我屋里还有一只烧鸡，要不要给你剁了，再添道酒菜！"

看到头顶上那把明晃晃的菜刀，冯景旺心里顿了一下，"烧鸡你就先留着，老子也该撤了。"

7

整个白天，冯景旺都睡在床上。

中途醒来，他很懊丧。本来就要上了女人的身子，却飞出了一把菜刀。本来手里有枪，对付菜刀真是不在话下，但是胯下的雄壮，一遇到菜刀，下意识地就萎缩，手中的枪就帮不上忙。都说酒壮尿人胆，即便酒气醺醺，关键的时候，他也尿。他觉得，这一切，都是土财主的出身闹的，表面的霸道，是钱撑起来的，骨子里还是个农民，跟一般的穷棒子没什么两样。

他很厌恶刘玉芝手里那把菜刀，刀刃阔大，却油渍麻花，被它砍一刀，会脏了脖子。

瑞云寺里的勾当，其实他早就心知肚明，但是他是抗日自卫团，在抗日的旗号下，对抗日的队伍，他不能有面对面的对抗。再说，整个晋察冀地区是共产党的抗日根据地，即便自己所占据的这小块地方，还没有真正成为八路的势力范围，但是一旦发生冲突，他们紧急调动一两支正规部队，要剿灭他，也不过是一两袋烟的工夫。所以，既然你们玩儿暧昧，我也跟着玩儿暧昧，井水不犯河水，你搞你的枪弹，我享我的鱼肉，都是一个活。

让他最不能容忍的是，村里的百姓不知就里地就被古家父子裹挟着通了八路，居然旺了炭火。他以为这是古家的短，可以抓在手里，让柳绵桃乖乖地对自己服帖。没想到，也是这不说破的原因，让弱女子也有了一点刚性，就更不好上手了。

哎，这个柳绵桃！已生过三个崽了，不仅身子还是那么苗条，而且因为有了贴骨肉，腰窝深了，走路一扭一扭的，让你的心都酥了。京西人说话侉，舌头不打弯，温柔的话也似喊叫，调个情也没有味道，而柳绵桃就不同，冷话也有热气，像轻轻地嘘在你耳边，便一见到她就麻爪儿，脚也软，心也乱。都说"母狗不掉尾，公狗不上身"，即便她夹着尾巴走路，咱也躁动，恨不得趴在她的脚下，求她掉尾。

懊丧之后是仇恨，冯景旺觉得，为了这个女人，他要有所动作。明的咱不敢来，咱就来暗的，让过惯了平静日子的榆林水村人懂得惧怕，不用明劝，也要与八路远。

夜色厚暗的时候，他悄悄地把队伍带出村子，布置在古大富的驴队返程时经过的山路两畔。

暗夜无风，树叶都紧紧地贴在枝杈上，夜鸟的叫声被放大，就更显山路宁静，疑似安详。趴在一块巨石后的冯景旺忍不住窃笑。

也许是匪兵心怯，古大富的驴队一露头，他们就急切地打出一排枪。前边的两头驴应声倒下，后边的往回跑。古大富赶到前边想探个究竟，第二排枪就又响了。子弹从他的头上、肩头、耳边擦过，让他不知所措，愣在那里。压驮的一个汉子一边掏枪回击，一边把古大富掩在身后，他知道，这子弹就是冲着古大富来的。对射中，古大富清楚地看到，随着一声枪响，那个压驮的汉子，身子一顿，又往上挺了两下，就无声地倒下了。几乎是在同时，另一个压驮的汉子，又奋不顾身地掩了上来，并且大喊着："快趴下！"

古大富趴在地上，压驮的汉子也仰翻在地，从胸前喷出的血柱把夜色扯开了一个口子，有鲜明的轮廓。

剩余的那几个压驮的汉子似乎都急红了眼，一边还击，一边直挺挺地朝山上冲去。

冯景旺吃了一惊，他知道今天碰到不要命的了，便赶紧命令道："撤！"

本来就是来打黑枪的，并不是要面对面地作战，他不能干偷鸡蚀米的买卖。

一切都平静之后，古大富像孩子一样久久地嘤嘤哭泣，待醒过神来，他对两个儿子说："走，咱们回瑞云寺。"

其中一个压驮的汉子拦住了他，"你只需带驴队回村去，留下两头驴，我把牺牲的战士运回瑞云寺。"他的理由很明确，给兵工厂运木炭的事究竟是一个秘密，还需要遮掩，不能暴露。

古大富说，驴队就交给古月、古日，他必须随战士的遗体回兵工厂，因为人毕竟是为他和驴队死的，他必须给何家栋一个交代。

见了何家栋，他一下子跪下了，"何站长，我是罪人啊！"

何家栋用力把他搀了起来，吩咐身边的战士，"去弄菜，备酒。"

都什么时候了，他还有心思喝酒，古大富说："你这是什么意思？"

"既给你压惊，又祭奠战士们的英灵。"

酒给满上了，但古大富并不动，只是不停地嘟囔，"我有罪，我有罪。"

"你何罪之有？"何家栋给他把酒杯端起来，示意他喝下去，"你老古冒着风险、扛着生死帮我们，你不仅不是罪人，还是抗日的功臣，我敬你了。"

古大富勉强把酒喝下去，对何家栋说，搁以前，我兴许是有那么一点点功劳，但现在不同了，为了我，你们搭上了三条人命，我背上了血债。依我们山西人的祖训，欠债要还，就是土话说的赎命。从现在起，我就正经是你的人了，你叫干啥就干啥，就是上刀山下火海，也没有二话。

何家栋霍地站了起来，"老古，别说什么赎命的话，你这是为民族存亡而战！"他命令身边的战士，"来，换大碗。"

听到为民族存亡而战的字眼，古大富的头倏地大了起来，他虽然不完全明白其中的含义，但他知道这里有"大"的东西，是能与大碗中的酒相匹配的，于是他毫不犹豫地端了起来，一饮而尽。

在瑞云寺背后的山崖之下，新起了三座坟茔。古大富与何家栋移步至此，把碗中的酒淋到坟头。他们凝神而立，沉默不言。他们都感到，告慰亡灵，不需壮语，只需心中的盘算。古大富突然想到了什么，转身拿来一把铁锹，从崖上铲下三丛紫荆，分别培栽在三座坟茔之上，他对何家栋说，这是京西的风俗，紫荆顽强，旱与寒都不影响它往大了生长。

待回到屋内，古大富劈头就说："我已经盘算出来了。"他告诉何家栋，发生的一切，都与叫冯景旺的土匪有关。

何家栋瘦白的脸上激烈地抽搐了一下，"你说得对，鬼子还没把这块小小的僻静之地放在眼里，只有他冯景旺能玩出这偷鸡摸狗、肉中栽刺的跳梁把戏。"

8

接下来的半个月间，榆林水村和果家房一带，毫无动静。

好像这里从来没有发生血案，也好像这里天高云淡，洒下的鲜血蒸发得快，因为不留血腥，便也淡化了仇恨。

正因为这样，冯景旺更是日日不宁、心惊肉跳。他把手下的人都集中布防在村庙附近。他龟缩在里边，茶饭不思。

炭房把头古大富很忙，他鼓动炭家多烧炭，因为销路好，有点供不应求。他已经不在暗夜里躲躲闪闪地送炭了，而是在阳光下，大摇大摆地径直送到果家房去。压驮的汉子不仅增加了人数，而且公开穿上了军装，每人配备着一支驳壳枪和一把花机关枪。

更让村里人吃惊的是，有一连八路军的作战部队开到这里，就驻扎在榆林水村和果家房进出的关隘处。每天操练、拼刺、投弹、射击，还设卡查验过往行人，基本上是许进不许出。村民都有从古大富那里领取的路条，所以百姓的生产生活不受妨碍，来往自由。不自由的，是冯景旺这杆人马，他们只能待在远处，哪儿也去不了了。

据说这支部队是从冀中军分区吕正操那里调来的特务连，装备精良，战术精湛，作战精准，特别能打硬仗。据说一举歼灭了日本鬼子两个中队的著名的牛头岭伏击战，就是他们打的。

冯景旺感受到了一种震慑，他觉得这支队伍就是冲他来的，便不仅茶饭不思，还如坐针毡。即便是躺在床上，不仅枕畔放着枪，腰间也缠着两颗手榴弹，脑子里只有一个字，死。空洞的大脑，所能思考的，就是怎么个死法，是被打死，还是自杀，还是与捉拿他的人同归于尽。但就是不能被人活捉，那意味着抽筋剥皮、千刀万剐。

他这时极端地后悔，不应该因胯间那么一股邪火儿鲁莽行事。在生死面前，女人的胸乳再耸动，不过是两坨死肉，女人的臀子再招摇，也不过是两块骚肉。肉的背后，意味着烂，意味着化作泥土。

他期望着八路找上门来兴师问罪，但八路不找他，而是抽冷子就绑去他几个士兵，在瑞云寺里关两天，再放出来。回来的弟兄，不仅没有惧色，也不蔫头耷脑，甚至比以前还有心思说说笑笑。他前去询问时，弟兄们都遮遮掩掩，只是说，八路很和气，还让他们吃白面馒头。他拔出枪来顶住一个弟兄的脑门："给他妈的我说实话。"这个弟兄居然很淡定："司令，即便你打死我，我要说的也还是这些。"

他的弟兄被一拨一拨地绑去，又一拨一拨地放回来，却也没有动摇军心，依然簇拥在他身边，听从他的使唤。但是，冯景旺感到，只要他一转过身去，这些人就会偷偷地用一种别样的眼神注视着他，好像他是陌生人，也好像是在说，司令，你完了。

他如芒在背，真想枪毙他几个。但他又分明感到，这是八路设的套，就想让他这样做，好自乱阵脚、自乱军心。

后来他找来几个心腹，命令他们自己把自己绑进瑞云寺，接受问询，让他们带话给八路，说他想跟他们谈谈。但心腹捎回来的话却是，没什么可谈的，让他好自为之。

冯景旺很绝望，觉得与其等死，不如拼死求生，便集结了所有心腹，准备摸黑逃出八路的钳制。那几个去过瑞云寺的心腹，面有难色，说，司令，使不得，那是在找死。只有从家族里带来的几个心腹，愿意随他冒死一搏，因为这牵系着家族的荣誉。

他们摸黑上路，鼠般蹑行，拿出了当土匪练就的所有技能。

果然出了关卡，冯景旺暗自得意，看来兵斗不过匪，这千古遗训是对的。他们挺直了身子，朝着前边虽厚暗但温暖的生地大步行进。

但兀地就听到一声喊："有鬼子！"

话音未落，枪声乍起，脆脆的、密密的，像山体瞬间崩裂。

冯景旺身边的家丁纷纷倒下，像稗草捆子，因为虚空，所以倒得无声无息。

这么密集的射击，居然像长着眼睛，家丁罄尽，单单留下了主子。

枪声停了，冯景旺爬了起来，他毫不犹豫地往回走，且走得大摇大摆，他不是不怕死，而是他知道，打枪的人不让他死。

他只身回到榆林水村。看到部下像躲避瘟疫一般躲着他，他知道军心散了。

他很斯文地敲开了古年的店铺，想喝喝酒、安安魂，然后听天由命。

古年给他开开门。还没落座，他就发现，酒桌上，酒菜已经准备好了。柳绵桃微微一笑，给他斟满了酒。刘玉芝也在，毫无表情地坐在一角，虽然手里没拿菜刀，但也有威严。

"冯司令，用不用我陪你两盅？"

"随便吧。"他说。

他觉得这是最后一酒了，所以喝得很从容，能品出酒本身的香。古年的酒杯虽然也斟满了，但每次只是抿一抿，那既是礼数，又近乎嘲讽，冯景旺没心思强求。

柳绵桃显得很殷勤，只要他杯中的酒空了，就及时地给他满上。喝到心中烫热，他居然能迎着女人的目光看她。他发现，柳绵桃并不像他平日看时那么美，耳朵略小一些，下巴上的一颗痣也显得大，腰窝虽深，但也有些走形，语调虽轻柔，但有些装。咳，女人就是那么回事。

他再用同样的心情看刘玉芝时，倒觉得这个女人比平日好看：曲线虽不玲珑，但显得结实，目光虽凌厉，却显得真实，爱憎都写在脸上。他觉得这样的女人反而心善，刀子嘴豆腐心嘛。由于他看得专注，刘玉芝反而有些难为情，她低下了头。

这个动作让冯景旺心动，他后悔自己没有平常心，没有看重平常日子。

他忍不住叹了一口气。

"时候不早了，差不多就成了，我们也该关门了。"刘玉芝说。

"不忙，我再喝两杯，兴许到了明天，你们就再也见不到我了，就再也扯不上恩恩怨怨了。"这时的冯景旺，匪心收敛，人心登场。

"那你就去找八路低头认罪，兴许还有条活路。"刘玉芝说道。

他看了一眼柳绵桃，柳绵桃扭脸躲闪。冯景旺又叹了一口气，他觉得柳绵桃没有刘玉芝厚道。

"等天亮吧。"

回到村庙，冯景旺卸去装备，扒光衣服，连房门也懒得关，赤裸裸地钻进被窝，很快睡去了。

9

事情的发展，都是依照着何家栋和古大富的"盘算"。

既然认定流血事件是冯景旺所为，就没必要再遮遮掩掩，所以烧炭、运炭就都放在明处，而且进行公开的武装押运。

为了防备土匪有进一步的动作，何家栋向军分区申请武力支援，一来震慑，二来准备围缴。但军分区有不同的战略考虑，认为这次流血事件，虽然是坏事，但也是好事，正好以此为由头，对盘踞在京西的几路土匪进行整体收编。而冯景旺部，是实力最强、影响最大的一路，如果能顺利收编，其余几路的归顺，就会水到渠成。

为了坐实冯景旺的罪行，他们用非正常手段，对他的部下进行有步骤的分化瓦解。那些绑来的土匪，一到何家栋的指挥部，看到八路荷枪实弹威严逼迫的架势，不用问讯，自己就据实招来。"我们当土匪都是为了混口饭吃，跟八路又无冤无仇，怎么可能狠心下手，都是冯景旺谋划的，逼我们开的枪。"土匪们争先恐后地描述细节，都怕担了罪孽。

既然事实确凿，缴就是了。战士牺牲前，向夜空中喷射的血柱，像鞭子一样把古大富的心抽得无法忍受，他觉得这股土匪一个都不能留。

何家栋说，在我们八路这里，从来没有私仇，为了壮大抗日力量，都得留，包括首恶冯景旺。

接下来就温水煮青蛙，锅底的火渐次往旺里烧。零星瓦解之后，是设置关卡，防止土匪跑，之后是超前布防，给予措手不及的打击，借机消灭他的心腹，最后让他在绝望中求生，自己从锅底走出来。"我们武力打上门去，和他自己乖乖地送上门来，其背后的作用是不一样的。"何家栋笑着说。

冯景旺舒舒服服地睡了一觉，天一亮，他就径直朝瑞云寺走去。

门岗拦住了他，"请自报家门。"

"我，京西抗日自卫团司令，不，团长冯景旺，求见八路长官。"

"请把武器留下。"门岗上前搜身。发现冯景旺手无寸铁，面色平静。他已经把生死置之度外，什么都无所谓了。

"你等着。"一个士兵进去禀报了，剩下的士兵手扣在扳机上，高度戒备，眼里放出的是极端仇视的目光。

禀报的士兵回来之后，朝他做了一个请的动作，不过还是用麻袋套上了他的脑袋，"对不起，先委屈你一下了。"

到了一个地方，押解他的士兵在他的腿弯上狠狠地踹了一脚，他咕咚一声跪在了地上。在战士的心中，一个土匪头子，而且手上还有血债，见他们的首长，理应是这个姿势。

除去了他的眼罩，往上一看，一个白脸长身的人俯视着他，虽不魁梧，但也挺拔，让他心生惊惧。那人一笑，"冯司令是抗日自卫团的团长，好歹也是抗日的人，怎么能这样对待？快给看座。"

冯景旺觉得这人的笑，是装出来的，有轻蔑的味道，便依旧跪在那里，"我有罪，我有罪。"

"知罪就好，知罪是我们能坐下来谈的基础。"那人指了指身边的座位，用不可抗拒的口气说道，"起来说话。"

冯景旺试着朝那个座位挨上去，只敢放上半个屁股。

"我是八路军果家房兵工厂厂长何家栋。"何家栋收敛了笑容，严肃地说，"我现在是代表冀中军分区跟你谈话。"

何家栋开门见山，说，冯景旺，就你的所作所为，枪毙你十次都不为过，为什么还能跟你坐下来谈，想必你能知道我们的苦心。你的自卫团横竖也是打的抗日的旗号，就这么被剿灭了，会让周围的抗日组织寒心。从保存和扩大民族抗日力量的大局考虑，留下你，比杀了你要好——

冯景旺随着这一声话音，又咕咚跪下去了，"我归顺，我归顺！"

何家栋说："不是归顺，是接受改编。"

"您放心，我们真心诚意接受改编。"冯景旺用力在地上磕了一下，居然磕破了额头，血眯了眼睛也不去擦，满脸堆着得救了的谄笑。

"仅有你接受改编是不够的，"何家栋示意他擦擦脸上的血迹，"为了显示你的诚意，你还要帮我们做些工作。"

"我知道，我去找那几路土匪，现身说法，也动员他们接受改编。"冯景旺猛地站了起来，他觉得他现在有资格站着说话了。

为了让自己更有站着说话的资格，他在村庙前召开的改编大会上，做出了一个出人意料的举动，他当着众人削掉了左手上的两根指头，他说："如果谁对八路有二心，这两根指头就是他的下场！"

他的举动起到了两重作用，既增加了八路和村民对他的信任，也回收了在下属那里业已丧失的敬重。

接下来，他开始兑现对何家栋的承诺，马不停蹄地在其余几路自治武装里游说。他举着伤指动情地说，像我冯景旺这样打过八路的人，八路都能容忍，你们又没有与八路结怨，就更应该接受改编，省得过东躲西藏、朝不保夕的日子。

冯景旺的工作收到了成效，几路土匪同意接受改编，但改编的条件要八路来人面谈。他们还提出，谈判的地点，不能在八路的防地，要在他们民团的地盘。最后选定，在与涞水交界的旺上村胡振常的公馆。因为胡振常虽然也是土匪头子，但他家境殷实，上过几年私塾，能掐会算，且能说会道、礼数周全，既能为民团说话，也不会冒犯八路。

何家栋急迫地前往。

到了胡公馆门口，他把警卫、坐骑和身上的武器都交给了门岗。他只身赴会。

大堂里坐满了各路民团的头目，正叽叽喳喳地争辩什么。何家栋一出现，众人愣了，霎地一片死寂。眼前这个人白脸长身，瘦弱得跟一棵豆芽菜似的，这样的人能掌控大局面吗？在座的人都觉得，八路太小看他们了。

寂静之后，是一片骚乱。

"你是什么人，敢贸闯胡公馆？"

"我是八路军果家房兵工厂厂长，未来的房涞涿抗日游击支队支队长何家栋。"何家栋口气从容、坚定，面带微笑。

"还未改编，你就自立名号了，真是目中无人。"

身边的几个人用枪指着他，"你信不信，只要我们一扣扳机，就会把你打成筛子？"

何家栋还是一笑，"我早已把生死置之度外，但枪一响，毁掉的可是众兄弟的前途。"

胡振常看出了来人的底色，挥挥手，"都把枪收起来，不懂规矩。"

"改编容易，但改编之后，我们就有前途？我们现在这么分散着，游而不击还有生路，一旦聚首，再公开向日本人亮出态度，那就会招来围剿之灾。"胡振常看看众人，接着说，"那么，先甭说抗战，就说为了生存，你们八路有什么良方实策？"

"有，还是游击战，不过是有组织、协调统一的游击战，是以时间换空间的游击战。"望着眼前一双双迷惑的眼睛，何家栋开始娓娓而谈。一部《论持久战》他已烂熟于胸，只不过是用京西语言，口语化地阐述一遍而已。而且，掰开了，揉碎了，努力让人听懂。

这是一群用屁股指挥脑袋的农民，一旦有了用脑袋决定屁股的阵势，他们便有了一种下意识的崇拜，他们觉得眼前这个人是个高人，心中有数、有道。京西有个莲花庵，就在榆林水村东北向的一座山峁上。那是一座大的道观，香火旺盛，就连京剧名角杨小楼都在那里为外室辟了一处别墅。那里的道士，都是何家栋这样的面相、身量，捻着几缕稀疏的胡须，上知天文，下知地理，中间知人心，算卦、看八字、摇签、占卜，样样都给你说得准。不服不成。

眼下，大堂里的人，包括胡振常，把何家栋与莲花庵老道重叠在了一起。他们不敢，也是不忍心再多说什么。

改编就改编吧，看来这是命中注定的事，不可忤逆。

起初，众人商议，房涞涿抗日游击支队下辖五个大队，旺上大队、榆林水大队、涞水大队、涿州大队和联合大队。这些大队的设置，基本上是以民团占据的地盘为队名，以原有民团的班底为骨干，之所以还有一个联合大队，是把那些散落在各村、人员基数不成建制的小股力量集合起来。这样的改编，实际上还是保留了个人的势力范围，不过是换了一个番号而已。

这不符合军分区的改编意图，所以何家栋又做了一番苦口婆心的说服。他说，我们的抗日游击支队成立的原则，是统一指挥、联合防御、协同作战、相互支援，而不是分封割据，各自为战，自保地盘，他们不是私家军，而是国家的武装力量，因而要重组。

"什么是重组？"

"通俗地说，就是拆编。"

"就是说，改编之后，我们原来的自家兄弟分散到别的队伍里去了，再也不能朝夕相处了。"

"在我们八路的队伍里，五湖四海的人，都是自家兄弟。"

"说得倒漂亮，你们这样做分明是信不过我们，其实是管控，是分化瓦解。"

人群激愤，场面有些失控。其中冯景旺的贴身护卫叫二黑的，拔出枪来，跳着嚷道："各路好汉，千万不要上当，我们干脆把这家伙毙了，然后走人，去过自由自在的日子。"

"毙了！"

"毙了！"

"……"

应者云集，何家栋危在旦夕。

但是，他面对密集的枪口，静静地坐在那里，那张白净的脸，愈加的白，甚至有些凛然的味道。

胡振常诡秘地一笑，看了一眼身边的冯景旺。冯景旺的脸颊抽搐了一下，眼神凄迷。

这个二黑，是他家老管家的孩子，一块长大，不仅感情深厚，也最知自己的心思。那天他从何家栋那里回来，不停地哀叹，对二黑说："跟弟兄们去说，准备被收编吧。"

"你就这么痛快地答应了？"二黑急切地问。

他点点头，只是嘿嘿一笑。

"你是真心归顺？"

他又嘿嘿一笑，不置可否。

二黑说："我知道，你这是被逼无奈之下的权宜之计。"

"嗯？多嘴。"他皱了皱眉，不耐烦地挥了挥手。二黑悻悻地下去了。

因为太懂他的心思，所以他觉得，这个二黑有些令人讨厌。

看着二黑不停上下舞动的枪口，看着他丑陋的粗短眉毛和藏不住牙齿的短厚嘴唇，他感到这时的二黑不仅讨厌，还他妈的可恨。

他苦笑了一下，抬手就给了二黑一枪。二黑缓缓地倒下去，迷茫的眼睛死死地盯着自己的主子。冯景旺吹了吹枪口里飘出来的硝烟，缓缓地站了起来，"谁反对改编，这个二黑就是他的下场。"

最后的改编，自然实现了军分区的意图。房涞涿抗日游击支队下设一、二、三、四、五个大队，一大队大队长胡振常，二大队大队长冯景旺……只不过，一大队的班底是冯景旺的，二大队的则是胡振常的，而且每个大队还由军分区调配了政委，还增设了一个政工部。

临出门时，胡振常和冯景旺相互调侃。

"冯大队长，我的弟兄可不好带啊。"

"胡大队长，我的弟兄也不是顺毛驴。"

"这个可不是吃素的。"冯景旺拍了拍腰间的盒子枪。

"算你狠。"胡振常皱了皱眉头。

走在他们两个前边的何家栋心中也动了一下。联想到冯景旺在会场的突兀举动，他顿生忧虑：冯景旺这个人城府很深，藏着很可怕的东西。

10

　　民团完成了改编之后，原来土匪占据的地盘，都成了八路军领导的抗日根据地，自然而然地构成了从分散到连片的格局，事实上，已形成了完整的京西抗日根据地。历史上京西抗日根据地称平西抗日根据地，地域包括宛平、门头沟、房山、良乡、涿州、涞水、涞源、易县和保定地区的大部。在房山的长操村还成立了平西根据地第一个共产党的县政权——涿良宛联合县政府。其下辖五个区，榆林水村、果家房村隶属第五区，区长古大富，区委书记何家栋（兼）。

　　当然，平西抗日根据地的开辟和建立，并非如此简单，何家栋对几路土匪的改编不过是其中的一个小小的缩影，据史书记载——

　　抗战全面爆发后，1938年2月，八路军晋察冀军区命一支队政委邓华率第三大队进军平西（指北平以西、北岳恒山东北的宛平、百花山、涿县、涞水以西以北一带约12个县的地区）。邓华支队进入平西斋堂，收编伪军、肃清土匪，偷袭门头沟日军据点，连战连捷，收复了房山、涞水、涿县、昌平、宛平、宣化、涿鹿、怀来的大片地区，以斋堂为中心创建了平西抗日根据地。

5月，八路军一二〇师宋时轮支队开赴平西，与邓华支队会合。两个支队组成八路军第4纵队，开赴冀东。9月，日伪3000多人分四路向平西根据地的中心斋堂进攻，宋邓第4纵队由冀东回师平西，恢复并扩大了以斋堂为中心的范围达12县的平西抗日根据地，使之与晋察冀边区连成一片。

1939年2月7日，八路军冀热察挺进军在平西涞水县的三坡（现称野三坡）正式成立，在晋察冀分局领导下，担负起北平郊区各地区的游击战争和开辟根据地的工作。挺进军成立后，平西地区的抗日武装力量发展很快，根据地军民的抗日积极性充分调动起来。为了使平西、冀东两块交错地区协同作战，挺进军司令员萧克提出了巩固平西抗日根据地、坚持冀东游击战争、开辟平北新的游击根据地的"三位一体"战略任务。挺进军主力一部出击宛平、房山境内的王平口、佛子庄、长沟峪、周口店一线，袭占了南窑、北窑等日伪军重要据点，破坏了从这里运煤至北平的高线铁道；在永定河畔、门头沟地区、北平近郊，挺进军频频出击，连获胜利，给日伪军以很大震动。

1939年2月至6月，日军连续三次向平西根据地发动进攻。挺进军采用诱敌深入、外线袭击等战术粉碎敌人的进攻，并且乘胜追击，开辟了永定河以北地区和涞水、房山、涿县三县平原地区。1939年6月粉碎了日伪军的五路围攻，在沿河城作战中，挺进军队长白乙化率部不仅打退了敌人对斋堂的进犯，还用两挺机枪击落敌机1架；1940年3月，挺进军又粉碎了敌人的十路"扫荡"。到1940年秋，平西根据地面积扩大了一倍，拥有1100个大小村庄、30多万人口、1.2万多兵力。

平西抗日根据地开创后，迅速成为八路军向热河、察哈尔前进的阵地，更成为北平、天津中共地下党组织与边区联系的"红色走廊"——前往解放区的华北革命青年、爱国人士和国际友人，都要通过这个"红色走廊"奔赴延安；当时全国各地支持延安的物资中有近三分之一是从这条走廊中安全运去的。

平西抗日根据地的开创，严重威胁着敌人占领的交通要道和大城市。1940年10月，日伪再次向平西根据地进攻，并对斋堂进行重点合击。敌人建立了一连串的据点、岗楼，以斋堂为线，企图对平西根据地实行封锁包围与分割。自1941年5月起，日军更调集重兵向平西根据地进行"扫荡"，根据地进入严重困难时期。由于敌强我弱，挺进军离开斋堂，转移到外线作战，平西根据地只有民兵、游击队与敌人周旋。

根据地军民同敌人展开了艰苦斗争。为粉碎敌人的"蚕食""封锁""扫荡"以及"治安强化运动"，平西军民采取一切有效措施，进行灵活多样的顽强斗争。根据地军民经过协同作战，恢复了大部分中心地区，斋堂虽被敌占领，但宛平大部地区，仍然保持了抗日政权。至1943年，平西根据地军民度过艰难时期，恢复与开辟了怀来、涿鹿及蔚县、宣化、阳原地区农村和桑干河两岸，并取得了林字台伏击战、三袭沿河城、爆破楼岭敌据点等战斗的胜利。1944年，平西军民积极向敌占区伸展，根据地进一步扩大。11月，平西军民积极配合各区部队粉碎了日军对冀东区的大"扫荡"，扩大了平西根据地。1945年，平西军民发起春季攻势和夏季攻势，在斋堂东门外王家河滩歼灭战中大获全胜，并于4月5日～4月9日击败日军的"反攻"，肃清斋堂之敌。1945年8

月，经过八年艰苦奋斗，英雄的平西军民终于和全国人民一起迎来了抗战的胜利。

何家栋、古大富的第五区，其区政府的办公地点就设在榆林水村，即原来由冯景旺占据的村中大庙。区政府还在庙里开办了抗日完小，兼有保育院和识字班性质。不仅瑞云寺兵工厂里的孩子悉数搬入，还吸收村里的儿童、半大孩子和自愿受教育的成年农民。古大富的两个小儿子古月、古日和古年的三个孩子，就是在这里上的识字班。柳绵桃当了完小的教员，古年和刘玉芝在学校的炊事班当差。

古大富一家，成了名副其实的革命家庭。

这时的根据地，形势大好：搞土地改革，打土豪分田地，减租减息；搞大生产运动，开荒种地，精耕细作；还搞民主政权建设，推广阜平的经验，实行"豆选"；搞锄奸除恶，发展积极分子，保一方平安。所谓豆选，就是基于选民大多数没有文化，不识字，没法填写选票，就在每个候选人身后放上一只大碗，让选民往里投豆子，数量多的，自然当选。

农民在历史上第一次有了主人意识，所以他们喜笑颜开、热爱生活，不仅军民如鱼水情，而且把抗战当作是自己的事。

响应毛泽东文艺抗战的要求，延安的文艺家纷纷到根据地来，挖掘素材、精心创作，用文艺的形势，对外宣传共产党、八路军坚持抗战的真实作为和正面形象，对内教育群众、凝聚人心、振奋精神，树立跟着共产党走，抗战必胜的民族自信心。

音乐家曹火星所在的群众剧社，从延安，到大同，到阜平，走到榆林水村西侧的堂上村住下了，就住在村西北的中堂庙里。他们在根据地采风，被如火如荼的大好形势深深打动，每日里都热血沸腾，觉得民族的希望就在于兹。曹火星很想写出一篇大作品来，以释放心中的豪情。但冥思苦想不得要领，他很苦恼，茶饭不思，满脸阴郁。

他在中堂庙前的山路上，来来回回地踱步。那山路因为走的人多，很坚实、很平滑，不用眼睛，也能走得好。但就是在漫不经心之间，他的脚被一粒小石子硌了一下，一股锐痛，让他打了一个软腿，险些跌倒。他站定之后，看了一眼脚下的那粒小石子。石子很小，如不凝睇，很难辨别。他突然心有所悟：决定历史进程的，往往不是取决于道路，而是行走的"脚"。如果鞋底有一粒砂石，疼痛比坎坷更让人难以承受，会让人趔趄，甚至迈不开步伐，因而也就没有了征程。

他觉得，根据地的建设，正是清理脚下的砂石的举动，它会让抗战的道路走得顺利，让人们取得最终的胜利。

正在沉思间，他听到有人叫他，抬头一看，见战友张学明迎着他从山下跑上来。张学明手里挥动着两样东西，"你快来看，你看，这都是什么论调。"

这两样东西，一样是一本小册子，一样是一张《晋察冀日报》。

曹火星先接过小册子，书名叫《中国之命运》，作者是蒋介石的文胆陶希圣。他草草地翻了一下，看到了"没有国民党就没有中国"的说法，便猛地掷在地上，大声叫道："真是他娘地胡扯淡！"

曹火星是河北平山人，语调硬朗，他的这一声喊，更是在硬朗之上，以至于吓了张学明一跳。

曹火星又一把抢过来那张《晋察冀日报》，上面转发了《解放日报》的一篇文章，驳斥《中国之命运》的一派胡言，文章纵横捭阖地引证、议论，最后针锋相对地得出结论——从中国历史的走向和民族抗战的趋势来看，答案只有一个：没有共产党就没有中国。

"说得太好了，真是真理的声音！"曹火星兴奋地把张学明抱了起来，不停地旋转。"学明，有了！"他猛地把张学明放在地上，"我终于知道我要写一个什么作品了，题目就叫作《没有共产党就没有中国》！"

张学明在曹火星的腰眼上捶了一下，"火星，你快写！"

中堂庙有个小东屋，小东屋里有爿土炕，土炕上有张篾席，篾席上有个小方桌，小方桌上有盏煤油灯。曹火星盘腿坐在小方桌前，握着铅笔，冥思苦想。从夕阳西下，想到晨曦东起，小油灯的灯光从暗到明，再从明到暗，创作者的剪影始终凝固在窗纸之上。一声鸡啼，撕开了灵光，曹火星伏案疾书，一气呵成，无一涂抹——

> 没有共产党就没有中国，
> 没有共产党就没有中国，
> 共产党，辛劳为民族，
> 共产党他一心救中国，
> 他指给了人民解放的道路，
> 他领导中国走向光明，
> 他坚持了抗战六年多，
> 他改善了人民生活，
> 他建设了敌后根据地，
> 他实行了民主好处多。
> 没有共产党就没有中国，
> 没有共产党就没有中国。
>
> 没有共产党就没有中国，

没有共产党就没有中国。

共产党，辛劳为民族，

共产党他一心救中国，

他指给了人民解放的道路，

他领导中国走向光明，

他坚持了抗战六年多，

他改善了人民生活，

他建设了敌后根据地，

他实行了民主好处多。

没有共产党就没有中国，

没有共产党就没有中国。①

　　写完之后，曹火星破门而出，去敲张学明的房门，"学明，我写出来了！"张学明一跃而起，披衣下床，"快拿给我看！"

　　张学明急切地看完，连声说："写得好，写得好，一首歌曲，一个真理。"

　　谱什么曲子呢？两个人都开动脑筋，捕捉音符，试着哼唱。不知不觉间，迎来了到中堂庙小广场晨练的儿童团员。儿童们每天都跳一种叫"霸王鞭"的京西民间舞蹈，今天也不例外。所谓霸王鞭，又称花棍舞，是因为他们每人手里都拿着一个由三节白蜡杆连成的道具，每节中穿以铜钱，分上下两面。表演时，上下

---

　　①　对于最早歌名《没有共产党就没有中国》是如何最终定为《没有共产党就没有新中国》一事，流传着各种说法。据中共中央文献研究室主任逄先知在《毛泽东和他的秘书田家英》中回忆说，是毛泽东提出并加进"新"字的——1950年，毛泽东听到女儿李讷唱这首歌时，立即纠正说："没有共产党的时候，中国早就有了，应当改为'没有共产党就没有新中国'。"2001年6月初，李讷对这一说法予以肯定。另，当时的歌词是"他坚持抗战六年多"，抗战胜利后改称"八年多"。

左右舞动，并敲击身体四肢、肩、背各部，发出清脆悦耳的响声。他们边舞边唱，曲为京西小调，其旋律简单、明快而有力，便于掌握却又能诱发激情，为京西人所喜。

曹火星一拍大腿，"对，就用霸王鞭的旋律。"

他把孩子们邀拢在一起，"孩子们，咱们唱首新歌好不好？"

"好！"孩子们说。

他把歌词念给孩子们听。孩子们说："这歌好。"

"好在哪儿？"

"歌词简单，好记。"

孩子们果然很快记住，便开始用霸王鞭的曲调排练。

最后一合练，效果出人意料的好，把曹火星和张学明感动得热泪盈眶。

好像这首歌本身就有灵性，能调动演唱者的潜能——孩子们舞得齐整，唱得流畅，而且一遍又一遍地唱个不停。童声悠扬，声波致远，飞越山巅，居然让榆林水村的柳绵桃听到了。

"这是什么曲调，让人耳热心痒，天啊！"

11

　　一个普通的京西小山村，居然就诞生了一曲真理的旋律，一下子震动了整个晋察冀军区。军区的作战地图上，加上了"堂上"的地标符号，而且做了描红处理。军区政治部把在整个根据地教唱、传唱《没有共产党就没有中国》作为一场特殊的战役，迅速在诞生地的周边地区拉开了序幕。

　　好像响应那让她耳热心痒的童音的召唤，柳绵桃被何家栋派到群众剧社所在地，接受传唱培训。

　　堂上村的中堂庙，云集了来自各地的文艺骨干，密密麻麻的，把庙前的小广场都坐满了。

　　由曹火星亲自教唱。

　　曹火星站在中堂庙的台阶上，一边教唱，一边打着节拍。

　　他跟何家栋一样，也是脸白、身长、清瘦，那动作像风摆杨柳，有几分滑稽，但也显得可爱。柳绵桃忍俊不禁，笑出声来。她心中想，这八路也真是的，怎么有点墨水、有点才华的人都跟唱戏的一样？所以，她望着曹火星，与望着何家栋一样，天然地就感到亲切。所以，她学得专心，唱得投入。

　　学唱到一个时刻，曹火星走下台阶，径直朝柳绵桃走来，朝她点点头，微微一笑，"你，跟我到前边来。"

柳绵桃脸一红，迷惑地想，大家都盘腿坐在这里，一样的身姿，分不出高低，怎么就独独来叫我？

好像知道她的困惑，虽然曹火星走在前面，背对着她，但曹火星的声音也从前边传到后边来，"你是不是唱过戏？"柳绵桃说："我在涿州老家的戏班子里唱过几年。"

"我说怎么有与众不同的嗓音，"曹火星回头看了她一眼，又回过头去，接着说，"好嗓音甭管隔着多远、杂着的声再多，也能一下子分辨出来。"

到了前边，曹火星让柳绵桃站到原来他站的那个台阶上，"同志们，让这位女同志给大家独唱一遍。"

柳绵桃到底是登过台子的人，也不扭捏，张口就要唱，曹火星突然问："这位同志，你叫什么名字？"

"柳绵桃。"

"好，那么就请柳绵桃同志独唱。"

她就唱。

就像唱一首老歌，柳绵桃唱得流畅，字咬得清晰，旋律也把握得精准，情绪也抒发得饱满，特别是她的发声，由于有唱戏的底蕴，脆亮、高亢，有摄人魂魄的魅力，冲击耳郭，响遏行云。

余音未落，台下却已掌声一片。

曹火星激动地上前握手，"听你唱歌，我有一种说不出的幸福。"

他的意思是说，作为歌曲的作者，自己的作品能被这样完美展现，平添了一种自豪与骄傲。

曹火星的话让柳绵桃误解了，她羞红满面，低垂下头去。

接下来的培训，就由柳绵桃领唱。

柳绵桃感到很幸福，多年来，她从来没感到自己存在过，现在不仅感到了存在，而且还有一种价值实现后的兴奋与满足。

培训三天就结束了。

柳绵桃临走前，突然想跟曹火星告个别。走到中堂庙，她分明听到小东屋里，就有曹火星的声音，但她突然改主意了，转身就走。她对自己说："不过就是一个普通学员，有什么理由单独跟教员告别。"

她内心很充盈，走在山路上，脚下特别有劲，她感慨道："多么好的一首歌啊！"

她正在低头走路，突然听到身后有人叫她："柳绵桃，你等一等。"

回头一看，是曹火星。不过身边还跟着一个女同志，穿着八路军的军装，个子不高，微胖，端庄，朴实，朝她点点头，暖暖地笑着。

曹火星赶紧介绍说："呵，这是我爱人齐玉茹，也是我们群众剧社的战友。"

柳绵桃脸一红，不吱声了。

曹火星说："我们要到你们五区去，找你们的书记何家栋同志。"

"那好，就跟我走吧。"柳绵桃迅速瞥了一眼这两个人，发现他们都是轻装打扮，知道他们是到五区谈事情的，谈完就走，待不长。想到这儿，她心中莫名其妙地忧郁了一下。

"你不想知道我们到你们五区是干什么？"曹火星笑着问。

"组织上的事，不能问。"

"我们的事，跟你有关。"

一听说跟自己有关，柳绵桃的心乱了，她不想再说话，只顾急急地往前走。心情平定之后，觉得自己这样做有些失礼，便慢了下来，想等他们一下。但他们就在身后跟着，相距很近的距离。齐玉茹说："你尽管走，我们也是经常走山路的，落不下。"

把他们带到五区区政府，柳绵桃转身要走，曹火星说："一起进来吧，这事不背你。"

见到何家栋，寒暄一番后，曹火星径直奔向主题。他说，军区要我们群众剧社到根据地各分区，教唱《没有共产党就没有中国》，而我们剧社人手少，要招收地方的文艺人才扩充队伍。你们五区柳绵桃同志在这次培训中表现得出人意料的好，原来她是专业出身，比我们剧社的同志素质都高。因此，我们哪里舍得放手，这不，跟你挖人来了。

何家栋看了柳绵桃一眼，调皮地一笑，"不行不行，她是我们抗日完小的骨干教员，她走了，孩子们的书谁教？"

"她是难得的文艺人才，窝在你这儿叫什么？"曹火星急切地说，"你这说轻了是大材小用，说重了是没有全局观念。"

何家栋哈哈大笑，"你真是个书生，不懂得虚实结合，从你一来，我就知道了你们的意图，先矜持一下，哈哈。"

"地方的干部真会耍滑头，这么说，你同意了？"

"即便我同意，也得听听人家本人的意见，毕竟她不是部队在编人员。"

还没等曹火星发问，柳绵桃就迫不及待地回答道："同意，我同意。"

何家栋和曹火星都一愣，之后是面面相觑，再之后是纵情大笑。柳绵桃羞得无地自容，猛地跑出门去。她恨自己，怎么就这么不懂得持重，鬼使神差地就说出同意的话来呢？

她都有些不认识自己了。

回到家里，她把事情跟古年说了，以为古年会像她一样高兴，没想到他脸色阴沉着，久久不说话。逼急了，他说了一句："你是想出去浪了，谁能拦得住？随便吧。"

12

　　何家栋与曹火星约定，柳绵桃出去前，先要把五区的人教会。

　　也是远方对柳绵桃的吸引，她迫切地想飞出去，所以，她加班加点地教唱。晨露硕大地挂在草尖儿上的时候，她教战士；太阳红彤彤地爬上来的时候，她教儿童；月亮黄澄澄照在高天上的时候，她教村民。所以，抗日完小的窗纸总是嘶鸣，屋瓦总是颤动。

　　古年白天窝在完小的厨间，晚上早早卧上了家里的床榻。刘玉芝跟他不同，白天总是从厨房里跑出去，听柳绵桃教唱；晚上也不消停地在家院里跳霸王鞭，温习白天学过的歌词。柳绵桃就是不简单，是金枝玉叶，只要有春风吹来，她就会不失时机地颤抖。谁说女人之间只有嫉妒？她眼下就没心没肺地崇拜柳绵桃。

　　还有一个人，也总是盯着因歌唱而异常生动的脸。就是房涞涿抗日游击支队二大队大队长冯景旺。虽然原来的部队被拆编了，士兵的成分多是胡振常的人，但考虑到指挥员对原有的地形熟悉，便于防御和作战，冯景旺的二大队还暂时布防在榆林水村。所以，他一得空就到柳绵桃教歌的课堂上去，主要是听，但听到情动，也跟着唱。

起初柳绵桃很反感他，低声地对他说："你来干什么？"

"嘿嘿，学歌，革命歌曲大家唱嘛。"

因为反复来，柳绵桃说："已经学会了，干吗还来？我看是别有用心。"

冯景旺很正经地摇摇头，说："咱们已经是革命同志了，就别再把我当土匪看了。"

但从歌唱上说，冯景旺唱得很不错，节奏、音色、音准、调门都像模像样。毕竟陕西是西北民歌大省，男女老少都会亮嗓子。冯景旺虽然总是躲在后排，但柳绵桃还是能够听出来，反感的锋芒就渐渐地钝了，"你爱听就听、爱唱就唱，我不管。"

五区的工作结束了，柳绵桃要随群众剧社奔赴涞水、易县、涿州、高碑店、保定、阜平等地。为了保护剧社成员的生命安全，军区要求游击支队派小股部队进行武装护送。冯景旺主动请缨，要亲自带领一个小队完成此项任务。他的理由很简单，他说："剧社里有柳绵桃，而她是咱们榆林水村——不，她是咱们五区的女人，咱们派人护送，也是在情在理。"

何家栋沉吟片刻，觉得这个理由虽然有点牵强，但也说不出什么，就同意了。但他还是从自己的警卫班里抽调了两名党员战士，加了一把锁。

一看到护卫他们的战士由冯景旺带队，柳绵桃情不自禁地皱了皱眉头。

队伍就要进入涞水地界，大家停下来休息。这地方已是拒马河的边梢了，河流似断非断，引得人们到河里去洗脚、洗脸。正忘情间，隆隆地飞来两架飞机，在河上空来回盘旋。飞机越飞越低，好像认定了什么。之后就是投弹，随着站起来的一个水柱，一个剧社成员被送上天空，霎地碎裂了。

"快卧倒！"

"快往树林里跑！"

柳绵桃正站在水里，手里提着两只鞋，高高地挽起裤腿，用双脚交换着撩水洗涤。突然的爆炸声和杂沓的喊声，让她一下子愣在了那里。

不远处又掀起了一个巨大的水柱。

"柳绵桃！"懵懂中她听到一个撕裂的喊声，之后，就被一个人拦腰扛起，她听天由命地合上了眼。

睁开眼时，她已仰靠在了树林里的一棵大杨树下。她一双小腿赤裸着，正被一个人看。是冯景旺。

她裸露的小腿白润、光滑、丰腴，分外打眼，冯景旺看得有些贪婪，羞耻、生死，均已置之度外。

"流氓！"柳绵桃抓起一把沙子狠狠地掷过去。

冯景旺把她的那双鞋扔过去，"谁稀罕看，赶紧穿上。"真是不可思议，危急之中他不仅救了女人，还救了女人的鞋。

穿上鞋之后，女人好像找回了体面，难为情地朝他笑笑。在乡下，女人的脚比脸重要，即便已是三个孩子的母亲了，也跟少女一样娇羞，因为有关风化。

她知道，是这个男人救了自己。他虽然不是什么好人，也从来没安过好心，但毕竟是从一个村子里走出来的，人在他乡，他或许还是自己的一个小小的依靠。

"冯景旺，出门在外，你可不许对我动什么歪心思。"

"你放心，我现在可是八路军的大队长。"

在传唱期间，柳绵桃可是出尽了风光。因为每次教唱之前，都是靠唱戏段子热场。冀东大地的人们，自古酷爱听河北梆子，只要胡琴一响，嗓子一嚷，人的脚自动就朝着发出响动的那个地方走。人云：戏能勾魂。

魂都被柳绵桃勾来了，聚拢的人就多，再加上还是由唱戏的人教唱，大家学得也认真，且不停地同教唱人互动应和。唱戏出身的人就怕观众太过的热情，热情之下，她不惜力，一场接一场地当主唱，以至于齐玉茹们都派不上用场，始终在台下当听众。

曹火星很得意，不停地朝齐玉茹使眼色。齐玉茹只是轻轻地点点头，表情依然是那么端庄。由于得意，曹火星对柳绵桃亲自送上关心：行军时，替她背行囊；歇息时，给她安排条件好的住处。柳绵桃有些承受不起，总是偷偷察看齐玉茹的脸色。齐玉茹也感觉到了，对柳绵桃说：“你别不好意思，火星他爱才、会关心人。”

一段时间的朝夕相处，柳绵桃发现，八路军的夫妻之间，是很有意思的。曹火星是负责人，齐玉茹是联络员，大事小情齐玉茹断不了要向曹火星请示汇报，在人面前，她总是先喊报告，然后敬礼，每得指示，都要在小本子上认真记录，保持着很严肃的工作关系。吃饭时，夫妻挨得再近，也不让菜，但趁人不备时，齐玉茹会把盘子里的肉块迅速夹进曹火星的碗里。晚上散步，他们也保持一定距离，不嬉戏，也不说热语，但发现齐玉茹的头发上有一羽草叶，曹火星会左右看一看，确定无人之后，便迅速趋上去，轻轻地把草叶给她拿下来。看得出，他们夫妻之间，感情很深，却都隐忍，只让火焰烧在彼此的心里。

柳绵桃因而既敬重又羡慕，觉得队伍上的人真好。

“你怎么总是偷看人家？”正沉思时，冯景旺不合时宜地出现在眼前，且说出不合时宜的话，“人家曹火星可是有妇之人。”

柳绵桃不仅反感，还有些恼，“我也是有夫之人，你干吗还黏得这么紧，无耻。”

“你跟他不同。”冯景旺嘻嘻一笑，说，“榆林水已经是根据地、解放区了，解放区实行一夫一妻制，他古年却还霸着两个老婆，这很反动。等这次任务完成之后，我要严肃地找何家栋谈一谈，让他好好解决一下。"

柳绵桃鄙夷地啐了口唾沫，"就是没有古年坐在那儿，我也看不上你！"

冯景旺正了正头上的军帽，一本正经地说："这可由不得你。"

柳绵桃正想快一点摆脱冯景旺的纠缠，曹火星和齐玉茹笑吟吟地朝他们走来。"正好你们都在，想跟你们商量一下，咱们下一步如何开展工作。"曹火星说。

"我的部队是配合你们剧社的行动，接下来怎么干，还不是你说了算。"冯景旺说。

"冯大队长，接下来的行动，你的配合至关重要。"曹火星解释说，高碑店近期日伪活动猖獗，敌人居然把炮楼修到了距抗日政府不到二十公里的铁道边上，那里的军民每天都是和衣而睡，枪也紧紧抱在怀里，防止被偷袭。战士的士气低落，民众也产生了恐惧心理，我想把剧社带到那里去，在敌占区传唱《没有共产党就没有中国》，出其不意地打一场攻心战，既鼓舞士气，又震慑敌人。

冯景旺马上黑起脸来，"你们这叫作以卵击石，送死。"

冯景旺接着说："甭说还带着你们几个弱不禁风的文艺兵，即便是战斗部队独立作战，我这二三十人，也是打几枪就跑，还教唱？就等着哭丧吧。"

"你说话怎么这么难听，还哪儿像八路军的干部？都说花肠子的男人胆子小，一点都不假！"柳绵桃说完，哼了一声。

"就你有胆？"冯景旺也哼了一下。

"你别忘了，咱在涿州戏园子里对着鬼子的刺刀都不眨一下眼，甭说远远地在炮楼底下。"说到这儿，柳绵桃竟然有些兴奋，白净的脸上，倏地涸起了一抹桃红。

曹火星看了一眼齐玉茹，说："这才是让人欣赏的革命本色。"

在冯景旺的眼里，这是一句空洞的大话，他摇摇头，问："你们请示了军区没有？军区怎么说？"

曹火星说："军区首长说，在保证安全工作万无一失的情况下，可以尝试一下。"

万无一失？这是一把尖利的刀子，不扎你们，却单单扎我冯大队长。

"既然这样，我无话可说，你们聊，我准备去了。"冯景旺转身走了。

兴奋的柳绵桃回到宿舍，依然还在兴奋。

"欣赏。"她辗转反侧地品味这个词，感到这个词很温暖、很动人，让女人的心柔软、盈满。唱戏的人就怕有人欣赏，观众一鼓掌，就立刻来劲儿，若是掌声不断，就不停歇地唱，即便是唱吐了血，也心甘情愿。

在她看来，"欣赏"，就是连续不断的掌声。

炮楼底下是多好的戏台啊，它最适合报答这被"欣赏"的美好，即便是被枪弹击中，也要保持站着唱的姿势，谁让咱是角儿呢！

她突然明白了，为什么自己的公爹古大富在枪口底下不管不顾地为兵工厂烧炭？就是因为何家栋毫不保留的信任。

晋察冀是一块什么样的土地啊，这上边的人，怎么一遇到"信任""欣赏"这样的东西，就立刻变了模样，找不到自己了呢？

13

　　柳绵桃走了之后，古年的抑郁症一天比一天重了。

　　与其说是对女人的难以割舍，不如说是难以排解的疑心。他知道柳绵桃的身上有一种京西女人所没有的品性：心高气傲，总想与众不同。说难听一点，就是她身上有一种不安分的东西，容易被人诱惑。他想，她能被自己从涿州的戏园子里勾引到这老山背后，就也会被人引诱到平原大川。这么多年她蜗居在自己的身边，那是因为身不由己，不然也不会每天对着山梁子练嗓。一个蛋子大的小山村，要那么好的嗓子干什么？无非是想着跑，想着飞。

　　一个何家栋，一个曹火星，都是一个模子的白脸长身水蛇腰，轻声细语斯文得酸掉大牙。这他妈的真不好，女人喜欢，一见到眼睛就发亮。冯景旺这号的倒不可怕，意图写在脸上，人也浑得不讲究章法，这会让女人本能地躲避，不喜。

　　古年整天回味，把不可能的都想象成可能，好像眼睁睁就看到了女人在那种男人面前摇尾、撒嗲，甚至扑进怀里。

　　因为魂不守舍，在厨间里，他常常把热油当水，往地上泼，也常常把手指当菜，往下切。直至有一天，他大白天的就把庙门口的高台阶当平地，径直就迈过去，摔了个人事不知。醒来就含糊，认不清人，抓着刘玉芝的肩膀头叫绵桃，还大哭。两天后，人倒是清醒了，但又说五脏六腑、浑身上下都针扎似的疼，也不克制，放嗓子呻吟。区政府的医生看过，说看不出伤处，也许是吓住了。刘玉芝找来村里的大仙，天灵灵地灵灵地做了一番法事，总算是让他平静了下来。但从此以后，不吃不喝，捂着两肋说肝疼。刘玉芝从村里老人们手里敛来几块老灵芝，每天给他泡水喝。症状有些缓解，能吃些流食。

抗日完小的厨子也不当了，古年整个白天就躺在土炕上，一声不吭，也不翻身，只是偶尔转动一下眼珠子，像个幽灵。区政府认定他这是工伤，便送来体贴和关怀——两口袋京西小米和一篮子柴鸡蛋。

太阳一西斜，经过古年家门口的人就听到他在不停地嘟囔："刘玉芝，刘玉芝。"他盼着刘玉芝赶紧回来，给他摊鸡蛋、熬小米粥喝。他已经不再失魂落魄地喊"绵桃"了，他已安命，知道实实在在属于他的，只有这个朴实、简单、本分的刘玉芝。

刘玉芝给他熬出粥来，他也不让人，尽管兀自喝。他对抗日完小的厨房既有些想念，更有几分恨意，那里什么吃食都有，饿不着刘玉芝。

他很投入地喝，喝得有些急，便弄出一声屁来。他吸吸鼻子，笑了笑，"这小米粥就是好喝，发的屁都是香的。"

刘玉芝鼻子不禁酸了一下，但还是逗笑道："都三个孩子的爹了，还一点正经的都没有。"

粥喝妥帖了，他对刘玉芝说："玉芝，你上炕来。"

刘玉芝摇摇头，"不上。"

古年便往炕下扔枕头、扔被子，最后，还想把自己扔下来。

刘玉芝只好顺从。

刘玉芝一到炕上，幽灵一般的病人马上就活成了一个如狼似虎的壮汉，他几把薅下刘玉芝的衣服，龙腾虎跃般地覆盖上去。

他一边动作，一边抒情——玉芝，还是你好啊，心眼儿实在，为人本分，身子也结实紧绷，让人踏实、让人舒服。临了身子一顿，哀叹道："你就是我治病的药啊！"

"药你娘的脚！"刘玉芝踹了他一脚，"天天这样，天天这样，你要不要命了，人都瘦得跟榆树叶子似的，一股风都能吹到天上去。"

"那就飞、飞、飞呗，飞到柳绵桃那浪娘儿们跟前，让她捡起来，知道羞，知道愧。"

刘玉芝不能承受，哭了。由于刻意压抑着，声音呕呕啦啦的，像穷人家拉的一把破风箱。

就在这时，在高碑店的城郊外，正拉起了一个个巨大的风箱。风力强劲，荡起数丈风烟，弥漫开来，震撼敌我。

那是农村场院里每到麦子、稻谷和小米收获时，用于扬场的谷扇。那谷扇的躯体很大，漏斗之下，有一组巨大的风叶，摇柄一动，风叶飞转，会分离谷粒和草麸、糠壳，谷粒就地下沉装进口袋，草麸和糠壳则飞到天上去，被风吹远。

虽然冯景旺对曹火星们以卵击石的做法非常恼火，但他毕竟是护卫队长，低声骂过，还要尽责。不为别的，就为柳绵桃他也要用心做好，柳绵桃是属于自己的，她不能有闪失。日后，他有用。

土匪出身的他，有足够的怪才和歪才可用，他想出了一个名为"包馅饼"的护卫战术。

他把前沿阵地放在鬼子的炮楼底下，在火力够不着的地方深挖战壕，既监视敌人，又阻击敌人。他把传唱小分队安置在中间地带，那里很安全，步枪够不着，机枪也打不到。他在小分队的身后，安排了几十台扬场用的风扇，每隔五十米一台，用树枝伪装得周密，在望远镜里也看不出是什么阵势。

在抗日政府和地下党的鼓动下，几百名群众向中间地带云集。他们知道自己没有生命危险，压抑久了的心情被柳绵桃动人的歌声诱引得纵情释放，他们不仅跟着唱，在教唱的间隙，还高喊抗日口号。

炮楼里的日伪军刚开始时觉得很新奇，探出头来看究竟。待看出苗头，就恼怒，拼命打枪。见射程不及，就打榴弹，把炮楼里的炮弹都打光了，不仅打不到目标，也不见人群慌乱，疑似被嘲笑。

他们很生气，放下吊桥，冲出炮楼，想近身驱赶。冲到一定时候，战壕里的伏兵把枪打响了，步枪、机枪一起开火，子弹密集。他们便撂下了两具尸体，退了回去。稍顿之后，不甘心的鬼子头目带头冲锋，成散兵样式。冯景旺大声喊着："不要胡乱打枪，瞄准了再打。"他让机枪手暂时停止射击，只让步枪点射，只有离战壕太近了，才猛烈扫射。经过几轮冲锋，鬼子探出壕里的伏兵，只有零星的数量，而且子弹也没剩多少了，坚持不了多久，便全线压上来。这时，只听一阵号响，那几十台大谷扇一起动作，瞬时间扬起股股风尘，不久就会合在一起，遮天蔽日，而且还佐以树枝的摇动、众人的呐喊和锣鼓的铿锵。这个突如其来的阵势，让冲锋的敌伪军以为是八路军的大部队赶来了，便怔在那里。冯景旺乘机大喊："同志们，我们的援军到了，狠狠地给我打！"好像约定好了一样，步枪、机枪集中朝鬼子头目射击，居然就把他打翻了。其余的敌伪军怕遭灭顶之灾，连滚带爬地跑回了炮楼，龟缩在里边不出来了。

在滚滚黄尘中，柳绵桃的歌声有特别的穿透力，在冯景旺的耳郭里不停地回旋。

"姑奶奶，省省吧，等鬼子弄明白了，咱的小命就没了。"

冯景旺很紧张。

其实跑回炮楼里的敌伪军，并不想弄明白，他们觉得，与其去送命，不如也听听歌子，那歌子好听啊，既像进行曲，又像乡间小调，鬼子纳罕，伪军稀罕。有一个鬼子兵还从墙上摘下自己的琵琶，仿照外边的调子弹。真是有乐感，他很快就弹得完整了，很兴奋，"呦西，呦西，支那的曲子，大大地好！"他弹得忘我，但身边的伪军却忍不住流泪，因为他们辨得出那熟悉的旋律，他们思乡。

群众剧社的阵前传唱，未伤及一根毫毛，完满而归。

事后，炮楼里的鬼子向上边汇报说，八路冀中军分区杨成武的部队一部，约四百人，唱着怪异的歌子攻打炮楼，被他们誓死的抵抗打退了，小队长渡边淳一为天皇献身。

曹火星亲自给抗日游击支队队长何家栋写了战报。战报中说，二大队长冯景旺机智多谋，精于布阵，不仅出色地完成了传唱小分队的护卫任务，还创造了一种在敌占区虚实结合、迷惑敌军的作战范例，振奋了群众，震慑了敌伪，堪可赞之。

但是，半年后，这段记录被游击支队进行了修改，抹去了冯景旺的名字。

因为他叛变了。

14

在群众剧社完成了传唱任务，凯旋途中，他们夜宿在曾遭遇敌机轰炸、京西与涞水交界处的拒马河边。

夜色晦明，天光依稀，河水流得静美，像喃喃细语。

柳绵桃无眠，一个人在夜色中散步。这两天来，她一直亢奋不已。因为在整个传唱过程中，她一直唱主角，且全身心投入，表现出色，对得起领导对自己的"欣赏"。而且，在总结会上，曹火星也当众对她进行了热情洋溢的表扬，表达出在欣赏之上的欣赏，弄得她耳热心跳，自己都有些敬佩自己。

最让她兴奋的是，曹火星的赞美中，还出现了"国家""民族""情怀"和"救亡"这样的大字眼，让她朦朦胧胧地感到，她的一个小小的唱，居然有更大的价值，她已经不是一个普通的戏子了，更不是一个只会围着家庭转、相夫教子的小女人了。她是什么来着？对，革命战士。因为有了家庭外的身份和用处，她真的飞起来了。

她有了一种脱胎换骨的感觉。

因为心中燃烧，此时的她，特别渴望水，她想浸到水中去洗。

她先是脱掉鞋子，挽起裤腿，用赤脚往小腿上撩水。撩来撩去，她感到太拘谨，心中的火反而烧得更热烈，以至于呼吸急促，想喊。这个想法把她吓了一跳，你莫非真的要疯了吧，人们都眠在梦中，怎么容得你这突如其来的张狂？她迅速地往周遭望了望，夜色笼合，夜兽都无影，除了自己还醒着，一切都睡去。

她索性像小时候那样不管不顾地玩水，一丝不挂地玩到水里去。再次确定夜里没有睁开的眼睛后，她把自己脱光了，带着一丝解脱之后的兴奋，钻进水里。

幼时的水性还在，她居然还能游得自如、舒展。她开始忘情，像不知死的鱼。

都三个孩子的母亲了，怎么还像没有长大似的？她无声地笑了起来，为自己还未失去的活力而笑。细水沾唇，她感到甜。这个世道也真怪啊，战火纷飞，生死倏忽，竟然也能成就人。全是因为一首好听的歌子，让她精灵附身。她想到曹火星，一个俊美的人，写了一首俊美的歌，让半死的女人，重新活。她油然生出感激。不知为什么，一有了感激，胸脯就发胀，身体就想打开。她脸上发烧，为女人而羞。

她觉得不能再这样想下去了，得赶紧离开水。

她迅速游到岸边，但双脚刚一落地，身子就被人紧紧地匝住了，还没等喊出声来，一条湿热的舌头已经粗暴地堵进来。她被那人按倒在地上，身子重重地压上来，双手急速地在她胸脯上揉摸。她本能地反抗，却动弹不得。那个人太粗壮了，有镇压一切的力量。挣扎中，她感到，那条侵犯的舌头，并不那么让人难以接受，它有一股子干草味，是健康的大牲口咀嚼时喷出来的气息，这味道，她素日里是喜欢的，它跟负重与勤劳有关。她开始忍受那种亲吻，听到了男人欢快的呢喃声。从声音里，她辨出来了这个男人的身份，是冯景旺。不是他是谁？只有他才既有那个贼心又有那个贼胆。他真有力气呀，无论你怎么收敛，他都能给你打开。收敛，打开，再收敛，再打开，她感到自己再也没有收敛的力气了。这个冯景旺，在平时，无论你多么讨厌他的长相，无论你多么鄙视他的做派，无论你多么厌弃他的习性，但此时却究竟是一个既健康又强壮又会收拾女人的男人啊！于是，她反抗的意志不知不觉地削弱了，更奇怪地，她的手情不自禁地在他的乱发里游走。她简直认不清自己了，居然有了那么一点点渴望，你要匝入就匝入吧，既然已经有了一双被人欣赏的翅膀，那么你就给自己一点点飞起来的补偿吧。

在含糊和混乱中，她顺从地打开了自己。

究竟也是一个有本事的男人，就像他打的一场漂亮的护卫战一样，他匝入的战斗也打得十分漂亮，他让身下的女人热血沸腾，从决绝地推拒到迟迟疑疑地迎合，到了最后，他们彻底融合了，一起吟唱出一阕古老、低沉却欢快的曲调。

女人胡乱地把自己包裹完整之后，朝着男人凄然一笑，"你这个人，真差劲儿。"

男人也嘻嘻一笑，摇摇头说："我就说嘛，你是为我留着的。"

在残留的温存中，两个人搀扶着往林子里走。

临分手时，冯景旺在柳绵桃的屁股上用力地拧了一把。

柳绵桃下意识地一笑，但笑脸却倏地凝固了，因为她心中一动，这隔着衣服的一拧，比那赤裸裸的匝入还让她感到羞耻和难以承受。如果不表明态度，会让男人觉得，她已经接受了他，在今后的日子里，他可以自由地左右她的意志、支配她的身体。

"冯景旺，希望你我都忘掉今天的事，就当什么都没有发生过。"柳绵桃语调温婉却清晰地说。

"可是，可是，到底是发生了。"冯景旺嬉皮笑脸地说道。

柳绵桃脸色大变，从牙齿缝里挤出来了一句话："冯景旺请你给我记住，你如果再敢冒犯我，我会以死相拼！"

　　冯景旺愣在那里。等他想起要辩解一下，见柳绵桃已经走远了。那个背影，既好看又陌生，既行走在地上又飞翔在天上。

　　"京西的土话说得就是好，提起裤子不认账，这农村老娘儿们就是这样。"他摇摇头，嘟囔了一句。但是很快，一股巨大的忧伤在心头弥漫开来，把刚才那点得意和快感遮蔽得无影无踪。

　　传唱小分队在堂上村休整了两天就解散了。曹火星、齐玉茹所在的群众剧社受命到延安介绍经验，之后再奔赴一个未知的地方，反正是要跟这块土地做久远的告别了。

　　离开能欣赏她的人，柳绵桃自然很失落，但一顿散伙饭之后，失落感却奇迹般地平复了。因为在分别宴会上，冯景旺拼命表现，简单地赞美一下小分队之后，就是喋喋不休地自我表白。好像这一行的所有功劳，都是拜他所赐。曹火星一直笑而不语。在柳绵桃看来，曹火星绝不是谦让，而是骨子里的修养。她看看曹火星，再看看冯景旺，她觉得曹火星更加俊美，而冯景旺更加丑陋。怎么就那么糊里糊涂地委身于这个人了呢？她悔得肠子都青了。桌子上的菜肴虽然是特别置备的，有寒酸中的豪华，但她也很少动筷子。曹火星示意齐玉茹给她布菜，她都是笑着接下，又不声不响地转布给邻座。中途她心中酸涩难耐，偷偷地跑出去流泪。泪流过，再回到餐桌，她的心却变得硬了，也能微笑以对。流泪的过程，也是她自省的过程——她觉得，自己既然已经被丑陋玷污了，就不再有资格承领俊美了，那么，与俊美的分别，就是可以忍受的了。这就是命，自己得认。

　　柳绵桃回到榆林水村，受到区政府的同志和老乡亲们的热烈欢迎。

他们迎到村口，对她上下打量、嘘寒问暖。

大家都知道她是英雄模范，因为区政府有《晋察冀日报》，那上边对她的事迹有大篇幅的报道。

虽然冯景旺也在被欢迎之列，但他知道，这里的百姓，内心深处，是抵触他的，便很知趣地溜掉了，把光荣还给他们最真心欢迎的人。

欢迎的人群，随身是带有锣鼓的，但锣鼓一响，柳绵桃就头疼，她拼命地摆手。她觉得这很不真实，有讽刺的味道。人们不管她摆手的动作，仍尽情地敲下去。她头疼欲裂，双手狠狠地掐进头发里，脸颊抽搐，牙关紧咬。

古大富看得真切，喝令大家收敛了，"都是自家人，她受不起，收家伙，收家伙。"

本来庙门上挂了红绸，台阶上设了几案，预备着让柳绵桃讲几句，古大富也吩咐道："把这些也撤了吧，她累了，让她回家去吧。"

这个阵势是何家栋安排的，他想借柳绵桃这个案例拓展一下他的政治思想工作。研究的时候，古大富就反对，说，山里人不习惯这种花架子，再说柳绵桃是他区长的儿媳妇，这样做，很是让他难为情，再说，很可能适得其反。眼下见柳绵桃不配合，古大富倒是很欣赏，顺势就拆了台子。

何家栋一直就站在台子上，不停地向柳绵桃招手。但柳绵桃一直就不抬头，不给应有的回应。何家栋不免有些失落，感到这女子见了一番市面，翅膀硬了，高傲。失落之下，对欢迎仪式的草草收场也就听之任之了。

其实柳绵桃一进村口，就拼命地寻找何家栋的影子。当她发现了站在高台上的何家栋之后，眼前一亮，心跳加剧。她自然看到了何家栋的招手，那个动作，既热烈，又矜持，又有迷人的潇洒。这让柳绵桃感觉复杂，这里面既有优越感，又有距离感，还有清风席地、一尘不染的暗示。她心烦意乱，羞愧与自卑交集，她本能地选择了视而不见。

她急急地朝家走去。

家门紧闭，一推，从里面闩着。

她用力敲门，无人应答。她知道那是家人有意的推拒，陡升忧伤，施以繁急地敲。

里边终于传来一个不耐烦的声音，"谁呀？这么没规矩。"

柳绵桃听出是刘玉芝，说："玉芝，是我，绵桃。"

"知道是你，你还知道有家啊！"刘玉芝说完，又没了声息。

以为她没给开门，柳绵桃恨恨地去推。一推，整个人就进去了，差一点就跌倒在青石板墁的庭院里。手里的包裹散了，荇菜、虾米和小鱼散落一地。刘玉芝撇撇嘴唇，扭扭地进屋了。柳绵桃蹲下身子捡，泪水蠕蠕地淌下。

进到屋里，她大吃一惊。

那个她闲下来就想的人，斜倚在土炕上，身后靠着高高的一摞被垛。整个人瘦得就剩下了一把骨头，深陷的眼窝里眸子大得出奇，却不转动，像气息已绝的死人。她大叫了一声："古年！"

那个人嘴角微微地动了一下，挤出一丝瘆人的笑。

"古年，是你吗？"

那个人的眸子终于动了一下，滚出了两颗又大又浑浊的泪，紧接着呜呜地哭了起来。

"不许哭！"刘玉芝呵斥道。

那个人居然就止了哭声，像孩子知错，弄了一个鬼脸。

古年、刘玉芝像两个幽灵一般盯着柳绵桃，让她手足无措。

她突然想起了包裹里的东西，说："一直在惦记着你们，这不，走到十渡，从拒马河里弄了一些稀罕物，我做给你们尝尝。"

"不稀罕！"刘玉芝气哼哼地说。

"玉芝，你这是怎么了，我出门在外这么久，你不惦记也就算了，还弄得跟仇人似的。"柳绵桃心中委屈，也就有了说话的底气，反问道，"我反倒要问你，我走的时候托付给你的可是一个欢蹦乱跳的大活人，你怎么给伺候成这个样子？到底发生了什么？"

"你心里清楚。"

"我清楚什么？"

"他只稀罕你。"

柳绵桃无言。

她默默地把包裹里的荠菜、虾米和小鱼摊在几案上，打趣道："这都是新鲜物，得赶快下锅，不然就糗（霉烂）了。"

"再说一遍，我们不稀罕。"

"呵呵，我稀罕。"炕上的病人不知道矜持，急切地说。

"哼，贱！"刘玉芝气哼哼地摔门走了。一出门，她再也无法克制，泪花汹涌。她更委屈。

柳绵桃对着炕上那具活尸说道："我知道你心中在怨我，但公家需要我，我哪儿能不去？这一去，就给你挣了面子，十里八乡，京西河北，老百姓都爱听绵桃唱的歌子，都愿意跟着共产党、跟着八路军，这多好，你难道不高兴？你稀罕绵桃的地方不就是唱得好吗？大家都知道绵桃唱得好，不就说明你咱选对了吗？所以你应该高兴，一高兴，病就好了，你说是不是？"

古年流下了眼泪，咕哝道："是，是。"

"知道你有一肚子话要对我说，咱先不说，先把这些好吃食弄出来，香糊了嘴、香糊了胃口，你就能好好跟我说话了。"柳绵桃把话题转到了吃食——

这荇菜，其实就是拒马河里的水草，叶子飘在水面，好像没有根脉，其实在水下，根子长着呢，嫩，水儿多。这东西开水烫一下就得捞出来，不然就化了，用花椒油凉拌一下，就能上口，千万不能搁盐，因为它自身就吸足了水里的盐分，一搁盐就咸。这虾米，只有拒马河的浅水里才有，要清水去去腥，然后爆炒，往老里炒，那样才香脆，而且越嚼越嫩。这小鱼你别看它小，却有十年八年的光景，它只游在十渡的拒马河里，一到冬天，它就扎进河底的淤泥里，不吃不喝。吃的时候要用热油炸，不用吐刺，全都能香喷喷地吃进肚里。

她哪儿来的这么多见识？古年觉得柳绵桃真的有些陌生了。

她下到厨间，就按说的那样烹饪。

很快就烹得，她把四脚饭桌放在土炕上，倚在古年胸前。古年咽下口涎，真的有些馋，便用手往口里抓，狼吞虎咽。不期就噎着了，大声咳。

"你这是要谋害亲夫啊！"随着咳声刘玉芝破门而入，气咻咻地说道："他人瘦成这样，嗓子眼都瘪了，平时只喂流食，你却让他大鱼大肉，哼！"她拍弄着古年的后背，"小口小口地吃，没人跟你抢。"

明明是小鱼小虾，却被说成大鱼大肉，柳绵桃很感动，感到刘玉芝比自己好。

她说："我想跟你喝两口，一是庆祝咱们团圆，二是感谢你对古年的照顾，三是感谢你帮我拉扯那三个孩子。"

柳绵桃的话，让刘玉芝暖心，她忍不住掉下泪来。但马上觉得，她刘玉芝是么人？哪能轻易就掉泪？便狠狠地抹了抹眼角，说："喝就喝。"

"我也喝。"古年探了探身子，渴望地看着他的两个女人。

酒到了嘴里，三个人有不同的滋味。古年是伤心，柳绵桃是愧疚，刘玉芝是委屈，但大家都有一个共同的滋味，苦。

酒端在手里，但柳绵桃想说的感激话却说不出来了，她觉得多余，甚至有些虚假。本来刘玉芝想借着酒劲说几句埋怨话，发泄一下心中的不平，但此时也觉得多余，甚至有些小气。而古年的心中，恩与怨，喜与悲，杂乱地交织着，他不知道怎么说。

三个人僵在那里。

起初都感到别扭，但僵着僵着，心里的想法都没了。反而都觉得，他们三人能走到今天，是命运的安排，一切都由不得他们自己，既然这样，就什么也别说，互相担待着吧。

正在这时，柳绵桃的三个孩子回来了。见了柳绵桃，他们都觉得她是陌生人，就径直扑进刘玉芝的怀里，异口同声地叫娘。刘玉芝抚摸着孩子们毛茸茸的头发，欢快地答应着。见到桌子上有稀罕物，孩子们都把渴望的眼神聚焦在刘玉芝的脸上，她很是受用，连忙说："儿子们，这就是给你们预备的，快吃吧。"

桌上的好吃食，转眼就盆光碗净，惹得古年不停地干咳，然后把自己放平到土炕上，重重地叹了口气。

两个女人都知道他叹气的含义，她们跟他一样，真的拿这日子没办法。

"你们该上课去了，娘送你们。"刘玉芝想从这沉重中解脱出来，找了一个能说得过去的借口。

孩子们走到门口，又不约而同地踅回来，一起在柳绵桃的腰上抱了抱，撒着欢儿跑了。虽然没听到叫娘，但柳绵桃知足了，她知道，孩子们心中有她。

刘玉芝和孩子们走后，炕上那个活死人眼睛突然亮了起来，像风吹过将熄的炭火，猝然生出通红的火焰，他急切地说："柳绵桃，你上炕来。"

柳绵桃上炕之后，坐在古年的身边，她想依偎在他的肩头，却有些难为情。但是，仰靠着的病人，却一跃而起，狠狠地把她扑倒了。撕扯，覆盖，激烈的动作，震得柳绵桃全身发麻，呼吸困难。这还是那个瘦脱了形的人吗？他好像从来就没有瘦过，壮健如初。

风云过后，就有雨下，雨下之后，就地皮松软，他又瘫倒在炕上。长长地叹息了一声，竟说道："你偷人了。"

"凭什么？"

"你身上的味道不对。"

"那是因为离开得太久了。"

"离开得再久，老娘儿们的气味也是不会变的，除非被人偷过。"

柳绵桃很想哭，但在大平原走了一遭之后，经历了生死，她哭不出来了；她很想争辩，但冯景旺的侵犯，又横在心里，也失去了争辩的底气。她干干一笑，木在那里。

这个态度，好像坐实了男人的猜测，那个男人竟呜呜地哭了起来。

等刘玉芝回来，一切又恢复了平静。两人都对她笑脸相迎，疑似表达亲情。

到了晚上，古年板着面孔说："柳绵桃，玉芝这些日子很辛苦，从今天开始，该你伺候我了。"

怎么伺候？刘玉芝教给她，接屎接尿，捶肩捶背，揉脚揉手，让他能躺得平睡得好。临走的时候，刘玉芝意味深长地提醒道："也别太顺着，让他太任性了。"

然而男人尽情地任性，柳绵桃一旦沾炕，他就覆盖，一不顺从，就谩骂，"你是一只破鞋，是破鞋就得踩，狠狠地踩！"

柳绵桃被骂得失去了柔情和悲悯，"踩，踩，不要命你就踩。"

　　一周之后的一个夜晚，男人终于僵在了那个踩的动作上。摸摸鼻息，知道他过气了。推推他，身子很轻，但是她觉得推倒他的做法不妥，就任由他僵着，然后号啕大哭。

　　刘玉芝应声而进。看到这情景，什么都明白了。"你真是贱啊！"她接着埋怨道："说不让他太任性，你就是不听，丧门星！"

　　骂过，刘玉芝说："你赶紧穿衣服，我把咱爹叫过来。"

　　古大富来了之后，翻弄了一下古年的身体，确认他已气绝，竟平静地说道："媳妇们，也别太伤心了，他这是如愿以偿。"

16

根据地的巩固和发展，让果家房兵工厂的生产火了起来。原材料的缺乏，就摆在面前。

何家栋想到了一个来源，就是下行四十公里、从大山深处往平原运煤的坨清高线。

这个高线是京西煤炭业自古就十分发达的见证，系清光绪三十二年（1906年），良乡煤炭业主刘玘瞻联络天津盐商共同开发，经袁世凯批准，向外国银行借贷三百万两白银修建而成。高线的设计者，是德国人李希霍芬，他在《中国煤矿业简表》中对此有详细的记载。高线建成，中德联合成立了高线铁路公司，原煤经天津塘沽港源源不断地运往海外。中日战争爆发后，日本人剥夺了德国人的原有权益，取得了独家经营权，高线因此成为日本掠夺中国煤炭资源运往国内的交通枢纽。

坨清高线全长52华里，经坨里、英水、西鞍、北窖等村至清港沟止。原煤从清港沟运出，到坨里装车，陆运到天津塘沽港。日夜两班，每班可运500车，可见开采量之大。高线支撑铁架300多座，铁架最高者，有145米，线轨由17根茎粗35毫米的圆形钢索拧成。高线的运行动力来自蒸汽机，由锅炉产生蒸汽，带动蒸汽机工作。全线安装4台锅炉，其中北窖站台的锅炉体积和功率最大，一经破坏，修复困难，耗时最长，是高线的命脉。

所以，向高线要钢铁，是一举两得的事情：既可以解决兵工厂所需的原料，又可以破坏敌人的运煤线。但是，高线附近都有日本人的炮楼，炮楼上都架着机枪，一旦被发现，就会遭到疯狂扫射，如果运送不及时，还会招来追兵。不啻是虎口拔牙。

何家栋严令，行动要在后半夜进行，既要隐蔽，又绝不能弄出动静。即便是被敌人发现，也不能应战，迅速撤退，不可有无谓的牺牲。

拆高线的任务，就交给了冯景旺的游击二大队。冯景旺接到命令，十分兴奋，且充满信心。一是他在高碑店炮楼底下布过阵，有作战经验，二是柳绵桃刚死了男人，给了他追逐的机会，他要好好表现。

十二月的下半夜，山风奇冷，鬼子都龟缩在炮楼里，冯景旺带队悄悄地接近了目标——离解放区最近，也是坨清高线的西部起点——清港沟。到了塔架下，先把几根粗绳子接在一起，让一个身手矫健的战士背在肩头，爬上架顶之后，把绳子拴牢，再翻身而下。铁架底部，有四个水泥墩脚，牢牢地钉着铆钉。他们用铁锹撬，暗用力，一点一点地令其松动，不能弄出一点声响。铆钉撬下大部，他们就停下了，必须留下相当数量的铆钉，否则拉动时会轰然倒下，惊动敌人。看看炮楼上是否有探眼，确认安全，才开始进行下一步。几十个人拉动垂下来的绳子，既要用力，又不能用猛力，让其反复晃动，徐徐倒下。塔架倒下，大家赶紧卧倒，紧紧盯着炮楼。那些缆索很粗，必须割断，才能移动铁架，这难不倒冯景旺，他让人带着烘炉和风箱，可以加热剁刀，把铁索剁断。他让战士扯起棉被，遮住烘炉以免泄光，把铁索抻在软土上，榔头上也包着棉布，砸下去是闷声，弹回来的也是闷声。由于耗时，大家的心都提到嗓子眼上。终于无事。几十个人赶紧把铁架抬离现场，到远处的山坳里，继续拆卸。然而主体是拆不掉的，连接的大件要人抬。山坡陡峭，荆棘缠绕，枯草光滑，人们深一脚，浅一脚地移动，祈望平安。终于还是滑倒了，角铁把一个战士的左腿从膝盖处齐刷刷地切断了。还未等他喊出来，身边的另一个战士，已把整个手塞进了他张大的嘴巴。疼得难以承受的受伤战士，居然拔下腰间的枪刺，狠狠地刺进自己的心窝。

冯景旺心中一惊，下意识地咕哝了一句："他妈的，有种！"

进了根据地的地界，他们才放心地摊开烘炉，拉旺风箱，用剁刀把大件拆零散，然后用早已候在那里的毛驴往果家房驮运。

何家栋一干人就在瑞云寺庙门前等着，见大家安全返回，他冲冯景旺招招手，"老冯，辛苦了！"

一声老冯，让他心绪复杂，他让人把那个战士的遗体给何家栋背过来，"到底还是死了一口子。"

问完缘由，何家栋发出一声感慨："多好的战士啊，有钢铁一般的革命意志。"

冯景旺毫不遮掩地撇了撇嘴，"都是喝了你的迷魂汤。"

那个战士跟随冯景旺多年，原本胆小怕事，听到枪声就躲，是何家栋在部队里大搞政治思想工作，才淬火出这样的品质，所以，此时的冯景旺，不知是敬，还是怕。

何家栋说："给他开追悼会，派人到他老家去，送上抚恤金。"

冯景旺摇了摇头，把想说的话咽下去了。

回到了五区区政府，冯景旺见到了柳绵桃。他送上热热的眼神，但柳绵桃却回之以冷眼。她整个人都憔悴了，有明显的病态，走路懒洋洋的，像脚下踩着棉花。虽然他出色地完成了任务，希望在她那里得到热烈的反应，她却冷漠，不以为然的样子。

他觉得，一个普普通通的古年，真不值得她这样，因为她到底是见过世面的，心中应该有远处，却依然看得这么近，这女人真的很难让人弄懂。有一点他认为自己是懂的，就是要让柳绵桃回阳，抚平她心中的创伤，还得靠他。他想再干点大事出来，让她刮目相看。

兵工厂的生产热火朝天，往前线供应了大量弹药，收到了军区的嘉奖。五区上下，喜气洋洋，全不把几十里之外高线上的鬼子放在眼里。

高线的塔架被破坏，鬼子自然是恼怒，但尚可能迅速恢复，也就没有报复之举。根本的，他们不知道解放区到底有多少实力，怕中了埋伏，不敢贸然出击。但他们加紧了防范，加派了岗哨，增添了重武器，每个炮楼上还配备了几门迫击炮。

游击支队再从高线上要钢铁就困难了。

冯景旺的游击二大队整天练兵，他觉得是花架子，心里闲，手脚有些发痒。

在一个风高月暗的夜晚，冯景旺擅自把部队拉出去，悄悄地朝鬼子的高线进发了。

他这个行动，给五区军民招来了灭顶之灾。

17

冯景旺的这次行动，目的不是为了给兵工厂夺取原材料。他也知道，在鬼子严密防范下，拆卸高线，无异于虎口拔牙，被咬的反而是自己。

他这次要的是响动，是要炸毁北窖的蒸汽机房，让失去动力的高线长时间瘫痪。实际上，他是为了一个女人，为面子而战。搞破坏，要的是腿快，不需要人多，所以，他只带了三十几位战士，都是最听他话的心腹。

他们越过清港沟，直奔北窖蒸汽机房。他们潜行如猫，行进顺利。他们在机房的四角都安装好炸药，一切停当，居然没被发现，以至于还有心情仰望冰冷而稀疏的晨星。

问题就出在，他们使用的是边区造的土炸药，没有定时设备，只能靠导火索人工点燃。仓促中，他们疏于计算，导火索的长度不够，以至于撤离机房不久，炸药就爆炸了，招来炮楼上的敌人疯狂射击，当场就打倒了几个战士。他们只好匍匐前进，迟滞了撤退的速度。好不容易撤到清港沟附近，又被从清港沟炮楼里回压过来的鬼子拦住了。前面有拦截，后面有追兵，两面夹击之下，他带来的战士全部牺牲。他本人则被生擒。

他被押回北窖据点。一个叫山本二步的日军中佐特意从坨里大本营赶来，亲自进行审讯。

最初的冯景旺还保持了一个男儿的本色，鬼子的刑讯手段都用尽了，他虽被打得皮开肉绽，但只字不说。他觉得身后有个女人在看着他，检验着他被看重的资格。

后来山本二步换了一种审讯方式，他让人把已经不能行走的冯景旺抬进炮楼底下一个圈狗的铁笼子，然后放进四条军用狼狗。那些狼狗狂吠不止，眼冒凶光，个个都是嗜血的角色。狗的舌头很长，也很温暖，只要在身体的破绽处轻轻一舔，就会卷下一块鲜红的血肉。倘若不去制止，转眼之间，一条肥壮的肉身，就会变成一堆瘦伶伶的白骨。

冯景旺彻底崩溃了，嘶喊着："我招，我招，我全招！"

狗被制止之后，冯景旺号啕大哭。"柳绵桃啊，柳绵桃，我这也是没办法啊！"他语无伦次，羞愧、绝望和委屈，结伴穿心，他只有哭。

一如堤溃千里，他不仅招出了自己的身份，还供出了兵工厂、五区政府所在位置和布防情况。这让山本二步大喜过望，他粗略地计算了一下，兵工厂的守军三十余，二大队的作战人员除去这次被消灭的，尚有七八十人，满打满算，不过一个连的兵力，而且八路的装备十分落后，简直不堪一击。他决定趁热打铁，进行清剿。

他从坨里调集来一个中队的鬼子和一个中队的伪军，约360人。即便兵力两倍于土八路，他也决定智取。他觉得要速战速决，让对方来不及获得支援，更重要的是，天皇武士个个是人中豪杰，高贵的生命不能白白地断送在支那猪手里。

他款待了冯景旺。不仅给他包扎、疗伤，还给他以酒肉，娱以歌伎。和乐迷耳，歌女迷心，酒香脂粉香，让人销魂。歌女的软肉抱在怀里，做人的意志便没有位置。他觉得柳绵桃不过就是一个普通的村妇，还是被人嚼过的剩饭，没有对她忠与贞的必要。恍惚中他答应山本二步依计而行。他带着换上了支队队员衣着的鬼子，走在最前面，装出一副得胜回朝的样子，迷惑何家栋。其余的鬼子和伪军与其保持适宜的距离，随时进行火力支援。为了奏效，他们白天进行修整和准备，天色暗下，才向山里开拔。

冯景旺迈着沉重的脚步，不时地向后张望，因为他身后荒寒的土岗上，枯草丛中，躺着三十几个被扒去衣服的弟兄，他们冷啊！

由于有贼人带路，果家房的前沿暗哨很快就被鬼子抹掉了，他们顺利地行进到瑞云寺脚下。

虽然他们行迹隐蔽，还是被机警的岗哨发现了："什么人？"

"是我，冯景旺。"冯景旺从草丛中站起身子，挥着手答道。

"口令？"哨兵依然保持着警惕。

"辛劳为人民。"

"哦，真的是冯大队长。"

"何支队长在吗？"

"他去区政府了。"哨兵又补充说道，"见你们两天未归，怕有敌情，同古区长商量对策去了。"

正对话的时候，那三十几个穿支队制服的鬼子已接近了庙门。哨兵本能地感到这里有疑点，便上前阻拦。冯景旺怕败露，猛地掏出军刺，割向哨兵的喉咙。哨兵在倒下的最后一刻，扣动了扳机。

枪声惊动了庙里的卫兵，他们迅速地抢占了应有的位置，开始还击。他们依仗着身处兵工厂、弹药充足的优势，不仅射击密集，还把成捆的手榴弹扔向敌群，把那三十几个伪装者炸得寸步难行，蜂拥着撤了下来。

在后边督战的山本二步叫人喊话，让庙里的人放弃抵抗，走出来投降，不然就实行炮击，让这个千年的古庙和八路囤积的弹药一同升天。

战士们的枪哑了。

他们吝惜的不是自己的性命，而是这座古庙。他们年年、月月、日日与古庙厮守，有多少座佛像、多少块壁画、多少支廊柱、多少册经卷，甚至每座佛像上有多少道雕纹，每幅壁画上有多少个人物，每支廊柱上有多少块瓦当，每册经卷上有多少个汉字，他们都了如指掌。他们知道这是国家的稀有文物，是千古所传，长于他们每个人的生命年华，也重于他们每个人的肉体凡胎，绝不能毁在他们手里。

"冲出去，跟鬼子拼了！"

"对，拼了！"

久久沉默之后，庙门大开。他们举着双手，簇拥着走出来。

但他们一远离古庙，便迅速地放下双手，迎着敌人冲锋。他们腰间绑着手榴弹和炸药，腋下藏着自造的短枪，他们要最后一搏。

山本二步大吃一惊，"快快地，射击。"

在密集的射击中，战士们就像一个个活靶子，纷纷倒下。

冯景旺大为惊惧，大喊："何家栋，日你的奶奶！"

正叫骂间，一个战士居然已冲到他面前，拉响了腰间的导火索。他猛地往后一闪，顺势把身后的两个鬼子推向前去。一声巨响，那两个鬼子和最后一名勇士化成了一道冲天的黑烟，奔腾而上。

巨大的气浪也把冯景旺推出去很远。躺在地上，动动身子，命还在，零件也齐全，但他失声哀叹："我这辈子，算是完了。"

瑞云寺的战斗，给何家栋争得了时间，他和古大富一道，在榆林水村村口布下了迎敌的阵地。他们要死扛死守，掩护保育院的儿童和区政府公务人员能安全撤离。

虽然敌人冲锋的势头很猛，且一波接一波地不断强攻，但均被视死如归的战士打退了。山本二步恼羞成怒，命令实行炮击。敌人的炮击，采用的是正规战的打法，前沿、纵深、后卫，层层覆盖，不留死角。这样一来，整个榆林水村，四面开花，人人自危。

往日，古月、古日和柳绵桃的三个孩子，都睡在后院，前院则是两个女人住在一起，相依为命。古大富住在区政府机关，一来方便处理公务，二来也是为了防范流言。炮声一响，刘玉芝翻身坐起，"不成，我得到后院看看孩子们。"

刘玉芝进了后院的房间，孩子们都在，独独缺了古月。孩子们惊恐地看着刘玉芝，"娘，怕！""不怕，不怕，有娘在呢。"她一边安抚着孩子，一边问道，"古月呢？""他怕，想撒尿，去茅厕了。"刘玉芝想出门去找古月，还未来得及转身，一颗炮弹就在头顶炸了。

茅厕坐落在院子的东南角，古月眼睁睁地看着房子被炸平。他吓傻了，一屁股坐在屎尿上。柳绵桃冲进后院，也傻了。她想哭，嗓子眼却像被什么东西堵着。她拉起古月，"去，找你爹。"他们跑向村街，炮弹就像长了眼睛，撵着他们的屁股炸。

等找到古大富，他正与何家栋激烈地争论。

他们都觉得这样苦撑下去，会全军覆没，应该迅速撤离，到涞水、易县交界处去找一大队。但谁留下来打掩护，他们意见不一。

"何书记，我留下来，因为你懂军事，能把队伍安全带出去。"

"正因为我懂军事，才能打好这个掩护，更长时间地拖住敌人。"

"不成，万一被打垮，你可不能落在鬼子手里，他们最恨的是共产党，而我只是个平民区长，他们不会把我怎么样。"

"共产党怎么能把危险留给平民？"

"能，因为共产党给了平民信任，他心甘情愿。"

争执间，一颗炮弹又在近处爆炸。柳绵桃拿起屋里两杆枪，把其中的一把塞给懵懂的古月，"走，跟我到村口去，打鬼子。"

古大富哈哈大笑，"这就是榆林水人的态度，何书记，你就别犹豫了。"

村口的还击，虽然稀落，却坚定，打得敌人只能探索着往上冲。冯景旺在前边带队，一路上躲躲闪闪。他发现在冒烟的枪口背后，有熟悉的身影。他吩咐道："留着那个娘儿们和那个孩子，他们是我的。"

敌人到底是冲上来了。打掩护的人，只剩下了古大富和柳绵桃、古月爷仨，他们的子弹都打光了。

冯景旺先在阵前露面。古大富情不自禁地皱了皱眉头，"冯景旺，真的是你吗？"

"嘿嘿，古大区长，真的是我。"

"你就等着人民的审判吧。"

冯景旺嘿嘿地笑着，用枪口抵住了古大富的胸口。一声沉闷的枪响，古大富眼白一翻，缓缓地栽下身去。"本来不想杀你，怕日后多了一个审判我的对手。"

柳绵桃惊呆了，"你？"

古月愤怒地冲向前，狠狠地咬住了冯景旺握枪的手。冯景旺挣脱之后，用枪指着古月说："小兔崽子，我索性也把你崩了，省得日后你找我算账。"

柳绵桃挺着胸脯横过来，把古月掩在身后，"要崩就先崩我！"

冯景旺眼前一阵迷离，"那我哪儿舍得。"

"冯景旺，你要是还有一点人性，就把孩子放了。"见冯景旺有些迟疑，柳绵桃低声地对身后的古月说："你快跑，去追何书记他们。"

古月朝远处跑去，冯景旺虽一直用枪口指着，却始终没有扣动扳机。

等见不到人影了，他突然大为感动，是为自己感动。他对柳绵桃说："你应该感谢我，我不仅是你柳绵桃的大恩人，还是你们古家的大恩人。"

18

　　鬼子攻占榆林水村之后，一把火把五区区政府烧了。火光冲天，人心惊惧。

　　更让人惊惧的是，山本二步让士兵把全村老少驱赶到村子小广场的大榆树下，鬼子端着上了刺刀的枪，把乡亲们都围了起来。庙被烧毁了，但庙门还在、高台阶还在，那上边架着两挺歪把子机枪。

　　山本二步训话，这次清剿，由于土八路的顽强抵抗，玉碎了许多天皇武士，你们要付出代价。训完话，他向冯景旺招招手，"冯桑，你地过来说话。"

　　冯景旺应声趋前，跟山本二步好一阵嘀咕。其间，山本二步的脸一会儿阴，一会儿晴，最后定格在晴上。他拍了拍冯景旺的肩膀，"呦西，就依你说的做吧。"

　　冯景旺转过身来对乡亲们说："太君其实并不想滥杀无辜，他是要震慑反抗分子，他是要抓住你们的头目何家栋，所以太君说了，给你们一天一宿的时间，派人把何家栋叫回来伏法，不然，就拿机关枪把你们都突突了。太君说，这也是他们大和民族最后的人道了。"

　　在生的渴望之下，几个族长商议了一下，派人去寻找何家栋了。

山风阴冷，骨节冰冻，全村老少都僵在原地。有个老人坚持不住，倒在地上。刚一倒下，一个鬼子就踏上前来，用刺刀挑了。便没人再敢躺倒，互相搀扶着、依靠着，等他们的救星。

柳绵桃就在人群里，且站在前排。本来冯景旺向山本二步说明理由，要她到太君这边坐，但她说："人怎么能跟畜生混在一起。"她选择艰难地站立。

鬼子们点起了几堆冲天的篝火，既取暖，又烧烤，烤从笼子里抢来的鸡兔和檐下悬挂的老玉米，还有他们从地窖里发现的土豆、红薯。

这期间，他们抬上了一个圈狗的铁笼，几只雄壮的狼狗朝它们的主人狂吠。它们想要鬼子手里的烧烤物，但鬼子大笑着拒绝了。他们有他们的预谋。

长夜终于过去，东山头的太阳慢吞吞地爬上来。但乡亲们并没有感到暖，因为他们不知道自己到底能不能得救。他们开始放声大哭。

哭声戛然而止，因为他们看见，他们时刻瞩望的远方，果然有一个人迎着太阳走来。

等人走近了，乡亲们又放声大哭，因为他们知道，这个人为了他们会有来无回。

"何家栋？"山本二步吃惊地问。

"没错，就是何家栋。"

走近了的何家栋，面带微笑，衣着整齐，那白脸长身更显得异常清秀。

冯景旺迎上去，弓着身子叫道："何支队长。"

何家栋摆摆手，"败类！"

何家栋朝乡亲们摆摆手，"大家不要哭，侵略者不相信眼泪。"他一眼就看见了站在前边的柳绵桃，朝她点点头，"你瘦了。"柳绵桃不能承受，死死地捂住了嘴巴。

两个鬼子冲上前来，要施以捆绑，何家栋皱了皱眉头，对山本二步说："我既然是自己走来的，你们干吗还要多此一举。"

山本二步挥挥手中的白手套，示意士兵退下。

"既然我如期赴约，你们放人吧。"何家栋说。

"放人地干活。"

端刺刀的鬼子迅速撤去，给老百姓让出路来。

但乡亲们都不动，他们想送别自己的恩人。

山本二步对何家栋说："何桑，你地人格大大地，我地敬佩地干活，如果你地能与皇军合作，日本清酒地伺候。"

"那我会生不如死。"何家栋撇了撇嘴，"甭废话，动手吧。"

"如果拒绝合作，你地归宿就在那里。"山本二步指了指圈狼狗的铁笼子。

何家栋笑了笑，从容地走过去。

恶狗扑食。一位豪杰，转眼之间就剩下了几条白骨，放着冷厉的光芒，不带一丝血色。

山间一片呜咽，太阳也躲进云层。

一声凄厉的尖叫穿过呜咽，直刺进冯景旺的耳朵，他一阵钻心的痛，好像耳膜都被刺破了。

尖叫来自柳绵桃。她用自己的手，生生把自己的两个眼球抠了出来，她既不想再看到天使，也再不想看到恶魔，她活着就死了。或者说，在死中活。

19

在雄县果各庄西北的一片水面上，缓行着一条小船。

船上坐着一个穿八路军土布军装的青年。他面色苍白，双眉紧锁，表情阴郁。因为被沉重的心思所扰，他划桨的动作近乎是下意识的，很长时间才划一下，那船似走非走。

这是著名的白洋淀的一段，水面如镜，仅有微波。船似禅座，人像入定冥想的僧人。但僧人淡泊，这个青年却煎熬在痛苦里，有很深的幻灭感。不久，两行泪水无声流下。

这个人，就是古月。

古月从枪口下逃生，追上了撤退的何家栋部，向何家栋哭诉了家人的死。何家栋未曾安慰，只说了一句话，"知道了。"

后来村里来人传递凶信，何家栋写了一条手信交给身边的一个副大队长，让他带着余部去与在涞水、易县交界处活动的一大队会合，然后，他决然离去，慷慨赴死。

这样，古月便受到了更深的刺激，他不明白，为什么好好的日子，就不能好好地过，活蹦乱跳的人，怎么说死就死了？弟弟、大嫂和三个侄子糊里糊涂地就被炮弹炸死，父亲莫名其妙地就被自己人打死，好不容易追上的主心骨，又毫不犹豫地返回去送死，死，死，死，这个字眼在他心里反复冲撞着，他突然很害怕，他害怕活。部队走到一个险处，面对脚下的悬崖，他突然想跳下去，因为他觉得死并没有什么可怕的，何家栋就很不在意，告诉他死了那么多人，他只淡淡地说了一句话，知道了。

那个副大队长发现了他的意图，猛地拽了他一把，然后狠狠地抽了他一个耳光。"那么多人都死了，你还想死，你是个混蛋，混蛋一屁股泥！"

混蛋一屁股泥，是京西骂人的土话，是特混蛋，混蛋透顶，混蛋到不可原谅的意思。所以，这句话比那记耳光更有分量，它让古月未被污染的心难以承受，他羞愧极了，只说了三个字"知道了"，就钻进了队伍。

见到了胡振常之后，那个副大队长把何家栋的手信交给了他。胡振常看罢，大惊失色。手信里说，我何家栋牺牲之后，游击支队的指挥系统就算是瘫痪了，在这种情况之下，为了不让人心涣散、队伍混乱，游击支队暂由你胡振常代理指挥，从抗日的大局计，你要切实负起责任来，现在的首要任务，是避敌锋芒，带领队伍往深山里转移，保存有生力量，等军区新任指挥员到来之后，再按军区的指令谋划下一步的行动。

胡振常虽然足智多谋，精于算计，但现在的队伍毕竟不是他自己的私家军了，姓共，如果有什么闪失，比过去杀人越货、打家劫舍的罪过要大得多，大到他无法承担。再说，各大队都是由原来的山头改编的，都有自己的算计，谁会听从我胡某的统一指挥？这简直是不能实现的指令。再看看惊魂未定、伤痕累累的二大队的残兵败将和灰头土脸、老幼不齐的五区政府的剩余班底，胡振常不停地摇头。说是转移，其实就是逃跑，带着这么一个大包袱，我怎么逃得了？

不成，我得甩包袱，当不成功臣，也绝不能背上罪人的骂名啊！

他打听到冀中军分区的吕正操司令员正在保定一带活动，便带着这个大包袱朝那个方向潜行。

这个时候，天上下起了鹅毛大雪，纷纷扬扬的，落在树梢上就像新长了一茬叶子。被激战吓坏了的人们，被这美景所打动，开始有了笑容。但是胡振常却紧皱双眉，他认为这是凶兆，因为大雪覆地，会一片莹白，会留下脚印，会让追兵循迹而来。他让部队停止前进，迅速隐进身后的大山，并让断后的弟兄用树枝把脚印扫去。部队宿营在山坳里，忍受着铺天盖地的冷。撤下来的妇幼老人和伤兵，经不得风寒，纷纷病倒，咳嗽、发烧，有的还抽搐昏迷。胡振常让手下人把身上带的药品都拿出来给病人吃，青壮者脱下厚重的外衣给病人们穿。

这惹起了手下人的不满，不少人抗命，甚至主张把这些人做特别"处理"。胡振常本来斯文，这时也破口大骂："都是他妈的小妈养的，连亲爹是谁都不知道的下贱货！"他下了死命令，谁要是敢动歪心思，就地正法。

他召开了紧急会议，会上他说，甭说是有组织的队伍，就是民间的僧道，都知道扶危助残，人活着，就应该心存善念，有悲悯之心。再说，自抗日游击支队成立以来，一大队就养尊处优，连一场硬仗都没打过，老蒋说八路游而不击，指的就是我们。我们该打一场漂亮仗了，那就是把逃出来的人安全地转移出去，完好地交给组织。让我们一大队在该说话的时候，有站着说话的理由。

两天后，雪停了，却下起了瓢泼大雨。一片莹白，很快就变成了一片泥泞。干冷也变成了湿冷，伤者伤口开始溃烂，病者病重开始昏迷。胡振常仰天大笑，"这是老天在考验我胡某人哩！"

胡振常毕竟有敏锐的判断，既然有雨幕遮掩，有泥泞覆足，他就可以大踏步前行。他命令，抬起伤者，背起病者，疾速行军，目标：保定。

到了雄县附近，获得喜讯，冀中十分区司令部就驻扎在雄县，队伍立刻就投奔过去。

见到分区司令员刘秉彦，胡振常立刻就哽咽了。刘秉彦笑着让座，并给他倒了一瓷缸热水，他端在手上，久久颤抖，终于能说出话了："我得救了。"

他把包袱甩给了刘秉彦之后，又有了一大队长的感觉。他详细地汇报了京西发生的变故，表达了对何家栋的敬意。刘秉彦说："我与何家栋同志是左联的同事，他写得一手好诗，他的牺牲，真是太可惜了。"他像突然想起了什么，"你等等，"说着转身进了里屋。出来的时候，他手里拿着一张《晋察冀日报》，展开一个版面，"你看看，这是他发表的诗。"

刘秉彦起初是默读，后来念出了声："或者被敌人/投进狗场。/看啊，/那凶恶的狼狗，/磨着牙尖，/眼里吐出/绿色莹莹的光……/祖国呵，/在敌人的屠刀下，/我不会滴一滴眼泪。"读到这，他把报纸递给了胡振常，激动地说："诗谶，诗谶啊！"

刘秉彦身材高大，面相威俊，此时却也忧凄如女人，让胡振常大为惊罕。他好奇地接过报纸，看了下去——

诗歌两首
何家栋

为祖国而歌

我，
埋怨，

我不是一个琴师。
祖国呵，
因为
我是属于你的，
一个大手大脚的
劳动人民的儿子。
我深深地
深深地
爱你！
我呵，
却不能，
像高唱马赛曲的歌手一样，
在火热的阳光下，
在那巴黎公社战斗的街垒旁，
拨动六弦琴丝，
让它吐出
震动世界的，
人类的第一首
最美的歌曲，
作为我
对你的祝词。
我也不会
骑在牛背上，
弄着短笛。
也不会呵，
在八月的禾场上，
把竹箫举起，

轻轻地

轻轻地吹；

让箫声

飘过泥墙，

落在河边的柳荫里。

然而，

当我抬起头来，

瞧见了你，

我的祖国的

那高蓝的天空，

那辽阔的原野，

那天边的白云

悠悠地飘过，

或是

那红色的小花，

笑眯眯的

从石缝里站起。

我的心啊，

多么兴奋，

有如我的家乡，

那苗族的女郎，

在明朗的八月之夜，

疯狂地跳在一个节拍上，

…………

我的祖国呵，

我是属于你的，

一个紫黑色的

年轻的战士。
当我背起我的
那支陈旧的"老毛瑟",
从平原走过，
望见了
敌人的黑色的炮楼，
和那炮楼上
飘扬的血腥的红膏药旗，
我的血呵，
它激荡，
有如关外
那积雪深深的草原里，
大风暴似的，
疾驰而来的，
祖国的健儿们的铁骑……
祖国呵，
你以爱情的乳浆，
养育了我；
而我，
也将以我的血肉，
守卫你啊！
也许明天，
我会倒下；
也许
在砍杀之际，
敌人的枪尖，
戳穿了我的肚皮；

也许吧，

我将无言地死在绞架上，

或者被敌人

投进狗场。

看啊，

那凶恶的狼狗，

磨着牙尖，

眼里吐出

绿色莹莹的光……

祖国呵，

在敌人的屠刀下，

我不会滴一滴眼泪，

我高笑，

因为呵，

我——

你的大手大脚的儿子，

你的守卫者，

他的生命，

给你留下了一首

崇高的"赞美词"。

我高歌，

祖国呵，

在埋着我的骨骼的黄土堆上，

也将有爱情的花儿生长。

  ——1942年8月10日，初稿于京西八渡。

献诗——为伊甸园而歌

那是谁说

"北方是悲哀的"呢？

不！

我的晋察冀呵，

你的简陋的田园，

你的质朴的农村，

你的燃着战火的土地

它比

天上的伊甸园，

还要美丽！

呵，你——

我们的新的伊甸园呀，

我为你高亢地歌唱。

我的晋察冀呵，

你是

在战火里

新生的土地，

你是我们新的农村。

每一条山谷里，

都闪烁着

毛泽东的光辉。

低矮的茅屋，

就是我们的殿堂。

生活——革命，

人民——上帝！

人民就是上帝！

而我的歌呀，

它将是

伊甸园门前守卫者的枪支！

我的歌呀，

你呵，

要更顽强有力地唱起，

虽然

我的歌呵，

是粗糙的，

而且没有光辉……

我的晋察冀呀，

也许吧，

我的歌声明天不幸停止，

我的生命

被敌人撕碎，

然而，

我的血肉呵，

它将

化作芬芳的花朵，

开在你的路上。

那花儿呀——

红的是忠贞，

黄的是纯洁，

白的是爱情，

绿的是幸福，

紫的是顽强。

——1944年5月1日，于京西榆林水。

　　看完何家栋的诗，胡振常的心被强烈地触动，刘秉彦所说的"诗谶"，就是说何家栋早已预见了自己的死，把生死看作是家常便饭了，不禁升起一股肃然的东西，说："你们共产党，真跟我们不一样！"

　　说完，他满脸通红。他为自己到这里来的动机而感到羞愧。他觉得自己虽没犯下罪错，却显得卑下、宵小，没资格跟何家栋和刘秉彦这样的人平起平坐。他情不自禁地站了起来。

　　刘秉彦用电台向晋察冀军区做了汇报，军区指示，让他抽调十分区的副参谋长到京西去，接替何家栋的职务，并选派一批政工干部充实到游击支队的各大队中去，非常时期，部队的政治工作尤为重要。同时，为了便于统一调动，调整一下原来的建制，游击支队划归十分区本部，由他刘秉彦直接指挥。

　　念及胡振常在危急之时处置得当，又考虑到便于开展工作，胡振常被任命为游击支队副支队长兼一大队大队长，游击支队的指挥部也设在一大队。这让胡振常喜出望外，他既把包袱甩给了婆家，又亲自迎来新的管家，他在京西占足了分量。他在心中叮嘱自己，不能再跟共产党三心二意了，要应势而谋、顺势而为，实打实地打几个漂亮仗。

　　按规定，古月要随伤员和区政府机关的人留在雄县。

　　他坚决不从。他要回到京西去，拿起枪来在故乡作战，他直接的目的是要追杀冯景旺，给他爹和死难的乡亲们报仇。古大富中枪倒下的表情，总是在他眼前忽闪，已化作了切齿之恨。

　　胡振常提醒道，他是古家最后的根苗了，依这种情绪回去四处冲撞，扰乱了部队的部署不算，他会白白送死。

刘秉彦看到这孩子眉清目秀，透着机灵，便对古月说："你还是留下吧，给我当警卫员。"

话音未落，他冲出门去，跑了。刘秉彦对手下人说："赶紧去追，给我绑回来。"

绑回来的古月，被关了禁闭。食物就在眼前，他却不吃不喝。三天之后，虽然还是不吃不喝，但他怪异地笑了，他对看守他的战士说："去告诉旅长，我想通了，就给他当警卫员。"刘秉彦问他："你怎么就想通了？"他说："我也不知道，反正是不想跑了。"

人虽然留下了，但心情还滞重。他偷偷地跑到白洋淀去，划船，看水，纳闷。船虽小，却重，不听他使唤。雪落在老家的树杈上，会结成霜挂，落在这里的芦苇叶上，登时就化了，只留芦苇孤独，水面光滑。一只大鸟（后来他知道那叫大雁），低低地飞来。他看到它飞得很笨重，一只翅膀下垂，总也不能与另一只一起振荡。它好像是受伤了。好不容易落到一丛芦苇上，那芦苇承担不起，弯曲、折断，大鸟滑进水里。扑棱棱挣扎一番，顺水漂远。他想追赶，但划不走船。他感到自己无用，哭了。

刘秉彦和两个战士在岸上偷偷地看着他，见此情景，都笑了。

　　说是当警卫员，刘秉彦却让他先下到连里。每天出操、站队、拼刺、投弹、瞄准，还攀悬崖、越障碍、走独木、穿越铁丝网，动不动就紧急集合。实弹射击时，他打不准，教官就狠狠地踢他屁股；投手榴弹他扔不远，教官就大声呵斥。他找刘秉彦诉委屈，刘秉彦问他："你知道警卫员是干什么的？"他说："是伺候首长的，跟在您身后，沏茶倒水、叠被扫除，有时替您背背枪、拿拿文件。"

　　"错。"刘秉彦绷着脸说，"打仗之前，敌人总爱偷袭指挥机关，怎么办？警卫员要第一个冲出门去，把敌人打退；在战斗中，敌人总爱瞄准指挥员射击，又怎么办？警卫员要抢先把他打掉，要是打不准，你要用身子给首长挡子弹。你看看，警卫员是什么？是战士中的战士，枪手中的枪手，你要有过硬的本事，绝不能有一点马虎，更不能有一丁点稀松二五眼。"

　　古月感到事情严重，吐了吐舌头，"知道了。"

　　他真的是知道了——他知道，首长能选自己当警卫员，是把他的整个身家性命都托付给你了。这是怎么样的一种信任啊！他想起了父亲古大富曾说过的话，这人就怕被人信任，一旦被信任，就不能再三心二意了，要动真格的，要以命抵命。

他便主动找到教官，"请你对我狠点。"

他苦练本事，练得晚上都不沾铺板。但他忍着疼痛，朝着晦暝里傻笑，"幸亏咱留下了，不然就给京西人丢脸了。"

等古月练得了一身本事，刘秉彦才正式把他调到自己的身边。

日久天长，慢慢知道了司令员的来路，古月就更珍重他这个警卫员的身份了。

刘秉彦，河北蠡县人，早年在保定育德中学度过了他的中学生涯，在这一期间他参加了左翼作家联盟。当时，保定育德中学是革命气氛浓厚的学校之一，爱国的活动丰富多彩。在保定求学期间，刘秉彦开始跟中国共产党的外围组织有了一些接触。1934年，他进入北京大学学习，并一直在左翼作家联盟里从事相关工作，这期间他积极地组织革命积极分子，进行抗日爱国运动。"华北事变"后，民族危机空前严重。中国共产党发出"停止内战，一致抗日"的号召，全国抗日救亡运动空前高涨。1935年12月9日，数千名北平学生在中国共产党的领导下，举行了声势浩大的抗日救国示威游行。距离大学毕业还差一年的刘秉彦毅然投身于这股革命的洪流之中。在"一二·九运动"中，以蒋孝先为团长的国民党中央宪兵第三团四处搜捕参加游行的学生，刘秉彦作为积极分子自然也成了他们追击的对象。学生们被迫四处躲藏，无法继续正常上课。这种情况下，学习已经无法实现刘秉彦的强国之梦，他毅然决定投笔从戎。从此，他的革命生涯开始了。离开北平后，他来到了冀中。在这里，他组织了抗日游击队，进行抗日斗争。

古月后来跟随刘秉彦，参加了固安、胜芳、唐河、保定、大清河、平泉、青沧、平津、霸县、永清、雄县、安次等大小十几场战役。每次战役打响，他都以十二分小心，保护着首长的安全，他为刘秉彦挡了五次子弹，肩、胸、腹和左臀，都留下了累累的伤疤。他不仅挡子弹，还挡炮弹——在攻打霸县县城的战斗中，一声呼啸，鬼子的炮弹向旅指挥所飞过来，他把刘秉彦推倒在地，覆以自己的身体。炮弹爆炸，死了两个参谋，首长无恙，而他自己左边的头皮被削去了一块，从此就不长头发，以至于一个京西土著也留起了偏分，撩头发的动作，有了几分文人的模样。

虽然才不到两年的时间，但战火的磨砺，使他变得成熟了，他有了民族的概念，有了对民众的情怀，他不再为复仇而战，而是为了解放事业而战。因为放眼整个京津冀、晋热察，冯景旺那样的叛徒多如牛毛，古大富那样的牺牲，也是须臾之间。他的心大了，也硬了，不复悲哀，也不复忧郁，他让自己坚强而开朗地活，直至有一天，也戛然地死。

他的个子也长高了，长壮了，不仅有刘秉彦一般的身量，抬手投足，也有刘秉彦的模样（当然也有故意装的成分）。最让人感佩的是，他虽然是小人物，却也有很大的爱民之心。每到一地，只要环境允许，他都要为房东做大小事情，挑水、劈柴、推磨、修理房子，只要他看得见，他都要主动去做。

去年的一天，古月和警卫班护送刘秉彦去军区开会，走到冀中平原的腹地安平县的一个叫堡垒户的村子，正好跟鬼子的清乡队遭遇。本来只是从村口路过，但他们不得不边打边退，撤进村里。这个村子有个传统，从红军时代起，就在村党支部的带领下，收容伤员，掩护途经的革命干部顺利过境。所以，一听到枪响，就有一群村民迎了上来。一路激战，只剩下了刘秉彦和古月两人，面对合围上来的敌人，硬拼是出不去的。情急之下，一个村民一拍大腿，我有一个办法，值得冒险一试。原来那个村民的女儿刚刚死去，还没有来得及下葬，他决定，把自己刚刚去世的女儿随便埋到一个地方，而让刘秉彦躺在棺材里面。至于古月，他的身量正与村里的后生无异，对襟夹袄一穿，再戴上一顶孝帽子，可以扮成抬重出殡的人。为了便于呼吸，村民们还在棺材板上面掏了一个孔，插了一棵向日葵秆。

在鬼子的注视下，村民们按照当地正式下葬的风俗将棺材埋入土中，哭丧的人呼天抢地弄得一片凄惨。鬼子既没有发现什么，又觉得非常晦气，便退出村子。但他们还是不死心，在村口对面的山头布兵瞭望。村民们也不慌乱，祭奠的祭奠，吃丧宴的吃丧宴，依村俗而动。两天后，日本人无所查获，走了。鬼子一走，村民们赶紧将刘秉彦从棺材里抬出来，掐人中的掐人中，撅腿的撅腿，土郎中还给他做人工呼吸，生生把一个陷入深度昏迷的人救活了。古月是亲历者，他对村民的勇敢和机智大为折服，从此他不再为自己的尽职而自我得意，他明白了一个道理，首长真正的警卫员不是带枪的古月们，而是不拿枪的、普普通通的老百姓。

有一天，刘秉彦把转身要走的古月叫住，"古月，你已经跟了我两年多了，我觉得你小伙子不错，我想给你办件事情。"

古月一愣，"什么事情？"

"我要亲自介绍你入党。"

"我不够格。"

"我说你够格你就够格。"

"可我连入党申请书都没写过。"

刘秉彦拿过纸笔放在桌子上，"你坐下，我说，你写。"

在古月的入党申请书的抬头上，刘秉彦写了一行字：鉴于古月同志在革命斗争中的出色表现和对人民群众的真诚态度，我郑重地介绍他加入中国共产党。

签署完意见，他喊来秘书，"你加紧去办。"

事情停当，古月还赖着不走，嘻嘻地冲着刘秉彦笑。

"你什么意思？"

"不好意思说。"

"有话就说，有屁就放，别跟个文人似的。"

"求您再帮我个忙好不好？"

"帮什么忙？"

他犹豫了片刻，最后，吐了吐舌头，把话咽下去了。

21

古月认识了一个女人。

她是分区卫生队的护士乔祺燕。

他与乔祺燕的认识可以算作是自然而然，甚至有点命运所赐的味道——

古月多次负伤，每次负伤都要到卫生队里救治，大多也是接受乔祺燕的护理，自然就有了事情发生的逻辑。

乔祺燕是天津人，是天津大盐商乔凤桐的女儿。乔凤桐投资京西煤业，是京西坨清高线的大股东。乔祺燕在天津的南开大学学医，学习期间参加了学生的抗日救亡运动，是上了敌特黑名单的人。她曾经被捕，是父亲通过关系把她保释出来。但她心性不死，依然偷偷地跑出去参加活动。乔凤桐就再次得到敌特机关的知会，若不严加管束，就公事公办。这个"公事公办"，把乔凤桐吓坏了，他勒令乔祺燕退学，并派人把她押送到京西，在坨清高线的北窑站给她开了一间诊所，让她就地行医。乔凤桐打通了那里的守备，让他们特别看管，不让她随便进出。所以，她虽然做着医生，其实是被变相软禁，每天所看到的，都是伤口、断肢、污血。她整天生活在呻吟、哀号、凶险和恐怖中，精神压抑、神经紧张，不到两年的工夫，一个原本活泼开朗的少女，变得形同老妪，面容憔悴，表情麻木。

　　实在不能忍受，她趁着一次矿工暴动的机会，在混乱中，逃了出来。

　　她知道保定那里在闹学潮，便朝着那个方向一路奔跑。越过琉璃河、涿县、高碑店、定兴、徐水，一刻不敢停歇。本来八十多公里的路程，因为不敢走大路，再躲避关卡，她只能走小路，走荒滩，走乱坟岗，走青纱帐，走沼泽地，生生走了近二百公里的路程。鞋子跑丢了，就打赤脚，还把脸蛋涂黑，把头发弄乱，装扮成逃荒要饭的，遇到行人搭话，她就胡乱比画装哑巴。两个昼夜，她终于到达了保定，却得知，那里的学运被镇压了，还死了不少人。精神崩溃下，她倒在了直隶总督府门前的石狮子下。醒来时，看见门警怒视着她，怕被盘查，赶紧朝荒野里奔跑。跑到一处沙地，看到有几株长着干叶子的蔓菁，便扑了过去，连块茎、干叶和泥土一起塞进嘴里，一阵狼吞虎咽。饱了肚子，有了力气，继续漫无目的地往前走。走到一处干河床边，肚子突然一阵绞痛，五内剧烈翻腾。之后就是不可抑制的排泄，把整个人都排空了。再想往前走，脚如蹬棉，无一丝气力。她躺倒在河堤上，把衣服抻直，把乱发捋顺，把身子躺平整，她是想，即便是死，也要死得体面一些，好看一些。不久，天白，云乱，太阳底下就零散着星星，她真的死过去了。

　　再醒过来，睁开眼，她看见了木柁、椽檩和芦苇编织的屋顶，除了潮气之外，还有隐约的来苏水味道。她想翻身，感到被沉重的棉被覆盖着，她浑身疲软而暖，没力气动弹。

　　"她醒了。"一个低婉的女声。

　　"那好，人就交给你们了，我们得赶紧回去，跟司令员汇报情况。"一个粗粝的男声。

　　之后就听到开门关门的声音，好像两个人都出去了。屋里一片沉寂。

她很害怕，用力挣脱了棉被，猛地坐了起来。

她发现，屋里有两张病床，有两个药品柜，还有一张用两块门板搭成的平台，上面盖着白布，放着一个铝制托盘，里面有几样医疗器具，刀、钳、剪、纱布、镊子，还有一只木工用的手锯。她判断出，这是一个简易的医疗室。

不久，门开了，进来一个穿着白大褂、梳齐耳短发、胖墩墩的女子，手里端着一只农村才有的大海碗，朝她一笑，"我给你做了一碗热汤面，趁热吃了。"她的牙齿很白，在晦暗的光线下，尤其扎眼。

她把大碗放在乔祺燕的床头，转身把门彻底打开了，"这屋里空气不好，通通风。"她说。

乔祺燕看见，门框上垂着白布门帘，中间印着一个大大的红十字。

那女子说："自我介绍一下，我叫王丹，丹红赤紫的丹，是十分区医疗队的护士。"

在破门而入的光线下，王丹的脸黑红黑红的，真是既丹且紫，乔祺燕想笑，但忍住了，因为她觉得这跟陌生的地点和陌生的人不相宜。

那大海碗里的面，漂着一层葱花，让人看一眼就想吞。乔祺燕真的转眼之间就把整碗的面吞下了，她情不自禁地举起了碗。王丹白灿灿地一笑，"知道你饿坏了，但这面只是给你醒醒胃，过一会儿再带你去正经吃东西。"

面对这从天而降的体贴，乔祺燕觉得这里很熟悉，一点也不陌生，是她应该来的地方。

王丹告诉她，是十分区的两个交通员在大清河的干涸地上发现了她，觉得她像保定府那边逃出来的学生，怕她再落入魔手，便轮流着把她背了回来。

乔祺燕十分激动，一把抓住王丹的手，"你们能不能把我留下，我也是女的，我也是学医的！"

乔祺燕在卫生队接治的第一个伤员，就是司令员的警卫员古月。

虽然是被三八大盖击中，但射程较远，子弹也依旧留在右肩胛的骨缝处。由于送来得比较晚，伤口已经化脓，据古月自己说，那子弹还有自己往里钻的感觉。

明明是自己受了伤，还如此幽默，让乔祺燕既吃惊又感到有趣，她主动走向前，"这个手术让我来做吧。"

她吩咐王丹："给他打麻药。"

王丹告诉她，像古月这种伤，在战地医院算是小伤，由于根据地药品奇缺，依规定是不打麻药的。

"可他的伤口已经感染了，处理起来比较复杂，时间会很长。"

王丹犹豫了一下，"那我得去找队长请示。"

古月说："不用请示了，我能挺得住。"

古月自从进了医务室，就一眼看到了乔祺燕，就觉得她与根据地的女同志很不同。她虽然长得并不十分漂亮，但耐看，皮肤也白净，能留住人的目光。更特别的是，她走路的姿势一扭一扭的，让人心痒，说话的语调也柔和，让耳朵舒服。他便总是盯着乔祺燕看，人家躲避，他竟不管不顾地追着瞅过去。

所以，他下意识地就想在乔祺燕面前表现得出色一些，让她刮目相看，所以坚决不打这个麻药。

"你确定？"乔祺燕问。

古月借机凝视着她的眼睛，"你放心，绝对没问题。"

古月的凝视，也让乔祺燕产生了一股异样的力量，她也要拿出自己的看家本事，把这个手术做好。

手术做得异常顺利。即便是糜烂的血肉一片模糊，乔祺燕也能准确地找到子弹所在的位置，还没容伤者感到疼痛，那个弹头就已经取了出来。只是刮去烂肉，露出新鲜创面，进行缝合时，疼痛才奔涌而来。古月咬紧牙关，不让自己叫出来。他把忍受的动作，转换成肆无忌惮地凝视。他看到，这个女子，表情庄重，但好看的嘴唇上，却有一层细密的茸毛，柔和的光线下有清晰的轮廓，透着稚嫩和好笑。他还在淘气地玩味，手术已经结束了。

乔祺燕让王丹完成之后的包扎，她则转身走了。她对这个伤员很生气，哪儿有这样看人的？要不是队伍上的人，一定会把他当成无赖。不过，小伙子虽然身膀精壮，但那个无赖的眼神，却也透着单纯和无邪，反过来一想，在粗俗中，又有几分可爱，小破孩儿的一点小把戏而已。

伤口包扎完毕，古月追了出去，但再也看不到那好看的身影，他感到很遗憾。他转回屋里问王丹："她叫什么？"王丹告诉他，她叫乔祺燕，并补充了一句，你可不能对她动什么坏心思，她出身于大城市天津，是大资本家的女儿，你小心被高傲所伤。

他说："知道了。"

在作战部队，古月的伤算是小伤，没理由再赖在卫生队，他飞身上路，向司令员报到去了。在路上他想，我一定能再见到她，因为那些像蝗虫一样乱飞的子弹，是不长眼的。

半个月之后，在攻打固安县城的外围据点时，一只飞蝗终于又钻进了古月右边的胸部。在一个小山岗上，刘秉彦不听劝告，执意要站在一块巨石上面，用望远镜观察地形。那时，天色已晚，夕阳已隐下山去，但古月却意外地发现，有一个光斑在首长的头部和胸部之间不停地上下游移。不好，远处有狙击手在探测目标。古月冲上去，一把将首长拉下巨石。几乎就在同时，古月的右胸像被什么人猛推了一下，他栽倒了。

古月被送到卫生队，接诊的医生，正是乔祺燕。古月一眼就认出了她，居然带着一丝奇怪的欣喜，微微一笑。他受的是贯通伤，子弹穿过他的一片肺叶，飞出去了。他并没有感到疼痛，只感到呼吸有些困难。虽然意识极其清醒，很想跟乔祺燕打个招呼，却发不出声来。乔祺燕示意他不要说话，安静地接受治疗。手术并不复杂，整个过程他都能仔细地欣赏她上唇那好看的细密的茸毛，但等包扎完毕，他的眼神竟渐渐地模糊起来，直至失去了意识。

他发烧了，整整昏迷了两天两夜。再醒来时，见一个团圆脸的姑娘坐在他面前，正用一把汤勺往他嘴里喂水。他神情嗒然，嘴唇紧闭了，不予以配合。王丹摇摇头，喊了一声："乔祺燕！"

乔祺燕闻声而进，看到王丹直给她使眼色，她一下子就明白了。她接过汤勺，用低婉而严厉的语气说："好好喝水。"

古月很听话地张开了嘴，想一口咽下。但喉咙很痛，吞咽困难。他努力吞咽，居然招来一阵剧烈的咳嗽，眼泪都下来了。他很困惑，明明伤的是肺，而肺却没有知觉，倒疼在喉咙。他想发问，发声困难，他摇摇头。

乔祺燕对他说，你的肺部已大面积感染了，但由于肺部没有痛感神经，所以，你并不感觉痛。其实肺是有感觉神经的，遇到外物进入，它有本能反应。也就是说，你要慢慢地喝水，不然就招来咳，咳一剧烈，就会撕裂伤口。

古月好像听懂了，汤勺再送过来水，他一点一点地抿，如哺乳期的婴儿。

乔祺燕心里说："真是个大孩子。"

22

在养伤期间，古月和乔祺燕之间，是越走越近了。

古月发现，乔祺燕虽然是大资本家的女儿，却没有大小姐的娇气，更没有大小姐的做派，朴实随和，麻利能干，跟京西女子没什么两样。

但是她有知识，有治病救伤的本事。而且能直视血污，不嫌弃脏乱，让人惊叹。

她说话的声调也温婉，全不像京西女子，即便是说悄悄话，也像大声嚷。还有她走路的姿势，即便是走在平地上，也像走在陡处，扭腰提臀，摇摆得别致。

这与京西女子的同与不同，深深地吸引了古月，他觉得这个人跟自己的今后有关，要牢牢抓住。好像乔祺燕对古月的凝视和黏着也习惯了，不仅不再回避躲闪，而且还有主动迎合的意思。两个人一有机会，就在一起聊天。

古月聊不来乔祺燕的话题，但乔祺燕却能兴致勃勃地聊古月扯起的话题，便聊的多是京西物事。

"乔祺燕，有机会跟我到我们老家走一趟吧，我们那里好吃的特别多，能让你吃馋了不想走。"

"吹牛。"乔祺燕故意逗弄他，"我们天津卫那么大的地方，什么好吃的没有，大麻花、清蒸鲥鱼、狗不理包子、良乡糖炒栗子，应有尽有。"

"良乡糖炒栗子可不是你们天津的特产，那是我们京西的。"好像抓住了乔祺燕的短处，古月扬扬得意地说："我们榆林水村，还有往下走的南窑、北窑、坨里，才产正宗板栗，弄到良乡去加工，打上良乡糖炒栗子的标签，再从你们天津港装船外运，这样一来，你们吃的都是我们京西的过路食，知道不？"

"得得。"乔祺燕吐吐舌头，一笑，"就算是你们京西的，但除此之外，你们还有什么？"

古月一时想不起来了，咕哝道："可是，可是，我们还有野物。"

听到"野物"一词，乔祺燕眼睛一亮。这给古月注入了激情，他说："如果你愿意听，我就给你絮叨絮叨。"

古月说——

我的故乡坐落在京西百花山下的一处小山环，我们当地人叫作小垭。垭里多生野菜，在铺满石子的小路上、寡瘦倾斜的坡面上、濡湿晦暗的水洼旁……都长着茁茂的野菜。其中有一种菜，垭里人叫地萝卜。见过京城的萝卜的人们会发现：这里的萝卜很小，颜色也不白，且有一股刺鼻的辣味；切掉叶子，叶根部就会泛出芜菁那样的红色来。漫长的冬天到来之前，要贮存些蔬菜，就将地萝卜洗净腌起来，这似乎是垭里一年中的头等要事。开春以后，吃着那硬邦邦的腌萝卜，看着山阴处渐渐化去的积雪，便越咬越能嚼出一种难以形容的美味来。而京城的萝卜，比起这里来就显得水渍渍的，味寡了许多、薄了许多。

我觉得，当我能尝出那地萝卜的甘味的时候，我才算真正懂事了。

垭里还有一种叫蔓菁的东西。我在垭里生活了十五年，那时的母亲很健壮，总是在雨季到来之前，拼命地开燎荒地，大面积地将蔓菁播下去，坐等着收。那年，村里一个跑单帮的，看到京城的芜菁长得极好，就从人家的手里要了些菜籽来，请母亲试种。秋天，母亲背了一捆芜菁回家，说这菜产量真是大，看着也水灵，一吃进嘴里，果然比山里的蔓菁甜脆。第二年就大面积地种。但到了秋天收获的时候，却发现它们长得又细又小，不仅产量低，而且吃进嘴里又苦又涩。母亲直拍大腿，京城的芜菁到底是京城的芜菁，它水土不服，不会变成垭里的特产。

垭里几乎看不到郁郁苍苍成片的材林，干大且直的树种在这片土地上都长不好。垭里的土地是那种瘦窄的小块堰田，堰头堰尾除了榆树外，多长着茎矮枝繁的杏树和桃树。但那杏和桃子都不能长到腺黄而成熟，青青的就被堰里耕耪的垭里人摘吃了，他们饿，便就地取材填饱肚子。不过那青杏和毛桃忒是好吃，嘎嘣愣脆不说，味道醇厚。这就造成了垭里人喜酸好脆，有天生的好胃口。

另外，盐渍的鲜黄的地梨，老醋腌制的紫红的寒蜡梅，都令人觉得是天下独一无二的稀罕吃食。当地人喜欢用米汤糟鲜嫩的树叶，如羊角叶、木榄芽、刺冬的芽等。糟好的树叶，通常佐以干炸的辣椒，落肚是极通畅的。垭里的阳坡上长着很多黄芩，被人们采下来焙制成形，就成了这里终年饮用的茶茗。喝茶时，把腌好的地萝卜切成条，泡在稀稀的酱汁里，一边饮茶，一边撮着吃，得啊！为什么垭里人是这般地爱好饮茶，一如城里人爱好喝酒，道理就在这里。

度过漫长的冬季，到了四月，原有的蔬菜已经吃完，新的蔬菜尚未下来，这时的饭桌上就最显得单调乏味了。

"买山药啰！"

那时节，便常常听到女人叫卖山药的吆喝声。那其实是从山崖的石缝里挖出来的葛根，擦去泥土之后再用棉被捂，就有了类似土豆的质地，被心眼活络的垭里人拿出，唤成山药。那山药发干，有栗子的味道，让人吃了一颗想二颗，直至把肚子吃得溜圆，痛快得直想放屁，嘿嘿。到了山椒萌出嫩芽时，人们自然想到那刚出锅的香喷喷的炖肉，没有在这垭里度过漫长冬天的人，是很难体味到这种心情的。树木的芽可以掺在肉里炖，树橛的籽可打成丸子，蓬艾则做成艾饼儿。逢到这时候，也是我在垭里最快乐的日子。

垭里人常吃一种面，叫"压捏格儿"。人们扒下榆树的嫩皮，放在石碾上辘辘地碾，过箩筛出黄黄的榆皮粉，掺到玉米面里用凉水和。那压面的工具很奇特——一个凹铁筒底部开着密密的小孔，填上面以后，用一个实心的圆柱用力压，"格儿"的一声，细长的圆面就从小孔处压出，袅袅地飘进热锅里。母亲做这种面时，由于用腕力的缘故，常把脸子憋得红红的，如煮熟了的蟹。

于是，由于与村里人的生计有关，垭里的榆树是不能随便砍的。

采蕨菜、挖蓟葱倒是一件散心的事儿，但总伴着一种阴郁而孤独的气氛。秋天里拾栗子，摘黑枣，还有采蘑菇，也是情趣各异。春天却冷冷清清。夏天最好的活路是捉蝎，卖到垭外的药铺去，换钱来买成坛成坛的臭豆腐，垭里人认为，臭豆腐是最让人难忘的好吃食。

垭里的房子是石块垒成的墙壁和石板砌成的屋顶，灌木的枯枝扎成的花墙上缠绕着倭瓜（南瓜）蔓子。有一年，倭瓜蔓子盖满了花墙，黄色的花儿开过之后，结出很多的小倭瓜来。我家收获的倭瓜吃也吃不完，便掏出籽来，在炉洞里煲干上锅炒。那瓜子奇香，嗑几个便舍不得丢下。所以，炒倭瓜子的时候，全家人最团圆。如今倭瓜种得少了，因为鬼子常来扫荡，他们喜欢拉瓜扯蔓搞破坏，自己不吃，也不让别人吃。

垭里可以钓到鲇鱼。这里的鱼太老实，垂钓的人每每都有不小的收获；我家的门口便常常有叫卖声。虽然都是河鱼，但香鱼、岩鱼、红鱼、鲫鱼、石斑鱼等比较少，河鳗就更少。垭里人提着酒来到垭弯的河边，从河里钓起鲇鱼，立即做成烤鱼串下酒。钓起的鲇鱼一般都比较小，钓者便不屑掏出肚腑，就整个地烤，吃到嘴里便有些苦味；但人们很喜欢这种苦味，常常陶醉其中，一如没有苦涩的日子，反而让人不踏实——苦味给这里的人一种身份的认同。这是你们大城市的人很难体会到的。

垭里个别的浅水湾，甚至还有鲤鱼，但水湾的淤泥太厚，所以鲤鱼带些土腥气。捉到鲤鱼之后，不能马上食用，要放在缸里，注满井水，让其在井水的浸泡中吐尽泥腥。因为金贵，鲤鱼一般要养到节日才可享用。

垭里盛产檀木，檀林深密而透香，涵养着许多鸟类。主要的有雄雉、鹈鸟、斑鸠、花鸡、灰鸽、白肚鸟和金翅雀等。这里的人很会吃鸟，连麻雀都可烤出美味——在麻雀的肚里放几粒食盐和花椒，然后整个用泥裹上，再放到火上烤，烤了足够的时辰，将泥团啪地往地上一摔，红嫩的雀肉便绽出来，散发出极诱人的香气。虽然有不少的人在烤食鸟肉，但鸟类却仍不见稀少，概因植被和树木未遭践踏之故。

荞麦面条是垭里首屈一指的名产。这里的人，逢到喜庆的日子，敬酒之后就用荞麦面条款待客人。有些人家做的面条，是在京城爱好吃面的人所无法想象的美食。我家城里的亲戚曾应邀到垭里做客。母亲端上自家拿手的荞麦面条，青碧光亮，柔韧爽口，使他不由得生出几分惊奇，连声说道，我还来。不过，现在细想起来，垭里人之所以喜好荞麦面条，从另一方面也说明了当地出产并不十分丰富，但正因为少，每样吃食，都是稀罕物，乔祺燕，你说是不是?

　　乔祺燕听呆了，被古月一催问，下意识地应承道："是，当然是。"

23

　　古月聊吃食不仅聊得乔祺燕发呆，还聊得她心里发热，她觉得眼前的这个京西汉子很热爱日子，而且不像一般京西男人那样一味地粗糙，他有很细腻的东西。虽然还一身的孩子气，但他的性情已经很醇厚了。

　　她情不自禁地凝视着他，觉得他长得很好看，很清秀。女人的注视，反而让一个喜欢凝视她的青皮后生，很难为情，他的脸倏地红了，迅速地低头躲避。

　　这让乔祺燕很开心，她说："古月，你要说话算话，有机会带我到你们老家去，给我尝你们那里的野物，特别是腌地萝卜、烤麻雀和压捏格儿。"

　　古月说："好，好，保准带你去，让你吃得嘴巴油油的、肚子圆圆的、屁股大大的。"乔祺燕捶了他肩膀一下，说："一下子就露出京西人的习性来了吧，一点正形都没有。"

　　虽然捶在肩上，古月却去捂自己的肺，做出疼的表情。"你就装吧。"乔祺燕说。

　　一说到"习性"，古月就又来了兴趣，"你如果不嫌烦，我就给你讲讲人的习性。"乔祺燕摆摆手，"不用你讲，我自己就知道许多。"

"你凭什么知道？"

"我在坨清高线待了两年，自然耳濡目染。北窖是不是属于你们京西地界？"

"那当然。"

古月摇摇头，"染了未必就黑，看到了未必就会说，你可别唬我。"

"那我就说给你听。"乔祺燕开始说——

首先，是你们京西人有自己极个性的尊崇：水，则尊崇养育你们的那条浅河——圣水（古月插话说，我们那里没有圣水，只有大石河。乔祺燕说，你看你就没知识，在郦道元的《水经注》里，他把大石河称作"圣水"）。最突出的表现，是一到夏天，你们那里的人就整天在河里扑腾。虽然山里很封建，男女有别，大姑娘小媳妇不能袒露身体，但一见到水，就全忘了，大姑娘也脱得赤条条的，羞得男人都不敢靠近。草，则尊崇美而刺人的草神——荨麻（古月又插话，什么叫荨麻？乔祺燕又说，你看你就没知识，就是你们俗称的蝎子草）。遇到偷盗的、偷情的，族长就用荨麻撩他的手、撩她的那个地方。人，则尊崇怀有绝技的人——一家猎户，他们家祖上套得住狡猾如人的雪狐，追得上野跑如风的山獐，自然就受尊崇，村里人就把他视作天人，逢年过节都给他送贡礼。所以，山里敬能人而不敬官人，至今仍古风流长。

但山里太喜欢搞尊崇，甚至到了愚昧的地步——在一群无甚技艺无甚机巧的人中，也要以矬子里拔将军的方式，树一个尊崇的对象。比如比一比膂力，力气大的那一个，就被人尊崇了。那年冬天一群汉子往山坡的堰田上送粪，人人皆背一个单腰的背篓。一个老汉想争一个强，就背了一个双道花腰的大号花篓，装满土粪足足有二百斤过头。汉子们均不屑，也纷纷背上这样的篓，背同样轻重的分量。不同的是，那个老人负重后，走得轻松些，其余人则滞重些，但未比出个明显的高低来。老爷子终于搞了一个出格的举动——当负重的汉子们走到一处崖头上，他突然说："我要拉一泡。"有人便说："拉就拉球的，斯文个什么?！"

老爷子就说："众人们瞧着，拉给你们看！"

他便背着那二百多斤的土粪，拉开肥厚的缅裆棉裤，稳稳地蹲在两片崖棱上，任黄物质朝三丈崖下抛去。背着二百多斤的重量，且蹲在陡陡的崖尖上，迎着凌厉的崖际风，这是何等奇观啊！

汉子们便呀呀地叫。

从此，这个老爷子也被人尊崇了。但每当人们提到老人的这一桩尊崇，我总有一种哭笑不得的感觉，因为他事后犯了腰疾，总偷偷地跑到我这里来，大夫，你给咱看看。

与痴愚的尊崇相因果的，是村里人怕横的，这横，自然是凶、野的那层意思。对于横的，人们心里虽然不尊崇他，但也不招惹他，且在面子上对其给予佯装的恭敬。不完全是怕他，而是村里人息事宁人的根性使然。但人们对这些横人，也有自己的心理法则：做事别太过，得理得让人，做得太过的人，是不可爱的。

那年夏天，一个叫天忠的老实人打了一捆硕大的柴捆，过横人天龙的院时，耸起的柴梢，将天龙瓜棚上的丝瓜碰下两只来。天忠吓得不知怎么好，迅速地将柴捆弃在一边，把两个落瓜捧给天龙："龙哥，兄弟毛糙，多有得罪了。"如果天龙懂一些事理，笑一笑，便作罢了。但天龙素日横惯了，蛮性已无拘拦，便脱口骂："娘的长眼没?！"天忠自知理亏，默默地赔着笑。这时天龙应该得理让人，放天忠这一马，但天龙却又骂道："你娘瞎，你也瞎吗？"天忠就倏地颤了一下，泪也流了下来。天忠的娘确实是个睁眼瞎，因了瞎娘的缘故，天忠吃了太多的苦头、受了太多的屈辱。屈辱的泪流了一会儿，绝望的天忠终于有动作了，他抡起柴刀，将自己的一只眼睛剜了出来，凄切地喊："天龙，你说得对啊，我是比我娘还瞎。"

伤了的天忠跌在地上，抽搐如雏狗。

邻人便都围上来，愤怒地喊："拿下个混人天龙，把他的眼珠子也剜出来！"

看到逼过来的人群，素日极傲慢的天龙，也颓然跪地，向众人苦苦地求。他虽然保住了自己的眼睛，但汉子的尊严和为人的根基，却陡地从他跪下的膝头，被人抽去了。

于是，两条汉子就都毁了。

横在山里是一种个别，而拧，则具有普遍意义，几乎每个村里人，都是有三分拧的。

这是与山里的闭塞相伴而生的东西。山里人的生存空间极有限，视野也极窄，人和物皆烂熟，而且生存受不到外来的威胁。但生命中那些潜在的抵抗和竞争的意识时时让人不安分，就不满足于生活的平顺，总想在温和中找出一些生冷，在秩序中弄出一些忤逆。所以，在村里的家庭生活中，常出现"让你上东你上西，让你摘枣你摘梨"的各色局面，便是情理之中的事了。

暑天的晚上，一个后生要到屋脊上去纳凉。他母亲善意地劝他："别贪凉啊，睡着了会跌下来。"后生白了母亲一眼："哪儿那么多事！"就决然地睡到房上去。果然于梦中跌下房来，把门牙跌落了四颗。母亲就说："我说什么来着！我说什么来着！"后生就羞恼相加，又回到房上去："我就睡，跌死了你也别管！"

所以，遇到山里人发拧的时候，最好是什么也不要说，说了，倒适得其反。

山里人拧的实质，是怕别人忽略自己的存在。其实，怎么也是被山外忽略了，再被自己忽略一次又何妨呢？！整体都被忽略了，个体的所谓存在又有什么意义呢？所以，我常对被工头打伤了的高线护工说："吃人家的饭，要懂得忍受，不然白白地受伤，让家人着急。"

山里人是极勤勉的，这我的感受最深。小苗出来了，遇到大旱，地皮干得要冒烟，收成很无望。但山里人却要猫下腰去，任毒日头烧烤那瘦伶伶的身膀，执着地做那三遍耪：一遍、二遍、三遍。收不收在老天，耪不耪在人；许老天作贱，不许人下贱。秋景到了，也许仍只是收了几颗瘪谷，人们并不一味地哀叹，麻涨的脸上竟也有几分安然："我们已经很人了。"很人了——在精神上，就是山里人的自尊、自立，它比粮食还金贵。

而山里人的懒也是极出名的，看一看冬日和早春的村里街景，你就会什么也不想说。街的矮墙下，或干草旁，三三两两抽烟的汉子，倚在墙皮斑驳的矮墙上，双眼紧闭着，衔着那一柄浑黑的老烟斗。他们很久才吸上一口，唇缝里也只出极细的两缕烟线，三摆两摆那线就断了——那烟吸得有一搭无一搭。冬日里好天气极金贵，甩了那一双张嘴的老山鞋，打一打赤脚是自然的。那一双赤脚极黑，趾缝间竟夹着几颗草籽；寻食的鸡婆踅过，小心地啄那趾间的物质，汉子听任着，任痛痒于心尖上暗暗撩拨。

懒！

知趣的人不要惊动这一番境界，他们不要多想心思，也不要多看几眼闲景。你若非得要他们想心思，非要他们看几眼闲景，他们会极其不耐烦起来，骂："他妈的，还让不让人活？！"

有谁担得起这等责任呢？走开吧，让人家活。

说山里人的习性，就不能不说男女的事。

对山里的女子，要长得美，路人尽管专注地看，目光躲闪是不必要的。要想夸几句，就尽管夸几句；人家只是乜斜地笑，不谢不恼。在山里人的观念中，美不美是女子的事，夸不夸是你的事，皆是自然的事。

但丈夫却不能在人前夸自己的妻，要是一味夸下去，老人便说轻浮，同龄人便说下作。于是，再美的妻，聪明的丈夫也是不夸一夸的。然而，待到只有夫妻的世界了，就是另一番情景。

北窑高线站的工头是当地人，从唐山带回来一个姑娘，姑娘的眉眼儿长得极俏，皮肤也极白，坐在那儿，便如一尊玉或一枝带露的兰花。

这样的美人儿给如何的好字眼，都不为过啊！会说好话儿的人，就都把好话儿对姑娘说了，没说好话儿的，就只剩下这个工头自己了。

"这怎么成呢？"一群后生便不甘心，"成亲那天，一定要好好地听一听房。"后生们就为这样一个念头兴奋着。

工头成亲那天，后生们便去听房。午夜前，灯亮着，屋里的耳朵是惊警的，后生们当然什么也听不到。突然就下了一场夜雨，雨很大，枝上的叶子竟被敲掉了一片、两片、三片……屋里的灯就放心地熄了，但屋外，那被夜雨浇透了的几双耳朵，却一下子惊警了。

一阵窸窣之后，便听到工头把气息弄得很粗壮，"哎哟娘，你怎恁好看呢！"

"怎么个好看法？"一个羞怯的软声。

"好看得要死！好看得要死！好看得像麻老爷的轿！"

屋外那一丛被压抑的笑，便陡地茁壮起来，把雨后的天，刺得响晴若洗。

麻老爷是村里的地主，出入一方轿。那轿身极小巧，围腰的檀木被磨出花纹，兀然光亮着；而轿篷是滑软的缎，轿帘坠着两块如脂的玉……这样的轿，甭说是坐，即便是看，凡人也不敢多看一眼啊！山里的汉子便说："来日，咱若也能置上这么一方轿，死也值了！"

讲在这儿，乔祺燕突然就不讲了，因为她看到，古月正用坏坏的表情看着她，而且还不停地吐舌头。

"你什么意思？"她忍不住问。

古月嘿嘿一笑，说："我真纳闷儿了，你是个女的，又是个念过洋学堂的人，怎么说起粗话也那么自自然然，说起荤故事也毫不脸红，莫非平时的斯文是装出来的？"

"讨厌！"乔祺燕恼了，站起身就要走，气哼哼地说："这也是你们京西人习性的一种，不善解人意，不懂风情。"

古月赶紧把她摁在原地，并且顺势抱住了她的肩膀。她越是挣脱，他越是匝得紧。他嘻嘻地笑着，说道："哎哟娘，你怎恁好看呢！怎么个好看法？好看得要死！好看得要死！好看得像麻老爷的轿哩！"

24

一如小树并肩长大，就会根须纠缠，相互荫庇；男女一旦走近，就生缠绵、就生爱意——古月和乔祺燕相处得密切，已经不好分开了。

乔祺燕那么懂得京西人的习性，这在古月看来，就是懂他这个人。一个懂自己的女人，自然就是自己的所属，就决不能让她从身边走远。而且，他还感到，其实乔祺燕早已是京西人了，知滋味知习性，已适应环境，她也走不远了。

他暗暗锁定了她，一定要娶她做媳妇。

在乔祺燕一方，她在那种情形下，逃出家庭，又是在那种情形下，逃出魔爪，她已经没有了退路，革命队伍是她最后的归宿。恰巧在革命队伍里出现了一个那么毫不掩饰地"凝视"自己的男人，而且是那么年轻、那么清秀、那么有趣、那么多情，她没有理由不动心。实际上，人群熙攘，她不过是一个被淹没的个体，孤单伶仃，无所依附。在这种情形下，能出现一个在乎自己、欣赏自己、走进自己的男人，是多么的难得。她隐隐约约地感到，古月或许就是她最后的归宿。而且京西是一片热土，山林广阔，物产丰富，风清月明，人性淳朴，适合自己。

所以，他们两人，虽然没有说破，却已心心相印。正如一棵树摇动另一棵树，一朵云推动另一朵云，一个灵魂必然要唤醒另一个灵魂。

古月出院前，乔祺燕要送他条红色围巾，她虽然已经是一个整天跟伤残血污打交道的医务战士，但骨子里还有一丝洋学生下意识的浪漫。他只是不停地笑，并不伸手去接。乔祺燕以为他嫌弃，噘起了嘴。古月说，你以为我跟你一样，是洋学堂的大学生啊，我不过是一个在枪林弹雨里替人挡子弹的大头兵，围巾固然好，但一是戴不出，二是红得扎眼，准招来子弹。

乔祺燕不好意思地笑了，觉得自己真是有些酸，酸得忘了这个京西土著的身份。她背过脸去，从自己胸前卸下来一个物件，径直给古月挂在了脖子上。那是一块月牙形的翡翠，里边包着一枚琥珀，团着身子，像一个熟睡的婴儿。

古月用力推拒，“不行，不行，太金贵了。”

乔祺燕说：“战火纷飞之下，哪里还有金贵的东西，不过是一个护身符而已。”

她说得在理，古月只好收下。他把挂链往下放了放，让物件隐在胸口里。他说：“这东西得藏，不能让人看见。”

乔祺燕说：“你这个人心眼真多，贼。”

古月说：“谈不上，我们京西人大处颟顸，只不过有一点可笑的小聪明而已。”

乔祺燕说：“这就够了。”

不过，这金贵的翡翠琥珀并没有给古月带来应有的护佑，他又先后两次被子弹击中，一次是肚子，一次是屁股。

肚子那颗子弹，让他少了一截肠子，并且得了肠粘连，绞痛不止，昏热不止。怕出危险，不能让他睡，乔祺燕就守在他身边，不停地呼唤。在清醒中承受痛感，类似煎熬，他须忍。忍来忍去，他突然放任了，不停地呻吟。因为在某一时刻，即看到乔祺燕为他坐立不安、毫不掩饰地落泪的时候，他有了一个全新的感觉：她已不再是外人，而是休戚与共、痛痒与共的贴心人，那么，他干吗装得那么坚强呢？于是就把疼痛喊了出来，这一喊，痛感钝化，他好受了许多。

危险期过了，乔祺燕要抽身离去，古月抓住她的手，死活不放。乔祺燕说，卫生队里不止你一个伤员，老是守着一个你，会让人说闲话。古月说，这我不管，谁都知道，肠粘连会死人的，你们得对伤员负责，让别人负责咱于心不忍，让你负责，咱可以配合，是死是活我也不会埋怨。乔祺燕说，你这叫胡搅蛮缠，死皮赖脸。古月说，是又怎么样？孩子要有奶吃，就得会哭，大人要想让人心疼，就得会耍赖，嘿嘿。

在一旁的王丹忍不住哧哧地笑，"你看你看，乔祺燕，他已经把你当作家里人了。"

乔祺燕推了王丹一把，"去，去，一边去，就你话多。"

王丹说："乔祺燕，你也甭有啥顾虑了，司令员可跟咱队长说了，古月要是有个三长两短，就拿他试问。所以，你要是心疼队长，就要对这个特殊的伤员进行特殊的护理，兴许还会给你记一功呢。"

"就是，就是。"古月很得意，直冲王丹点头。

王丹瞪了他一眼，"你真是得寸进尺。"撂下这么一句话，她撩门帘出去了。

屁股那颗子弹，是打在一个夏天。卫生队长要亲自给他取子弹，毕竟这是一个老爷们的屁股，只有男性医生才适宜。队长看着古月血淋淋的屁股，调侃了一句："呦，都打开花了。"本来他想用这种调侃，轻松一下气氛，缓解一下伤员的紧张心情，但古月很反感，沉闷地哼了一声。虽然是打在屁股上，没有生命之虞，但打得"开花"了，就得打一针麻药。一听说要打麻药，古月就有了发泄的理由，"你还是队长呢，不知道根据地的麻药紧张？就这么做。"队长说："你别以为屁股这地方皮糙肉厚，就可以不打麻药。皮糙肉厚不假，但痛感神经也最发达，我担心你受不了。"

古月不耐烦地说："去把乔大夫找来，上次她给我取肩膀上的子弹，不打麻药也感觉不到疼，一点也不疼。"

队长摇摇头，笑一笑，对当助手的王丹说："去，请乔大夫。"

王丹刚走出门去，就见到乔祺燕正在院子里来回走动，情不自禁地吐了吐舌头。"就不用请了，进去吧。"

听说司令员的警卫员又负伤了，而且伤了一个特别的地方，队长要亲自做手术，乔祺燕的心立刻就悬了起来，她管不住自己的脚，跌跌撞撞地就来到了这里。屋里的对话她都听见了，知道那个特别的地方不过是屁股而已，激跳的心便放平静了。她笑了笑，虽然是男人的屁股，但对医生来说，也不是什么禁地，她很自然地进到屋里。

整个手术过程，在没有麻醉的情况下，伤者果然一声不吭。

王丹冲他笑，他也回报以笑，队长见多识广，自然会悟出其中的道理。他不声不响地走了。

就剩下两个人的时候，古月虽然趴在床上，但乔祺燕知道他在流泪，因为她看到男人的两个肩膀在不停地抖动。"你看你，疼是疼点，也没必要这么伤心。"她说。

"我不是伤心，是感动。"古月说。

"为什么感动呢？"

古月突然嘻嘻笑了起来，"我是想，我身上每一处地方都被你看到了，就连最不该让女人看到的地方也被你看到了，这说明啥？说明我整个人都是你的了，你跑不了了。"

面对这么严重的话题，他以为乔祺燕要说点什么，但是，乔祺燕什么也没说。古月正纳闷的时候，却听到了细碎的抽泣声。

"怎么，不乐意？"他问。

在古月的再三催问下，乔祺燕说："我是想，我的翡翠琥珀明明就挂在你脖子上，怎么就不能保佑你呢。"

"这还用说，再金贵的物件也只是物件。"古月回过头来，吃力地看了乔祺燕一眼，说道，"要是把你本人挂在我的脖子上，一切就都灵验了。"

医疗队队长把古月的治疗情况向司令员进行汇报之后，又补充说道，我们医疗队的乔祺燕大夫和您的警卫员古月之间可有点特殊情况，他们很热，甚至有点过热，这一点您必须知晓。

司令员先是一愣，然后一拍大腿哈哈大笑，"这就对了！"

"怎么就对了？"队长一脸的迷惘。

司令员对他说："介绍他入党的时候，他曾经请求我再帮他一个忙，但一追问，他把话头咽下去了，现在看来，或许，不，肯定就是这个事情。所以，我严肃地要求你，你一定要把你们的乔大夫看住。"

队长说："您这可是强人所难，因为男女的事，不是说看住就能看住的，它是干柴遇烈火，会自燃。"

司令员说："你看不住也得看，这是大事，任其发展会破坏部队纪律。"

古月归队之后，胖了许多，也白了许多。司令员并没有急火火地问他感情的事，而是对古月说："你看你胖得跟个大娘儿们似的了，不适合当警卫员了，我看你还是下连队吧，给你个排副干干。"

古月说："我这是虚胖，勤出操，多锻炼，很快就把水分挤出去了，依然会身轻如燕，当您的警卫员。"

"不，你还是下连队去吧，因为在司令部工作的人，要守纪律，思想纯粹，而你杂念太多。"司令员说。

古月听出了司令员的话外音，却也不紧张，很平静地说："我和乔大夫的事，您知道了？"

司令员哼了一下。

古月说，我知道我和乔祺燕的感情来得不是时候，但既然来了，还能把它挡回去？它就像子弹，硬挡肯定会受伤。我也知道咱部队有"二五八团"的规定（即：年龄满25岁，有八年军龄，有团以上职务，方可结婚），没打算现在就结婚，我们只是明确了关系，都给对方预备着。用我们老家的话说，这心中一有了人，就活得盈满，就会更踏踏实实、一板一眼地做人，就不敢放任了。

司令员吃了一惊，这小子跟了自己这么多年，经历了无数次炮火洗礼，经受了许多次生死考验，真的成熟了。他说："预备着？预备着可不是一句简单的话，它背后是等待，是子弹，是伤亡，甚至是落空，你确信你能承受？"

古月用力地点点头。

"那么，乔祺燕也跟你一样？"

"一样。"

"这倒叫我刮目相看了。"司令员说。

"我不仅是您的警卫员，还是一名共产党员，强将手下无弱兵，请您尽管放心。"古月说。

"我不是不放心，我是揪心！"司令员烦躁地在屋里来回走动，他说，"你们京西的人都有一个毛病，说好听点儿，是多情，不好听的，就是好色，见了女人就走不动道，恨不得早早就得手，哼！"

"您说得一点没错。"古月嘿嘿地笑了。他想到了他的哥哥古年，去了几趟涿州，听了几次唱段，就看上了柳绵桃，就非得抱回来娶下，最后还死在她怀里。从这一点上说，京西人是有点儿没出息。

"不过，我跟他们不一样。"古月说。

"但愿如此。"

25

在死处活的柳绵桃心如枯井地躺在炕上，突然就打了一个喷嚏，"是谁在念叨咱呢？"她问自己。

或许是古月。古家的亲人，就剩下一个古月了。平时，她想不起他来，几乎是把他忘了。她是强迫自己忘记，因为只有忘记，才不用牵挂，才能减少痛苦。这时，她才想起来问自己一句："古月他怎么样了呢？"

或许是亡灵，古大富、刘玉芝、古日和三个孩子，都有可能。还有一个何家栋，那个凛然的男人。何家栋牺牲得那么悲壮、那么惨烈，震撼并刺痛了女人那颗柔弱的心，以至于她不愿再睁着眼活下去，黑暗让英雄完整。

或许是奸贼冯景旺。她之所以抠瞎了自己的双眼，还有一层原因，就是不想再看到丑恶，也让丑恶战栗，让他没闲心走近，让他扫兴，让他落空。事实上，柳绵桃抠瞎了自己的眼之后，冯景旺还是想带她走。她再次发出尖叫："天啊，你还有没有一点人性，连一个瞎女人你都不放过！"

尖叫让冯景旺毛骨悚然，他摇摇头，"你这是何苦呢。"

他虽然跟着山本二步走了，但他没有停止对柳绵桃的惦念，他为了仇恨和绝望而惦念。对曹火星、何家栋这样的人，他从嫉妒转变成了仇恨，是他们，让自己在这女人心中，矮到了不能再矮的地界，只留下了绝望。

山本二步把他带到了坨清高线，让他负责那里的事务。因为管的是贸易上的事，并不指望他在军事上有什么作为，所以留给他的兵丁不多，三五个鬼子，二三十个伪军，维持防务而已。

但是，仇恨让他在作恶的路上走得更远，他自己组建了黑杀团，一到了夜晚，他就带着手下，穿上黑衣，蒙上面罩，摸到有抗日政权的村落去，残杀我抗日军民。他的手段极为残忍，多是砍杀、绞杀。他们轻装上阵，来去无踪，让地下工作和抗日骨干防不胜防。

五区事变，让这一带的抗日力量空前薄弱，几无反击能力，就让冯景旺更加肆无忌惮，横行无阻。京西这个地方，人性里既有忠义多情，又有不义叛逆，在白色恐怖之下，几乎村村都有告密者，以至于人人自危，争做顺民。消息传到冀中，吕正操司令员愤怒地说，我们一旦反击，遇到冯景旺和黑杀团的人，绝不接受他们的投降，格杀勿论，一个活口都不留。

消息也传到了榆林水村，柳绵桃凄然一笑，她觉得自己一定要好好活下去，因为她终于有了一个活下去的理由，那就是为了那个冯景旺，她要亲身看到他最终的下场。

原来的家，后院已经被炸毁，前院因为震动也漾出了很多裂痕，她无力也无心维修，便搬到了崖畔的一座小石屋。这座小石屋，有个怪异的名字，叫作"养汉屋"。京西管大姑娘偷情叫作养汉，所谓养汉屋，就是容留因私情败露而被家人赶出来的女儿的处所。那个女儿叫小兰，跟山西来的一个叫米柱儿的货郎眉来眼去好上了。这里的女儿眼皮子薄，货担子里的琳琅物品对她很有吸引，自然就委身于小恩小惠。那个货郎来榆林水村的次数很勤，大家也没在意，等小兰的肚子显形了，村里人才恍然大悟。

他被村人一顿暴打，腿杆子都被打折了，仓皇地逃走了。小兰的家人感到颜面丢尽，在崖畔给她垒一间石屋，把她赶出家门。小兰生下孩子，也不见货郎来领她走，绝望之下，抱着刚出满月的孩子跳崖自尽了。所以，这座小石屋又叫"殉情屋"。

躺在冰冷的土炕上，挨着从石缝里透进来的凉风，她觉得自己可笑，"殉情屋，我为谁殉情？"

她知道，自己殉的是一个意志，等到那个拨云见日的日子，看到恶人的死。

她远离众人，孤独自处。她幽灵一般在崖畔爬上爬下，荷锄耕种，自食其力。山地广阔，有的是下种的地方，只要是身子不懒，粮食、菜蔬都会有。她用从土地里得来的收获，跟村里人换一点酱醋油盐，她表情麻木，一句多余的话都不说。

有人关心地问："小石屋四面透风，你冷不冷？"

她凄然一笑，说："不觉得冷。"

有人给她拿来几件换穿的衣服，她也不接，抻抻身上已看不出颜色的衣袖，"它挺好。"

"你的嗓子得常吼一吼，不然再想唱，也唱不出了。"她的戏迷劝道。

她摇摇头，"这年头，为什么要唱？"她反问道。

她不想再说话，也不打招呼，转身走了。

望着她原本窈窕好看的身段，已变得臃肿而佝偻，众人面面相觑，一起叹息，"这个柳绵桃，原来是多么精致的一个人啊！"

在漫长的等待中，有一天，柳绵桃黑暗的眼底突然感到一阵灼热，不久就生起了一团火红的光晕，像被石头击中的静水，红晕从眼底一波一波地向外荡漾。她心里闹哄，不停地在屋里走动。

"一定是发生什么事了。"

不久就有人跑上山来，告诉她，鬼子投降了。

听到这个消息，她放声大哭。哭过，眼前的红晕居然全部消失了，眼底依旧是清冷与黑暗。眼睛瞎了以后，她对外界多了一种寻常人所没有的生理感应，比如村里有人娶亲了，有人过世了，老天要起风了，老天要下雨了，不用人言，她自己就有预知和感应。这次又被验证了，眼泪虽然止住，但喜悦却久久不去。

几天之后，她心中的喜悦被一瓢冷水彻底浇熄了，拔凉拔凉的。

因为传来确切的消息，那个罪该万死的冯景旺并没有被千刀万剐，而是被房山城的国民党保安太团司令张德祥收编了，还被任命为营长，官大了，管的人也多了，更神气了。

国民党不也是抗日的吗，这是怎么了？

这个小女人哪里知道，党派之争只讲利害，不讲原则。冯景旺深谙就里，伺机而动，把管理坨清高线时贪污和搜刮的资金悉数送给了张德祥，那是一个不小的数目，是一份大礼。

柳绵桃心如刀绞，不吃不喝，临昏过去之前，她朝着黑暗里大声呼唤："古月，你在哪儿？"

好像她已经把古月呼唤到身前，从牙缝里挤出来一句叮嘱："古月你给我听清楚，官家要是不杀冯景旺，你也要想尽办法，替咱古家把他杀了，我就在这儿等着，不然，我死不瞑目！"

26

　　抗战胜利后，共产党、国民党及其军队在燕赵大地上逐鹿争雄，"摩擦"不断，其间，国民党制造了许多惨案，最著名的，是王凤岗坑杀抗属。这在河北安平籍作家孙犁的文字里有详细的记述，可谓令人发指。但摩擦在激发仇恨的同时，也激发了斗志，更催生了人民武装的发展与壮大。古月所在的冀中十分区也扩编成华北野战军七纵二十旅。他本人则被任命为旅部参谋兼警卫连连长。警卫连长是他的任职，至于旅部参谋，或许是旅长刘秉彦的一种特殊考虑，古月的背后，毕竟还有个乔祺燕，一个副团级的待遇，会使他有条件走进婚姻。

　　但是，古月和乔祺燕并没有急于考虑个人问题，解放战争的隆隆炮响，让他们看到了新中国的影子，因而焕发出特别的青春激情。建功立业的强烈愿望，覆盖了一己的儿女私情。

　　乔祺燕所在的卫生队，已升级为旅部医院，她本人也被晋升为副院长，是医院的业务骨干，甚至是顶梁柱。战斗仍频，伤员不断，她每天有做不完的手术，在血污和呻吟中，她体会到的是拯救生命的神圣和白衣天使的光荣，她无暇也耻于考虑个人问题。

　　至于古月，他有一个很深的心结，就是不看到家乡的完全解放，不看到恶人冯景旺的最终落网，他于心不甘，不忍甚至没脸谈婚论嫁。

二人且战斗且等待，内心饱满，到了忘我的程度。这期间，一对恋人比竞着履职，都有出色的表现。乔祺燕三天三夜站在手术台前救治伤员，虽筋疲力尽，却无一次医疗事故，更无一丝抱怨；古月带领一个班的战士，护送旅首长穿过敌人封锁线到前沿指挥所，虽有暗堡和地雷挡道，却能按时到达，且毫发无损。他们的事迹上了《晋察冀日报》，而且还是同一个版面，都配以照片，所以，虽是单独报道，二人也有连理之美，更互相倾慕，爱得深了。

在战斗的间隙，旅长催促古月去战地医院看望一下乔祺燕，旅长说："傻小子，再好的感情也怕冷，你应该去见见人家。"旅长心细，还给古月备了一包雄县烧饼。那烧饼与京西的不同，是方的，薄而焦脆，不似面食，倒像点心。见了乔祺燕，他感到自己的恋人虽然昼夜劳顿，却没有疲惫之相，面色红润，眼神流动。她凝视着他，眸子一剜一剜的，剜得他心头发痒，来不及避讳人，就把她拥进怀里。她大大方方地任其拥，好像事情本该如此。

古月很冲动地说："我还想。"

乔祺燕一笑，"你想什么？"

"我想跟你亲嘴。"

"那就亲。"

这是他们的第一次亲吻，本来在想象中是那么羞涩、那么隆重，却亲得这么自然、这么轻松。

他们感到，爱情之于他们，真的成熟了，有了毫不保留的拥有。他们很幸福。乔祺燕小声地对古月说："为了我，你也要好好保重自己，枪子儿它是不长眼的。"

最令古月亢奋的那一天终于到了。

1948年12月初，东北野战军结束了辽沈战役之后，入关与华北野战军会合，决定发起平、津大会战。会战之初，首先要将天津、北平、怀来、新保安、张家口八百里战线上的国民党军分割包围。包围圈形成后，中共中央、毛泽东主席命令："要扫清包围圈外的一切据点。"京西首府房山县城，就属于外围据点之一。当时京西地区的地方部队，都去执行包围北平的任务，没有力量顾及这个据点。上级决定，调古月所在的华北野战军第七纵队第二十旅来执行这个使命。

这真有些命中注定的味道，所以，古月喜出望外，亢奋不已。从不迷信的他，也烧了两炷香，冲着榆林水村的方向，跪祭了两个时辰。最后，他隔空遥寄柳绵桃："嫂子，你且放心，解放房山城，我一定奋不顾身冲锋在前，亲手宰了冯景旺那个狗东西！"

1948年12月6日，旅长刘秉彦在警卫连的护卫下，亲自带领五十八、五十九两个团，昼夜兼程急行军来到房山城南，在周边各村安营扎寨。指挥部设在一个叫顾册的村落。刘秉彦旅长首先和京西军分区前来配合作战的负责同志了解房山城敌人现状，然后制订作战方案。当时城内除县级军、政人员外，各大乡的军、政、警、奸、特、商、贸等人员都怕被八路军分而食之，全来房山城，投奔靠山。单位复杂，人员众多，一片混乱，吃饭都成问题。房山城墙东西南北各有一华里，城墙上筑有哨所四十个。东西两城门关闭着，只有南北两门开放。城外建有护城壕沟，深丈五，宽两丈。沟内有水，沟的堤坡上有地堡，沟外地带有地雷。南北门外各有吊桥，白天放下，来往行人可走，夜间提起来，实行宵禁。城内布防的主力，是国民党驻房保安团，保安团兵力有一千五百人，团长张德祥，副团长陈亚林，一营营长就是冯景旺。武器装备十分精良，其中，配备各种迫击炮二十三门，重机枪六挺，轻机枪五十挺。连同驻房山界的各大乡队，总兵力达两千余人。是一块难啃的硬骨头。

具体的兵力部署——房山城东南一华里是周口店至北平的公路，城东一华里是齐家坡，驻有夏村乡大队九十多人，紧急时有两个连的保安队增援。城西两华里是山顶庙，山高五百米，只有一条小路通庙内。庙里边有坚固的工事，周口店大乡队一个连兵力驻守，有重机枪一挺。这里是房山城的主要屏障。城西南角，半华里是小山坡，有炮楼一座，工事坚固，驻有赵各庄乡大队六十多人，遇事有保安团一个连队增援。北关驻保安团一个连和城关乡大队七十多人。南关驻保安团三大队，有迫击炮三门。保安团部设在城里仓房胡同，北大寺胡同中间，配有三门炮，重机枪两挺，西街靠十字街北侧是伪县政府所在地。

二十旅掌握情况之后，先对房山城实行包围，刘秉彦旅长亲自给伪保安团长张德祥写了信，讲明当前形势，为城市和居民免遭涂炭，要张德祥马上放下武器，停止抵抗。张德祥接到信后，令参谋长王荫廷起草回信说：“房山地小兵薄，候平津解放之后，不攻自降。”在敌人拒绝投降的情况下，部队即按原定作战计划，向房山城发起了攻击。

首战先打小山坡，因为它的战略位置重要，这里既可用火力支援齐家坡，又能控制山顶庙上山的小路，站在坡顶，房山城内的大街小巷尽收眼底。所以敌人在这里修筑了坚固的工事，坡顶上的那座炮楼有三丈高，四周都有射击掩体，围墙外在七八米远处有宽四米、深三米的壕沟。内外壁都是用石头砌成的，沟的各处都埋有地雷。沟外十几米有铁丝网，网上挂满了地雷、手榴弹。12月10日，刘秉彦旅长命令五十九团一营对小山坡据点发起攻击。在一营长刘喜勤、教导员武文俊的具体指导下做了战斗动员，而后命令一连主攻，二连支援，三连预备。晚八时攻击开始，敌人早有准备向我军猛烈还击。我军刚铰开第一道铁丝网，敌人就扯响了网上的地雷和手榴弹，我军遭到了不小的伤亡。攻坚部队想越过壕沟用炸药炸掉炮楼，又因壕沟既宽又深，且沟边、沟底都埋着地雷，一触即炸，只能望而兴叹，不敢贸然行动，只好调来了几个最大容量的炸药包在沟帮实施强行爆破。虽爆炸声惊天动地，但炮楼只是颤了两下，之后依然岿然而立。在这种情况下，只能强行发起冲锋。战斗打得异常激烈，枪弹声、炸药声搅得周天寒彻，火光把整个天空照得通红，即便这样，也无法越过壕沟。经过近两个小时战斗，我军伤亡过大，牺牲数十，伤者过百，战斗失利。旅长刘秉彦把望远镜一摔，命令部队停止战斗，撤出阵地。望着战友们一个接一个地倒下，古月心急如焚，他想把自己的警卫连变成敢死队，带头冲向前沿。刘秉彦在他的屁股上狠狠地踢了一脚，"老老实实待在你的位置上，否则我毙了你！"

古月的屁股是受过伤的，这一脚踢得他半天都直不起腰来。他感到了从来没有过的巨大耻辱。这是京西的地界，是他自己的故乡，却让来自冀中的兄弟蒙受无辜的牺牲，他羞愧难当。当他得知，守军的头目正是来自京西的恶匪冯景旺，他把后槽牙都咬碎了一颗，"冯景旺，我饶不了你，亲手宰了你的时辰就要到了！"

刘秉彦和京西军分区的领导进行了紧急磋商，决定转攻打齐家坡，而且规定，这一役必须取得全胜，以挽回局势，振奋精神。经过分析，他们认为齐家坡地势宽阔，回旋余地大，便于攻克。又分析了敌人精神状况，据几天前从城里出来的人所说，城里各种敌伪人员太多，一片混乱。都知道辽沈战役歼敌四十七万人，淮海大决战即将开始，平津两市至张家口一带的国民党军和傅作义军队也被东北野战军和华北野战军包围起来，眼看着也要被全歼，国民党军决不可能再取得胜利，所以，房山城里军心涣散，都想逃命回家，和全家人团圆，已无心恋战，随时准备逃跑。由此可见，敌军战斗力已在很大程度上被削弱了，只要我军下决心攻击，敌军必败。

12月13日，刘秉彦命令五十八团二营攻打齐家坡。拂晓，二营四连进入阵地，在山坡上炮楼的东北侧八十米处筑工事。九点前，二营长赵修芝首先做了战前动员，而后部署六连攻坚，四连为二梯队，五连为预备队。上午九点整，营长下达攻击命令，激烈的攻击瞬间开始。初始攻击顺利，因为守军是夏村大乡队的一百余名地方武装，在强大的攻势面前他们自乱阵脚，只想着抽身逃跑，但伪保安团派来的二百多增援部队迅速赶到，他们既当督战队，又当战斗队，扭转了局面。我军几次排级冲锋，都被打了回来。营长赵修芝急红了眼，又从四连调来一个排交给六连指挥，并命令六连做好第二次冲锋的准备。刘秉彦见状，立刻加以制止，小山坡的巨大牺牲，让他心痛不已，他不想再看到新的京西喋血。他下令，把可以移动的各单元的炮火都调集过来，轰他狗日的。下午两点，我军再次发起攻击。先用迫击炮曲射敌碉堡，再用平射炮直穿敌炮楼，后用小山炮，向敌群俯抛炮弹。弹雨密集，把敌军炸得七零八落。之后，我二营教导员蒋志鸿乘势带领突击队冲入敌军阵地，实行突袭。守军已无心抵抗，大部向我军举手投降，求饶留命。在下午三点零七分，我解放军攻占了齐家坡。此次战斗共俘虏敌伪军一百二十多人，缴获机枪四挺，步枪八十支，子弹三千八百多发。

看着欢呼的人群，古月对自己说："接下来，该看我的了。"

12月13日晚，刘秉彦旅长又下命令五十九团一营第二次攻打小山坡。刘秉彦旅长亲临前线指挥所指挥，根据山坡敌据点地势窄小、工事坚固、火力点分布集中的特点，调来山炮一门，安放在小山坡炮楼西南四百米处。一连剩下的二十多名战士和轻伤员，继续由西面以各种火力向敌人攻击，吸引敌人火力。这时我军山炮连发两炮，命中敌炮楼门口和炮楼顶部，炮楼东倒西歪，无坚可守。冯景旺凄然一笑，"出水才看两腿泥，共产党的麻烦还在后头呢。"他带着十几个部下顺地沟溜进了房山城里。他心生歹意——既然正面交锋不能取胜，就骚扰民众，制造恐慌。所以，我军虽胜利占领了小山坡，但古月仍眉头紧皱，无一丝笑容。

至于山顶庙敌人的炮楼，本来是天然屏障，但他们一看到山炮所产生的威力，也就担惊受怕起来，感到再坚硬的掩体，也经不住炮弹的轰击。所以屯聚着的二百多敌伪军，也就主动撤出阵地，向房山城逃去。这样就使房山县城三大屏障——小山坡、齐家坡、山顶庙，一夜之间，全被人民解放军所攻占。这时我军对房山城的战略攻击已相当明确，外围据点被攻克后，我军围攻东、南、西三面，留下北面让其向北平逃走，让包围北平的东北野战军转过头来给以迎头痛击。在三面包围之下，房山城内一片混乱，张德祥已无主张，只好向伪河北省主席楚溪春电报告急。楚溪春回电，要他率队死守房山，若守不住，就破坏城内重要设施而后突围，向北平靠拢。如突围不成，就杀身成仁，以尽军人之职。而后，伪房山军、政官员决定弃城逃往北平。于是，他们慌忙烧毁伪县政府和县党部的文件，分藏了物资，并散布谣言，布置了潜伏人员。13日午夜，伪房山县军政头目和公职人员，连同保安团一部，一千二百多人，挤出北门向北平逃去。很多人出了北门就各奔他乡，溃散而去。真正渡过大石河、再往前跑的只有张德祥为首的二百左右伪军和一些罪大恶极的汉奸、特务。

1948年12月14日凌晨，我人民解放军华北野战军七纵二十旅在刘秉彦旅长的率领下，从房山城南、北门，以整齐的步伐、严整的军容，举行了隆重的入城仪式，受到了各界群众的夹道欢迎。

但是，入城部队里，却没有古月的影子。刘秉彦心里咯噔了一下，他预感到，他这个忠实的护卫，一旦擅离了职守，就再也不会回到他身边来了。

原来，当古月得知冯景旺潜下地沟，进入暗道，朝县城逃跑之后，他立刻带着一个班的战士，躲过刘秉彦的视线，也潜入暗道，紧追不舍。这一个班的战士，都是从京西来的，都是被黑杀团杀害的烈士家属，他们与古月心气相投，都把部队纪律放到脑后，只有一个强烈愿望，就是找冯景旺复仇。

因为冯景旺并不知道有一队目的极其明确的追兵尾随其后，所以放松了防范。他从暗道翻身出来的地方，正是伪县政府的档案馆。这里除了一团清气、一股霉味之外，闻不到一丝硝烟。他觉得自己安全了，便吩咐手下人在阅览室警戒，他自己则进入馆长办公室，翻身仰在一张床上，想小睡一番。远处隆隆的炮声、此起彼伏的呐喊声，跟他无关，恰如他的催眠曲。

他那十几个弟兄，也正有此心境，他们抱枪入怀，也纷纷打起了盹儿。这给从暗道里翻身而上的古月们一个很好的机会，他们卸下军刺，兴奋地刺向软物，以至于还未来得及哼一声，十几个人瞬间就都被手刃了。古月和战士们相视而笑，一起逼近里边那扇门。古月抬起了右腿，想一脚端下去，但停在了半空，因为他突然生出了一种玩味的心情，如同猫对老鼠，他学了一声猫叫，并示意战士们也一起学，便顿时响起了一片杂乱的猫鸣。

冯景旺被惊醒，不耐烦地喊道："这里只有你冯大爷，没有挨饿的老鼠，他妈的到别处叫去！"

然而还是叫，且一阵紧过一阵，冯景旺怒火中烧，翻身下床，一把把门拉开了。

他愣了，因为他看到了一张人脸，而且带着满脸的嘲笑。

他下意识地退到床边，去抄枕头边的枪。一声枪响，他的手被打断了。他托起自己的断手，恶狠狠地盯着眼前那张脸。他觉得这张脸有些熟，似乎有点古大富的轮廓，他很困惑，"你？"

古月用枪指着冯景旺的额头，"你好好想想。"

冯景旺很快就想起来了，"你是古月？"

"对，我正是榆林水村的古月。"古月之所以报出榆林水村的村名，是要让仇恨现身，自己说话。

恐惧立刻爬上了冯景旺的脸，他说："那好，我投降。"

古月摇摇头，"在我这里，你不是什么国民党房山保安团的营长，而是山本二步的爪牙，我们吕正操司令员说过，对山本二步的手下，绝不接受投降，一律格杀勿论。"

"古月，你就是一泡稀狗屎！"冯景旺跳了起来，"你不会忘了吧，在榆林水村，是我抬高了枪口，放了你一条小命，即便是拿命抵命，你也应该有一点抬一抬手的善念。"

"你就是一条恶狗，不，是连猪狗都不如的东西，没资格跟人讲什么善念，你就是死一千回一万回，也不会有投生人的机会。"古月说道。

"难道这也是柳绵桃的意思？"冯景旺还存有最后的一点幻想。

"不许你提我嫂子的名字！"古月的眼红了，把枪口对准了冯景旺的眉心，"她之所以瞎着眼睛活到现在，就是要等着你的死。"

冯景旺绝望了，索性把额头凑上来，抵住枪口，"那你还不赶紧动手。"

就在古月要扣下扳机的那一刻，一个战士托起枪口，把他拉到一边，小声地提醒道："古连长，即便他是罪大恶极，但已宣布投降，还是把他押回去，交人民审判，免得咱们犯错误。"

古月迷惘了。作为党员，他知道党的政策；作为警卫连长，他知道旅长的脾气——他不能贸然行动，因为那严重的后果，会影响他一生。他犹豫着。

冯景旺虽然没有听到那个战士说什么，但还是很快就悟出了其中的奥妙，他放声大笑，"古月，我就是一只烫手的山芋，落在你手里，我难受，你更难受，哈哈哈哈哈哈……"

冯景旺的嘲笑，像一支支从弦上发出的利箭，箭箭穿心，古月怒了，再一次把枪口抵住了仇人的额头。但是，枪口颤抖，把他迟疑的意志完全暴露了。

冯景旺已失去了忍受煎熬的耐心，他一把抓住古月持枪的手，大喊一声："谢谢了！"然后搭上古月的食指，替他扣动了扳机。

枪弹把冯景旺的头骨掀去了很大一块，脑浆和污血把他的整张脸都覆盖了。即便是这样，他还能清晰地发出最后的声音，"柳绵桃，我赢了。"然后缓缓地倒下，好像带着惬意，把自己摊舒展了。

27

　　在房山城宣告解放的同时，古月的军旅生涯也宣告结束。

　　由于他擅自行动，且违反了战地纪律，二十旅党委给了他记大过、降级处分，并剥夺军职，令其就地转业。

　　虽然跟古月一同行动的战士有不少人出来做证，证明枪弹的射出是冯景旺自己的意志，但旅党委多数人觉得这个证明带有感情色彩并且似是而非，不足为据。还有一点让人痛惜的理由，因为古月是旅长的身边人，如果不严肃处理，对军心、军纪、军威不利。

　　所以，最感到痛惜的人不是古月本人，而是旅长刘秉彦。他又在古月的屁股上狠狠地踹了两脚，"你小子愚蠢！"他吼道："你枪林弹雨跟我一路走来，留下了那么多伤痕，如果知道珍惜，每处伤痕都是金光闪闪的荣誉，现在可好，是一块块死肉，是一个个耻辱。"

　　"对不起了旅长，给您丢脸了。"古月并不感到那么严重，还有旁观者的心情，他嘻嘻一笑，居然说道："耻辱好，我的耻辱到底是把恶人宰了，可以告慰榆林水村的亡灵，值了。"

　　"你也就这么点觉悟。"刘秉彦摇摇头，"这就是你们京西人的秉性，大处糊涂，小处精明。"

话虽然这么说，但到底是有深厚的生死情谊，刘秉彦很关心古月的前途，跟京西军分区的领导商议，让他转业到刚成立的京西县政府，担任农林委员会主任。刘秉彦调侃道："如果你不莽撞，完全可以弄个县长、副县长当当，现在可好，只能当个科级的主任了。"

"这对我来说，也是很大的官儿了。"古月说，"从榆林水村到县城，有近二百里的路程，如果不是跟着您在队伍上干过，做梦也想不到会走到今天这个地界。"

古月的豁达，让刘秉彦很感动，"你能有这个认识，让我很欣慰，你将来还是能成大气候的。"他拍了拍老部下的肩膀，说道，"你今后遇到什么难处，一定想着来找我。"

首长的一句体己话，触到了古月最脆弱的部位，他忍不住哭了，呜呜嘤嘤，像个孩子一样。

也是基于对古月的体恤，刘秉彦亲自找乔祺燕谈话。

"乔祺燕同志，你对古月的行为怎么看？"他问。

"说实话，我并不感到意外，换了我，也会把那个人一枪打死，是爷们儿，就是要有仇必报，不然，才窝囊呢。"乔祺燕说。

乔祺燕的回答，有鲜明的京西人的逻辑，她已经把自己融入这片土地了。这让刘秉彦感慨不已。

"但他已经不能继续担任军职了，你有什么打算？"

"答案很简单，他走到哪儿我跟到哪儿，希望首长能够批准。"

"我当然会批准，我尊重你们的感情。"

"那就谢谢首长了。"

"那你就到京西县政府的文教卫生委员会去，担任副主任。"

"我只是个医生，不适合做行政事务。"

"那好，那你就到县医院去，当院长。"

二十旅就要向天津开拔了，临行前，刘秉彦把一对恋人请到他的指挥部，设宴话别。在座的还有原京西游击支队二大队大队长胡振常，他受京西军分区的指派，也转业到地方，担任房山民主县政府的党外副县长。

"胡振常同志，你骨子里是个谋士，是个士绅，让你当县长可谓是人尽其才。"刘秉彦先给他斟上一杯酒，说道："面对一个百业待兴的战后局面，你可不要懈怠啊，要拿出作战的精神，攻坚克难，励精图治，有所作为。"

胡振常儒雅地抿了抿酒，说："请首长放心，我胡振常打仗不灵，但对地方事务，做群众工作，还是有些想法的。"

刘秉彦对他的这个做派有些反感，"不成，不成，你得把酒一口干了。"

胡振常难为情地笑笑，把酒干了。

刘秉彦又给他斟上一杯，然后端起自己的酒杯，"胡县长，我敬你一杯。"

胡振常激灵一下，站起身来，"不敢，不敢。"

"干了。"刘秉彦碰了一下胡振常的杯沿，先就干了，然后说，"我之所以敬你，是要托付给你一件事，你面前这对年轻人是我的心肝宝贝，你得给我照顾好了。"

"请首长放心，我把您的嘱咐，当成是作战命令，不折不扣地执行。"

胡振常态度坚定，刘秉彦满意地点点头，然后又对他说："还有件事你要立刻办，就是要给他们操办一个像样的婚礼。"

他举杯敬了一下这对年轻男女，对他们说："队伍出发在即，你们的婚礼我就不能参加了，但是，我要送给你们一件礼物，喏，就是那个——"他指了指挂在墙上的一架望远镜，"古月，你可别拒绝，我相信，你将来会用得上它。"

28

胡振常不仅给古月和乔祺燕操办了一个像模像样的婚礼，还给他们协调出一间婚房，让他们正式安了家。

婚房坐落在县政府后院，是三间有廊有柱的西配房。那里原来是国民党县党部的训导室，用屏风隔了里外间，是里一外二的格局。外间的北墙上挂着两幅画像，国父孙中山，总裁蒋中正。画像下有几案，上面置备着纸墨笔砚。紧邻屏风的西墙有书架一，沙发二，书架上的藏书虽然不多，稀稀拉拉地排列着，却经史子集品类齐全，还有药书：《黄帝内经》《千金方》和《本草纲目》。可以看出，这里原来的主人好斯文，有书香底蕴。古月把两幅画像摘下来，换上了两幅年画，感到古旧里有喜兴、有生气，便喜不自胜。乔祺燕也高兴，因为里间居然有一张像样的木床，再配以外间的药书，感到自己适宜住在这里。

胡振常来巡视，以表达关心。一进门就说："不妥，不妥。"他指了指那两幅年画，对古月说："这不符合你的身份，因为你不是普通人。"他吩咐跟随在身后的工作人员去找两张朱（德）毛（泽东）的画像来，挂在原来的位置。他上眼一看，得意地说："这就对了，人要懂得适应时势。"

正在此时，一个瘦脸长身的人无声地走进来，见到胡振常，谦卑地躬躬身子，"不好意思，胡县长，我只是随便看看。"他用眼睛的余光很快地扫了一下墙上的画像，马上就把目光凝聚在书架之上。他蹑上前去，用一只干瘦的手，在书脊上从左到右地抚摸。因为举动古怪，屋里的人都看着他。古月和乔祺燕的目光温和而迷茫，胡振常的目光则凌厉而冷。这种冷，让他打了一个寒战，他颓然地收起了手，低声地嘟囔了一句："算了。"然后点头哈腰地退着走出了房门。

胡振常说："这个人叫白鼎轩，是国民党县党部的训导员，他原来就住在这里。"

"那他怎么留下了？"古月问。

胡振常解释说，训导员虽然是搞政治的，但是他对政治并不感兴趣，搞训导不过是照本宣科，也就是为了混口饭吃。作为文职，他没有血债，本身又是个孤儿，无牵无挂，无所谓走与留，就留下了。今后让他在你的农林委员会当个差，也是人尽其才，因为新中国搞农业，也是需要文化的。

乔祺燕笑着说："胡县长，您进入角色真是快啊，佩服。"

新组建的县政府实行精兵简政，农林、文教、卫生、体育都由胡振常一人分管，所以，乔祺燕的话，类似精准的恭维，让胡振常很是受用，"谬赞，谬赞，"他一边打着谦辞一边说，"旅长临走时叮嘱我，要励精图治，不这样不成啊。"

胡振常走后，古月说："看白鼎轩的样子，他是舍不得那一架书，不成咱就把书还给他？"

"这是革命的胜利果实，凭什么要还给他？"乔祺燕表情严肃地说："我在医院里闻血腥味的时间太长了，也应该闻一闻书香了。"

"就依你。"古月觉得，不过是一架发黄的书，又不是什么原则问题。

新婚之夜，整个县政府大院一派冷清，但后院西侧的廊屋却有努力压抑终也压抑不住的热闹——

男人把女人扔在床上，然后奋不顾身地覆盖。女人蠕动着反抗，说："不是我不依你，是你愚蠢，我就是那肥白的蚕，你得把外边的茧剥去。"男人醒悟了，难为情地摇摇头，开始给女人解衣裳。女人躲闪，男人手笨，衣服的扣子解得有些艰难。情急下，男人扯，女人说这可使不得，我上眼的衣服没几件，就身上的这件光鲜，便一边躲闪一边偷偷地替他解。那只肥白的蚕就白花花地露出饱满的模样，由于白得透明，皮肤下有青色的蚯蚓一般的丝络，就像檀木上的花纹。"哎哟，我的娘！"男人叫道，"你怎么恁么好看呢，比麻老爷的轿还好看！"在他看来，结实而平坦的小腹就像轿篷的滑软的缎，小巧而挺拔的双乳就像倒垂在轿帘上的两块如脂的玉。这是来自京西的故事，女人是知道的，所以女人说："你好讨厌哎。"男人管不住自己，在蚕上狠狠地匝，似要匝出浆水。果然匝出浆水，他愣了片刻，但很快又匝了起来。他一遍一遍地匝，一刻也不想停歇。也许是因为匝得太畅快，他哭了。一边哭着，他一边说："我们古家就剩下我一根独苗了，一定要鼓捣出一群崽来，比竟着管我叫爹、管你叫娘。"女人也很畅快，说："那还等什么，你就先替他们叫我一声娘吧。"男人驯顺地叫道："娘。"女人欢快地应了一声："哎！"然后猛地翻过身来，主动匝在男人身上。见男人有些迷惘，她满脸羞红地说："我这是为了找到我自己。"

按京西的风俗，一对新人要到婆家去认家门，但一想到古家的遭遇，古月心情立刻就沉重起来。他对乔祺燕说："要不就算了，老家已经没人了，就剩下一个瞎眼睛的嫂子了。"乔祺燕知道他家的变故，说："那可不成，俗话说老嫂如母，不去认下，我就不算正式进了古家的家门。"一个天津姑娘，居然把京西的老理看得那么重，她尊重亲情。亲情，是爱情之上的感情，是根。所以古月很感动，觉得乔祺燕厚道，便在男欢女爱的热烈之下，又往深里爱了。

他找到胡振常，说我们要回老家认亲，您能不能拨给两匹马？

胡振常一笑，"早给你们预备下了，就看你有没有认亲的意思。"他吩咐人去牵马之后，又转过身来对古月说："依我看，你这不是一般的认亲，而是要完成一个特别的使命，因为柳绵桃同志对你是有期待的。"

古月连连点头，他对胡振常有了新的认识，这个大户出身的人，考虑周全，因为世故，所以懂人。

两人持缰纵马，沿着大石河溯流而上。大石河，被郦道元在《水经注》里称作"圣水"。而大石河的源头，正是古月的故乡榆林水村，所以它与拒马河一道，被称作是京西人的母亲河。古月只知道大石河的河水流得缓慢而清澈，并不知道它在史籍上的含义，但是乔祺燕懂，因为她曾待过的坨清高线，正是架设在大石河沿岸，她在被软禁的孤独中，对河流的历史有所研究、有所追溯。因而马蹄声中，乔祺燕比古月还兴奋。

他们途经南窖高线站的时候，看到坍颓的炮楼残迹，乔祺燕不禁感慨："昨天的苦难，今天的欢乐，来得太快了，让人有点不敢相信。"

对乔祺燕的话，古月有些似懂非懂，但他还是应和道："河是我们的，地界是我们的，鬼子大老远地来，自然就站不住，他们水土不服。"

"我也是外来人，然而我服。"乔祺燕说。

"你是我媳妇嘛，你当然服。"古月说。

乔祺燕觉得古月机灵得有点傻，笑着说："你别忘了，我是先服了水土，后做了你媳妇。"

古月嘿嘿一笑，说："你懂得比我多，日后我什么都听你的。"

"你们京西男人最大的特点，是怕媳妇，你是给自己找一个怕媳妇的理由。"

"就算是吧。"

说说笑笑，远途也近，早霞红的时候起身，晚霞红的时候，他们已到了榆林水村。

村子一片乱石瓦砾，那座标志性的古庙被毁坏得只剩下一扇庙门，后边的院落也都被荡平了。古月说："这都是那个汉奸冯景旺带鬼子干的，那天炮弹密得像雨点，现在，我耳朵里还响着爆炸的声音。"古月面部抽搐，不停地吸鼻子。

他们把马拴在庙前的那棵大榆树上，踏着乱石瓦砾朝上走。走到古大富牺牲的地方，古月跪下了，"爹，我回来了。"

乔祺燕也随他跪下，"爹，儿媳乔祺燕看您来了。"

古月本来想放声哭一嗓，但乔祺燕的举动让他感到一种庄重，他把悲痛压下了，"爹，您看到那座庙门了吗？"他看了一眼乔祺燕，说："俗话说，山门不倒必重修，我日后一定会把那古庙重修一遍。"话音未落，平地就起了一股旋风，古月赶紧说道，"爹，我知道，我不光要把咱村的古庙重修了，也会带人把整个京西被鬼子破坏的古庙都修好了，您老人家就放心吧。"

"这就对了。"古月身后传来一个苍老的声音。他吓了一跳，等回过身来，看到一个白发长须的老人。他认得这个老者，是村里史姓的活祖，大号叫史元正，人称正爷。古月知道一点史家的家谱，辈分的排序是一首诗——"元明清政府，天长保安全，美味习相远，日月红若丹。""元"字正是祖辈，人又活着，所以叫活祖。史家重善德，讲包容，讲平等，讲孝悌，讲修为，对他们古家最尊重、最善待，是恩家。所以，古月拉着乔祺燕就地打了个旋，双双向老人施了一个跪拜大礼，"正爷，请受晚生一拜。"

老人很激动，连连说："二位快快请起，快快请起。"他眯眼看了看乔祺燕，"这就是古家的媳妇了？"

"是。"

"这么标致的一个女子，我真为古家高兴。"老人说，"我们榆林水村人，虽然活在小地方，但从来心中都有个'公'字，不然也成不了五区的根据地。尤其你们古家，虽来自山西，却以京西为乡，给村里人谋福，还带着大家跟共产党走，抛家舍业，最后连命都搭上了，我们从心里敬重。我为什么说你讲得对，就是看到了你延续了古家的门风，他古大富死得值啊！"

老人家讲到这儿，居然老泪纵横，他有些不好意思，用干枯的手狠狠地揩了一下，狠狠地甩在地上。

老人突然想起了什么，他说："你们这次来，自然是要见你们瞎眼的老嫂子，正好，我带你们去。"

耄耋之年的一个老人，居然腰不弯腿不瘸，行走如风，倒是两个年轻人气喘如牛。他们攀岩而上，到了那座半山腰的"殉情屋"。面前是一扇没有颜色的木门，门楣上居然垂下两条牵牛花的藤蔓，上边的花朵虽稀疏可数，却水灵、鲜嫩。老者刚要叫门，门自己就开了，一个满头白发的小老太太，朝外挥挥手，用力翻翻眼皮，"知道你们要来，快进吧。"

这个发白、脸黑、干瘦、背曲、幽灵一样的人，就是那个满头青丝、身姿丰润、神采飞动、面如桃花的大美人柳绵桃吗？

古月愣了。

屋子虽小，却立了一个古家的牌位，两排红烛无声地燃着，照亮了几案上的贡品，瓜果梨桃，馒头糕饼，一应俱全。老太太朝牌位慢慢地跪下，口中叨念着，"列祖列宗听真，古家的后人来了。"

见古月发愣，正爷推了他一把，"还不也跪下。"

古月跪下之后，老太太回过头来，吸了吸鼻子，"还有一位呢？"

她虽然看不见了，却能感应人的存在，乔祺燕惊得张大了嘴，也赶紧挨着老人家跪下。

老人家领着做了一番祭拜，然后对古月说："你还有什么话要对祖上说？"

古月知道柳绵桃让他说什么，便独自磕了四个头，大声说道："列祖列宗听真，残害咱们古家忠良和榆林水百姓的恶人冯景旺让第十二代宗孙古月亲手给除了，请祖上安心，并护佑你们的后人顺风顺水、顺时顺势、大吉大利、大福大寿。"

古月诵罢，柳绵桃又手心向上托额而拜，"列祖列宗，第十二代宗孙他不辱使命，立下功德，就求你们保佑他心想事成，多子多福。"

仪式完毕，话家常。古月说："嫂子，这么多年，让你吃苦了。"

柳绵桃说："你帮我了却了夙愿，苦也不苦。"

古月说："我给你娶了一房弟媳，她长得好看，像年轻时的你。"

"知道，虽然我什么也看不见，但打她一进门，我的两个眼底就有两片光。"柳绵桃笑笑，说道。

乔祺燕发现，这老人家虽然满脸皱纹和风霜，但笑起来却是那么疏朗、那么有味道，有美的余韵。

她说："嫂子，我们这次来，除了认亲祭祖，就是要把您接出去，跟我们一起住。"

"弟媳妇的手真柔软，抓得住福禄。"柳绵桃拉过乔祺燕的手，一边抚摸一边说，"我就待在这小屋里，哪儿也不去了，你们都是政府的人，正事都忙不过来，我又瞎又老，就不给你们添累赘了。"

"您千万别这么说。"乔祺燕用力攥了攥柳绵桃的手，动情地说："依京西的老理，小家庭要过得好，身后要有长辈的福望，您是咱们古家唯一的长辈了，您不在身边，我们哪里过得踏实。"

"弟媳妇，有你这句话，我就知足了。"柳绵桃眼含泪水地说，"无论如何我是不会去的，你想想，县政府是个什么地方？是好日子的门面，有光鲜的门楣。我出现在那里算什么？就像门楣上长了一块疤，会让人想到血泪和苦难，不吉利、不妥帖。"

古月急了，说："把你一个人搁在这儿，冷风冷地的，好像被古家遗弃了似的，要知道，你是给古家撑过门面的，也是给根据地做过贡献的，接你出去，是天经地义的，既是替古家养你，也是替共产党养你。"

这话说得真切也说得动情，招得柳绵桃五内翻滚，酸涩难耐，放声大哭。

哭声止住的时候，天色已大黑，屋里的小烛也放出大光。柳绵桃擦去眼泪的脸庞显得异常圣洁。"说好了，我就待在这里了。"她嫣然一笑，说道："我待在这小屋里，与古家这些魂灵相伴，会时时想到以往，会想到，我柳绵桃是风光过的，是有过出息的，这样一来，我就问心无愧，活得踏实自在。"

29

也许是爱情生活过于甜蜜，乔祺燕很快就怀孕了。

古月自然是喜出望外，因为新婚之夜他曾对乔祺燕说过，"我们古家就剩下我一根独苗了，一定要鼓捣出一群崽来，比竞着管我叫爹、管你叫娘。"

崽不请自来，这对自幼就受"三十亩地一头牛，孩子老婆热炕头"生活观念熏陶的古月来说，当然是天大的喜事。

但乔祺燕先是喜，后是忧，因为她有家庭之外的思忖。

县医院属于草创阶段，只是挂了一块牌子，立了一个空架子，需要招兵买马，进行培训，启动业务，接待患者。作为分管业务的副院长，她责无旁贷。

在这样的时候，她怎么能歇产假、奶孩子，经营个人生活呢？

这对一个在炮火中舍生忘死、救死扶伤的战地医生来说，有一种本能的恓惶；从她的家教来说，也觉得十分不妥。

她父亲乔凤桐是事业心很重的人，为了打下一片基业，在天津站住脚跟，他不仅不娶小，也无心子嗣，整天泡在公司里，既运筹帷幄，又事无巨细，孜孜矻矻不敢懈怠。把盐业做大了之后，又投资京西的煤业，事业有成之后，才在不惑之年，要了他这个女儿。父亲搞个人产业尚且如此，何况自己是官家的院长，身后是贫寒瘦弱、缺医少药的百姓。所以，如果要孩子，她说不服自己。

古月由于兴奋，并未察觉到妻子的情绪变化，他整天笑不拢嘴，到了晚上，还贴在乔祺燕的肚皮上听动静，"好日子怎么来得这么快呢？"

乔祺燕笑一笑，说："听也是瞎听，不过是个胚胎而已。"

"媳妇，你这是什么意思？"

"医学上的意思。"

由于乔祺燕是含笑而语，古月还是不知另外的含义。

他把乔祺燕怀孕的事兴冲冲地告诉主管副县长胡振常，他"呃"了一声，不仅没有送来祝贺，表情还严肃起来。

古月不解地看着他。

胡振常对他说："你看，古月，我拉杆子那阵子，家里还是娶了两房小的，一接受了八路改编，就按何家栋队长的指示，把她们休掉了。也不瞒你，休掉了之后，不免还有些暗中来往，等我当了副县长，就彻底断了，因为群众影响不好。"

古月更是不解了，说："您的那点私事，跟我有什么关系？"

"我虽然还没入党，但也是党管的干部。"胡振常顿了顿，接着说道，"说实在的，我们都是部队转业的干部，是经历了战火考验的，要有比一般的地方干部更出色的表现，这才不给咱们旅长丢脸，何况你还是党员，是不是应该以事业为重？"

古月这一次听出来了，胡振常说的话，还真跟自己有关系，而且还直指他老婆怀孕的事。

古月怏怏地说："呃，我明白了。"

"其实你并没完全明白，也许还认为我是在干涉你的个人生活，然而不是！"胡振常提高了声调，"索性我把话说明了，你想想看，京西虽然解放了，但北平还没有解放，全国也还没有最后解放，我们境内还有敌特伪分子，土地还在地主富农手里，所以，我们的农林工作也不是和平条件下的高枕无忧，它是一场战斗。为什么我们县政府里还有武工队，下乡工作还要配枪，道理就在这里，所以，自己的事还是应该往后放一放，你说是不是？"

古月历来对胡振常就心存反感，觉得他在打游击时，总是观望、游移、退缩，从来不敢打硬仗，不愿担当责任，他把五区党政人员和一大队的伤病员甩给十分区的做法，至今还让不少人、包括他古月耿耿于怀。然而他今天这么振振有词，古月不禁心生感慨："他可真会适应时势啊，站在哪座山上就唱哪座山的歌。"

但是，他的确说得有道理，这让身为党员的古月又恼又羞愧。在解放斗争中，自己能毫不犹豫地推迟婚姻，在建设时期，就不能毫不自私地推迟生育？难道自己退化了？

一声扪心自问，唤醒了古月血液里固有的豪气，"谁说我一定就把孩子生下来？"他瞟了胡振常一眼，提高了语调说："好歹我也是有两年党龄的老党员了。"

这意外的反应，让胡振常愣住了，而后赶紧点头笑笑，"就是，就是，权当我多说了两句。"

晚上，古月把那天在婚礼上同事们送的风干大枣和糖炒栗子翻腾出来。"媳妇，让咱们甜甜嘴。"

京西的土质贫瘠，气候干旱，所以大枣就结得小，风干之后就更小，但却甜，吃到嘴里耐咀嚼，口感好。乔祺燕很爱吃，吃得嘴唇都红了。

"吃完软的，咱吃硬的。"古月是指糖炒栗子。

乔祺燕说："你手里的栗子没名，我要吃良乡糖炒栗子。"

"咱手里的，就是良乡糖炒栗子。"古月说，"房山城离良乡不过二十里的路程，虽然没有打上名号，但的的确确很良乡的。"

"真的，很良乡？"

"真的，很良乡。"

"那咱就吃。"

"吃。"

乔祺燕已有了妊娠反应，害口，栗子吃得贪婪，扔了一地栗子皮，一片狼藉。

古月一笑，"这可不像你，你一向是很爱整洁的。"

乔祺燕笑了起来，但笑着笑着，笑容陡地凝固了，很快又转换成忧伤，"我知道，在你们京西，枣栗子谐早立子，是祝福早一点生儿育女，然而我们可能做不到了。"

"我知道，我知道。"古月说。

"你知道什么？"乔祺燕问。

"还用问，咱们俩都心知肚明。"

"这么说，你同意了？"

"我说过，你懂得比我多，一切都听你的。"

"唉。"乔祺燕叹了口气，说，"这人一在组织，就身不由己了，就不能任性，就不能自私，就得做与身份相符的事。"

"媳妇，你也不用叹气。"古月一把攥住乔祺燕的手，说，"也不是什么身不由己，是咱们自身有觉悟，以老百姓的事业为重。"

没想到盼子心切的古月能说出这样的话，乔祺燕发皱的脸，渐渐疏朗起来。她把自己往小里缩了一下，钻进古月的怀里，"我的亲，你抱紧我。"

古月紧紧地抱着乔祺燕，心绪激荡，他不停地吸啜着妻子好闻的发香，有膨胀的感觉。到底是大户人家的女子，香得让人清爽、让人耐烦，不像榆林水村的大姑娘小媳妇，把蓖麻油、葵花子油抹在头上，闻着直刺鼻子，好像是臭。他觉得怀里的女人首先不是用来生崽的，而是用来亲、用来陪伴、用来暖心、用来干大事的。

他透过女人的发梢，朝空旷里望了望，心里说道："胡大县长，你跟我们乔祺燕相比，不，即便是跟我古月相比，也差得远呢！"

30

在新政权建立的地方，所谓农林工作，就是农村工作，它的对象，就是农业和农民。

这个农村工作怎么做？真枪真炮的仗好打，对无言的土地和观望的农民怎么办？古月毫无头绪，头疼。

胡振常到底比他有谋略，他说，共产党和它领导的队伍最擅长的工作是什么？打游击、建根据地和做群众工作。打游击，就是不普遍开花，哪里合适就到哪里去；建根据地，就是蹲点，抓典型；做群众工作，就是在群众中，找到愿意跟你走的骨干分子，让他们替你开展工作。

在县政府东十公里是良乡，良乡北五公里，是一个叫岗上的村落。那里有一个有名的顺口溜："岗上坡，虎狼窝，地主狠，保甲恶，土匪多得赛牛毛，穷苦百姓没法过。"

古月想，在那里蹲点、抓典型好，因为情况复杂，有工作的难度，百姓穷苦有翻身的渴望，一旦抓好了，有说服力，有影响力。

怕被打黑枪，白天他们不敢贸然进村，天黑下来的时候，他们出发了。这个他们，其实就两个人：古月和他的勤务兵小丁。他们骑着破旧的自行车，穿着便衣，戴着礼帽，挎着盒子枪，像鬼子的侦缉队偷袭村庄。古月端着望远镜，一边远距离观望，一边带着小丁摸索着行进。古月忍不住偷着笑了笑，这个刘秉彦司令，还真有先见之明，给我留了一架望远镜，原来以为不过是个纪念物，可现在真的派上用场了。临来时，他随手就把望远镜塞进挎包，乔祺燕还笑话他，都解放了，你还拿这个，真是猪鼻子插大葱——装象，喊，妇人究竟是妇人。想到这儿，他不禁思念了一下司令员，心中说，您放心，有您在暗中助我，我古月是不会辜负您的期望的。

到了岗上村西，那里有一间废弃的房子。房顶被揭去了，只剩下四堵残墙，靠墙堆着秫秸、谷草等杂物。他们把自行车藏进秫秸堆里，徒步摸进村去。路上经过乱石岗，走近了，发现有两个人，是一男一女。女人跪在地上，不停地哭，男人则挥动着铁镐，像在挖着什么。他们赶紧躲了起来。

男的说："他娘，别哭了，多长的夜也会过去，多苦的日子也会好起来，等日子好了，咱们再生吧。"男人挖好了一个坑，把破包袱裹着的一个什么东西小心地放进去，然后苫以干草，搂土掩埋。女人扑上去，放声哭号："我可怜的五儿啊！"

原来他们在埋死孩子。

孩子埋过，夫妇俩在那座新起的渺小的坟茔前烧纸。

女人叨念道："连着生了五个，都被饿死了，再也生不动了，看来是要绝后了，孩子他爹，你就认命吧。"

"不是认命不认命的问题，是土地的问题，如果没有自己的地可种，粮食就吃不进孩子的嘴里，还不是生一个饿死一个？咱还是咬着牙等一等吧。"男人说。

"等什么？"

"听说县上要派工作队来，搞土改。"

古月觉得他们应该现身了，便轻轻地站了起来。那对夫妇被吓住了，他们拔身就跑。古月压低了声音喊道："老乡，别跑，我们就是你们说的土改工作队。"

两个人边跑边回头看了看，居然真就站住了。

男人低声对女人说："不管是土匪，还是工作队，都不跑了。那两人身上有枪，还有瞄准用的望远镜，子弹可是比咱们跑得快多了，也准多了，说打哪儿就打哪儿，爱咋地咋地吧。"

"哦，别害怕，我们真的是共产党县政府的工作队，是专门来给穷人争土地的。我们刚到这里，情况不熟，需要你们的帮助。"

为了打消他们的疑虑，古月主动做了自我介绍："我叫古月，县政府农林委员会主任，他叫丁术刚，我的助手。"

夫妇俩互相看了看，男人说："你们都自报家门了，我们就不能不相信了，说，让我们怎么帮。"

古月问："老乡，您尊姓大名？"

男人说："我姓吴，叫吴春山，是岗上村的赤贫户。俗话说，光脚的不怕穿鞋的，只要能分到地主的土地，你们叫咱咋干就咋干。"

一如打瞌睡正好碰到了枕头，古月大喜，这是老天赐给他的骨干分子，一定要牢牢地抓在手里。他笑着说："不急，能不能先带我们到您家里去，咱们好好合计合计。"

到了吴春山的家，古月顿时觉得，他们真是找对了人。吴春山的家，是两间土坯房，门窗不整，四面透风。土炕上只有一条破棉絮，席子也残缺，露出大片的炕土。灶间冷清，一口铁锅倒扣着，看得出已无米可炊。屋子中央，放着一张发黑的木桌，也落了一层细土。他和小丁摘下身上的干粮袋，用手掸了掸桌上的尘土，把里边的干粮倒在上面。滚出来的，是几颗蒸熟了的土豆和两张玉米面饼。这是县政府正经的伙食，并不是在穷苦人面前装清廉的道具。

夫妇俩看到了桌子上的吃食，眼睛里放出灼灼的光芒。"老吴，你们就凑合着吃点吧。"话音未落，老吴的女人早已把饼子抢在手里，大口地咀嚼，大口地吞咽，竟至噎住了，脸子涨得通红，眼泪都下来了。吴春山从墙角的一口大缸里舀了一瓢凉水，递给她。"给我留点面子吧。"他说。

"连孩子老婆都养不活，你哪里还有面子。"女人用凉水把食物送下去，说，"我吃口东西，就出去给你们望望风，让你们好踏踏实实地合计正事。"

剩下三个人的时候，吴春山说："你们找到我，就算找对人了，跟地主斗，我有的是办法，只要有人给我撑腰。"

吴春山介绍说——

穷家往往多儿，他父母生养了他们兄妹六个，为了糊口，只有八岁的吴春山，就被父亲送到村里的一户武姓地主家放牛、打短工、扛长活，只因为地主家管吃。但贪心奢啬的地主总是看他不顺眼，嫌他个子长得快，饭吃得多。

有好几次，吴春山饭还没有吃饱，地主就夺下他的饭碗，说："小孩子家吃这么多做什么？也变不成力气，我宁愿喂猪喂狗、把吃的放坏了，也不给你吃。"吴春山只得悻悻地放下碗，咕咚咕咚地喝一通凉水欺哄一下肚子，不让它造反。

一天，本来吴春山够忍气吞声的了，但是地主得寸进尺，不仅不让他吃饱，还给他吃剩饭、馊饭，地位还不如他们家的猪狗。吴春山咽不下这口气，决计反抗。

吴春山放牛回来，地主见小牛的嘴被荆条捆着，虽口水直流，但肚子却饿得瘪瘪的。地主很生气地问他："你为什么要把小牛嘴巴捆上，不让它吃草？"他嘿嘿一乐，对地主说："老爷，我是听你的话，不让这么小的牛吃那么多东西。它那么小，吃那么多东西干什么？又不肯卖力气。”地主听了很生气，拿起荆条要打他。吴春山也不躲，绷着脸说道："为什么要打我？这可都是你说的，你还讲不讲理？"地主气哼哼地扔掉荆条，"牛毕竟跟人不同，你且记住，你不许再不让小牛吃草，否则打烂你的屁股。"

吴春山做了一个鬼脸，"知道了，老爷。"

过了一段日子，地主发现，成牛长膘，小牛却出奇地瘦，瘦得皮包骨头，就偷偷地去岗洼那边看他放牛。好家伙！不看不知道，一看吓一跳：大牛都在草好的这边放，小牛却被他隔在只稀稀拉拉地长着几根毛草的光坡上，让小牛眼巴巴地看着大牛吃草，嘴里直可怜兮兮地"哞——哞——"叫。

地主又生气地问他："你为什么不让小牛到那边去吃好草？"

他说："就是因为那边草长得好，才不让它去吃呢。你告诉过我，小小的年纪，只配吃剩菜剩饭。"

地主干张嘴，又不好发作，摇摇头，走了。但这之后，吴春山被善待了一些，因为地主知道，这小子人小鬼大，不便招惹。

听了吴春山的叙述，三个人笑成一团。古月觉得，眼前这个人，不仅苦大仇深，还有足够的乡村智慧，依靠他不会有错。"那好，我们三个人就成立一个秘密的土改工作队，我当队长，你们两个当队员。"按分工，吴春山负责群众发动、政策宣传。

此后，吴春山白天继续给地主家扛长活，晚上就在家里与古月和丁术刚秘密见面。因为搞政策宣传，首先要掌握政策条文，但吴春山不识字，他们只得一条一条地给他讲解。其间，古月还推荐他读毛泽东写的有关文章。吴春山学得很认真，强迫自己把学的条款和文章都背下来。他有非常好的悟性，到了最后，他居然能联系实际，把相关内容变成自己的语言，讲给乡亲们听。乡亲们觉得那个叫毛泽东的人真是厉害，懂农村、农民，把话都讲到了老百姓的心坎上了。政府的政策也好，贴着群众的利益，为穷苦人着想。乡亲们纷纷到他家里来催促，"你还等什么，快领着大家伙儿干吧。""我可领导不了。"吴春山故意沉吟了一个时刻，说："都知道那老地主可不是吃素的，他要报复咱怎么办？咱还要靠政府给咱们撑腰。""那就快点把政府找来，我们等不及了。"吴春山觉得火候到了，就把古月和丁术刚介绍给大家。见古月和丁术刚身材魁梧，面容和善，还挎着枪，大家像吃了定心丸似的喜笑颜开。"不仅有政府，还有盒子枪，我们还怕谁？"他们说。

31

岗上村的土改搞得异常顺利。

有挎枪的工作队撑腰自然是个前提条件，但更得益于吴春山的挺身而出。

农民虽然有强烈的土地需求，但他们怕事，怕地主秋后算账，所以他们期望有一个人首先站出来。

果然，吴春山勇敢地站了出来。

村里人的顾虑就立刻打消了不少。俗话说，枪打出头鸟，即便是日后有什么好歹，有吴春山在前边顶着，他们也好躲闪。

吴春山作为地主的长工，他知底细、知要害，哪些是祖传下来的，哪些是自己垦殖的，哪些是放高利贷坑来的，哪些是巧取豪夺的，哪些是买来的，哪些是骗来的，他都一清二楚。这就让地主无计可施，只好按照工作队的设计，乖乖地交出土地。

吴春山在土改动员会上，对他的老东家还是很体恤的，说本村地主虽然有严重的剥削行为，但是没有血债，只要把从农民手里夺去的土地还给农民，还是要给出路的。本来会议的主题是控诉、批斗，他的话，浇灭了村里人的火气，不对地主进行人身攻击，便也给了地主一个体面抽身的台阶，让他放弃抵抗。

地主看着泥腿子从他记录详细的台账上一五一十地往外划分

土地，他的心是疼的，每划出一亩，就像割去了他身上的一块肉。但他一直很配合，不给工作队出难题。最后，他竟还咧嘴一笑，对吴春山说："你没白在我们家吃了那么多年饭，还是有良心的。"

吴春山自己也分得了三亩四分地。

分到土地的第二天，他就把各种农具都打磨了一遍，让带刀的在磨刀石上放光，让带柄的锤在斧下变牢，他要跟媳妇一道，把自己的地种妥帖，多打粮食填饱肚子。

快晌午的时候，古月和丁术刚推开了他家的屋门。小丁把抱来的一坛子酒放在屋中央的桌子上，古月掀开棉大衣的下摆，"变"出来一包花生米和一整块猪头肉。他对木在一边的吴春山说："叫嫂子把猪头肉切一切，咱们仨好好喝一喝。"

吴春山的媳妇没有大号，娘家姓李，所以自家的男人和村里的乡亲都管她叫吴李氏。吴李氏虽然素日里吃不上猪头肉，但她会切猪头肉，刀口精细，厚薄均匀，层层叠叠。这让古月很是惊讶，不禁多看了她几眼。他说道："从嫂子的刀口，我想到，农民只要有了地，就不担心种，我担心的是乡亲们眼前的日子。"

他解释道，眼下是早春，地还没有化冻，地上不生嫩芽，即便是吃糠咽菜，也无菜可咽，所以咱们工作队还不能撤，要给乡亲们调剂点粮食过来，不然有地也会饿死人。虽然地主的粮仓里有粮食，但那是留作种子用的，绝不能现在就分了吃。

吴春山很是感动，张罗着敬酒，"政府想的就是周到，我替乡亲们敬你们二位一杯。"

第一杯酒喝过之后，古月说："接下来我们要敬你，连敬三杯。"

吴春山问："为什么？"

古月说："第一杯敬你让我们立住脚，第二杯敬你帮我们带头搞土改，这第三杯嘛，是希望你继续帮政府做事，不要只想着种自己那三亩四分地。"

吴春山说："这前两杯，我就愧领了，这第三杯，我就含糊了，我就是一个农民，还能帮政府做什么？"

古月一笑，说："你可不是一般的农民，而是一个有脑子的农民，那个姓武的地主都敬你三分。"

吴春山嘿嘿一笑，难为情地挠挠头皮，说："那有什么，不过是饿出来的一点鬼主意。"

"有这点鬼主意，就能帮政府做事，所以我们敬你。"三杯酒敬过，古月接着说道："有力气的，就埋头撅屁股种地，有脑子的，就要抬起头来琢磨着管人。"

"你是说，我不光是种地，还要管管人？"

古月点点头。

吴春山连连摇头，说："那可使不得，我只是一个赶牲口的，没管人的底气。"

古月看了一眼丁术刚，丁术刚会心之下喊道："嫂子，麻烦你拿三个大碗来，这酒喝得太温暾，没意思。"

他们就大碗喝酒，大口吃肉，酒就不禁喝，猪头肉更不禁吃，但桌上三光，心血偾张，气场变了——

古月满口喷着酒气，晃着脑袋说："老吴，你知道我最看不起的是什么人？就是只想着守着自家的三亩四分地，上炕只认得老婆，下炕只认得鞋的人。"

"你是在说我？"吴春山啪地拍了一下脑门儿，"我姓吴的无父无母是个孤儿，死了五个孩子，膝下无儿，有一盘土炕，席子还是破的，有一个老婆，还是丑的，可认的东西不多，你就直说吧，让我干什么？"

丁术刚嘻嘻一笑，说："嫂子可不丑，除了身膀瘦点，脸上的褶多点，穿的衣服破点，一点儿都不硌碜。"

"你们就别拿穷人开心了，说，让我干什么？"

"让你当农会会长。"古月顺势说道。

"农会会长是干什么的？"

"农会是农民的自治组织，农会会长是这个组织的带头人。"古月见吴春山的眉头紧皱，把语气放平缓了一些，"说白了，农会会长就是替大家管事、替大家想事、替大家办事——不仅要种好自己的地，也要让大家都把地种好；不仅要把自己的日子过好，也要大家都把日子过好。"

"我好像明白了。"吴春山瞪了一眼嬉皮笑脸的丁术刚，"就是说，让我当出头的椽子，既撑住屋顶，也烂在前头，干淋雨的事，干吃苦受累的事，也干得罪人的事。"

"差不多吧。"古月说。

"这，恐怕我干不来。"吴春山虽然酒热攻心，但还是没有断然的豪情，他说，"容我再想想。"

"那好，这事咱先放放。"古月让二人凑得近一些，低声说道："咱们仨作为土改工作队的成员，先分工，我回县上去为乡亲们调剂粮食，小丁留下，帮老吴种地，让老吴腾出手来，发动一下村里的积极分子，为成立农会做做准备。"

吴春山说，自己的地自己种，没必要麻烦小丁，还是让小丁专门干发动群众的工作。古月说，小丁人生地不熟，走街串户多有不便，还容易产生误解。再说，你老吴前期为土改做了不少工作，本来县政府是要开工钱的，但县政府也穷，拿不出现钱，就留下他给你打短工，以劳代酬了。吴春山激烈反对，这可使不得，县政府也是为咱农民做事，咱哪里还能要工钱，这点觉悟咱还是有的。古月说，这跟觉悟无关。

古月走后的第二天，天刚麻眼（京西土语：天刚蒙蒙亮），小丁就从吴春山的柴棚翻身而起。走出来一看，吴春山已经在院中央站着。他脸色阴沉，眉头紧锁，望着空蒙的天空。小丁故意咳嗽了一声，算是打了招呼。他并不理睬，依然在那里发呆。

见小丁走近了，他劈头咕哝了一句："说不让你留下，你偏留下，连顿早饭都给你侍弄不出来。"

"大活人还能被尿憋死。"小丁撂下这么一句话，从柴棚里推出他那辆破自行车，叮当乱响地骑出了主人那道既没有门楣又没有门板的院门。

当日头烧红了树梢的时候，小丁的车子无声地骑进了院里。之所以无声，是因为车的后架上载着两袋重物。迎着吴春山探询的目光，他一边卸着重物，一边说："赶了一趟坨里的早集，买了一袋小米，一袋土豆。"

吴春山还看到，在车把上还挂着东西，是几根油条和几只烧饼。油条的香味格外刺鼻，他的肚子忍不住咕噜咕噜地叫了几声。他对屋里喊："快烧一锅开水，吃食来了。"

"是用你的津贴买的吧？"他问。

"别问，你尽管吃就是了。"小丁说。

这样的早点，是村里人的大餐，因为即便是逢年过节的时候，连门板都没有的庄户人家也是吃不上的。

夫妇俩吃着油条烧饼，既不说话，也不抬头，他们感到惭愧，好像偷了别人家的东西。吴春山用余光瞥了小丁一眼，发现这小伙子长得又瘦又高，虽面相一般，但眼睛黑白分明，笑起来很好看，很是招人喜欢。他心里不禁暖了一下，没头没脑地冒出来了一句话："娶媳妇了没？"

"还没呢。"

"父母都扎实？"

"嘿嘿，我也是个孤儿，一个人吃饱了，全家不饿。"

听了"也是孤儿"的话，吴春山的心不仅暖，还酸痛，觉得县政府的门槛离他不远，工作队的人其实就是自家兄弟。

岗上村是一处丘陵，日头一出来，就满坡的金光，提醒着人们不要懒惰，赶紧去劳作。吴春山吩咐吴李氏灌两壶开水，到田亩上去。地虽然没有完全化开，但要及早下手翻耕，把底墒埋进松土里，一旦播下种子，芽就发得快。吴春山家没有大牲口，用不起犁，翻耕的工具就是窄刃的铁镐。

吴春山分得的地块正是村子制高点的位置，三个人在那里翻地，可以看到全村的大部分田亩。他们看到，每块地上都有劳动者的身影——农民一旦有了自己的土地，都本能地变得勤勉。有牲口的，就用犁耕地，吆喝牲口的声音时隐时现。更有意思的是，还有三两家养羊的农户，干脆用羊拉犁，羊咩咩地叫着，既是抗议，又是顺从。更多的农户则与吴春山一样，是人加镐和冻土较力，臂膀扬得高高，腰身弓得弯弯。这是一副很特别又很动人的农耕图。

吴春山说："这农民就是贱，恨地主，不恨土地，天生就喜欢在土里刨食。"

丁术刚说："这不叫贱，叫本分。"

阳光照在头顶，力气卖在地下，时间久了，人们心里热，身子更热，不由自主地就想呐喊。这边开了个头，嗷嗷，那边很快就接上，嗷嗷，嗷嗷之声此起彼伏，沸腾了整个坡坡岗岗，像春潮涌动。身边的吴李氏本来是个沉默寡言的人，也突然破嗓就喊，哦嗷嗷，哦嗷嗷嗷，她喊得特别而尖厉，让丁术刚很是吃惊。女人呐喊出心中的沉积，越喊越纵情，涨红了脸子，起伏了胸脯，泄露出残余的青春。丁术刚脱口说道："嫂子，你这个人真有气性。"其实他心里有另一种感慨，这是个健壮的女人，如果吃饱了肚子，一定会给男人一个接一个地生崽，老吴的日子也会一天比一天盈满。

丁术刚被深深感染，既为这里的人们高兴，也为自己的工作高兴。农民看到了希望，他则看到了自己在这里的价值。

就在这时，从岗上村东边，与宛平城接壤的地方，蹿出来一支马队。十几匹马首尾咬着，捣起了一长串烟尘。烟尘被风吹着，直朝岗上的方向飘来。飘得近了，丁术刚发现，马上的人穿着杂色的衣服，有的挥着马刀，有的摇着短枪，有匪的模样。正疑惑间，烟尘里响起了枪声。枪声虽稀落，但连续，坡岗上的几棵树被击中，断枝纷纷落下。丁术刚心里咯噔了一下，"不好"！

　　岗上村姓武的地主有个儿子叫武剑豪，在国民党房山保安团里当着一个排长。房山城被解放时，他随张德祥的残部溃退到宛平城，投靠了傅作义的守城部队。本来小喽啰掀不起大浪，追随主子苟延残喘而已，但岗上村的土改，分了他们家的土地，失意立刻变成了仇恨，杀心顿起。

　　傅作义的守城部队正与解放军的围城部队进行着谈判，他不敢公然调动手下进行军事行动，就集结了十几个铁杆兄弟，穿上便衣，骑着快马，私自出城，进行报复。

　　他们一路打着乱枪，挥着马刀，是为了制造恐怖气氛，震慑分到土地的农民。他们真正的目的只有一个，是要抓住带头分地的吴春山，以解心头之恨。他的马队在岗上的坡坡岗岗上来回奔跑，急切地寻找着目标。大家慌乱，但谁也不敢逃跑，怕招乱刀砍，怕被乱枪当成靶子。

　　丁术刚察觉到了马队的意图，对吴春山说："你和嫂子就蹲在地上，不要乱跑，我去引开他们。"他打开驳壳枪的快门，朝另一个山头跑去。他一边跑，一边射击，有一个匪徒从马上栽了下来。

　　注意力被他吸引了，整个马队紧紧地咬上了他。小丁真是敏捷，他在奔跑中，也会找到有利的掩体，扣动扳机，都是准确的点射，又有两个匪徒被他打下马来。马队胆怯了，马上的人兜着马缰，就地打旋。武剑豪大怒："一群废物，还不快追！"

马队虽然继续追击，但已不是勇往直前的架势，而是躲躲闪闪。

这一躲躲闪闪，给了吴春山一个启示，他必须借机快速转移，虽然小丁足够厉害，但毕竟是单枪匹马，很难撑得太久。而且，只有他脱身了，小丁才能及时脱身。

他朝吴李氏挥了挥手，指了指人群密集的一处坡岗，低声说道："到那里去。"

夫妻俩猫着腰，沿着坡岗背阴的一侧，向下迂回。

武剑豪很是意外，本是快意恩仇的一次出击，却中途受阻，而且那个人还是个有很强的作战能力的行家里手，不仅使他大失颜面，而且还有有去无回的危险。他十分懊丧，由于分神，握缰绳的手有些颤抖，马步就有些踉跄，他险些栽下来。打了一个机灵，他突然悟出点什么，他喝住了身边的两匹马，指了指反击者起步的地方，"他这是在跟咱们玩调虎离山，快，到那里去，那里有咱们要找的人。"

三匹马离群而去，冲上那个制高点。

这个动作被小丁发现了，他心里一惊，"糟了！"他站起身来，愤怒地朝追击的马队一阵连射。虽然又打栽了两个匪徒，但他自己也中了一枪，一屁股坐在地上。

那边，武剑豪虽然冲上了那个地点，却扑了空。他在制高点上兜着马向下一望，发现了两个朝人群移动的身影。他劈头大喊："吴春山，我看见你了，你跑不了了！"

武剑豪的一声喊，惊动了小丁，他挺起身子朝岗下瞭望。这一望，让他生出一丝欣喜。这个吴春山，毕竟是个有脑子的人，如果他死死地待在原处，可就真完了。他拼着全身的力气大声喊："岗上村的父老乡亲们，你们听着，你们可以没有我丁术刚，但绝不能没有吴春山！"

小丁的喊声起了作用。当武剑豪一行三人就要撵上吴春山夫妇的时候，坡岗上的群众呼啦一下聚拢上来，把他们护在身后。武剑豪被挡在人墙之外，马匹不敢放蹄，他则胡乱地挥动着马刀，"都给我让开，不然我的马刀可不长眼睛。"

群众的手里都握着铁镐，面对威胁，他们齐刷刷地举起来。霎时长出来一片钢铁的树林，带着锈迹，沾着泥腥，有令人胆寒的力量。武剑豪愣了一下，心中的不甘让他贸然砍下一刀。刀光闪处，已有一簇铁镐迎锋挺来，刀就砍在锈铁之上，当的一声，震得他手臂发麻。他的两个随从想拔枪射击，立刻就被一群乱镐打下马来。人们既惧怕，又愤怒，手中的铁镐挥得急切而慌乱。只虎斗不过群狼，武剑豪大骇，拨马跑向远处，去追赶他坡岗那边的马队。

丁术刚的腿部中了枪，枪弹打中了他左腿的膝盖。虽然失去了奔跑的能力，但看到吴春山夫妇被群众冒死解围，他也升起了视死如归的豪情，他偏着身子射击，枪枪都咬着目标，打得马队退缩不前。这更激怒了败下阵来的武剑豪，他下了死命令，就是这家伙坏了我武某的好事，无论付出多大的代价，也要把他拿下。匪徒们纷纷下马，用马做掩体，与小丁对射。过了一个时刻，小丁那边哑了。武剑豪知道，他的子弹打光了，便嘿嘿一笑，第一个跳上马去。策马飞奔到小丁跟前，见小丁身子虽然不能直立，但目光却直立，脸上还绽着平静的微笑，疑似嘲弄。武剑豪不能承受，一刀就把小丁的头砍了下来。

本来想杀一个回马枪，也取下吴春山的项上人头，但岗坡的西边突然响起了枪声，一支穿灰制服的队伍向上冲来。武剑豪痛苦地摇摇头，"活该他姓吴的有命，撤。"

一阵余烟，又飘回了宛平城。

原来，京西军分区在坨里的驻军听到了这里的枪声，派了一个小队前来探究竟。他们看到小丁牺牲的惨状，齐刷刷地脱帽、致敬，向蓝天白云里放空枪。

枪声把围拢而来的群众的心都击碎了，他们失去了理智，像山洪倾泻，他们挥动着手中的铁镐，奔流入村，撞开了武姓地主家的大门。地主正用竹扫帚打扫庭院，还没容他张口发问，雨点一样的打击就落在了头上。老地主死在了他儿子的阶级报复之上。

这就改写了岗上村土改的历史：以和平始，以武力终。

两天后，古月返回了岗上。

除了两大车粮食，还跟来了两个人，一个是副县长胡振常，一个是县政府的办事员白鼎轩。

吴春山在自己的家里给丁术刚设立了灵堂，岗上村的群众自发地前来吊唁。依乡下老理，吊唁三天后出殡，所以三个人正好赶上举行出殡仪式。其实胡振常就是专程为小丁而来，他得安抚下属。

因小丁是个孤儿，遗体就地掩埋。坟地是吴春山给选的，地点就在他的三亩四分地的一棵老柏树之下。因为那个地方是村里的制高点，既视野开阔，又能承领岗上村的第一缕阳光。

仪式由古月主持，胡振常致悼词。悼词是由白鼎轩紧急起草的，虽时间仓促，却写得字字妥帖、字字庄重、字字动情，再加上胡振常滞缓的语气——"丁术刚同志，是我党的好党员，人民的好儿子，他的牺牲重于泰山"，把在场的人弄得不能自持。群众本来是站着的，情动之下，齐刷刷地跪倒了一片。掩埋棺木的时候，群众争着往墓穴里覆土，惹得白鼎轩不禁小声嘟囔了一句："民心可感，身后哀荣。"

"这里的形势还不稳定，你还要留下来。"临走时胡振常对古月说。见古月面色凝重，他接着说："不过，这以后的工作就好做了，你要格外用心才是。"村民在小丁墓前跪倒了一片的场景，仍在胡振常的眼前浮动，他看到了岗上村的希望。

胡振常走了，白鼎轩留下了，古月不能没有帮手。

他们晚上睡在吴春山的家里。

这时的吴春山无论如何不让他们再睡柴棚了，席面不整的土炕，就睡下了四个人。因为炕上有女眷，白鼎轩觉得极不雅驯，他翻来覆去睡不着，最后索性溜下炕去，坐在屋地的木桌旁发呆。古月也不声不响地下了地，贴着白鼎轩的耳朵低声说道："你要想做好农村工作，就得从能跟农民同睡一条土炕开始。"

桌子上的油灯突然被点亮了，吴春山晃动着依然燃烧着的火柴，放声说道："古同志，你说的话还算数不？"

"什么话？"

"就是让我当农会会长的话。"

"当然算数。"

"那么，这个会长我当了，当定了。"

"好，就定了。"

"这还不算，我还有一个请求。"

"你说。"

"我要加入共产党。"

古月一愣，没有马上接续吴春山的话茬儿。以为古月不同意，炕上的吴李氏猛地坐了起来，抢着说道："古同志，你要让他入，一定要让他入！"

"入党的事咱们放放再说。"古月啪地在桌子上拍了一下，震得灯晃了两晃，他说道，"眼下咱们最急着要办的一件事，就是要惩治凶手！"

古月找到了北平军管会，在详细地陈述了岗上村发生的一切之后，强烈要求惩办凶手武剑豪。他说，能不能惩办凶手，关系到基层政权的巩固和人心的走向、社会的稳定，是根与魂的大事，决不能掉以轻心。军管会对此非常重视，主任叶剑英亲自会见傅作义，进行调停。从北平和平解放的大处着眼，傅作义责令宛平所部，交出武剑豪，以平息怒火。

武剑豪偷袭岗上村时，是偷鸡摸狗，骑马蹑行，这次，是他所在的部队用军用卡车声势浩大地把他押送回村。

古月设计了一个特别的场面，把公审大会和农会成立大会放在一起。前半程，公审武剑豪，代表人民宣判他死刑；后半程，通过农会章程，民主选举吴春山出任会长。整个过程，都是由国民党的押送部队全副武装地担任会场警戒，让处决犯人的枪声格外震撼，让建立政权的欢呼声分外激荡。灰头土脸的农民第一次感受到了什么是扬眉吐气，什么是天上人间。

白鼎轩参与并见证了整个过程。透过他曾经的国军兄弟完成公务，乘卡车撤走时卷起来的烟尘，他分明看到，那些士兵不但没有懊丧，而且还有说有笑，他受到了极大触动：他觉得北平和平解放指日可待，公审处决张德祥的日子也为期不远，他深深庆幸，是书香的涵养，使他没有更大的政治野心和个人恩仇，因而没有把自己牢牢地捆绑在张德祥身上，随他逃进宛平，而是早早地归顺了新生政权。这就是审时度势，这就是乘势而为——乘势而为的背后，就是要忠心耿耿，好好表现，有所贡献。

1949年1月31日，也就是岗上村成立农会的第十五天，北平举行了盛大的解放军入城仪式。作为解放区的代表，吴春山参加了入城式。回来之后，他兴奋难平，立刻找到白鼎轩，"白同志，快帮我写一份入党申请书。"

古月拿到申请书之后，即刻起身，回县委做了专题汇报。县委批示：特事特办，同意。

土改工作队的使命基本完成，古月要带着白鼎轩返回县政府。但白鼎轩却出人意料地提出要继续留在岗上。他说，这里的农民几乎都没上过学，遍地都是文盲，今后的农村工作不都是锄锄耪耪，还有林木，还有水电，还有畜牧，五业待兴，没有文化怎么行？我要留下，办识字班。

古月说，现在是春耕大忙季节，人们都忙碌在田野里，哪有工夫上你的识字班？

白鼎轩说，那我就参加劳动，了解情况，改造思想，也为县政府做点儿巩固土改成果的工作。

没想到这么一个面色苍白、表情阴郁、弱不禁风的人，还有这么硬朗的东西，古月不禁刮目相看，准了。

"我这个农会主任，大小也是个官。新官上任三把火，我烧哪三把，先点哪一把呢？"吴春山开动了脑筋。他想到：不管烧哪三把、先点哪一把，都要服务好大伙儿。首先要把地种好，多打粮食。手中有粮，心中不慌，只要让大伙儿都能吃饱，底气就足，就能有心情搞多种经营，让大伙儿想要什么就有什么，过上富裕的幸福好日子。

要种好地，关键的因素是劳力。那些老弱病残寡的农户，缺的就是劳力，得有人帮。吴春山对白鼎轩说，咱俩是干部，第一桩要干的事，就是去给这些农户帮工，赶上农时，把地种上。白鼎轩问，那你家的地怎么办？吴春山说，就交给你嫂子。白鼎轩摇摇头，她那么瘦弱，干得来吗？吴春山说，你放心，给自己家种地，她不会叫苦，你瞧着吧，等把地种完了，她不仅不会累垮，还会变得又壮又胖。

吴李氏眯眯地笑着，不停地点头。

吴春山和白鼎轩俩人也做了分工。吴春山去帮老弱病残，白鼎轩去帮孤寡。因为孤寡分得的地少，而且就近、土质好，一个白面书生勉强可以对付。白鼎轩是外来人，所以吴春山跟农户商定，给哪家帮工，他就吃住在哪家。

有干部的带动与帮助，村里的地种得很热闹。人们起早贪黑，把打鸣的公鸡都弄乱了时序，该叫的时候不叫，不该叫的时候反而叫。那些拉犁的牲口，根本没时间在厩里倒嚼，人们把饲草弄到地头，在人打尖儿的时候顺手喂几把。牲口究竟不是人，它们不理解翻身的味道，所以也不时地反抗，一边放着屁，一边拉偏套。人们也不羞恼，把自己都舍不得吃的粮食，譬如玉米、高粱、黑豆，炒熟了备在地头，牲口一使性、一犯懒，就喂上几捧。香了口腹的牲口有了羞愧，套就拉直了。

还有一种套，叫拉帮套。拉这种套的不是牲口，而是人。在京西，男人残了，女人寡了，没劳力种地了，就找个旁的男人帮工。人们把这种帮工的男人叫"拉帮套的"。这种角色，有特别的内涵，因约定俗成，人们便见怪不怪，只是心领神会，掩面而笑。

白鼎轩所充当的，就是拉帮套的角色，只不过吴春山一开始新生活，就把其中的就里给忽略了。

几天后的一个夜半，一阵急切的敲门声把劳累的吴春山从酣睡中惊醒。他很纳闷，他家的这两扇门是破的、是不上闩的，村里的老乡亲们找他，不论早晚，都是径直就推的。一敲，就陌生，就凶险，所以他迟疑了一下，顺手抄起了随时备在炕头的一柄铁镐。"谁?！"

"我，白鼎轩。"

吴春山披衣下炕，摸索着点着了油灯，推开一道门缝，向外探了探头。

果然是那个书生。

把他让进屋来，警觉地问："出什么事儿了？"

白鼎轩一屁股坐在木凳上，也不回答，只是叹气，只是流泪。

催问了几遍，他才愤愤地说："亏你还是党员，还是会长，对自己的同志一点责任心都没有，我要向古月同志汇报。"

"汇报什么？"

"汇报你构陷同志。"

吴春山糊涂了，凑近白鼎轩想问个究竟。他闻到了一股浓重的酒味。

"怎么，你喝酒了？"

"喝了。"白鼎轩气哼哼地说，"我算是明白了，酒攻，也是你构陷革命同志的阴险手段。"

吴春山感到事态严重，"不成，小白同志，你一定要把事情的来龙去脉讲清楚，不然我对不起死去的小丁同志。"

　　原来，白鼎轩做他的帮扶工作是非常卖力气的。虽然是一介书生，也没干过什么力气活，但他把帮工当作接近群众、改造思想的大事。在田亩上，他把铁镐当作刀枪，与黄土展开较量。一放开手脚干起来，他才知道，体力并不是随意志而来，随之而来的是心跳、气喘、腰酸、腿疼、手麻，干了不到半天的工夫，他就筋疲力尽了，只想着有一条板凳供他坐，有一张板床让他躺。见他扶着铁镐久久站在那里歇息，被帮的群众偷偷地摇摇头，对他说，白同志，你是跟笔杆子打交道的贵人，让你跟土坷垃翻跟头，真是难为你了，索性你就歇了吧。这样的说法，在白鼎轩看来，类似嘲讽，他不服气地说，这算什么，只要坚持，很快就会习惯的。

　　他强迫自己坚持。

　　半天下来，虽动作缓慢而艰难，但他也翻耕出好几块田亩，让农户想到，不怕慢，就怕站，只要他不停下来，一天天坚持下去，分得的那几亩田地也会被翻遍。到了中午，他们唤白鼎轩到地头的树荫下吃饭，他看了一眼那干粮，苦笑一下，一点胃口都没有，"不想吃，"他说。农户给预备的干粮，是小米焖饭，在他们眼里那是细粮，便以为他挑剔，说，白同志，对不起了，这是咱家里能拿出来的最好的吃食了。他说，我知道，我知道，你们千万不要多想，我只是吃不下，求你们让我睡会儿，好吗？他往地头一躺，很快就睡着了，原本很秀雅的一个人，也打出很粗俗的鼾声，还不时地在睡梦中哈哈大笑，好像与一些人谈论很开心的事。户主知道，他是累虚脱了，因为人在过力之后，不是呻吟，而是不由自主地笑。

户主心疼他，吃过午饭之后，自己先下到地里，不忍叫醒他。但户主没挥动几下镐，白鼎轩自觉地就醒了，撵在户主身后，恶狠狠地挥动着手中的铁镐，好像他跟脚下的黄土有仇。白鼎轩坚持着把一天的农活干完，不叫一声苦。这让户主很感动，只觉得，公家的人虽然不善农耕，但实诚，不惜力，家里分到的田，在他的帮助下，不会误了农时。收工后回柴院，户主给他做榆皮面压捏格儿，这吃食又热又软，能回暖他疲累的胃口。他懂得户主的心意，所以，虽然榆皮面压捏格儿既暖胃又暖心，很可以痛快地吃上两碗，以抚慰疲劳，但他吃得很节制，一碗面吃完，他就撂了筷子。即便榆皮面压捏格儿的食材是玉米面，是纯粹的粗粮，但在粮食稀缺之下，也是美食，他不能不管不顾，要体恤。因为户主是寡妇，膝下有两个半大小子。俗话说，半大小子，吃死老子，对这一点，白鼎轩是知道的，他不能跟孩子争食。

户主懂得他的心思，送上感激的目光。

真的很累，又热又软的食物下肚，白鼎轩就困得不成，想立即就睡下。但白鼎轩还是躲进柴棚里去，洗脸刷牙，用凉水擦拭身体，做得一丝不苟。他好清洁，不容污。本来进柴棚时汗腥氤氲，出来的时候，已满身清气。户主闻得真切，心里说，这个人真是精致，不禁生出倾慕。便对他说："白同志，你和孩子就睡屋里吧，我去睡柴棚。"

白鼎轩摇摇头，说："没这样的道理。"

柴棚虽然冷，但他一躺下就睡着了。

半夜里，他听到窸窣的声音，像有什么夜兽擦动着柴草。他懒得搭理，翻了一下身子，想接着睡去，却听到粗切的呼吸声，还伴以断断续续的叹息声。

他一愣，睁开了眼睛。

睡眼能穿透夜色，他看到了一个人，一个女人，就站在他身边，直勾勾地注视着他。他吓了一跳，也翻身站起。这个突然的举动，也把那个女人吓坏了，她后退了两步，"是我。"女人惊恐地说道。再看时，果然是这家的户主，不过，她的脸色变了，白天是红里透黑，眼下是白，白的轮廓上，还有毛茸茸的东西。

"你？"白鼎轩不知如何发问。

"他叔，让你受累了。"女人白天称呼他"白同志"，黑夜里叫"他叔"，他很纳闷，谁的叔？

"有什么事吗？"他问。

"没，没，也没什么事。"女人吞吞吐吐，目光不停地在他的脸上闪烁。

"没事你就休息去吧。"他说。

"你真的没事？"女人却问。

"真的没事。"他回答。

"那我就去歇？"

"去歇。"

女人迟迟疑疑地走了，好像出了柴棚，还在柴门外站了很久。

白鼎轩很是疑惑，感到莫名其妙。

第二天白天，两人虽然在一块田亩上翻地，却觉得相距很远。女人恶狠狠地用力，好像她一夜之间长了不少力气；白鼎轩手中的镐也挥洒得比昨天自如，好像一夜之间，他也长了不少力气。午休时他们一起吃干粮，各自咀嚼，互不言语。再下到地里，他们比竞着翻地，你追我赶，不想被对方落下。

真是出活啊！

新翻的土地，冰凌一遇阳光就化了，湿润，松软，再也看不到干燥和贫瘠的模样。两个人心中都欢悦，觉得劳动的背后是种子发芽，是希望扎根，觉得两个陌生人其实已相识很久，有相知的东西。

到了晚上，他们彼此之间少了隔膜，多了一些亲切的感觉。女人说："我屋里还有死男人留下的一坛子酒，想请你喝两盅，酒能解乏。"

"好，那就喝两盅。"白鼎轩说。

倭瓜干泡软，淋上盐，又甜又咸；老腌菜切成丝，浇上辣椒油，又辣又酸；冻豆腐搅碎，撒上葱花，又韧又鲜。穷家备下酒菜，寡薄得丰厚，透着主人的精心。

酒菜停当，拿上来两个酒盅，女人羞怯地一笑，"我也想喝两盅。"

白鼎轩在旧政府时，做训导员的职责，使他轻易不沾酒，因而他不识酒性，所以端起酒杯之后，他喝得很节制，一口一口地品，很是斯文。

女人一笑，说："这解乏的酒，可不能喝得这么斯文，要喝得猛，那样，酒热才上来得快，才能冲走疲乏。"她一仰脖子，整盅就一口吞下，然后晃晃空酒杯，"应该这样。"

白鼎轩学她的样子，也把盅里的酒一口干了，却没有女人那样平静，好一阵咳喘。他喘下来眼泪，喘红了脸子，已没了斯文的影子。

女人又把两个酒盅满上，先就端起来一个，碰碰另一个酒盅，"白同志，我郑重地敬你一个。"又是一仰脖而尽。

虽然心里有些发怵，但敬酒不能不喝，他也一仰脖而尽。他还是喘，但已喘得平缓了一些。

错眼珠儿的一瞬间，两个酒盅又被斟满，他不迭地说："不能喝了，不能喝了。"

女人也不搭腔，默默地端起酒盅，轻轻地在他的酒盅上碰了碰，又是一饮而尽。

白鼎轩木在那里，不知所措。女人端起他的酒盅，微微一笑，塞进他的手里，然后轻轻地托了托他的手腕，意思是让他喝下去。

这个亲热的动作，让白鼎轩有些难为情，只好把酒喝下去，以便远离这种不适宜的亲热。

这盅酒下肚，他居然没喘，只是喉嗓麻辣，呼吸急促，咽口唾液忍一忍，竟不感麻辣，转而有一点点甜。

女人说："你们上边的人，平白为我们乡下人吃苦受累，我们于心不忍。要不是怕耽误了农时，真不愿意你们帮。你们帮了，我们连一个谢字都不好意思说出口，只好敬几盅酒。依我娘家的老理，一盅酒就是一分谢，要是真心实意地谢，就要敬到十盅。"

女人的表白把白鼎轩吓坏了，这十盅（分）的谢意他是承受不了的，便说："您不必这么客气，因为政府（上边）的人和老百姓是一家人，苦乐在一起，是我们应尽的本分，跟酒无关。"他很想说"是应尽的职责"，但考虑到对方是个农家妇女，就通俗了一下。

"既然是一家人，就跟酒有关，酒是暖心的，是表白情义的，得接着喝。"女人说。

没想到乡下女人也这么善于言辞，白鼎轩有些敬佩，说：

"那咱就再喝一盅，不过，这次是我敬您，大嫂，您辛苦了。"

一声辛苦，触动了女人心中的软处，女人笑了笑，眼泪竟簌簌地淌了下来。伴着泪水把酒喝下，她说："你个死鬼，倒闪得安逸，留下我们孤儿寡母当牛做马，在穷苦中讨生活，你亏心不亏心？"她向着暗处说话，好像那里就站着一个人。

这番话，让白鼎轩心里直发毛，肚子里的酒就来回翻滚，脑子就有些昏沉，他知道自己喝多了，"嫂子，我不能再喝了。"

"这可不成。"女人擦去了脸上的泪水，说："咱们刚好喝到第四盅，俗话说神三鬼四，这个四字，是很不吉利的，至少要喝到六，六六大顺。"

喝着喝着，喝出了京西文化，让书生人没法拒绝，他只好硬着头皮喝。

六盅酒下肚，白鼎轩的头就大了，有了不可承受的重量，他伏在桌子上，失去了知觉。

夜半醒来，朦朦胧胧、昏昏沉沉中，他发现自己躺在人家的土炕上，更要命的是，那个女人就依偎在他的身边，一只手还搭在他的胸前。他睁大了眼睛，他还发现，炕上除了他们一男一女之外，两个孩子已不见了身影。不好，酒后乱性，犯纪律了！

他大吃一惊，完全醒了，狠狠地把女人那只缠绵的手从胸前掀开，"你？"

"你醒了？"女人那只被掀开的手竟被唤醒了执着的意志，一把抓住男人的手，把它牵引到棉被之下、赤裸而饱满的胸前，"你也别不好意思，它是你的。"

白鼎轩像被热油烫了似的，猛地抽身而起，却发现，自己全身赤裸裸的，一丝不挂，他赶紧用棉被把自己包裹起来。然而，棉被在他这里上身，女人那边却失了覆盖，整个身子白花花地露了出来，他又把棉被扔了过去，大声质问："你，你，你这是要干什么？！"

"你别这么大喊大叫好不好。"女人也不捡扔过来的被子，坦然地说："我想干什么，难道你还不知道？"

"我知道什么？"

"你给我们家卖了那么大的力气，我们穷家破业的，付不起你工钱，只能付给你身子。"

白鼎轩感到自己受到了空前的羞辱，顾不得斯文，斥责道："你可耻！"

这么重的话，在女人那里竟没有引起激烈的反应，她平静地说道："这有什么可耻的，我不过是按乡下的规矩办事，尽自己的本分。"

女人能平静，他可不能平静，虽然在暗夜里，对眼前发生的事，他不知所措，无法面对，只好胡乱地穿上衣服，向旷野里落荒而逃。

他敲开了吴春山家的柴门。

听了白鼎轩的叙述，吴春山忍不住哈哈大笑，"我以为发生什么大事了，原来就为这个。"他对窝在土炕上笑成一团的吴李氏说："你笑什么，还不赶紧下炕，烧壶开水，给白同志沏杯高末，压压惊。"

所谓高末，就是花茶在焙制过程中，筛下来的粉末，它形状如土，经济实惠，穷人家买得起。虽然身贱，茶汤浑浊，但口感浓郁，禁得住喝，为穷苦人所喜。

吴春山的笑，惹怒了白鼎轩，"你哪里像个党员，简直是个土匪头子。"

吴春山说："你可不兴给共产党的农会会长扣大帽子，问题并不像你想象的那样，这是我们这地界的风俗，男女老少都知道。"

他给白鼎轩解释道，在京西，给残寡人家帮工的，一般都是打着光棍儿的青壮男人，一到农忙季节，他不请自来，且不收工钱，好像是为自己家干活，全身心投入，尽职尽责。他跟户主吃住在一起，也跟女眷行夫妻之实。甭说是寡妇，即便是有丈夫的人家，由于丈夫病残，自己不能劳动，只要帮工的男人有意思，丈夫也要知趣地躲避，腾出空间，任自己的妻子与其成就好事，不能有丝毫怨言。这是一种长期的合作关系，是一种特殊的家庭伦理。乡下人管这叫明铺暗盖，也把帮工的，视为家庭成员，旁人心知肚明，也认可，也尊重，从不戳戳点点。还给了一个形象、亲切的名号，即拉帮套的。

白鼎轩这才明白，原来他帮扶的户主把他当成了"拉帮套的"了，所以才把身子贴上来，并不是她坏、淫荡，而是朴实、本分，遵规重礼，懂得回报。

"可把我吓坏了。"他端起吴李氏给他沏的高末，用心地品了一口，说："本来我的出身就不好，是想通过劳动，自觉地改造思想，让组织上知道我在追求进步，能有个好的前程，如果稀里糊涂地犯下生活错误，就适得其反了。"

听了白鼎轩真诚的道白，吴青山也不好意思再笑了，他真诚地说道："白同志，真是对不起了，这都怪我，考虑不周，没跟你说清楚，不过你也别过意不去，等古月主任他再来的时候，我会跟他解释，给你证清白。"

"古月不古月的倒无所谓，重要的是，我要对得起自己。"白鼎轩说。

吴春山觉得白鼎轩这个同志不错，让他有几分喜欢，便说："兄弟，也别让你为难了，你今后就住在我这里吧。"

白鼎轩激动的心情得到平复，一边品着高末，一边感慨道："没想到，清一色的黄土地上，竟也这么复杂。"

"这有什么复杂的，是你们书生复杂，想多了。"吴春山嘿嘿一笑，突然想起了什么，问道："这高末的味道咋样？"

白鼎轩把含在嘴里的茶噗地往地上一啐，"末子沾满了舌头，苦。"

"你尽管喝，慢慢地就习惯了。"吴春山又给他斟满了茶杯，他觉得，这个刻板的白同志，也有顽皮的一面。

35

古月惦记着岗上村的春种，也惦记着他豆芽菜似的下属白鼎轩，就又抽身回到了岗上。

春天的日头很和暖，招引人们从屋里走出。吴春山把屋里的桌子搬到庭院，摆上茶壶，与古月、白鼎轩边喝着高末边合计着村里的事务。在阳光下，白鼎轩那张原来寡白寡白的长脸不再单纯地白，而是均匀地涂上了一层金色的釉彩，脸就显得圆润了一些，受看了。古月知道，这不仅仅是阳光的作用，还有劳动给他涂抹上的底色。那是健康的特征。

那个拉帮套事件，本来吴春山与他说好了，在古月面前没必要再提起，但此时的白鼎轩已经有了跳出来看的心境，当作了别人的逸事，对古月进行了绘声绘色的描述。古月并不吃惊，但很感兴趣，笑吟吟地追问每一个细节。他好像在验证记忆，玩赏趣味，很享受。这倒让白鼎轩感到吃惊，这个人怎么会这样？看到白鼎轩满脸的疑惑，古月告诉他，这在京西乡下，很平常，对男女的事，看得很开，并且不问对错，只问合理不合理。既然合理，就由它去吧，在艰难的生活面前，它不算什么。白鼎轩觉得，这个古月，虽然已经是县政府的领导了，骨子里还是个农民，有农民的粗俗和朴素。这很好，它可以医治自己的自卑，感受到平等的东西，可以放松了跟他说话。他没头没脑地问古月："古主任，乔祺燕乔大夫她还好？"

"好，还好。"古月一愣，反问道："你怎么突然惦记起了乔大夫？"

白鼎轩嘿嘿一笑，说："她是领导的夫人，我当然要关心一下。"

古月说："你关心她是假，你关心你那一架子书是真。"

白鼎轩说："你错了，眼下我顾不上书的事，忙着向生活学习，生活这本书，有出人意料的东西。"

一如经历了风雨才不忌惮风雨，经历了风月才不惧怕风月，乡下的田亩，农家的庭院，寡妇的土炕，让白鼎轩皮实了，去了羞怯，他不怕磕碰了。眼下，他有些心疼那个寡妇，她活得很是不容易，不是品行之错，而是错在贫穷。

"这事既然发生了，就不能只当是乡下趣闻，要从中总结出点什么才是。"他对古月和吴春山说："咱们搞党员干部帮扶，自然是好的，但我们毕竟人少，用你们乡下人的说法，即便浑身是铁，能打几个铆钉？只能帮个别少数，更多的农户呢？"

"那就加长板凳，多选几个农会的副会长，在农会骨干中，多发展几个党员。"古月插话道。

"这倒是个办法。"白鼎轩沉吟了片刻，"但是，发现骨干，发展党员是需要时间的，突击发展，把关不严，会出问题的，在这方面，涣散的国民党组织，就是最好的证明。"

如果他不这么说，古月倒忘记了白鼎轩的国民党训导员的身份，以为他从来就是自己的同志，已无须考验了。古月点点头，认可他的说法，问："依你的意思，有什么好办法？"

"俗话说，本是同根生，穷不帮穷谁照应，最根本的办法，还是要靠群众自己，搞村民互助。"

在古月看来，这真是个出人意料的主意，他不禁看了吴春山一眼。

吴春山一拍大腿："我看成。"

吴春山反应得如此明确与果断，也是出人意料，古月没理由反对，说："要不，咱们试一试？"

吴春山说，说句实在话，我早就有这个想法，起因只有一个字：累。这些日子，我拼命地卖力气，也不过是帮了三五户人家，还落得每天回家，筋骨都不能舒展，饭菜都吃不香，只想着睡。睡得正香，鸡打鸣了，还得硬着头皮起，岗坡上还有大面积没有翻耕的地块在等着我，那些着急的人家还眼巴巴地看着我。他们以为我是救世主啊？其实我不过是一个肉身子的庄稼佬，只是换了一个名号，以前是长工，现在是共产党员，还是那点有数的本事。给地主放牲口的时候，我还能偷懒，还能给自己当当主人，现在当会长了，却只有当苦力的感觉。我也很想躺倒不干了，但小丁的眼睛始终在我身后盯着，就不敢放任自己。不怕你们笑话，以前穷着饿着，还有心情跟媳妇在土炕上幸乎幸乎，现在累得只想赶紧把自己躺平了，回回力气。有时候在岗坡上扶着镐把子直直腰，真想痛痛快快喊一嗓子，唤一些天兵天将下来，后来一想，你以为你是谁？你哪里来的那般魔力？鼓起来的腮帮子，也就悄没声地瘪了下去。出路在哪儿呢？以前是我迷糊了，现在小白这么一点化，我突然明白了——岗上村除我之外，还有大把大把的青壮年，还有大把大把的好劳力，他们除了种好自己的地之外不会没有富余的力气。虽然人的心里都有个私字，但也有扶弱济贫的本性，也就是说，这里有门道，问题的根节是，这些"富裕的力气"咱们用不用，咱们怎么用。

吴春山的现身说法给了古月一个信念，这个村民互助，不仅仅要试，而是要有方寸地搞。什么叫有方寸地搞？就是要有明确的意图、有力的措施，像模像样地搞起来。"我、小丁和老吴原来是土改工作组，依葫芦画瓢，我们现在就成立互助工作组，工作组就由咱们三个组成，咱们现在就研究一个工作方案，马上就干起来。"古月说。

白鼎轩一笑，说："古主任究竟是从战场下来的，作风硬朗，雷厉风行，佩服。"

"你少拍马屁，要多出主意。"古月在白鼎轩的胸前捣了一拳，笑着说："既然互助的想法是你提出来的，你就要开动脑筋，别睛着。"

睛着，是京西土语，指坐等、依赖、跟随、附和等被动的动作。

白鼎轩说："你刚才提到了互助工作组，这倒让我灵机一动，咱们搞村民互助，要有必要的组织形式，干脆就叫互助组。"

"好！"古月和吴春山异口同声地响应。

白鼎轩说："为了稳妥起见，那咱就先搞起一两个、三两个互助组，看看效果，再普面开花。"

古月摇摇头，说："我们共产党历来主张阳光普照，换句话说，我们的工作意图很明确，就是要面向每一个农户搞我们的互助组，这就叫作种粮路上携手共进，一个都不能落下。"

吴春山很赞成，认为，老虎虽然凶猛，但是也怕群狼，群狼赶虎靠什么？一呼隆而上。再说，在我们乡下，人们都有随大溜的心理，你把谁落下，谁都对你有意见。相反，即便咱搞得不尽如人意，群众也不会瞎吵吵，吃亏就都吃亏，得利就都得利，大家都一样，也就没二话可说。

他们觉得，这里有个现实问题：搞互助组，自然要有牵头的，也就是要有一批愿意当组长的。除了党员干部之外，还推举谁？

吴春山说：“这好办。”

怎么好办？

吴春山解释道，俗话说，无利人不起早，没好饲料牲口不拉硬套；还是俗话说，小泥鳅能钓上大鱼，瘪谷子能招来群鸡。问我这是什么意思？很简单，就是物质奖励。咱提前说好了，打下了粮食之后，要按亩数提出来一部分斤两，交到农会，谁肯当组长，就把这些粮食奖励给谁。这样一来，我就不相信没有出头的椽子、敢驾辕的马。

听了吴春山的话，白鼎轩佩服得直点头。都说书本上藏着智慧，这高粱花子的脑袋里竟也有令人惊叹的乡村哲学。他同时也对古月刮目相看，虽然他是一介武夫，居然也善于发现人才。

一轮温暖的日头，一片简陋的庭院，一壶寒酸的高末，促生了京西的一桩创举。

这一创举，在岗上村群众那里得到了积极响应。不少青壮年踊跃报名当组长，他们说，奖励不奖励的真是无关紧要，紧要的是，老弱病残守着土地而种不上庄稼让人看着揪心，更紧要的是共产党为了我们的土地把命都搭上了，我们多点担当、多卖点力气又算什么？做人，不能只想着自己。

36

县医院的前身，是国民党房山保安团留下来的一个卫生所，条件简陋可以想见。

虽然县政府挤出资金进行扩建，也不过是多盖出了几十间房子。因为医疗设备奇缺、医务人员奇缺，两个奇缺之下，不能分科，也不能分诊，就是几个综合门诊和几处综合病房。医生也做不到术有专攻，几乎都是全科大夫，什么样的病人都要接诊，外科大夫也要治头疼脑热，中医大夫也要当外科医生使用。所以，县医院是个烂摊子、乱摊子。

在这烂与乱中，乔祺燕居然胖了。小腹微微隆起，好像有了三个月的身孕，好在整天有白大褂覆盖，外人不易察觉，还保持着悦人的清秀和苗条。不过，古月倒是对她微微隆起的小腹，有十二分的喜欢，说这才叫作媳妇的，有味道。

她整天忙得没有片刻清闲，没有工夫悉心地调理饮食，饿了，就胡乱地吞咽一些什么，糊弄一下胃口，然后接着工作。人的肠胃很适应环境，有条件讲究的时候，它是小姐的身子，矜持高贵，再精美的食物，它也挑剔，好像没有一样能够入口，就吃得少；条件恶劣的时候，它是使唤丫头，没皮没脸，只要是吃的，粗茶淡饭，也一如大餐，吞食得格外香甜，不可收束。乔祺燕的胃口就变成了使唤丫头，只要不耽误工作，什么饭食都能吃得下，而且特别能吃。

胖了就有劲，就有充沛的精力，一个富商的千金小姐，已全无过去的模样，像个泼泼辣辣的乡下妇女，往往是刚放下这个，又拿起了那个，一点也不心疼自己。譬如有一天上午，她刚做完一台阑尾炎手术，就又去给一个难产的妇女做剖腹产，婴儿的啼哭刚让她绽出笑容，一个护士就凑到她耳边说，门外有一个老汉，等她半天了，说有心口疼的老毛病，他认为谁也治不好，只有乔大夫能够治好，因为她是科班出身。她赶紧转身出门，一边走一边摇头。说什么科班出身，在这样的医院里，会治的要治，不会治的也要治，以为我乔祺燕是万能医生啊？他们哪里知道，我在南开大学不过是学了几年药理，是枪炮子弹让我拿起了手术刀，是穷困的患者给了我从医的勇气。我每天都是忙忙碌碌，试试探探，战战兢兢。

她觉得，为了精准救治，避免出医疗事故，必须迅速建起专科门诊。

她听说从涿州码头镇来了一个姓李的个体医生，在县医院东南十公里的大紫草坞村开设了一个骨科门诊，专治跌打损伤。遇到骨折，他先是推拿正骨，然后在断处糊上厚厚的一层膏剂，最后再打上石膏固定，两个月之后把石膏卸下，骨头居然长上了。

她进行了摸底调查，发现方圆几十里的患者都去他那里接骨，几乎所有患者都认为他医术高明，因为不用打针吃药、做手术，一贴膏药就真的把骨伤治好了。那个医生有腿疾，一条腿长一条腿短，人们背后叫他李拐子。一传十传百，他名气很大，老百姓也很迷信他，只要谁有了骨伤，准有人推荐道："去，请一贴李拐子的膏药。"

他的膏药是祖传秘方，无论什么人套他的配方，都一无所获。所以他一花独放，门庭若市。

乔祺燕便亲自去造访。

一进门，就看到诊所里挂满了患者送给他的锦旗，什么"妙手回春""华佗在世""当代神医"，都是夸张的词句。李拐子心很细，他建有医疗档案，某年某月某日、某地某人某性（性别），什么病症什么部位什么程度，患者的信息很完备，能够清晰地查看就诊的过程和医治的效果。乔祺燕想要翻看一下，李拐子居然很痛快地答应了。翻阅之后，她觉得这是原始的记录，可信，可以作为行医凭证。

她向李拐子询问膏药的配方和制作工艺，被他笑着拒绝了。他说道："这位女士，如果我猜得不错，你也是行医的。"

乔祺燕不想撒谎，说："我是县医院的，姓乔。"

李拐子一怔，说："你是乔祺燕，乔院长。"

"怎么，你知道我？"

"当然，在一个地方行医，必然要了解这个地方都有什么名医。"

"我不算什么名医，万金油大夫，样样懂一点，但样样稀松。"

"你过谦了，你们开的是综合门诊，自然要这样。"

"既然是同行，那膏剂的配方就应该明示一下，以便广济众生。"

"同行是冤家，这一点，你乔院长自然明白，但还要追问，就有点强人所难了，再说，我只是个江湖郎中，又不是肉身菩萨。"

"县医院的患者多，我是着急，嘿嘿，我想当菩萨。"

"我理解。"李拐子点点头，"既然想知道配方，你可以买一贴膏药带走，你是学药理的，弄清楚并不难，但我本人不能告诉你,这是祖上的规矩。"

"谢谢你对我的信任。"乔祺燕嫣然一笑,说,"膏剂的成分我当然能够分辨,但关键的是制作的火候,还有最后激活了药性的那个引子,我就分辨不出了,这就像男女,外人可以促成婚姻,却促不成感情。"

乔祺燕的嫣然一笑,很打动李拐子,她形象的比喻,又让他感到这个女人很知性,他内心生出一种很温柔的东西,说:"我倒是有心思促成你所说的那种'感情'的东西。"

乔祺燕不想猜度他的心思,只是扑闪着大眼睛,送上探询的目光。

这目光让他很迷醉,心里有些痒,就迎着目光盯上去,在乔祺燕的脸上使劲地剜,剜得她有些难为情,低下头去。这一低头不要紧,顾长而白的脖颈像娇弱的花朵不禁凉风,有说不出的媚态。而且,细密的茸毛被阳光皴染,有纯洁之相,就更有撩拨心弦的力量。

"嘿嘿,我就是一棵在风雨中飘摇的野树,你要想让我促成'感情',就要连根拔起。"他说。

乔祺燕感觉到了他的目光,心里有点不舒服,想早点离开,但职责所系,她还是问了一句:"李大夫到底何意,不妨直说。"

"乔院长要真的对我的膏药有兴趣,不妨把我的小诊所整个搬到你的县医院去。"

"你是说你愿意在县医院开骨科门诊?"

"是这个意思。"

这太出人意料了,让乔祺燕不敢相信,"那我得回去跟院领导商量商量。"她说。

李拐子收敛了笑容,摇了摇头,说:"既然是这样,就算了。"

"怎么就算了？"

"我冲的是你乔祺燕乔大夫，又不是冲着你们院里的领导。"

"这有什么区别？"

"我这个人好美色，愿意将膏药送美人，一公事公办，我意趣就冷，没心思了。"

这是什么心思？乔祺燕心慌了一下，但又不想让到手了的骨科就此飞走，便找回了镇定，说："那好，那我就在县医院给你挂上骨科的招牌。"

"骨科的招牌太雅，也太俗，你就挂李拐子诊室。"

"不好，不好，这名号有些人格歧视，我不能挂。"

李拐子哈哈大笑，说："李拐子才是我的金字招牌，老百姓正骨，就是冲'李拐子'三个字去的。"

这个人风趣、豁达、精明，乔祺燕不禁刮目相看，她说："那就依你，不过，我要挂两块牌子，一块是骨科，一块是李拐子诊室，毕竟是正经医院，不能太江湖气了。"

"就依你，不过，你要多做提防，小心我爱上了你。"

拿下骨科，乔祺燕陡升豪迈，便撇一撇嘴，说道："那咱们走着瞧。"

37

李拐子的大号叫李满柱，是小儿麻痹后遗症导致了他的腿疾。

有格言云：命运给你关上了一扇门，必然要给你打开一扇窗户。身残，就励志，就有异于常人的追求。李满柱从小就好学，上私塾，上国立小学，还上了保定一中。保定一中的学生普遍接受了共产党的革命宣传，热衷学运，向往进步，不少人投奔了根据地的抗日队伍和民主政府，广有作为，成为党政军民学各界的重要人物。因为自身条件的限制，李满柱中学毕业，就又回到了家乡涿州的码头镇。

有了知识，心中就长了翅膀。他羡慕同学们的飞翔，也不甘心命运的羁绊，他想掌握一门技艺，既能立身，又能对社会有所作为，能有资格和能力与那些优秀的同学一道飞翔。正好镇上有家白记诊所，既治头疼脑热、寻常病症，又治跌打损伤、疑难杂症。他就贴了上去，当诊所的学徒。

他绝顶聪明，很短时间就掌握了行医的必备知识和技艺，能够独自坐台出诊。他还特别有心，遍察了诊所内部机密和运行门道。他发现，诊所治寻常病症，不过是照本宣科，靠几本医学书籍。至于诊治疑难杂症，基本是靠坑蒙拐骗。只有治跌打损伤，才是靠谱的医道，因为他们有一套祖传的推拿正骨的手艺，还有一个祖传的秘方，制成膏剂，有实实在在的疗效。他就在这方面留心了。

白记老板有三个女儿，都长得丑。前两个虽然丑，但身材都好，好到从后边看去，婀娜多姿，像风摆杨柳，很女人味。再加上他们家从医多年，家境殷实，让人看重，所以都嫁给了有头有脸的人家。这个老三就困难了，矮而胖，始终无人问津。李满柱对她很好，肯于把女孩子喜欢听的话说给她听，他觉得，这个丑女人可是一个宝贝，因为她是个敦实的砧木，可以嫁接他的理想。依杏坛规矩，祖产手艺传男不传女，但白老板的女人给他生过三个女儿之后，就不再生育，而他又不想续小，舍不得把好不容易积攒起来的家业销蚀在女人的裆下，他爱钱。无奈之下，只好寄希望于老三。但这三闺女真是不争气，忒笨，怎么传授，都不得要领。李满柱暗自高兴，觉得机会就在眼前。三闺女虽没得到真传，他却凭着胖闺女对他的好感，从她那里打听到了大概，再辅以偷、推测，虽未得到亲授，却已知就里。他发现，白记的膏剂对肌肉拉伤、挫伤有特效，对伤筋动骨，药效就差，他就买来各种药典，下苦功研究药理。最后，他给膏剂增加了几种成分，促其升级，有了广谱疗效，只要是跌打损伤，一贴就灵。到了这个地步，白记老板不传给他也不成了，因为他也是膏剂的发明者，不是一般的传人，而是再生传人。但白记老板有条件，必须娶他的三女儿，这既符合规矩，又做到了肥水不流外人田。没想到他顺水推舟，就允了。旁人问他："就为了一贴臭膏药，你就应承了，是不是有点自轻自贱了，要知道，你那么聪明，虽然腿脚不好，也有大好的前程。"他嘿嘿一笑，说："别小看那贴臭膏药，它对我来说，就是天，再说，我跟她是瘸驴配跛马，是天生的一对哩。"但他娶那个胖闺女也有个条件，那膏药要以他的名字命名，就叫"李拐子膏药"。白记老板一撇嘴，说："以你的名字命名也可以，但你起的名号不雅驯，好像我这儿是个破烂摊子，没全乎人了。"他说："李拐子膏药，名字特别，好记、刺激，能不胫而走，可速成品牌，招揽生意的效果好。"

果然，"李拐子膏药"远近闻名，而那个白记诊所却不被人知。白记被遮蔽，李拐子咸鱼翻身，表面上看，好像东家被伙计取代了，但所有收益，还是记在白老板的账上。所以白老板也不恼，他说，只要能挣钱就行，打谁的名号都是无所谓的。但这对李满柱重要，它体现了自己的人生价值，在场面上与过去的同学相见，他腰杆挺直，有很强的存在感。

之后的变化，却出乎所料。冀中作为老根据地，各项事业都较京西发展得早。保定解放之后，成为冀中区的直辖市，其下属的涿州码头镇，自然要承风气之先。白记诊所被通知，要接受政府的改造，化私营为公私合营，并入保定第二医院，成为它的一个门诊部，而膏剂的名称也不得再叫李拐子，要叫"石门"或"冀中"，并且要无偿交出配方，成批量生产。李满柱通过他在政府里供职的同学还得知，公私合营只是权宜之计，属于过渡，最终要彻底取代私营，建立纯粹的公立医院。

白记诊所便望风而逃。

在李满柱的力主下，白记诊所搬到了京西的大紫草坞村，而且干脆就改成了李拐子诊所。膏药治骨伤简便，贴上就走，不用住院，就不耽误生产生活。而且贴上之后还真灵，价钱也便宜，为下里巴人所喜，所以，在短期内，李拐子诊所就在当地博得大名，不仅站住了脚，还生意兴隆。

白三姑娘（本来她有大号，叫白小翠，但她觉得太村，缺少江湖气，与李拐子的品牌不般配，就索性让人称她白三姑娘）佩服李拐子的精明，对他就往真里爱了，胖身子整天往他身子上缠绵，就怀上了。她很欢悦，不再过问诊所的事，每天晒着太阳，嗑着瓜子，抚着肚皮，颠上颠下。颠上颠下是不稳，但她觉得自己的日子稳，再给丈夫产下一个传承人，她也有大大的功劳。

但李满柱却没有白三姑娘的那份欢悦，他觉得眼下的日子并不稳，因为保定离北京太近了，几乎是一体的。你看，保定刚解放不久，京西的房山县城就被打下来了，北平也被围着，离解放还会远吗？就是说，这边也早晚会推行改造政策，也会搞公私合营，他小小的李拐子诊所也会被兼并，最后被彻底化解，消失得无影无踪。

他心中忐忑，甚至整天恓惶。

在这种情形下，来了一个美丽的乔祺燕。

他被乔祺燕的美所迷醉，生出一种莫名其妙的冲动，就像生石灰遇到了水，固有的内里，使它本能地就往熟里分解、融化。把小诊所整个搬过去的想法就油然而生、就脱口而出。不期竟得到热烈的回应，一如在不得已的婚配中，激起类似"感情"的东西。他很兴奋，也感到很体面。

作为一个聪慧的男人，一种隐秘的心理也起到了作用：被美丽所俘获、所打动之下的进身，到底是比冷冰冰的改造让人感到受用，在温暖中，被迫的动作，也有几分心甘情愿。

而且，还保留了他的李拐子膏药。

这可不得了，他不仅感到体面，还感到了做人的尊严，甚至是幸福。有李拐子膏药在，无论是在谁的屋檐下，无论是在什么样的气候下，李拐子就是李拐子，他李满柱的个人价值始终是在的。

送走乔祺燕，虽然小诊所就要改变性质了，但他不悲反喜，笑吟吟地躲进密室，拉开盛草药的抽屉，一钱一毫地称斤两，然后用药拨子小心地拨进石臼，从容而有力地捣。他感到今天与昨天没什么不同，他要把待用的膏药做好。

白三姑娘追进来，见到李满柱还有如此的心境，迷惑了一下，说："我看，你是被那个狐狸精给迷了。"

"真是迷了。"他笑着说道。

"那我可就吃醋了。"

"你可别忘了，我是李拐子，人家是堂堂县医院的院长，是戴纱帽翅的大美女，会看得上咱？"

"保不准哩，你没听说过，有爱孙猴的就有爱猪八戒的，再说，你有绝门手艺。"

"你甭瞎想，你从现在开始，别疑神疑鬼、上蹿下跳的，要变得稳重些。"

"为什么？"

"给我把胎保住，别出闪失，给我早点生出个李大夫来。"

38

李满柱坐诊县医院之后，骨科声名鹊起，吸引了八方的患者，有些人满为患。河北、山西、北平、天津都有人来，让人觉得不可思议。

李满柱已经有了名医的感觉，开始注重形象。别的医生坐诊，都是挂听诊器、穿白大褂，唯有他，拿一把楠木小扇，穿一袭青色道袍。小扇是去暑热的，道袍是念真经的，但对他来说，却是名士的道具，热也扇、冷也扇，道貌岸然，一派神秘。这很好，患者一进门就被慑服，就迷信，就信赖。

远处来的患者，多是有身份的人。普通人家不忍车马川资，以为人蚁命轻贱，不值，不会涉远而治。这样一来，李满柱的行头就起作用，能让这些自以为贵的人放下架子，对医生服帖。一服帖，李满柱的身心就健全，技艺施展得就从容，治得又潇洒又好，更有了名医之实。

其他医生看不惯他，乔祺燕也看不惯他，虽然他很忙碌，很敬业，很给医院争面子，但乔祺燕也冷脸相对，甚至满面忧戚。

"对我，你很反感。"他对乔祺燕说。

乔祺燕耷拉着眼皮，"你说呢？"

"你得有容人之量。"

"我够容你的了。"

"那你还这样冷眼冷脸。"

"没办法，有了你，就更显得医院不健全。"

"你这是什么意思？"

"别人的反应姑且不论，作为综合医院，不能只有骨科一花独放，我的内科、外科、妇科、中医科、理疗科呢？"

"嘿嘿，这还不好办，只要你肯给我笑脸，我会帮你。"

"我的笑就那么值钱，我看你是别有用心。"

"要知道，一笑倾城，一诺千金，这都是因为别有用心。"

"那好，我就对你笑。"笑得很勉强，近乎丑。

"那好，我就帮你。"承诺得很庄重，类似儿戏。

一天，李满柱换下了道袍，穿着一身很讲究的中式服装敲开了乔祺燕办公室的门。

他说："乔院长，我给你找到了一个名医，要是把他请过来，足可以撑起你产科的门面。"

"这是个什么人？"

"你也甭多问，跟我去一趟就知道了。"

"要去哪儿？"

"良乡城东北角，一个叫梅花庄的村子，离县医院也就二十公里的路程。"

"那也够远的，怎么去？"

"咱医院不是有一辆军用吉普吗，坐吉普去。"

"吉普是应急用的，个人使用，也只有院长能用，我一个副院长，恐怕调不动。"

"现在就很急，我跟人家约好了，中午之前赶到他那儿，人家是有名望的人，过午不候。"

到了院长那里，果然不允。未等乔祺燕进一步解释，李满柱颠着身子抢先一步说道："车子你必须让用，因为关系到你的前程。"

院长一愣，正色道："我的前程不用你操心，再说，你们可以骑自行车去，二十公里的路程，不过是一个小时的时间。"

李满柱又颠了一下身子，逼近了院长，"这么着吧，麻烦你跟我一道骑车去，两个男人骑得快。"

这等于是给院长下战表，院长很生气，"岂有此理。"

"岂有此理。"李满柱重复了一下，也板起了面孔，"其实我也是瞎操心，医院搞得好不好，是你们当院长的事，既然你都不担心，干脆就不去了。"

"非得用车不可？"院长口气缓和了一些。

"当然。"李满柱点点头，说："对方是名医，讲究派头，咱开车去，也是为了派头，派头对派头，咱展示的是实力，他得到的是面子，或许就一拍即合。"

"岂有此理。"院长摆了摆手，"甭给我瞎白话了，快去快回，下不为例。"

吉普就停在不远处的院子里，他们直奔而去。

从背后望去，一个亭亭玉立，身子袅娜，一个长短不齐，颠上颠下，院长摇摇头，心里叹道："这是什么风景，金枝配败叶，也真难为他们了。"

车子开动之后，乔祺燕看了一眼笔直地坐在前座上的李满柱，咻咻地笑了起来。她说："李大夫，没想到你还很有风骨。"

李满柱摇摇头，"我有什么风骨，不过是一个卖膏药的，因为轻贱，所以无忌。"

乔祺燕觉得这是双关语，既是答案，又是暗示，不要小瞧他这样的人，要懂得尊重。

他们要造访的名医叫范晚吾，开着专治不孕不育症的诊所。诊所是一座红砖青瓦的四合院。院子的天井很大，搭着一棚藤萝架，种了一种叫蛇豆（瓜）的蔓生蔬菜。此地人喜种葫芦和丝瓜，只有他种了蛇豆。蛇豆的藤蔓比丝瓜发达，把棚架遮得密密匝匝。果实也结得繁盛，比着肩膀垂下来，长长的、白白的、肥肥的，像一条条吞食过饱的银蛇。走进来之后，乔祺燕不知躲闪，头碰到了这蛇状的果实，心里一惊，冷汗就下来了。

诊所有慑人的气氛，让人屏住呼吸，不好意思大声说话。

天井里有一张大理石的圆桌，四周放了四只鼓形的石凳，石桌中心雕着一条蟠龙，石凳的壁上也雕着相同的图案。这种摆设，在皇宫、王爷府里能够见到。范晚吾引客人落了座，喊了一声："群凤，上茶。"

范晚吾冲乔祺燕笑笑："群凤，乃贱内也。"

群凤闻声而出，手里端着个托盘，是一套景德镇茶具。茶是铁观音，布茶的方式是讲究的茶道，乔祺燕呆了。

她不是为优雅的茶道而呆，是呆于群凤这个人。

群凤长得真美，仅仅皮肤有些黑。但在青枝绿叶银瓜的映衬下，黑得古典，像画中人。

群凤朝李满柱嫣然一笑，李满柱好像哆嗦了一下，赶紧端起杯来，掩饰自己的失态。看得出他们是熟人，但面对熟人李满柱还这样自敛，乔祺燕觉得这个女人不简单。

她偷偷地看了一眼范晚吾，见他目光放在虚空处，平静地笑着，好像来的都是故交，包括她乔祺燕在内，就没必要寒暄，制造热情。莫名其妙地，她对这个人产生了一丝敬意——有这样出色女人的男人，即便从事的是女科，也会有清正的心术。

李满柱向范晚吾说明来意，说之所以乔院长亲自来，就是表明了县医院的诚意，对他有真真切切的期待。

范晚吾笑笑，"不急，咱先喝茶，然后我带你们转转。"

茶喝得没了味道，群凤小声地问："是不是再尝尝咱们安徽老家的毛峰？"

一声询问，泄露了他们的身世，又是一对外乡人。乔祺燕敏感地想到，外乡人在本地行医，诚信为本，不然难以立身。范晚吾是可以信任的。

范晚吾没有回答群凤的询问，而是站起身来，"二位请跟我来。"

首先进了他的客厅。

说是客厅，其实是个展览室。或者就叫荣誉室、广告间。四面墙上挂满了大大小小的锦旗和错错落落的牌匾、奖状。锦旗、牌匾多是被治愈的患者送的，上面写的多是"妙手回春""杏林奇葩""人间圣手""送子观音""救生菩萨""京西奇人""华佗在世""当代神医"之类。奖状还有一些是有关医疗单位、研究院所、专业协会颁发的。

乔祺燕看了一眼李满柱，冲他笑笑。李满柱的脸红了，摇摇头，也报之一笑。他知道乔祺燕笑的含义，意思是说，你们这些民间医生，都懂得用招贴打人，人不自羞，羞人。

范晚吾也一笑，竟说："这些东西不可当真，使了不少银子。"

这样的坦诚，反倒让乔祺燕不好意思了，她觉得自己有些不厚道。

客厅里还放置了一套明代家具。紫檀花梨，图案富贵，雕工细致，色泽温润，看上去就名贵。乔祺燕不敢再贸然往装点门面、摆阔上想，觉得这体现了人家的品位和品性，敬就是了。

东面墙上，有一排高大的书柜，放满了线装古书。"这是先父留下来的，不敢懈怠，每日要看、要温习。"范晚吾说。

因为是镇宅之宝，是上了锁的，贴了一条楷体的手书：祖传秘籍。乔祺燕只能透过不明不暗的毛玻璃往里看，愈是看不清楚，愈是感到神秘。她相信，这个人有底蕴。

然后进了他的诊室。

他诊室的设置很特别。一间房子，却分成了治疗室和候诊室。没有隔离墙，只是用一张大白布帘子象征性地隔开了。候诊室放着一张硬板长条椅，治疗室则有一张沙发和一张软面病床。他介绍说，他接诊不孕不育的患者，都要求夫妻同来，如果患者是女宾，他就让男宾在候诊室里等候，那个大白布帘子，可以让他听到里边的动静，让其心安。为什么设的是硬椅？一是让他精神，别打瞌睡，二是提醒他，虽病根在女方，但他也有责任，你不能坐得太舒服了，要同甘共苦。他还说，女的跟他一起进诊室，临进去之前，他都要向男宾拱拱手，道一声"得罪了"。这是礼数，让他信任，不生邪想。

看完他的诊室，他说："还有一个地方，你们必须看。"

他拉开诊室的一个旁门，进到一个黑洞洞的密室。他依次拉开四壁上的窗帘，阳光瞬间奔窜着倾泻进来，一片大亮。里边空旷，只有一矮几、一躺椅。矮几上放着一本叫《香园》的书。作者是古阿拉伯的谢赫·奈夫瓦齐，书系世界性学经典之一种。他说："这是我常读的书。"

乔祺燕拿起书，随手一翻，翻到夹着纸条的一页，那一页有红笔画线和密密的眉批。那是一章谈不孕妇女的子宫及其治疗的。

书中云：妇女不孕的原因多与子宫有关，或血块堵塞子宫，体液积存；或子宫内部缺陷，幽闭与漏风并存。治疗方法之一：将驼峰中的脊髓涂在亚麻布上，在月经之后清洗阴部，还应佐以一种饮品——把"豺狗的葡萄"的果实捣碎，挤出汁液，添加香醋，连饮七天。

什么是"豺狗的葡萄"？有一句范晚吾写在行距间的探问。

书中又云：方法之二，取少许芝麻捣碎，掺入少量红砷粉，兑汁连饮三天，旋与丈夫同房。

范晚吾眉批道：这个方子好操作，可以借鉴。但古书上的说法近乎神说，均不可靠，只能用来开阔思路，不能贸用。

乔祺燕顺势往后翻，看到里边有大量的关于"爱的艺术"的论述，譬如"房中的赞美""同房时香水的使用"等等。范晚吾对此很感兴趣。类似的著作，他已读过了古印度的《爱经》、古罗马的《爱术》、古希腊的《尤物》。对照起来，他感到中国人很愚昧，缺乏"爱的艺术"。

见乔祺燕不解的样子，范晚吾说："你会问，'爱的艺术'跟治疗不孕不育症有什么关系？大有关系！如果有这方面的知识，夫妻和谐，身心投入，不阴冷、不阳痿，门窍通畅，就容易受孕。这是一种特殊的药，病人可以自治自愈。我要先学一步，然后要传授给他们。"

他还说："因为阅读，我对患者生出了一颗爱心，胸膛里暖洋洋的，觉得自己能为他们排忧解难，是一件很神圣的事。所以，虽然干的是脏活，也觉得纯净。"

到了这般田地，乔祺燕对这个范晚吾大夫的种种质疑和猜测都化解得一干二净，只剩下了敬重。

"范先生，不用说，您的诊所一定是顺风顺水，开得兴隆。"乔祺燕竟不由自主地称范晚吾为范先生。

"不瞒您说，说得过去，还攒了点钱。"范晚吾一点也不做作，开诚布公地说，"这也多亏了咱们的传统文化——不孝有三，无后为大，这样的观念在老百姓那里根深蒂固，所以即便再穷，哪怕是穷得穿不上裤子、吃不上饭，也要治不孕不育的毛病。"

乔祺燕赞许地点了点头。

见范晚吾在乔祺燕那里占了风头,李满柱插话道:"不过,范大夫虽然有钱,但他活得并不开心,还不如我。"

乔祺燕一怔,"怎么回事?"

"唔?"范晚吾皱了皱眉头,朝李满柱摆了摆手。

既然话到了嘴边,李满柱就不想再咽下去,"范大夫,你自视清高我是知道的,既然你不好意思说,那我就替你说。"

"即便是说,也别在这里说,这里是阅读和冥想的地方,别玷污了神圣,咱们到院里去,继续喝茶。"范晚吾说。

踅回庭院,三人落座。

群凤知趣,知道再次落座的人肯定是为自家先生所喜,便清洗茶具,换上毛峰,每人斟过一杯,说一声"不打扰了",轻轻地退去。

39

李满柱叙述道——

因为有了钱，范晚吾就招来了嫉妒和算计。

这个人就是村里边的头面人物，会长胡广富。

胡广富在日伪时期，并不在村里，据说他到了西山当了土匪，但他自己不承认，也没人能够证明，人们姑且认为他很清白。房山城解放前夕，他突然回到了梅花庄。人们发现，几年不见，他为人大变，以前畏畏缩缩的一个人，脱胎换骨一样，有了粗犷的东西。他嗓音洪亮，目光炯炯，勇气四溢。

梅花庄东有个山坡，叫燎石。燎石岗上，有一多宝佛塔，名昊天塔，是国宝级文物保护单位。塔本是一座舍利塔，因塔前有一座法象寺，当时的邑人陈番有诗云：

云霞片片出燎岗，铃铎声闻十里扬。

插破青霄通日午，冲开碧落促风狂。

几层瞻仰寻龙窟，数级登临礼梵王。

果是真身藏舍利，浮图古貌不寻常。

但是由于地理位置的重要，到了辽宋对峙、战事频仍的年代，成了"料敌塔"，不再用于礼佛，而是用于军事。光绪十五年（1889年）的本地县志上载："多宝佛塔，隋建，在燎石岗上，五级玲珑，高十五丈，四面门二十座……阶级环上，北望都城，南眺涿鹿，举在目前，可以料敌，故为兵家所争夺。"

元代剧作家朱凯作有《昊天塔孟良盗骨》一剧，大意是，在辽金交战中，宋将杨继业被奸臣潘仁美陷害，触碑身亡，遗体被辽将韩延寿悬于昊天塔上，且令百名士兵每天轮番朝尸体上射箭，名曰"百箭会"。孟良偕杨六郎杀上燎石岗，烧毁塔前的法象寺，盗杨继业英骨归宋。元剧大家关汉卿也写有《孟良盗骨》的杂剧，把这段忠烈故事弄得家喻户晓。

燎石岗、昊天塔，有大名矣。

昊天塔里住着一个班的国民党军，是监视涿州、房山、良乡和宛平的瞭望哨。它被傅作义看重，虽然离宛平驻军有些远，是其伸出的部分，随时都可以被解放军折断，但还是冒险而立。

胡广富回到村里之后，连续几天在昊天塔周围爬上爬下，让村里人十分惊异。

房山城解放的翌日，考虑到昊天塔的战略位置，刘秉彦旅长决定用一个排的兵力顺势把它拿下。

解放军在夜色掩护下悄悄地潜入塔下，发现塔上的布防坚固、火力密集，如果强攻，必有不小的伤亡。再说，它是国宝级文物，强攻必然要导致破坏，延安和野战军司令部不会答应。正踌躇间，胡广富出现了。他对排长说，塔里的地形结构、塔上的火力分布、驻军的活动习惯，他都知道得一清二楚，他可以带他们不声不响地攻上去。排长问，什么时候攻？他说，子时前不能攻，因为他们醒，子时后也不能攻，因为他们警，只有黎明前刚露鱼肚白的时候，可以攻，因为他们觉得一夜无事，可以松懈了，眼皮就打架了。排长又问，怎么攻？胡广富说，你给我一把大刀，再给我一个班带大刀的人，我领着摸上去。十二个人跟着他背覆荒草，在黎明前一寸一寸地往前爬，鱼肚白绽露的时候，他们已爬到了塔下。果然就顺利地摸上去了，只听到零星的几声枪响，之后就是大摇大摆地清理被砍下来的人头。

胡广富成了英雄，得到完全的信任。排长留下两名战士，"你们两个和胡同志组成工作组，搞好这个村的土改，然后让胡同志当农会的会长。"

一天，胡广富突然来造访。

以为是要小叙一番的，没想到胡广富开门见山："范大仙，你现在闹大了，是个人物了，既然闹大了，你就该给村里做点贡献了。"

"那自然，那自然。"范晚吾是真诚的。脚下这块土地哺育了他，理应回报。

他们便商定，由他出资在村里建一座完小，让穷孩子们有学上。小学校建起来了，范晚吾以为自己的使命就算完成了，但没想到，这之后，每过一段时间，胡广富都要找个名目跟他要钱，比如村部翻修，街道拓宽。范晚吾虽然心中不悦，但还是多少给一点。问题是，钱给了，村部依然破旧，街道依然窄，让范晚吾疑惑不解。

后来他发现，胡广富翻盖了自己的老宅子，建起了一座乡下少见的四合院，门前立了两只汉白玉的石狮子，还养了两条大狼狗。村民一从他的门前过，狼狗就狂吠不止。

范晚吾不禁嘀咕："他哪儿来的那么多钱？"

他带着疑问，找到李满柱。李满柱说："这不是你操心的事。"

"可是，我赞助了那么多的公益事业，他依然不尊重我，每次见面都叫我范大仙，还冷风冷雨，好像我干了什么不名誉的事。"

李满柱说："问题还在你自己，你为什么不给他本人送？"

"废话，我干吗给他送？我挣的是辛苦钱，又没有坑蒙拐骗，我的钱都在自己的兜里，一个子儿都不外流。"

"你就搁车吧。"李满柱摁住了愤然起身的范晚吾，"你要不把他打点好了，他会高看你？不然村里人也不会背后叫他胡嘎巴了，他有雁过拔毛的习性。"

所谓嘎巴，并不是因为胡广富长得面如陈枣，又红又皱，而是京西对匪类的一种别称。胡广富看上了邻居的媳妇，能让邻居自己把女人送上门来。邻居有一次喝多了酒，隐忍不住，骂了胡广富一句，便招来一顿拳脚。人躺在床上三个月不能动弹，胡广富不以为然，说了一句：一切费用我都包了。伤好出院，胡广富亲自把钱送过去了，嘿嘿一笑，说，咱们两清了。邻居听出了话外的意思，扑通跪下了——会长，我糊涂啊。

这就是他的高明之处，他让你遍体鳞伤，却无法申辩，只能血泪入心，听其摆布。

胡嘎巴！范晚吾因为愤怒，没有听从李满柱的规劝，依然不请不送，矜持做人。

后来的事情就让范晚吾无法容忍了——

有患者来，一到村口，就被从斜刺里窜出来的人挡住，"不许你们到范大仙那里去，他是非法行医，政府不容。"

范晚吾知道这是胡广富所为，便到胡府去理论。

胡广富很热情，张罗着要给他沏茶。但范晚吾是个不懂得掩饰的人，冷冷地说："我看就免了吧。"

胡广富立刻就收敛了脸上的笑容，"范大仙，你这是什么意思？"

范晚吾说："我规规矩矩地开个诊所，怎么就变成了非法行医，请你给个说法。”

胡广富说：“你规矩不规矩，跟我有什么关系？”

范晚吾摆摆手，“你这是揣着明白装糊涂。”

“你的意思是说我在刁难你？范大仙，这你就不厚道了。”胡广富强迫自己笑了笑，“你是谁？大名人啊，我一个小小的农会会长敢吗？”

在范晚吾看来，这是一种讥笑，便有些不能容忍，说道：“你老宅的四合院是怎么回事？”

胡广富霍地站了起来，“我那是靠自家的积蓄盖的，一切都来得清清白白。”

“狗屁的清白。”范晚吾嗫嚅道。

声音虽小，胡广富可听清楚了，他的脸立刻就红涨起来。“范大仙，你是来跟我说事儿的，还是来跟我斗气儿的？要是来说事儿的，最好是别失了身份；要是来斗气儿的，你就找错门了。”

两个人僵在那里。

范晚吾本是个书生，不会跟人打交道，没有化解僵局的能力，只好尴尬地退场。但走到门边，骨子里的那点自尊又使他回头撂下了这么一句话：“你这儿不说理，我到镇上说；镇上不说理，我去县委——”

未等他说完，胡广富哈哈大笑，“范晚吾，你真是忘乎所以了——你以为你是谁？你不过是个整天摸女人×混事的下三烂而已。”

范晚吾被利器击中了一样，向上挺了一下身子。原来他堂堂的一方名医（还甭说神医），在这种人眼里（或许在所有人眼里），竟是这样没有身份——不仅卑微，而且下贱！他心中的自我破碎了，只剩下了本能的反抗——

"胡嘎巴！"

胡广富自然懂得这个称号的含义，那里不仅包含着轻蔑，还有一重暗示，即此人是土匪出身。这类似暗箭，有不容分说的锋芒。胡广富被刺痛，迎着利镞疾身而上，狠狠地打了范晚吾一个耳光。

范晚吾跌到院子里。

院子里有个花坛，花坛边上，一把侍弄花草的锄头静静地立在那里。处在匍匐姿态中的范晚吾，一下子就看到了它。

好像这是一种预约，范晚吾毫不犹豫地把握住了。

"怎么，你还要行凶不成？"胡广富扑上来，施以拳脚。

锄头本能地乱舞一番。没有目标，只是仓皇地应对。

不期就砍到了一个位置。胡广富"哎哟"一声，跌翻在地。他的脚筋断了。

节令到了。月亮被全食了一次。燎石岗飘满了落叶。

棚架上最后的一条蛇豆，自己掉了下来。摔在地上，立刻就碎了。滚了一地籽粒，黑而静默。

消失了满棚的风雅，范晚吾就不再到院子里来了。

窝在屋里，他闻到一股隐约的霉味。

群凤闻到的是来苏水味。因为范晚吾心情不好，不好与之辩说。

他现在真正认清了自己。京西神医、社会名人，以至于妙手回春、华佗再世、送子观音等等，都与自己无关。在胡广富眼里，自己不过是一棵草芥、一团烂泥而已。

砍断了胡广富的脚筋之后，他成了刑事犯，被拘进了班房。进班房的时候，为了保住颜面，他穿上了一身考究的西装。犯人们最恨这种风光的人，把他剥了个精光。于是，他尝到了更大的屈辱，而且是不能与人言说的屈辱。

多亏了群凤，以自己的优雅和镇定，找到了镇长并把他打动，亲自出面把事端平息了。

镇长将他与胡广富各打了五十大板。让胡广富免予起诉，让范晚吾给胡广富送上了一笔赔偿（自然不是小数目）。

两个人都有些不满意。

镇长说，你们俩都是市面上的人物，要懂得给对方面子。

日子过得平平淡淡。

闲下来的时候，范晚吾开始练书法。

那天，他从李满柱那儿回来，在街上意外地遇到了胡广富。

范晚吾偏到一边，想躲开他。胡广富却直奔他走过来，笑着说："范先生，你这叫干吗？"

范晚吾很吃惊也很尴尬。脚下正巧有一群蚂蚁，便灵机一动，"这儿有群蚂蚁，我想收了它们，入药。"

胡广富的脚筋被砍断后，落下了残疾，走起路来一脚深一脚浅的。但人却变得和顺了许多，对村民讲话的时候，居然有了笑脸，这不，还第一次叫了范先生。

这是他和大家都没想到的。

李满柱有高论：他毕竟是个农民，也得考虑将来的退路。

嘿嘿。

嘿嘿。

两个人面对面地站着，都感到无话可说，只能用这种方式。

"我还有事，走了。"胡广富说。

范晚吾挥了一下手，意思是说，请。

胡广富走过去之后，范晚吾忍不住地回头望了望。看到胡广富深一脚浅一脚的样子，他摇了摇头。

他冒出来一个想法：他的一锄头，颇有些替天行道的意思。但他又觉得自己可笑、有些不自量力——你范晚吾又是谁？不过是一个被人轻贱的下九流而已（他永远记住了胡广富说过的那句话，成为一种至痛）。

胡广富好像知道范晚吾在注视着自己，把垮塌了的腰板往直里挺了挺。

这个举动，触动了范晚吾，他的心情又变了。嘿嘿，正因为卑微，正因为自不量力，那一锄头才有分量。他从此从心底看得起自己。

数日思忖，他写了一个条幅，挂在了客厅里。

他写的是——

宁为鸡尸，无为牛从。

这是他从《战国策》里摘下来的句子。

在古汉语里，尸，小鸡也；牛从，阉牛也。

翻译过来就是：宁愿做一只现在没有生殖能力、将来必有生殖能力的小鸡，也不愿做一头被人阉割而永远没有生殖能力的牛。

他觉得这很符合自己的身份，所以，墨蘸得很足，字写得很大。外人看见，那几个字很黑，永远像刚写上去的一样。

一般人不懂这条幅的意思。

只有李满柱懂。

他看过之后，心头一惊：与其说是状人格，不如说是在忧愤中，表达一种无奈的悲壮。诊所虽小，乾坤很大，与"山不在高，有仙则名。水不在深，有龙则灵"的境地暗合。

这个范晚吾！

李满柱也不说破，只是说："这几个字，还是很有功夫的。"

40

知道了范晚吾的经历，乔祺燕恍然大悟：李满柱之所以那么执着地要乘车而来，不简单是为了表达尊重，更重要的是为他的朋友涨行市壮声威。与尊严有关。

黄土色的吉普车果然很招眼，招来了这个村的头人胡广富。

他进范晚吾的庭院的时候，腿有点微跛，所以还没等人介绍，乔祺燕对来人的身份也猜出几分。她礼貌地站起身来，冲他点头一笑。

胡广富有些受宠若惊，急切地朝前颠了几步，主动跟乔祺燕握手。他一边握手一边自我介绍说："鄙人姓胡，胡广富，梅花庄村的农会会长。"

范晚吾也不让座，李满柱也不搭腔，胡广富只好站在那里。

好在乔祺燕也站着，遮掩了他的尴尬，他对乔祺燕说："您是县里的领导，我必须赶紧来报到，您有什么指示？这里可能不方便，就请您跟我到村部去吧。"

乔祺燕摆摆手，"胡会长，您误会了，我不是什么县领导，而是县医院的大夫，大号乔祺燕。"

胡广富嘿嘿一笑，"您真会开玩笑，据我所知，能坐吉普车的，至少也得是团职以上的首长。"

听他这么一说，乔祺燕忍不住朝自己的身上看了看。她笑了。因为是要到乡下来，而且是李满柱突然的邀请，换下白大褂之后，她只好顺手把办公室墙上挂的那件土黄色旧军装穿在了身上。于是，在胡广富的眼里她就成首长了。

乔祺燕这一笑，让胡广富有些得意，他以为自己猜对了她的身份，便忍不住看了李满柱一眼，"李大夫，你说是不？"

李满柱经常来找范晚吾，跟胡广富自然认识，李满柱也站了起来，朝他身边颠了两步，"我说胡大会长，人家首长不首长的，跟你有什么关系？这位女领导是来找范先生的，要请他出山。"

"瞎说，人家乔大夫是县上的领导，范先生不过是个江湖郎中，请他出山，岂不是笑话。"胡广富求救一般看着乔祺燕，急切地想得到验证。

从他的话里，乔祺燕感受到了对范晚吾的轻蔑甚至歧视，她真切地体会到了范晚吾的现实处境，她必须明确自己的立场。她说："正像李大夫说的那样，我的确是来请范大夫的，他是治疗不孕不育症的专家。"

"乔领导，您是不是弄错了，再说，能不能用他，您是不是得听听农会的意见？"

没容乔祺燕回答，李满柱抢先说道："我说胡大会长，能不能起用范先生，是医疗专业上的事，你又不是内行，干吗要听取你的意见？你干好村里的事就是了，别把手伸得太长。"

胡广富瞠目结舌，依然不死心地看着乔祺燕。

乔祺燕笑而不语。

虽然无声，却是掷地有声的态度，胡广富绝望了，愤愤地说道："事情没那么简单，我要直接向县里汇报。"

乔祺燕嫣然一笑，温和地说："欢迎。"

这绵里藏针的回答，刺得胡广富心里一哆嗦。他觉得再待下去就无趣了，便拱了拱手，"那好，你们忙，你们忙，我就不打扰了。"

他出了院门之后，围着土黄色的吉普转了两遭，他不明白，这是县政府的车吗？

没想到，这么温婉的一个女性，居然有不露声色的风骨，对行医者有毫不含糊的护佑，范晚吾朝李满柱点点头，站起身来对乔祺燕说道："如果您不嫌弃，我愿意到县医院发挥自己的一技之长，这叫作士为知己者死，良禽择木而栖。"

乔祺燕说："范大夫，您千万别感情用事，要沉下心来再想一想。"

范晚吾说："不用再想了，李满柱大夫在您的麾下已有了切身的感受，您今天的态度也让我非常感动，再说，我们这行有个风气，有带头的，就有跟随的——李大夫已先行一步，我范晚吾自然要紧紧跟上。"

在回程的路上，李满柱不停地笑，好像吉普车的颠簸让他很受用，是快乐的节奏。乔祺燕也笑，她是在想，像李满柱和范晚吾这样的民间医生，不仅有过人的手艺，还都有独立的人格，有不畏不惧、不阿不谄的气质，而且还都有可爱的小狡黠，有知时势、知进退的生存智慧。有这样的人在身边，既省心，又能成事。

果然，范晚吾到县医院之后，这里的妇产科不仅立住了，还远近闻名。这也难怪，范晚吾独撑门面多年，有太多的临床经验，而且不仅知生殖生理，还知生殖心理，既医身疾，又医心疾，受患者的欢迎，自然不在话下。

有李满柱、范晚吾的带动，以及他们知恩图报心理作用下的自觉发动，京西境内大大小小的民间名医都朝县医院聚拢，包括常年在李满柱下游做按摩理疗的盲医刘和定期为范晚吾提供保胎药草的聋人张。县医院不仅实现了分诊目标，还有了较强的医疗实力。乔祺燕很是欣慰，每每出现在院长面前，她都不亢不卑，从容自如，且春风满面，身姿妖娆。

"乔院长，你是怎么搞的？"院长摇摇头，对她说，"亏你还是科班出身，怎么一线的大夫都是一帮残疾人和乡村郎中，这哪里像个正经医院。"

"依你看，正经医院是个什么样子？"乔祺燕反问道。

院长讷讷，他不知怎么界定才好。这给了乔祺燕一个发挥的余地，她说："你可别忘了，我可还是战地医院出身。"

"你什么意思？"

乔祺燕说，战地医院只有一个目的，就是救死扶伤。为了活人，没有麻药，也要做手术；没有手术台，就卸几块门板；没有医学骨锯截肢，就用木工的锯子；没有外敷的西药，就用草木灰；没有盘尼西林，就用放血疗法——一切都是就地取材，因势而治，绝不能坐等。眼下，战争刚刚结束，一个小小的县级医院，种种条件都不具备，与战地医院有多少差别？所以，面对老百姓急切的就医需求，我们只能从实际出发，有条件要上，没有条件也要上，这就叫作先行为后规范，能治病救人，就好。

这么一个柔弱的女子，居然有这样的眼界和魄力，院长不禁对她刮目相看。"真有你的！"他说。

41

1950年冬天，吴春山光荣地出席了河北省第一届农业劳动模范表彰大会，成为京西历史上的第一个省部级劳模。

全因他创立了京西地区乃至整个河北省第一个农村互助组。

这对小小的京西县来说，是惊天动地的大事。对此县政府极为重视，组织了一个高规格的参会小组：组长、副县长胡振常，副组长、农村工作委员会主任古月，组员吴春山、白鼎轩，白鼎轩还兼会务秘书。

会前，省委书记林铁专门接待了他们。林铁兴奋地说："党中央刚发出'组织起来，发展生产'的号召，你们就成立了互助组，比其他地区先行了一大步，了不起啊！"

胡振常激动地说："都是省委领导得好，我们不过是笨鸟先飞，紧跟了省委的工作部署。"那时的京西，还属河北省的行政区划，接受省委、省政府的领导。

林铁很高兴，主动跟他握了握手，"你是县领导？"

"副县长胡振常。"胡振常赶紧做了自我介绍。

林铁说："省劳模大会之后，你们要认真贯彻会议精神，乘势而上，再弄出点经验出来，我很期待。"

还是胡振常抢先回答："请林书记放心，我们一定戒骄戒躁，埋头苦干，不辜负您的期望。"

整个过程，吴春山总是怯怯地站着，傻傻地笑，重重地点头。林铁上前拍拍他的肩膀，"吴春山同志，你是真人不露相，像我的一个叔伯大哥。"

吴春山不知所措，只是嘿嘿地笑。他本来是能说会道的一个人，今天不知是怎么了，想说的话一句都说不出。

胡振常说："他没念过书，不识字，不会讲话。"

林铁说："会干就成。"

接见完毕，他们走出会议室。一边走着，吴春山一边拽古月的袖子，小声地嘟囔道："胡县长怎么那样说，谁说我没念过书？"

古月也小声地说："别在意，我知道你念过书就成了。"

吴春山聪明，跟古月搞土改时，上边的精神、毛主席的语录，古月一教给他，他就能背下来。背下来之后，他就偷偷地到纸面上去寻找对应，慢慢地，连蒙带猜，就把字认下来了。白鼎轩来了之后，说要开识字班，他就私下里跟他说，你教别人之前，先教教我，因为我是会长，得学在前头。所以，白鼎轩有机会就教他几个字、几段话，他很快就会了。功夫不负有心人，不显山不露水，吴春山已具备了基本的读写能力。

所以，对古月的安慰，吴春山不以为然，表情不悦。古月又说了一句："说你不识字，其实是好事，反而会被人高看。"

在劳模大会上，由于吴春山不识字，由胡振常代表他、按事先准备好的书面材料做了典型发言。旁人的介绍，就有了发挥的余地，自己说不出口的话可以尽情叙说。吴春山的经验就被说得异常动人，不时被长时间热烈的掌声所打断。胡振常被深深感染，好像他说的不是吴春山，而是他自己，他更加真情投入、激情澎湃，他很幸福。

会后，胡振常被与会代表团团围住，"我们要到你们岗上村去参观取经。"

"欢迎，欢迎！"他感到很风光，已经忘记了跟在他身后的吴春山，更甭说古月、白鼎轩了。

事情还惊动了刘秉彦。

他作为河北军区的首长，也正在石家庄参加一个军事会议。他是解放房山城战役的指挥者，对京西有特殊的感情，又听说来人中有他的老部下，就专门设了晚宴，接待京西来人。

三个人走进房间之后，刘秉彦首先跟胡振常握手，笑着说："看来让你当个支队的大队长，真是大材小用了。"

胡振常想借势跟他说些什么，被他摆摆手制止了。他上前一步，紧紧地握住吴春山的手，"老吴同志，你是真正的主角，整个京西的骄傲啊！"

"能够见到大名鼎鼎的刘司令旅长，我吴春山真是三生有幸啊！"吴春山激动地说。

古月等不及了，趋前一步，想跟老首长握手，刘秉彦却越过他，走向白鼎轩。"不用问，你就是执笔的秀才，老吴的事迹总结得好，全是你的功劳啊。"被刘秉彦有力的大手握住，白鼎轩不能承受，咧了咧嘴，哭了。

刘秉彦哈哈大笑，"你看看，你看看，秀才内心锦绣，爱动感情啊！"

终于轮到古月了，刘秉彦对他不停地上下打量，好像他是唯一的一个陌生人似的。终于他猛地把古月抱进怀里，"你把老子想死了！"

两个人久久地拥抱着，让人感到了一种肃然的东西。周围的人不敢说话，只是笑而不语。

只听到刘秉彦低声说了一句："你小子，出息了。"

声音虽低，却极其清晰，在场的人都听到了。

那个时候，各条战线都比学赶帮，所以，参加军事会议的部队首长也列席了劳模大会。那么，岗上村的脱颖而出，其前因后果，刘秉彦都听到了，自然就了解到了老部下古月的所作所为。一句"出息了"，对古月来说，就等于老首长对犯了错误的老部下的一个重新认定：古月究竟是古月，他没有背负思想包袱，而是从跌倒的地方勇敢地站了起来，在新的岗位上再立新功。所以，古月是好汉，而不是孬种，他刘秉彦从心里佩服。

古月的眼睛湿润了，在刘秉彦的耳边说了一句："首长，这只是开始。"

刘秉彦大声说道："好，好！"

酒是好酒，是乡下很难喝到的茅台。其中两个人喝多了，一个是古月，一个是白鼎轩。古月喝多了的表现，是嚷嚷着要跟刘秉彦到他的驻地去，说他有一肚子的话要跟老首长说。胡振常上前阻拦，被他狠狠地推了一把。刘秉彦哈哈大笑，"别拦他。"白鼎轩则飞快地跑回下榻的房间，把自己扔在床上，一边流泪，一边回想。

白鼎轩内心敏感，刘秉彦对他的评价，让他有了人生价值实现的快感，觉得自己有资格跟胡振常、古月和吴春山平等地站在一起，分享这扑面而来的莫大荣誉，所以他想多喝几杯。醉酒又让他无眠，思绪如涌——

京西的人就跟京西的土地一样，虽然贫瘠，但只要埋下种子、得到雨露，就拼命生长，供奉收获——成立互助组之后，有了互帮互助的生产关系，生产力就立刻得到巨大提升。村里人焕发出了从来没有过的种田热情，分到的田亩不仅种满、种严、种好，地头地尾，边边角角，也都撒下种子，还开垦撂荒地，种上萝卜、蔓菁、荞麦和泛白菜（不包心的白菜）。土地被利用得充盈而彻底。阳光也普照，雨水也丰沛，到处都是生长的景象。

喜人的生长，让人心亢奋，乡亲们在饿中也勤勉（古月调剂来的粮食毕竟有限，人们不敢放开肚皮吃，早晚吃稀，中午吃干，能保持体力之外，还要撙节），原来耪两遍的地，耪了三遍。人们说，这人可真是奇怪的动物，懒了还想懒，一旦勤勤起来，就有使不完的力气，始终不想歇。他们把庄稼像花儿一样侍弄，精心而周到。

土地回报勤劳与爱心，到了秋天，岗上村大获丰收，粮食亩产大幅度增长。邻村的单干户，最高亩产是300斤，岗上互助组里的收成，亩产普遍都能达到500斤。

按互助协议的规定，互助组的带头人要得到粮食奖励。但丰收也让人心醇厚，他们突然就有了觉悟，主动要求降低奖励的比例。他们说："我们要那么多粮食干什么？要知道，多拿了粮食，就寡淡了感情，这个账我们还是算得出来的。再说，是村里的政策好，我们不能一味贪功。"

这意想不到的局面，让吴春山、古月感动。更受感动的，是白鼎轩。

他是整个进程的目击者、参与者，有真真切切的感受，所以，看到村民喜笑颜开的面容，他激动不已。他本人还有一个最大的特点，是爱记日记，爱思考，爱总结。他一思考就不得了，他感受到了丰收背后的东西。

激动之下，他把自己的日记整理了一下，写了一篇东西，冠了一个题目：《吴春山与他的互助组》。

他把写成的东西偷偷递给古月看。古月看完，竟跳了起来，"赶紧拿给胡县长。"胡振常看罢，啪地一拍桌子，"快，再整理一下，加上一些抓人的小题目，报省农村委。"

省农村委派来调查组，到岗上村进行实地核实。核实之后，他们比胡振常、古月、吴春山和白鼎轩还兴奋，组长对执笔人白鼎轩说："这个典型总结得好，一个核心词，实，能经得起检验；但缺点也是一个字，实。"

看到白鼎轩表情迷茫，组长继续说道："材料要根据上边的口径拔高。为什么要拔高？因为它代表着方向，不仅仅属于京西，也不仅仅属于河北省，而是属于全国，要让中央知道，让毛主席知道。"

白鼎轩点点头，说出的话却让人泄气，"然而，我只会据实而写，不会拔高。"

组长脸色一沉，想说点什么，最后还是咽下去了，"好吧，我们自己来。"

调查组把加工后的稿子又返给县委，嘱咐道："发言的人要好好熟悉熟悉，要带着学习的态度。"

想到这儿，白鼎轩忍不住扑哧笑了，他觉得，奇迹的产生，有些莫名其妙。

他翻了一下身，想到了更远处的东西，他老家一种叫山海棠的植物。

他的老家，是湘西的边地凤凰，那里也有青苍的大山。在大山的深处有一种植物，叫山海棠。即便是生在僻处，无人观赏，可它依旧是一丝不苟地向上挺拔了枝叶，开出鲜艳欲滴的花朵。它的亭茎也红润，吃在嘴里酸甜可口，可以生津，是天赐宝物。他很是为其打抱不平，曾对祖父说，它真是不懂人间世故，既然开在深山无人识，便大可以养养精神、偷偷懒，没必要把花开得那么好，把茎叶长得那么多汁。祖父瞪了他一眼，说，你究竟是太年轻，看重功名，内心浮躁，不知人间真相。在山海棠那里，它只随自己的心性而活，生为花朵，就要往好里开，至于能不能被人看见、被人夸奖，它从来都不会去想。可是，一旦有人走到它跟前，它的俊相就会烫了这人的眼睛，让人从心底里生出敬意。这叫什么？这才叫自尊自重。祖父又说，在我的几房儿媳妇中，你知道我最看重谁？是你大伯母。你大伯母家最穷，屋里只有一个木架床、两只矮柜。可是你一进到她的屋里，就再也不敢造次了。床上的几床土布被褥叠得整整齐齐，矮柜上的家什放得规规矩矩，脚下的石板地擦得光光亮亮，穷着，却穷得清清爽爽。如果你脚上有土，都不好意思迈进去，得在门槛蹭一蹭；如果你嘴里有口老痰，绝不敢像在别人家那样随口就吐了，得忍到出了她家的门庭。在你大伯母那里，会让你感到，穷得清爽，就贵了，就没人敢轻贱。

由于得到了山海棠的启示，老家的人也变得很"海棠"了。儿时的光景真是不堪回首，十年就有九旱。要春种的时候，天上连一片云絮都没有，土地龟裂，举步蒙尘。此番情景，种子下到地里，就意味着一个"死"字。然而村里人依旧把种子播进土里，起早贪黑、汗流浃背，无怨无悔。面对这种近乎徒劳的勤勉，他啧有烦言，深以为蠢。祖父又瞪了他一眼，说，这是祖宗留下的规矩，后人哪儿敢违背？因为老辈人说，下不下雨是老天的事，撒不撒种是人的事——命运咋样，在天，尽不尽本分，在人。只要人尽了本分，不管结果如何，人都可以问心无愧。常说的天地良心，就是这个意思。后来的世事，让他感到，这种"本分"之说，的确有它的动人之处。干旱之时，如果不下种，即便是有后来的漫天甘霖，也不会长出庄稼；一如绝望中如果不心存希望，也就只剩下了虚妄。

岗上村也是的。有了土地，而不把它种好，还有什么翻身的味道？要想种好，就要削尖了脑袋想办法。这就如同活人不能被尿憋死，能尿的地方要尿，不能尿的地方也要尿。他们就成立了互助组。这叫顺应本能，顺应本能的背后，就是努力尽到本分。所以，本分本身就是一个大词，不用拔高。

42

白鼎轩的识字班，现在改名叫岗上村农民夜校。

吴春山原来是在私下里偷偷地跟白鼎轩学习认字，开劳模会回来，他成了公开的学员。他每天晚上必到，就坐在前排正中第一桌的位置，因为学得投入，跟老师一起念课文时，总是摇头晃脑。后边的人都乐，由于不敢放声，忍着。一忍就忍出了劲头，专注地学。吴李氏也是学员，她一回到家里就对吴春山说："你能不能别摇头晃脑的，让人眼晕。"吴春山说："眼晕好啊，让你们都知道我在学哩，不敢偷懒。"

吴春山觉得岗上村已成了全省农业战线的一面红旗，那就应该处处与别人不同，村民首先都要有文化，能说会道，即便是种地，也要种得明明白白——四季时序、茬口安排、厩肥生熟、种子成色，都要心中有数，待外人问起，也能说出一二。他觉得叫识字班太原始，也太琐气，就干脆叫夜校，堂堂皇皇，提气，很有台面。

置备了崭新的桌椅板凳，还点上了汽灯。教室是两间普通民房改造的，打通了中间隔断，增立了两根座柱，就又宽敞又坚固。汽灯安了两盏，点上之后，一片通明。京西的冬天，在传统里是闲的。人们普遍的动作是"猫冬"。所谓"猫冬"，是乡下人的说法，意即像猫一样窝在炕上，喝喝烧酒，睡睡懒觉，摸摸女人的奶子，其余什么都不干。春种，夏锄，秋收，三季忙得都坐不稳屁股，到了冬季就彻底歇了。因为这符合四时节律、大地道德，大家就都享受得理直气壮。现在不同了，岗上先进了，要做有文化的农民，青壮男女如果再猫在土炕上，就落伍了，会被人小看。大家聚在一起，一边认字，一边对眼，有趣，便都很兴奋。跟着兴奋的，还有那冬天的虫子。本来蛰伏了、入穴了，也纷纷从角落里跑出来，迎着汽灯的白光飞，落在灯罩上，扑棱几下，被烫死了，或落地，或被沾在上面。这风景让人们咂舌，觉得岗上村真的变了，就变在这细微之中。猫冬的不猫冬，蛰伏的不蛰伏。

站在前边讲台上的白鼎轩居然戴上了眼镜。他对人们说，本来他就是近视的，种地时看粗，不用戴眼镜，写字时看细，自然要戴。再说到农村来做群众工作，一戴眼镜就隔膜了人心，让人戳点，打不成一片了，现在咱们大家都熟悉了，就不用藏着掖着了。由于戴了眼镜，真的像教书的先生了，人们肃然起敬，很听话地跟他学。

在教室里有个女学员，就是那个曾让他帮过工的年轻寡妇。

白鼎轩刚发现她的时候，目光一打在她的脸上就倏地一愣，想到"拉帮套"这个字眼，他的脸立刻就热了起来，赶紧垂下头。但他管控不住自己，在讲课的间隙，还情不自禁地偷偷觑一觑她，竟跟她的眼光碰撞了。她赧然一笑，把头勾下去了。白鼎轩觉察到，她也在偷偷地注视着他，是一种与别的学员不同的注视。既然女人把头勾下去了，他索性放任了一下自己的目光，他发现，虽然是劳动妇女，她的脖子很细，细得秀颀。头发也梳得分外整齐熨帖，很精致。

不知怎么，他整个晚上，都会时不时地朝她那个位置望去一眼。终于有机会看到了她的脸。可能是汽灯的照射，她的脸很白，有闪闪荧光，有一种净洁之美。

他很吃惊，在田亩上，他们或一前一后，或肩并肩地一起翻地，很近距离地相处，怎么就没看出她还有这么好看的长相？也许是太阳的照射使人黑，也许是汗水的流淌使人丑，也许是艰苦的劳动使人麻木，失去了闲情逸致？

可笑的是，跟她一起劳动了好几个时日，居然不知道人家叫什么。

白鼎轩白天劳动，晚上仍然住在吴春山的家。几次他想问一下吴春山，但觉得唐突，就按下了念头。

一天，散了夜校，由于吴春山有事没参加学习，他得以与吴李氏单独结伴而行，他忍不住问道："嫂子，我帮过工的那个女同志她叫什么？"

吴李氏说："她是我远房的本家妹妹，叫李兰玉。"

"多好听的名字啊。"他说。

吴李氏叹了一口气，说："她不光名字好听，人也好，可惜男人死得早，落了一个不济的苦命。"

"她男人是怎么死的？"

"说来好笑，是撑死的。"

原来李兰玉的男人和吴春山一样，都是本村武姓地主的长工。所不同的是，吴春山放牧，他则种地。种地的要比放牧的苦，每天要靠身膀，卖力气。地主又不给好吃食，每天都是窝头、稀粥、老咸菜，还不管饱。在田亩上常感到饿，就舔襟袖上的汗碱，咸而生津，咕噜一声咽下肚子。那年秋天，庄稼的籽粒结得实，预示着收成大好。但地主的收成与眼下的肚子无关，李兰玉的男人由于饿得难忍，就向旷野里寻找吃食。他看见一棵毛桃，结得密密的、圆圆的，还有温暖的绒毛。这是巨大的吸引，就狂奔过去。京西的毛桃除了质地坚硬以外，没别的毛病，吃在嘴里酸脆，口感好，很开胃。而且主家也不把它当正经的果木，便不期待收获，谁一旦遇到，可尽情地吃。李兰玉的男人就尽情地吃了，吃得肚子滚圆，最后一枚居然再也无处下咽，就窝在嗓子眼的部位。要命的是，看到大好的收成，为了让长工在收获时尽心，这天晚上老地主突发善心，给长工改善伙食，吃白面食材的炸酱捞面，而且管够。李兰玉男人的肚子已被毛桃撑圆，看着面锅上漂着的带着香味的烟气，他连咽口水的空隙都没有了。他后悔得直掐大腿。疼痛让他心生一计，他直奔茅厕，贴着粪便抠喉咙。即便是抠，也引不得吐，情急之下，索性拿起粪便，让其入口。果然大吐，连胆汁都吐出来了。他笑吟吟地回到灶间，端起大碗吃捞面，吃得气吞山河，沟满壕平。回到家里，圆滚滚的身子怎么也躺不平，他就到院外的岗坡上疾走。也许是走得急了，吸进了凉风，一进门就肚子疼。起初还能忍，忍到半夜就再也忍不住了，疼得在土炕上来回翻滚。滚到最后，终于吐了出来。吐完捞面就吐血水，吐得整个人没了力气，躺平了。第二天，日上三竿也不见人起，李兰玉去催促，叫了半天也不见动静，一推他的身子，又僵又凉。

听了吴李氏的讲述，白鼎轩大为惊骇，"还有这事？"

"就有这事。"吴李氏滔滔不绝地说，"老吴他们家女娃儿多，其中最小的女娃儿长到十二岁了，也从来没穿上过一件新衣裳，都是穿她前边的姐姐剩下的，洗洗、改改让她穿在身上。那个女娃长得好看，穿破衣服也讨人喜爱，婆母就过意不去，从牙缝里抠出点积攒，从坨里的集上给她买了一件花衣裳。这个女娃太稀罕这件衣服了，整个冬天，就穿着它挨家挨户串门，晚上睡觉的时候也舍不得脱下。不期就得了一种怪病，高烧不退，整整一个星期都昏迷不醒，到了第八天她终于睁开了眼，但只是乜斜地笑一笑，安静地死了。婆母说，谁让她烧包了，冷天冷地的，还不中邪？"

"什么叫烧包？"白鼎轩问。

"烧包就是有了好东西就藏不住，到处去显摆。"吴李氏看到白鼎轩直点头，便来了兴致，接着说："李兰玉的男人也是烧包，见了好吃食就拢不住性子，拼命吃，生怕别人不知道他吃过好东西。"

"他与那个女娃可不一样。"

"怎么不一样？爱烧包的人，都是心性小、眼皮子薄，接不住意外的喜乐，也看不到远处，纳不住大福。"

白鼎轩摇摇头。

"这有什么不明白的。你想啊，常受穷的，身子贱，好衣裳一穿上，眼里就只有衣裳，自己冷不冷，她可不管；常挨饿的，胃口浅，好吃食一摆上，眼里就只有吃食，肚子受得了受不了，他可不管。"吴李氏怕白鼎轩不明白，急切地解释。

白鼎轩赶紧点头。他刚才的摇头，不是不明白，而是感慨的动作。别看吴李氏只是一个普通的劳动妇女，却也懂得不少情理，之所以这样，还不是因为她有阅历，是岁月的启示、土地的赐予。

他觉得，京西的土地，的确是一块厚土。他开始有些喜欢了。

白鼎轩觉得话题有些扯远了，应该扯回来，还扯在李兰玉身上。便说："嫂子，你刚才说，李兰玉不仅名字好听，还是个好女人，这是怎么回事？"

吴李氏说："好在她会过日子，村里人都知道，她还有个好听的外号，叫米嫂。"

"会过日子怎么就跟米嫂扯上关系了呢？"

"我一跟你说，就知道了。"吴李氏说——

在咱们村的岗坡之下，有一条小河，叫刺猬河。它在大石河的下游。大石河你知道不？它的源头就是古月同志的老家，榆林水村。大石河流到岗上，就快断流了，水就流得细、就流得小，细小得像刺猬身上的刺。但究竟还是有一爿水埠头，于是就有了李兰玉施展的天地。

咱们这里，天总是旱，田亩里总是缺水，庄稼便焦枯得烦人。到了秋天，连枷打在场上吧嗒吧嗒响，装到农民口袋里的，却是晃荡晃荡的几袋瘪谷。年关刚过，就有了断粮的，就有饿孩儿的哭声拼命地往村街上逛荡。

老地主的场上，有一堆堆被遗弃了的谷糠，风儿一溜，簌簌地纷扬了满天。米嫂便搜了家里所有的口袋，扯了颟顸的丈夫去装谷糠。

"哼，莫不是将人当猪养了！"口袋里装满了丈夫的不情愿。

米嫂拿了细篾的箩筐，到了河埠头去淘糠。日头一线一线地淘暗了，竟有一撮一撮的细米淘出。丈夫不禁愕然，也不禁羞惭——女人到底比自己懂得日子。由于她能从谷糠里淘出米来，所以人们给她起了一个外号，叫米嫂。

连着三年的旱灾，山里人就渐渐往山外走，逃荒要饭，去寻找活路。

米嫂却拽着丈夫上山，一把一把地捋树叶，一袋一袋颤巍巍地背回来，支起大锅煮。煮毕，担到河边，在流水处放一大号篮子，将树叶可劲儿地搓搓淘淘。手心儿里搓出血来，却生生将苦涩退了，嚼出津津的甜味来。于是，便有了每顿将树叶用花椒油拌了，用辣椒油浇了，守着热炕充饥的光景。树叶儿虽杂虽了无营养，但她认认真真地做、认认真真地吃，也把日子吃得缓慢而熨帖、苦涩却踏实……

照米嫂的样子，岗上的老乡亲们也都有了在绝境中活下来的勇气和底气。

山里的树叶都被吃光了，但村里走不出去的老少却都活了下来。

日月虽在悄没声儿地变幻着，河埠头却总也消失不了米嫂的影子——平凡的日子，总也离不了淘淘沥沥的事体。

到后来，河边水埠头上米嫂坐的那块石头，竟有两片臀印儿浅浅地凹下去；阳光下，滑亮滑亮的，似两只明亮的眼睛。于是，村人在惊叹中，将无限敬意悄悄地给了米嫂，媳妇们竟也把米嫂当成了亮锃锃的一面镜子，学着把糙日子过细，把苦日子过甜，不怨天不怨地，勤劳、忍耐，尽好女人的本分。

…………

一年，从外边来了一个倒腾山货的官客，在米嫂家用酒过了量，对米嫂说："只告诉你，其实你们岗上有宝贝，就是岗坡上的山核桃。为什么外边来的客商不收，即便是收了，也不给高价，不全是因为它又小又结巴，主要是皮儿忒黑的缘故。"

米嫂嗯了一声，便陷入了静静的思忖。最后，她想到了淘。

果然，在河水里，左淘右淘，那山核桃竟灿灿地泛出光来，送到货栈时，就卖了上好的价钱。米嫂极兴奋，一回到山里，就把窍门儿公开了，让大家都分享。依米嫂的做法，所有能摘到山核桃的农户，便都卖得好。从山外卖山核桃归来，汉子们便说："咱山里有福，出了一个好女人！她不仅自己会过日子，也让别人过上好日子。"

听了吴李氏讲的故事，白鼎轩大为感动，"的确是个好女人。"联想到在汽灯照耀之下，那张净洁好看的小脸，他的心莫名其妙地热了一下。

岗上村的冬夜又暗又温暖，不讨人嫌，也不让人感到寂寞。白鼎轩放任自己的呼吸，顿觉神清气爽。

43

人一扎堆儿，自然会生出多余的事情。

夜校这个地方，既可以识字、学文化，也可以看人、交流，就多了了解，心走进心。居然就有一对青年男女，看对了眼，生出爱意。因为乡下还不时兴自由恋爱，他们就在私下里找到白鼎轩，托他做媒。他们便敲锣打鼓，明媒正娶。

·　白鼎轩很兴奋，不由得想到了《圣经》上的一句话："空间，是上帝认知事情的一个器官。"他偷偷乐，真是的，只要有一个空间，就能发生任何事情，空间便不是无情之物，它是性感的。

他在国民党县党部当训导员的时候，由于总裁信基督，上司投其所好，就让下属置备《圣经》。他买的那本《圣经》是软皮精装的袖珍本，每天装在制服的下衣兜里，时不时地翻一翻，顺便就记住了这句话。

他不信基督，但他爱读《圣经》的《雅歌》部分，感到基督并不禁欲，情和爱是很放任的。

他觉得自己的教员当得很有意思，有美和诗意。

也许是时间久了，也许是心存暖意，他再看李兰玉的时候，目光就不再躲闪，而是径直地投射过去，好像是《雅歌》给了他本该如此的底气。李兰玉也不再躲闪。因为他不管不顾地看，使她无处躲闪，索性就坦然地接受。

李兰玉自然有缺席的时候，看到那个空的座位，白鼎轩的心居然皱了一下。他不禁吃惊，我这是怎么了？

这里既然能促生爱情，自然也会激发不轨者的情与欲。

李兰玉的后桌，是一个有妇之夫。在课间，他总是探过头来跟李兰玉没话找话，见李兰玉不理，他就伸出手来抓她的背膀。一躲闪，就弄出声响。白鼎轩回过头来看，那个男人无所谓地嬉笑，倒是李兰玉羞愧难当，满脸通红。

白鼎轩狠狠地瞪了那个男人一眼。

我怎么会这样瞪人？他问自己。

他有一种预感，觉得那个男人会继续他的纠缠，便在夜校散场后，远远地跟在李兰玉的身后。果然，在一个夜暗人稀的地界，那个男人从斜刺里蹿出来，拦在李兰玉面前。先是用言语挑逗，之后就是拉拉扯扯。李兰玉低声训斥："你怎么这么不正经，小心我告诉你老婆。"那个男人嘻嘻一笑，"我老婆她怕我，她要敢说一声不字，我会把她一脚踹翻。"李兰玉奋力挣脱，径直往前走。那个男人摇摇头，扑上去，就要把她揽进怀里。情急之中，白鼎轩紧跨几步，来到近前，弄出大声的咳。

见来的人是教员，那个男人吐了吐舌头，溜了。李兰玉则无地自容，蹲下身去，低声地哭了。

白鼎轩的心有点乱，因为黑暗中孤男寡女独处，女人还哭，好像是他做出了不名誉的事情，便说："不用怕，我送你。"

李兰玉在前边走着，他在身后不远不近地跟着。

夜色能制造剪影。白鼎轩能清晰地看到李兰玉身体的轮廓。她走路的姿势有些摇摆，显得腰很细，臀子很大。他觉得眼前的这个女人风情十足，堪惹人惊。

我这是怎么了？这可是一个刚刚受了惊吓、满心屈辱的女人，自己还居然这样想。真是不厚道。

　　想到吴李氏讲的那块河埠头的石头，因为常年的淘洗，居然刻下了两片臀窝，他失声叫了一声："米嫂。"

　　李兰玉一顿，转过身来，"你怎么什么都知道？"

　　消息就泄露了，她知道了，原来这个文静的教员也有不斯文的心思，一直关心着自己。

　　在乡下，所谓关心，就是惦记，动男女心思，便也不是一个好词，至少跟毫无企图的好心好意远些。白鼎轩眼下就有一丝偷窥了不该偷窥的东西之后的愧意，他难为情地笑笑，不吭声了。

　　到了李兰玉的院门前，她说："天晚了，您请回吧。"

　　李兰玉家的院门，只是稀稀拉拉地插着一圈荆柴，不过是个象征物，连个正经的院门都没有。都说寡妇门前是非多，从吴李氏那里他知道，多年来，李兰玉门前从来就没有传出过是非，可以想见，她是个周正的女人。

　　但是，为了种庄稼，她竟随俗搞拉帮套，竟主动送上自己的身子，这又是怎么回事？乡下的道理，在浅处有深，在简单处有复杂，他还没有完全弄懂。

　　那个有妇之夫还是不死心，有一天又拦住了她，对她说："你别以为有白老师送你，你就平安无事了，你要知道，他也是个男人，如果我是虎，他就是狼，一样咬你。"

　　李兰玉嘴一撇，说："我宁可让他咬，也不愿让你拱，他长得好看、文气，让人心软。"

　　男人说："不是吧，他拉帮套的时候，你们是不是就已经有了一腿，熟门熟路了。"

　　"去你娘的腿！"李兰玉居然会骂人，她拍了拍腰间，说："你可看好了，我这里揣着一把剪刀，你要是再敢往前趋乎，小心我把你的鸡巴剪下来。"

白鼎轩就在不远处跟着，他听到了他们的对话。他吓了一跳。想到，寡妇究竟是寡妇，在优雅中有粗俗，在温婉中有凌厉，即便没有他的送，她也吃不了亏。

但是，他还是送了，他管不住自己。

日子久了，就有了风言风语，说白老师在人前教人识字，在人后也偷着搞女人。

吴春山很认真地问他："你真的搞了女人？"

"非也，啊，没有的事。"突然地追问之下，他不择词汇，也来不及掩饰，说："就是有人打李兰玉的主意，我看不过去，去送送她。"

"哈哈，拉帮套的时候，人家给你你都躲，现在人家不给了，你反倒主动贴上去，你们这些文人，虚头巴脑的，酸。"

"亏你还是堂堂的农会会长，也这么不正经，怪不得你有那样的村民，这叫上梁不正下梁歪。"白鼎轩急了。

"哈哈，别急着给我扣大帽子。"吴春山拍了拍他的肩膀，"我是想跟你说，在我们乡下，对男女的事见怪不怪，你也别背包袱。可有一样，必须是你情我愿，如果是硬来，谁都可以用大棍子打你。"

"那你就去打一个人。"

"谁？"

"就是那个尾随李兰玉的有妇之夫。"

"那得她亲自来找我，不然我懒得管。"

虽然嘴上说不管，但一天晚上上夜校时，吴春山径直走到那个男人面前，虎着脸说："你，跟我出来一下。"

过了一个时辰，两个人都回来了。吴春山更用力地摇头晃脑，好像今天的课程很对他的心思。那个男人则在座位上揉眼擦嘴，他的眼睑有些青肿，他的嘴角洇着血。有人看他的时候，他笑笑，装出若无其事的样子。

夜校散场，白鼎轩觉得没有再送李兰玉的理由了，心里空了一下，怏怏不乐地跟在吴春山夫妇身后，步履滞缓。

吴李氏喊："白老师，你快一点儿啊，怎么跟撵蚂蚁似的。"

吴春山拽了她一下，"你甭管。"

见白鼎轩依旧滞缓，吴春山说："得得，这小子算是完了。"

"怎么就完了？"吴李氏问。

"叫你甭管你就甭管。"吴春山不耐烦地说。

44

　　其实，从李兰玉的角度说，第一个，也是唯一一个伤害过自己的男人，不是别人，正是现在的护卫使者白鼎轩。

　　依拉帮套的习俗，男人尽职之后，是可以坦然地享用女人的回报的。但白鼎轩没有运用这一权利，只是一心一意地尽义务。以为他羞怯、磨不开面子，所以李兰玉借助了酒，主动把身子贴上去。

　　没想到，他酒后的推拒更强烈，而且还伴以轻蔑的眼神和言语，好像她天生就是个轻薄的女人。这让她无地自容，感到受到了莫大的羞辱。白鼎轩到吴春山那里控诉，她则窝在自家的土炕上哭。

　　李兰玉是个心性很高的女人，她心地善良，本分自持，热爱生活，从不糊弄日子。这从她从粗糠里淘出米，从树叶里淘出饱，从黑核桃里淘出善心，可见一斑。一个心性高洁的女人，受到那样的对待，屈辱的背后，是心灵的刺痛。

　　她虽然是个寡妇，虽然是两个孩子的母亲，但是她很年轻，对今后的日子有期待，或者说，对别的男人也有爱的期待。她十六岁成亲，十七岁生子，十九岁又生一子，到今天不过是二十五六岁的年纪。用乡下人的话说，她是寡妇不假，但也是小寡妇。小寡妇是个意蕴丰富的概念——既懂男人，懂风情，懂照拂，懂进退，又有绰约体态，灼热眼神，温柔语风，女人味十足，还风华正茂。说什么寡妇门前是非多，其实指的更是小寡妇之门。

然而白鼎轩却毫不犹豫地拒绝了她。这意味着，她缺乏魅力，没有女人味道，他看不上她。

在乡间，女人不患贫、不患寒、不患饥，最患的是不被人喜。所以，她不怕最肮脏的骂，最怕的是一句话：你个没人要的。哪怕你是轻轻地说出，对她也是最沉重的打击。

白鼎轩的举动，正给了李兰玉一个无情的提醒：你是个没人要的。

所以，她恨他。

因为恨他，她也把恨分给她的那几亩土地。荒就荒了吧，大不了是个饿死，但你千万别再来，你让我烦心，你让我失去生活的自信、找不到自己。

第二天，白鼎轩果然没来。李兰玉反倒更恨，因为她没机会发泄，屈辱只能凝滞在自己的心里。

后来村里就成立了互助组。她不想耕种，却被裹挟着耕种；她不指望收成，好收成却自己往她眼前呈送。这个世道真的是变了，它体恤伤痛，不让你独自呻吟。

更想不到的是，村里还成立夜校，赶着你去识字，逼着你去见不想见的人。

这墙就怕推，一推倒就能见到阔地，使人敞亮；这人就怕见，一见面就能消除误会，使人走近。在夜校的课堂上，他不管不顾的目光，在回家的夜路上，他又牵又挂的护送，使李兰玉明白了，白鼎轩不是看不上她，更不是轻蔑她，而是出于他做人的迂腐和文化人的本性。用农村的话说，他是个青瓜蛋子，好人哩。

至于白鼎轩，本来是好意的相送，却招来了闲言碎语，特别是吴春山一句你是不是真的搞女人了的追问，把他点醒了。

"你是不是真的对人家有了那种意思？"他问自己。

从朦胧到清晰，夜校再散场时，他反而不好意思送了。

看到他煞在他们身后，迟迟疑疑，磨磨叽叽，吴春山踅回来，跟他耳语道："你要是想送人家，就大大方方地送，别弄得苦大仇深似的。"

白鼎轩说："也没别的意思，就是觉得她一个孤身女人，让人不放心。"

"这就是你们文人的臭毛病，见到好看的女人就怜。"

吴春山的文化水平还没有到说出"怜香惜玉"的程度，但意思已经表达得很清楚了，这也给了白鼎轩就坡下驴的台阶，让他不感到难堪。

待吴春山再追上吴李氏，吴李氏问："你跟他说什么了？"

"你甭管。"吴春山不耐烦地说。

第二天，夜校散场时，白鼎轩慢吞吞地整理教案，吴春山又对他耳语说："你尽管忙，我和你嫂子先走了。"走之前竟弄了个鬼脸，让他有些不舒服，他嘟囔道："还会长呢，竟这么赖皮。"

人走净了，他赶紧朝一个方向追赶。然而不用追，不远处的一株矮树下，纷披的暗影里，正等着那个人。

"别急，我在哩。"她小声地说。

"你怎么知道我会来？"

"知道就是了。"

白鼎轩想到吴春山那个鬼脸，心里一热，真没意思。

由于两个人都明白了一些东西，反而不好意思随意交谈，就一路无话。到了那堵无墙的院墙外，白鼎轩说："你到了，我回了。"

李兰玉一愣，"怎么这么急？"

白鼎轩不语。

李兰玉说："你就到屋里坐一坐吧，灶膛里我给你煨着两块白薯。"

冬天的烤白薯是诱人的美味，此时又是美丽的借口，白鼎轩犹豫了。"来吧。"女人拽了他一把。

点上油灯，见土炕上两个半大小子正睡得熟，大冬天里臂膀也露在被子外边，皮肤黝黑，泛着暗光。他感到，孩子们长得很结实，很皮实。

丘陵地界的人，大多不烧煤，取暖靠柴草。土炕底下，盘着曲曲弯弯的火道，连着灶台。晚上用柴草烧饭，顺便就把土炕带热了；饭后再往灶膛里添几块劈柴，生出炭火，既让土炕的温度继续升高，又让余热持续。炭火可以顺便烤白薯，在似熟未熟之间，把其埋进草木灰里，用炭火的余烬令其最终熟。乡下把这个过程叫作"煨"，状其渐进、持久。

煨出的白薯是至味儿，薯皮柔韧不糊，薯肉甘甜有咬劲，经得起反复咀嚼，且满口留香。

李兰玉的家真是空，屋里除了一盘土炕，就是一块石板墁就的地，地上立一面方桌，方桌一左一右放两个坐柜。但是放眼看去，即便油灯昏暗，也能看出桌与柜都异常洁净，一尘不染，而油亮的石板屋地，像一面镜子，能把灯光反射上来，把暗淡的脸照得白一些。

这不禁让白鼎轩想到了自己的大伯母。大伯母就是爱干净，把家收拾得令祖父肃然起敬，觉得她穷得清爽，有贵人之相。有大伯母作比对，他觉得李兰玉值得亲，心情就放松了许多。

李兰玉让他在坐柜上落座，自己则俯身到灶膛里取煨白薯。那个身子正背对着他，一张臀子肥大得有些夸张。他赶紧收敛了目光，觉得在暗光里看女人那个部位，不免轻薄，离纯朴的美意远些。

　　女人取出两颗煨白薯，笑着放在方桌上他目力所及的地方。"吃吧，也不是什么稀罕物，就别客气。"

　　他犹豫着，因为他不知道怎么个吃法，怕被女人笑话。

　　煨白薯的香味，从桌上弥漫开来，一下子把农舍填充得很温馨很盈满。两个孩子一骨碌爬起来，把两个白薯抢走了。

　　李兰玉尖叫一声："放下！"

　　孩子们乖乖地把煨白薯放回来，看看李兰玉，又看看白鼎轩，一个孩子吐吐舌头，一个孩子则嘟囔道："他又不是外人，怎么就不能分了吃？"

　　孩子的话，让白鼎轩生出一种父性的怜惜，说："就让孩子们吃吧。"

　　李兰玉把其中的一颗一分为二，给了孩子。孩子们接过，也不剥皮，狼吞虎咽。剩下的那一颗，李兰玉紧紧抓在手里，对白鼎轩说："你是书力人（读书人），要剥皮。"

　　她给他做示范，"就这样，就这样。"

　　此时的白鼎轩并不注意怎么剥皮，而是直勾勾地看着李兰玉的手。

　　虽然是料理家务、干农活的手，却是那么细润，除了颜色深一些，手型小巧，手指纤细。特别是指甲，她修得很短，修到贴近指尖的地方，使手指不藏污垢、不沾泥土，给人的感觉，干净而美。

　　白鼎轩心中暗叹，农村女人居然有这么好看而干净的手，这说明什么呢？

不管说明什么，他只想把那双手握进自己的手里。他感动了，准确地说，他动情了。

但是，他管住了自己。孤男寡女就怕牵手，一牵手就会弄出不可收拾的事情，他有些害怕。

那白薯的皮竟完整地被剥下来，看出女人手之巧，他十分惊奇。被剥了皮的白薯红彤彤的，像一颗硕大的热腾腾的心，让人不忍心吃。"就趁热吃吧。"李兰玉催促道。

"你也吃。"

"不，我吃皮儿，皮儿最有营养。"

白薯吃下，他心里很柔软，一柔软就又要动情，他赶紧站了起来，"我该走了。"

女人任其走，也不阻拦，而且他前脚走出房门，她后脚就把门关上了。也不道别，也不遥送，这让白鼎轩难过，觉得这女人热中有冷。

其实，女人心中已热得就要不可收拾，怕丢怪露丑，只好顺势让他走。关了房门之后，她心里空了，木木地坐在白鼎轩坐过的地方，热情化作冷雨，她默默地哭了。

她毕竟是有拖油瓶的寡妇，而他是个童蛋子（处男）的官人，即便是近在眼前，中间也隔着千山万岭，真要走在一起，也是难的。

这之后，依然是每天的送，依然是每天的煨白薯，两个人之间有了黏着的东西。白鼎轩吃过煨白薯，身子开始发懒，甚至想懒到李兰玉的土炕上去。这一点，李兰玉感觉到了，她把那间侧房用心收拾了一下，嘱咐两个孩子睡进去，制造了一个两人能够独处的空间。然而她嘴上却说："你以后就不要进来吃煨白薯了，我心很乱。"

"然而我已经吃馋了，管不住肚子。"白鼎轩说道。

"你必须管住，其中的道理你明白。"李兰玉说。

第二天晚上，他把她送到没有院墙的院墙之外，说："那我就回去了。"

但走出去不远，他又踅回来了。"不行，我得进去。"

"为什么？"

"你灶膛里有煨白薯，我闻见了。"

45

既然男人这么爱吃煨白薯，那么就尽管给他煨。白薯本身是贱的，煨了才变得贵。

院子外边横竖是一道没有院墙的院墙，索性就把心里那几束象征着院墙的荆柴也拆掉吧。拆了才自在，总是遮遮掩掩的，难受的是自己。女人对自己说。

孩子又被李兰玉打发到侧房里去了，她专注地给白鼎轩剥白薯。

这时，白鼎轩自在多了，也专注地凝视着剥白薯的手。剥过的白薯送到他眼前的时候，他顺势就把剥白薯的手攥住了。女人只是抖了一下，并没有真的抽走，她任了。

他抚摸着一双好看的手，激情很泛滥，身不由己地喘。

"不过是一双普通女人的手，有什么稀罕的。"女人说。

男人抬起头来，动情地看着手的主人，那是求救的目光。女人笑了笑，指头在他的手心里抓了一下，趁机把手抽了出来。抽出的手也不远离，而是温柔地抚摸在男人的头上。

"你的头发好黑，你的脸子好白，才真的叫人稀罕呢。"女人的手好柔软，轻轻地游走，弄得他头皮很痒。痒过，就舒坦，舒坦得他脖子好像向下缩了一截，他希望这样的抚摸不要停止，直到永远。

他坐着，女人站着，他的头正抵到她的胸部。胸脯起伏，他闻到了一股香味儿。不是煨白薯的香味儿，而是另有其香。他微微合上了眼，鼻孔张得很大，他吸啜、辨识，觉得那股香味实在绵长，已承载了旧有的记忆，都二十几年了，是被唤醒了的迷醉。

"你身上有一股香味儿。"

"什么香味儿呢？"

"一股茼蒿的香味儿。"白鼎轩沉浸着，索性把头依靠在女人的胸上。

茼蒿是山里早春时候生出的一种春菜。高而嫩，叶碎而密，风稍一吹拂，便能闻到一股淡淡的药香。白水腌渍，吃到嘴里，那股香味突然变得清洌润滑，像烟一般，自己往人腔子里钻。茼蒿的食用期极短，仅早春的那几天。之后，虽仍有那植株长着，但香味已失，叶与茎均木质化，成了一般意义上的野草。然而，眼前的这个女人，还是早春的茼蒿啊。

"你是糊涂了，大冬天的，哪里会有茼蒿呢？"女人不禁在他脑门上摁了一下。

"就有，远在天边近在眼前，是人样茼蒿。"

"你真会做比，可是，我是哪一种茼蒿味儿呢？"

"吃到嘴里的那种。"

"你吃到嘴里的是煨白薯。"

"不是用嘴吃，是用心。"

这样的话像酒，李兰玉听了有些晕眩，情不自禁地把白鼎轩的头紧紧地拥在怀里，更疼爱地抚摸。

香暖的怀抱，缠绵的抚摸，让男人迷醉、困倦，他只想就地睡去。他不作声了。

不知不觉地，他们竟睡到土炕上去了。

土炕忒暖，让人躁动。像商量好了一样，也像等待得太久，他们迫不及待地匝在了一起。男人匝得很猛烈，像进入传说中的圣地，因为渴望，因为好奇，所以步履迅疾。女人则从容地迎合，像迎来了旧有的亲人，因为斯熟，因为相知，所以侃侃而谈。到了后来，反倒是从容的女人有了窘迫的反应，她眉头紧蹙，牙关紧咬，浑身颤抖，疑似受难。可他不难受，尾骨里有一股热流从上向下不可阻拦地奔窜，到了一个闸口，喷薄而出，脑子里一声炸响，痛快得眼前一片昏黑。

躺翻到土炕上之后，男人很羞愧，"真差劲，我怎么会这样？"

女人却粲然一笑，擦着额头上的汗水，说："好累啊。"

男人还想继续检讨，女人赶紧捂住他的嘴，不让他把话讲出来，然后搂住他的脖子，让头亲昵着头，好像一切就应该这样。

过了一个时辰，女人竟说："咱们再来一次吧。"

男人大吃一惊，不解地看着她。既然已经很累了，为什么还要更累？

见男人没有回应，女人说："跟你在一起，真好，你让我来了。"

"什么是让你来了？"

"难道你不懂？"

男人摇摇头，一副迷茫而无辜的样子。

他不懂，女人就越发急迫了，不顾羞耻地主动拨弄，还牵引着他踏上已开放了的路径。男人承受不了这样的热烈，挺身而起，再次匝上去了。

起初是无声地匝，到了后来，发生了意想不到的事情：女人的脸像揉皱了一样，扭曲变形，既像爱着，又像怨着，隐忍不住，终至爆发，嘹亮地叫了起来。那叫声纵情放浪，连她自己都被吓坏了，羞耻之下，便向男人的肩颈咬去。男人的肩颈上，渐次出现了数不清的咬痕，由白到红，渗出了细密的血珠。待终于被放开的时候，他滚下土炕，仓皇地穿上衣服，径直朝门外走去。她跌跌撞撞跑到他的前面，拦住了他：

"你走不了了，你是我男人了，你要留下来娶我！"

"你有过许多男人。"

"不，只有你是我男人。"

"不明白。"

"不，你明白，你让我'来了'！"

他愣在那里。

"来了"是个什么东西？是建立在肉体存在上的灵魂的大震颤吗？是灵与肉的人性的大交合吗？！他向空旷里发问。

泪兀然在她脸上流泅涌了，她说："娘临死时对我说，那个让你来了的男人，你千万别放他走，你要跟定了他，他是你命里注定的归宿，因为他会让你活得像个女人。"

这是什么道理？白鼎轩感到此时的李兰玉很陌生，甚至很险恶，他甚至认为，这一切，都是她设计好了的。"还是让我走吧，有什么事等我们冷静下来再说。"

"你不能走，你必须答应娶我。"李兰玉决绝地拦在那里，说，"如果你不答应，我就去找会长，让他给我做主。"拦在白鼎轩面前的李兰玉，此时还全身赤裸，闪着寒冷而刺眼的白光。

本来就优柔犹疑的白鼎轩，立刻变得六神无主。完了！他心里一声哀叹。他不知不觉间犯了生活错误，如果捅到吴春山那里，就等于把私密的过错公开化了，那样，就不好收拾了。就眼下的政治气候来说，谁也不会对一个国民党的留用人员网开一面，就只有治以重罪。完了，自己真的是完了！他不知所措，幽怨地看着李兰玉。

赤裸的李兰玉"啊"地叫了一声，不由分说地把白鼎轩拽回屋里。民房虽简陋，但毕竟是个封闭的空间，可以遮蔽羞耻。她胡乱地穿好衣服，唤回了平静的意识，她说："我知道你嫌弃我，因为你刚才说了，我还有别的男人。"

"难道不是吗？"白鼎轩嗫嚅道。

"那我就把话说开了吧，省得你心里不干净。"李兰玉就往开里说——

我有过别的男人是不假，但不是有过许多男人。我与丈夫，那是父母托媒人说来的婚姻，尽的是生儿育女、传宗接代的本分。在他看来，我是他的地，他是我的犁，什么时候想耕种，就任性地犁，从来就不照顾我的感受。从他身上我就从来没有尝到过做女人的滋味，我没快活过，也没叫过，感觉是木的。因为他唤不醒我的身体，我是一块死肉，生不出感情。至于给我拉帮套的男人，更与感情无关。他帮我耕下田亩，我用身体给予回报，那不过是付给了工钱。完事以后，互不该欠，还是跟陌生人一样。对我来说，我的身体不是女人的身体，它只是工钱，我不会对他真动感情。对他来说，他知道这不过是一种特殊的农活，也不生非分之想，也不要求缠绵，客客气气互助一场，就忘了。你看，我虽然与他们有过皮肉之亲，却都不曾真正拥有。这样的男人，一个也好，两个也好，不都跟没有一样。换句话说，我的心从一开始就被自己攥着，还是一个干干净净、完完整整的女人。可今天就不同了，我的心早就跑到你那里去了，并且，你还让我恬不知耻地"来了"，让我快活得破碎了。

这个"来了"可真要命，他让女人把自己锁定了。

然而，他自己也来了，来得喷薄而出，天昏地暗。白鼎轩听了李兰玉的"说开了"，心结渐渐有些松动，觉得自己的幽怨多少有点立不住，"来了"碰撞到"来了"，是洪水破堤，是干柴烈火，是来不及设计的突然，逃生不得，只能承受。再说，一直以来，还不是自己经不住人家的吸引，一步一步朝没有院墙的院墙走近，要是再打算回头，还不让人说始乱终弃、薄情寡义？他觉得这样做，不是自己的本来心性，也不符合自己的做人原则。

"那么，我就认了？"这时候，他还犹疑地向女人问计。

女人一笑，点点头，"就认吧，要知道，小寡妇最懂得疼男人哩。"

"然而你比我大。"

"我算了，我只比你大三岁，要知道，女大三抱金砖，娶了我，你的日子会过得金金贵贵、红红火火。"

"你怎么那么多'要知道'？"

"乡下人嘛，懂得老理。"

一想到要认了，白鼎轩一直堵着的心竟敞亮了许多。因为他一旦认了，一场突然发生的性爱就不是生活错误，一团剪不断理还乱的感情纠结就会自然散开，现时的难题也会迎刃而解。因为心有不甘，还被无奈纠缠，他目光迷离，久久地坐在那里发呆。

不知什么时候，李兰玉的两个孩子竟直直地站在了他的面前。

他醒过神来，看着李兰玉。

李兰玉说道："孩子们，快给他跪下，管他叫爸。"

两个孩子竟听话地跪下，齐声叫道："爸。"

他的心好像被人用力地推了一把，立刻就放到了一个正确的位置，"好，好。"他摇摇头，笑着说，"我不仅给自己找了个媳妇，还白捡了两个儿子，哈哈。"

他的笑有些勉强，嘴角有浓重的苦涩。

多年之后，他回想这一晚的遭遇，觉得自己做对了。因为他跟李兰玉的结合，不仅得到了朴实、温暖、盈满的生活，还让他逃过劫难，一生顺遂。

46

整个京西地区，由于推广了岗上村的经验，粮食普遍丰收。互助组的生产水平，远远高于河北省的其他市县。有的村镇，还率先成立了初级社。

初级社是建立在主要生产资料私有制的基础之上的一种农村合作经济组织，社员将土地作价入股，统一经营；耕畜与大中农机具等生产资料归社里统一使用；社员参加社内劳动。初级社的总收入，在扣除当年生产费用、税金、公积金和公益金以后，所余部分分给社员，作为社员的劳动报酬和土地等生产资料的报酬。社员劳动报酬一般高于土地报酬。劳动报酬根据按劳分配原则，采取劳动工分的形式。社员除参加社内劳动外，还可以耕种自留地和经营其他家庭副业，社员家庭副业的生产工具、零星树木、家畜、家禽以及生活资料等归社员所有。初级社实行民主管理，最高管理机构是社员大会。

社员大会选出管理委员会管理社务，选出监察委员会监察社务。初级社同农业生产互助组相比，有很大不同。虽然土地和其他主要生产资料仍是私有的，但由于实行统一经营，并且积累了公共财产，因此具有相当多的社会主义因素，具有了半社会主义性质。

吴春山认真分析了初级社的特点，对照岗上村自身的实际情况，他觉得，岗上村要搞，就搞水平更高的，能实现土地等主要生产资料公有、农林牧副渔全面发展的，完全是社会主义性质的农村合作化组织。还有，既然岗上村是全省的先进典型，就不能跟在别人的屁股后边，还要走在前面。他决定，岗上要进行跨越式发展，直接成立高级社，一切都由社里统一规划、统一经营、统一管理。他对古月说："连一个烟不出火不冒的白鼎轩都知道跨越式发展，刚一娶媳妇，就有了两个孩子，我们怎么就不成？"

　　"成是成，那我们得坐下来好好谋划谋划，就像打仗一样，进攻之前，要把地形侦察好。"古月说。

　　"我早就侦察好了。"吴春山对古月说，"你去把白鼎轩叫来，我一块讲给你们俩听。"在吴春山的意识里，他、古月、白鼎轩，从土改工作组到互助组工作组再到高级社工作组，是一个延续的领导小组，遇事要集体商量。

　　古月点点头。他现在越来越敬佩吴春山，因为他不仅是一个有脑子的农民，还是一个有觉悟的农民，他听党的话，心里有群众，不狭隘，不自私，一心想把村里的事情办好。

　　白鼎轩来了之后，大大方方地落了座，"你们是不是又有了新想法？"

　　现在的白鼎轩胖了，表情也变得从容了。生活状况改变了他的精神状态，用他的话说，以前他是个游子，寻房檐住，像个孤魂野鬼；现在他有了家，得到了知冷知热、无微不至的照拂，有了根，有了魂，心中不空，就踏实。

　　"白鼎轩，你可别再胖了，一个文化人，太胖了就不斯文了。"古月说。

　　白鼎轩笑笑，说："没办法，饲养得好，我现在是'五大能人'：能吃、能睡、能打呼噜、能挑水、能干那事。哈哈。"

古月被他哈哈得直嘬舌头。这哪里像一个知书达理的书里人，纯粹一个乡野村夫。他看了一下吴春山，"老吴，你们岗上村水土可不好，能让人学坏。"

"哈哈，这就叫作男人不坏女人不爱，他坏了才知苦乐，才皮实，才让李兰玉放心。"吴春山说。

"白主任，你也别净说便宜话，你得给我办件实事。"白鼎轩说。

"什么实事？"

"你把那架书还给我，住在乡下，除了土炕，除了奶子，心里闲得恓惶。"

"好，不过，那几本药书还得留下，你也知道，乔祺燕她是个医生。"

"你们俩就别打镲了，咱们说正事。"吴春山截住了他们的话头。

吴春山说，岗上是个丘陵地带，没有大山也没有高树，雨水留不下来，土地容易旱，就得打井。打井是大事，靠一家一户不成，得集体打。要形成灌溉，打一两口井不成，得打一群井。打群井得常年打，就得成立专业的打井队。丘陵地有个好处，就是地块平展能连成片，适合犁耕。要犁耕就要有大牲畜，那么大的面积，靠一两头牲畜不成，要有畜群。畜群个人养不来，得集体养，就得成立畜牧队。丘陵虽然没有高树，但土质好，适宜种植成片的果树，而成片的果树得长在集体的土地上，得有专门的人员侍弄，就得成立果树队。再有，产下的粮食、果品要卖，种子、种畜要买，牲套、农具要修，油盐、酱醋要进，就必须配备一个副业队。你们看，一队、两队、三队、四队，多多的队，不得成立高级社？

道理摆在明处，又摆得确凿，不容置疑，所以古月和白鼎轩只有点头的份儿。

　　古月和白鼎轩的一致赞成，让吴春山很兴奋，他说："我们岗上村高级农村合作社所包含的这个队那个队也要打出气势，干脆就叫农业合作社、水利合作社、林业合作社、畜牧合作社和副业合作社，分工合作，综合发展，到时候，还让京西内外都看岗上的。"

　　"这就叫岗上红旗永不倒！"古月和白鼎轩异口同声地说。

　　于是，由吴春山口述，古月补充，白鼎轩执笔，他们形成了一个方案，并由古月出面直接报给主管县长胡振常。还有个附属报告，就是由古月口头汇报白鼎轩的个人事宜。

　　关于白鼎轩的婚姻，吴春山和古月是赞成的。

　　那个晚上过后，白鼎轩隔了一天才找到吴春山。头一天，他做了激烈的思想斗争，让自己最后下定决心，然后绞尽脑汁地寻找理由和措辞，准备好了之后，第三天才战战兢兢地站在了吴春山面前。

　　"吴会长，有个事我必须向你汇报一下，但是，你得答应，不能生气。"

　　"我答应，什么事？"

　　"我，我，我想娶李兰玉。"

　　"什么，你要娶李兰玉？你确定要娶？"

　　"确定。"

　　"哎，这就对了。"

　　没想到，在吴春山这里居然这么简单明了，好像就在他的预料之中。

　　其实吴春山最愿意看到的，就是这个结局。起初他是觉得这对欢喜冤家如果能走在一起，会为村里免去是非。到了后来，他竟觉得这对岗上村来说，还是一桩可遇而不可求的好事：一来他多了一个智囊，二来有了一个自上而下的消息渠道。就是说，白鼎轩既可以帮他出谋划策，又可以帮他跟县政府建立直接联系，当他的眼线。

"你的婚事我来帮你办，你就睛好吧。"吴春山说。

"那就谢谢吴会长了。"白鼎轩嘴上言谢，心里埋怨，要不是你，怎么会走到这一步。

当他把决定告诉古月的时候，古月一愣，"你怎么看上了一个小寡妇？"

"你不知道，她人好，讨人喜爱。"

"我怎么不知道，你是情人眼里出西施，鬼迷心窍。"

"你也甭说我，乔大夫是不是也让你鬼迷心窍？"

"得得，咱们谁也甭说谁，咱们京西男人都有一个毛病，就是见到好看的女人走不动道，非得弄到手不可。"

"嘿嘿，这还差不多。"

"可有一样，既然娶了人家，就要负责到底，别让我替你背黑锅。"

"我完全同意。"胡振常看完第一份报告，一拍桌子说道。他冲古月点点头，又说："古月，你小子很幸运，抓对了一个典型，京西的第一个高级农业社又出自吴春山，所以你给我记住，对吴春山，你要处处尊重，不要跟他唱反调，因为他是个难得的能人，是个小诸葛，他懂时势，还能看到远处。"

"白鼎轩他可真没出息。"听完第二个报告，胡振常摇摇头，对古月说："你给我记住，什么都可以招惹，就是小寡妇不可招惹。"

47

打井可不能盲打，要懂水文地质。吴春山就让白鼎轩买了这方面的书，现学现卖，做技术指导。他还请示古月和胡振常，让白鼎轩暂时留在岗上，当他的水利合作社社长，专门负责打井工作。

"他吴春山真会找便宜，白鼎轩是县农委的干部，由县里开支，他这是白使人。"见古月直皱眉头，胡振常说："不过，你放心，人还是让他使的，既然是先进典型，就应该给他吃点偏饭，就当是县里给他派了一个下乡干部。"

古月笑了。他是觉得，白鼎轩既然在岗上安了家，若能在那里派上用场，也叫作工作生活两不误了。他现在对白鼎轩很欣赏，还有了一点小小的感情，有了自然的体贴。

爱情能让人生出出其不意的力量和智慧。白鼎轩的水利知识大长，他能观地质而知水脉，在短期内，居然打出了一口井。兴奋之下，他第一时间就向村里宣布了。

吴书记（吴春山现在的名号是岗上村党支部书记、高级农村合作社社长）起初是一喜，之后眉头一皱，他对白鼎轩说："尽管是你带队打井，但能不能打出水来，要由我说了算。"他见白鼎轩不解，又说："这第一口井，虽然打出来了，也算是试打，先不要向县里汇报，什么时候汇报，也是听我的，你明白不明白？"

"不明白。"白鼎轩说。

"你明白也好，不明白也好，照办就是了。你可别忘了，你可是我吴春山的妹夫。"吴春山说。

这话让白鼎轩很不舒服，好像是他吴春山赐给了他婚姻，生活的逻辑得由他规定。"我这个人倔，不明白的事我不会办。"

"你也不是外人，那我干脆就把自己的想法告诉你，可有一样，你不能对外人说。"吴春山表情有些不自在，但还是说了。"你是县里的人，由你打出水来，那井就等于是县里给打的，由我打出水来，才算是岗上人打的。再说，我是劳模，劳模是不是得有先见之明？是不是得有过人之处？"

白鼎轩恍然大悟，"吴书记，现在我真明白了。"

吴春山拍拍他的肩膀，"你这人不错，我没看走眼。"

白鼎轩笑笑，"吴书记，你请放心，我知道深浅。"他觉得吴春山真是可爱，都是一个声名远扬的人物了，还这么狭隘，究竟是个农民，智慧之下，也掩不住小小的虚荣。不过也好，直爽透明，不费猜疑，好共事。再说，他们的目标是一致的，都是为村里的发展，打一点小算盘，也不是什么问题。

这之后，白鼎轩更卖力气地打井，每天的进度都要向吴春山汇报。当井脉湿润了，或听到井底有咝咝的水声，白鼎轩都要亲自去通知吴春山。吴春山飞奔而来，顺着井绳就下到井里。他趴下身子，做谛听状，然后对尾随而下的白鼎轩说："像是要出水了。"白鼎轩也趴下身子，确认一番之后，说："吴书记，你可以叫它出水了。"吴春山拿过铁镐，做最后的挖掘。地下先是水汩汩而出，后来是迸射，冲刷着井壁上的泥土，积了没膝的混浊。吴春山站在泥水里很享受，然后开怀大笑，最后朝着井口大喊："我吴春山又打出了一口井！"

井就这样，一口接一口地被吴春山打了出来。两年多的工夫，先后打出了十几口井，使岗上村实现了基本农田的全部灌溉。

白鼎轩也有了重大收获，李兰玉给他生了个大胖小子。李兰玉刚怀上的时候，吴春山问他，你估摸估摸，能给生个什么，是男是女？白鼎轩果断地说，当然是男。吴春山说，你怎么这么确定？白鼎轩一笑，说："她小细腰，大屁股，自然要生男孩儿。"吴春山摇摇头，"你现在是越来越不像话了。"

见白鼎轩抱上了大胖小子，吴春山对吴李氏说："先来的还不如后到的，他白大秀才都有了儿子，你怎么就不给吴大劳模生一个？"

吴李氏一撇嘴，"你整天就忙村里的那点事，很少着家，好不容易着家一次，上炕就打呼噜，也顾不上玩儿活，我怎么给你生？"

"那咱们就好好玩儿活。"

即便是好好玩儿活，也久久不见动静，吴春山就恼了，"你还是不是个母的？"

"怎么不是母的？又不是没给你生过，不全都给饿死了嘛。"吴李氏既委屈又伤心，咧咧地哭了。

"得得，你还不禁招惹了，一能吃饱饭了，就金贵了，喊喊。"

喊喊是一种安慰，叫女人止哭。

哭是止住了，但女人还是委屈，说："别光知道埋怨，也得找找原因。"

"找什么原因？还不都在你。"吴春山想到了什么，说，"对了，古主任的媳妇是县医院的大夫，明儿个我托他带你去看看，明白他个子丑寅卯。"

乔祺燕让范晚吾给吴李氏好好看了看，得出的结论是一切正常。她血脉调和、卵巢健旺、七窍通畅，是着床就孕的。不孕的责任不在她，或许就在那个自以为是的吴大书记。

吴春山在古月的一再催促下，很不情愿地到了县医院。

范晚吾先是给他做了全面检查，身体的各部件都还是盛年之相，便给他做了精液化验。范晚吾告诉他，他精液的蛋白质成分有问题，而且精子稀缺。看着范晚吾单薄的身子、水蛇的腰，吴青山觉得他像个装神弄鬼的大仙儿，便很气愤，"你这是胡说八道！"

"您得信科学。"范晚吾温和地说。

"就你，还科学？"吴春山不以为然。

"老吴，你得信他，他是治不孕不育症的专家，不会有错。"陪他来的古月在一边说。

"那么我问你，我又不是没有过孩子，怎么好端端的，就缺这少那？"

"这也很正常，人要是过劳或焦虑就会造成内分泌紊乱，作用到生殖系统，就会介质变异，精虫变少。"范晚吾耐心地解释。

"你这也叫科学？在我看来，科学就是对付劲儿，你是瞎对付。"

范晚吾求救似的看着古月，意思是让他说服一下这个不说理的乡下头人。古月说："范大夫说得有道理，你想啊，为了让岗上的红旗不倒，你整天忙里忙外、没黑没夜，体力透支啊，村里的大事小情、远难近忧都得你拿主意，累心啊。"

古月的话，意思是说，整个岗上村最过劳、最焦虑的，就数你吴书记啊。这类似是歌功颂德、评功摆好，吴春山很感动，他的眼圈居然湿润了。

他放缓了口气对范晚吾说："范大夫，对不起，依着你，我该怎么办？"

"你也别着急，这事好办。"范晚吾给他开了几剂中药，让他调理，又嘱咐他，在行房前三两天要注意休息，而且要绝对忌酒。

"那我就按你说的办法，对付对付？"

范晚吾笑着点点头。

出了门，吴春山觉得自己的态度有点不符合他的劳模身份，便对古月说："范大夫这个人不错，很有耐心。"

古月说："有水平的人都这样，态度好，懂得尊重人。"

"你这是在批评我？"

"我哪儿敢。"

依照范大夫的嘱咐，吴春山认真地"对付"了一阵子，还真对付出了结果，吴李氏怀上了。喜事盈门，他让自己"有水平"起来——面对老乡亲们，他一改大呼小叫的习惯，能很平和地说话。特别是对吴李氏，他不仅轻声细语，还体贴她的生活起居。他觉得，她岁数已经不小了，还给他挺着大肚子孕育，实在是不容易。

他心里很感谢古月，觉得这个人有道行，虽然是军人出身，虽然是县里的领导，但他对事喜欢商量着办，对人懂得善意地"点拨"，而不是高高在上地指手画脚和劈头盖脸的批评。

48

　　岗上村成立畜牧合作社，原始的家底自然还是要来自社员。

　　吴春山决定以作价入股的方式，让社员把自家的牲畜都赶到社里去，集体饲养。但他号召了数日，也没见丝毫动静。吴春山不急也不恼，他知道，农民本能地就有个"私"字，他们特别会打自己的算盘。比如猪羊，赶去时是小的、瘦的，养到最后，大了的那部分、肥了的那部分怎么算？也就是说，社员对后边的增益有想法。而这笔账是很难算的，因为大了、肥了，吃的还不是集体的泔水和饲料，用的还不是集体饲养员的精力和工夫？所以，这笔账算起来宜粗不宜细，主要的，还是要体现集体的意志，就要有强迫的措施，不能让集体吃亏。

　　他召开了社员代表大会，做出决定，在岗上村，牲畜不能私养，一律公养；牲畜入社，一律以现价为准，不与今后的增益挂钩。

　　决定公布的第二天，他让吴李氏把自家养的两头都快要出栏的猪赶到了集体的猪场，明确表示，也甭作价了，就送给社里了。吴春山当上河北省劳模之后，拿到了500元的奖励，他这时也全部拿出来，到集上买了两匹马，径直送给集体。买马时，他也有考虑，买了一匹儿马、一匹骒马。他说，儿马和骒马拴在一起还不得配，一配还不下出马驹？你别看我现在送的是两匹马，其实送的是一个马群。

因为他带头破除"私"字，大家也就没有话说，陆陆续续把牲畜赶到社里去。他们觉得这个吴社长有水平，先当头打一棒子，然后再亮出一把软刀子，恩威并重，让人不服不成。

集体的畜栏里，牲畜奔窜，哞咩一片，吴春山很是得意，他对乡亲们说："这就对了，高级社高级社，高的是觉悟，是大公无私的精神。"

吴春山觉得，畜牧业要大发展，首先要形成规模。要想形成规模，就要养繁殖得快的畜种。那就是养羊。

养羊，面临着两个难题：一是没钱，二是没有羊种。

怎么办？

吴春山眉头一皱，计上心来。他要争取领导，向领导要羊。

他先跟白鼎轩和古月通了通气，然后直接去县里找胡振常县长。

他对胡振常说："县长，我要养羊，因为羊繁殖得快，能快速成群，让人看到兴旺。"胡振常就喜欢听到"快"字，便不假思索地说："好，我支持。"

吴春山说："您既然支持，就要帮我想想办法。"

胡振常问："你要我干什么？"

吴春山说："您支持我点儿钱。"

"我手里哪儿有钱？"

"我是说让您出面帮我借。"

"我凭什么帮你借？"

"凭我的劳模名号。"

胡振常把古月叫来，"你农委有没有钱？"

古月说："大钱没有，就有点办公经费，不过也就1034块。"

胡振常指了指吴春山，"那就都借给他。"

"老吴，那你得给打个借条，胡县长也要签个字。"古月说。

"我签什么字？"胡振常不解。

"这个字您必须签，等老吴把事业弄大了，也好证明是您支持的结果。"古月说。

胡振常很高兴，欣然签字。

一同走出胡振常办公室，俩人都乐了。吴春山在古月的肩膀上擂了一拳，"你小子越来越滑头了。""不是，老吴。"古月得意地一笑，"都知道岗上是我们农委抓的点，我本人跟你老吴的关系又不一般，没他的签字，我将来说不清楚，哈哈。"

钱有了，但羊种却买不到。吴春山转遍了河北的各个地界，没有；到了口外内蒙古的几个牧区，有是有，太贵，他那1034元钱买不了几只，忒不划算。后来他托人到新疆问了问，可以买到30只细毛羊，但远，无法运输。

他就又找到了胡振常。"老吴，你真麻烦，我算是摊上事了。"话虽然这样说，但胡振常还是给省里有关部门打了电话，寻求帮助。省里一听说是吴春山的事，高度重视，给国家农业部打了报告。这个事不知怎么让王震知道了，他对秘书说，这点事算什么，去，打电话给新疆军区，让他们用飞机给运过来。

几十只羊居然惊动了中央首长，吴春山在感动之余，觉得事情重大，已经不是普通的养殖了，是政治任务，必须养好，便专门搞了养殖员的遴选。先是自愿报名，后是政治和业务考察，用了整整三天的时间，才选定了一个人。选定的那个人，是村西的一个光棍儿，大号叫李立广。他这个人，从一生下来，就很边缘，他的大名也是被淹没的，人们只知道他叫广儿。无论长幼，无论老少，都广儿、广儿地叫，好像他是公儿子一般。他均答应得脆断，无计较之心，便更被人漠视，见了他才想到有这么一个人，背过脸去，就把他忘了。然而他实在，即便被人漠视着，上工的时候，也不知要奸偷懒，耕、耢、锄、种，精细不苟，好像身后有多少双眼睛盯着，从不糊弄。他便比别人疲累，后背上的汗碱也洇得比别人阔大。这一点，被吴春山特别看重，他对支部一班人说，羊就交给广儿吧，虽然他不是党员，但他连庄稼都不糊弄，就更不会糊弄羊。大家居然都同意，直让人生出感慨：还是做老实人好，即便素日里被视而不见，关键的时候，立刻就见了。广儿本人也感到荣幸，他对吴春山说："吴支书，你就放心吧，我把这群羊，当成自己的儿子、孙子，一只也不让它渴着、饿着、冷着、热着。"

"不，你得把它们当作你的祖宗，供着、喂着。"吴春山冷着脸说，"这些羊都是坐军用飞机来的，我当了劳模也享受不到这种待遇，就更甭说你了。"

吴春山为了保险起见，又给广儿配了两名助手，成立了一个放牧小组，并白纸黑字制定了一个放牧工作制度。但他还是不放心，叮嘱道："你们放羊，要贴心贴肺地放。什么叫贴心贴肺？就是要懂羊的习性。羊刚一出栏，是急的，见草就吃，以为就眼前有草，殊不知半山腰上还有更好的草，所以你们要拦着。要知道，羊可就一个胃，老早就吃饱了，遇到好草它就吃不下了，它就悲伤了。到了山顶你们要快赶，因为山顶水土流失，草短味儿苦，不宜多吃，况且山顶是风口，风硬得很、冷得很，羊会着凉生病。"吴春山叮嘱得面面俱到、琐琐碎碎，几个人都听得失了耐性，在一旁哧哧傻笑。他很生气，在每个人的屁股上踹了一脚，"你们别嫌我唠叨，如果侍弄不好，我让你们哭都来不及。"

叮嘱完毕，吴春山正色道："你们眼下要赶紧去办一件事，就是在每个梁峁上都给我安一块条子、凿一口眼子。"

坡岗上的草杂，就不免有毒草。羊一旦误食，就会吐出满口的白沫，抽搐着躺倒，久久喘不上气息，如不迅速解救，就会死去。最精简的办法，是在梁顶和一些沟坎，放几块平展的石头，撒一层细盐，一遇到中毒，就叫羊舔一舔。因为盐能缓毒解毒。

京西管这叫"淡羊"，那放盐的石头叫"条子"。

所以这里的牧羊人，在腰间总挂着一个白布袋，装满了细盐。外来的人不解，便喟叹："明明喂的是咸的，却说'淡'，明明是成块的石头，却叫'条子'，真有意思！"

羊一般耐旱，但"淡"后的羊就渴，仍急着要喝一些水。但梁峁上很难弄到水，羊倌儿就很费筹措。后来倌子们发现，雨后的梁上，总有一小块一小块的凹处，有一汪一汪的积水；把羊轰过去，就能喝个半饱。但梁顶上的日头很毒，不到几日，水汪便被晒干了，羊倌儿和羊就都很失望。到底还是羊倌儿有主意，在汪过水的地方凿出坛子样的洞，里大口小；存的水又多，蒸发得也慢，水就留下了。在红日头下面，那洞子里的水，泛着幽亮的光，极像美人的眼睛。羊倌儿就叫它"眼子"。

自从有了眼子，两个羊倌相遇，那碰头话儿就这样了：

"伙计，眼子还满吗？"

"满哩，嘿嘿。"

吴春山也曾给地主放过羊，在他身上就发生过一个故事。那年大旱，日头早落山了，羊群也咩咩地回圈了，放羊的吴春山的影子却久久也不曾见到。村人大呼小叫地一个梁一个梁地找了，终于在眼子边上找到了。他躺在眼子边上，胸口动得很微弱。人给渴过火了。灌下两口凉水，他就睁开了眼睛。他爹说："你就是个死人，怎就不喝眼子里的水？！"他嚅一嚅干裂的嘴唇，竟说："还有羊哩。"他爹说："可是那羊是地主家的。"他说："地主虽然心黑，但羊是白的，它们没得罪我。"

所以，懂得放牧的吴春山特别看重条子和眼子。

49

也许因为是放羊、放牛出身，吴春山在稳定粮食生产的前提下，把发展畜牧业放在重中之重的位置。在这之中，他更看重的是大牲畜，因为它们可以耕地、可以运输，还可以造肥，一畜多用。

副业合作社打干草、卖木柴挣来钱之后，他就用来买大牲畜。

他十分疼爱大牲畜。自1953年起，他居然就搬到养大牲畜的饲养院去住，与饲养员一道，亲自照料大牲口，像伺候亲人一样为牲口治病，为孕畜接生，为驴、马、骡挂掌。

就畜牧业生产，他坚持自繁自养的方针。为了保证饲草饲料供应，保证牲畜养得肥育得壮，每年安排种植计划的时候，他都要妥善安排好饲草、饲料粮的种植。秋收打场时，他安排专人收管谷糠、谷壳、玉米棒、玉米皮、玉米秸、豆秸、白薯藤等各样粮食产品下脚料以做饲料。他分得很细，豆秸喂马，谷壳喂牛，谷糠喂猪。一入冬，吴春山就让村民们把豆秸轧劈后码堆垛起，以备在春季喂骡马，并再用筛子把草末过细，到时候，喂没牙的老牲口。

在大牲畜饲养上，他坚持役使要服从繁育，实行"五不"，即：六个月的孕畜不出远门、不拉重载、不重驮、不拉碾磨、不驾辕，被像照顾孕妇一样照顾着。外村人来，感到很惊讶，说，你们岗上是不是有点过了，牲口究竟不是人。

吴春山说："畜牧能当半个家，耕、耩、驮、拉、造粪全靠它，没有它就等于是瞎抓，你说，它是不是比人强？"

他还说："书靠讲，地靠耪，牲口全靠人喂养。"

他又说："牲口不认爹和娘，好草好料润肚肠。"

那就是说，喂牲口比喂人要讲究。

所谓讲究，就是精心。他不仅自己精心，还用心培训饲养员。他告诉饲养员，公羊和母羊不能混养在一起，因为"乱养乱配，代代衰退"——如果把公羊和母羊混养，任其自由交配、繁殖，生下来的羊就会一代不如一代。他说，这主要反映在不能准确地把握良种公羊与最佳配种对象之间的关系。他认为：一只公羊一般只能交配15~20只母羊。如果任公、母羊自由交配，就免不了无效交配和重复交配，从而会使公羊的精力消耗过大，缩短利用年限，造成浪费。羊一般7~8个月龄就性成熟了，但此时并不适宜配种，而老龄羊及病残羊也不适宜配种，只有1.5~7岁的健康羊才适合配种。

由于长年与牲畜厮守，也由于聪明再加上爱琢磨，吴春山居然在零星的经验、口头的歌诀之外，总结出一成套的"骡马经"，他让白鼎轩在纸上记述下来，在全村推广应用。

岗上村的畜牧业红红火火地发展起来。截止到1957年，牲畜总量达到了700余头，其中拥有大牲畜220头。畜力托举人力，生产力水平大幅度提高，真正走上了"以粮为纲，多种经营，农、林、牧、副、渔五业并举"的发展道路，使岗上村出现了粮食多、牲畜多、收入多、社员储蓄多、人均树木多的"新五多"局面，引来河北省、北京市，乃至全国各地的许多乡村前来学习，使得岗上经验不胫而走。

《河北日报》《北京日报》不仅对岗上经验做了专门报道，还全文刊发了吴春山的《骡马经》，而且被《人民日报》悉数转载。《骡马经》全文是这样的——

喂牲口，要细心；如绣花，似穿针。

牲口回，要看真；有毛病，追原因。

卸下套，滚滚身；先上槽，歇歇神。

急吃草，结症根；猛饮水，肚疼因。

清明后，天气暖；湿拌草，料面炒。

立冬后，大肠阴；煮玉米，换干草。

前半夜，先喂草；后半夜，再加料。

中午喂，料要少；上套前，先饮好。

大把草，小把料；添多了，吃不好。

料拌草，喂到老；饲养员，要记牢。

使牲口，量力好；劳累伤，不得了。

打着跑，牲口倒；慢拉套，先吃饱。

多歇息，饮要巧；车超重，要检讨。

自繁殖，贯彻好；靠村社，靠领导。

他的"骡马经"还被专家认可并看重，被收入农用教科书，许多养殖技术类书籍都设专章推广。不仅惠及京西、河北，还惠及了数亿的中国农民。

白鼎轩觉得吴春山的"骡马经"虽然博得了大名，但还是显得单薄，便把他"零星的经验"和"口头的歌谣"系统收集和整理出来，编成了一本《吴春山农谚宝典》。这更吸引眼球，以至于许多家农业出版社争相出版。一家美术出版社还以吴春山的事迹为经，以他的农谚为纬，出版了一本连环画。当然，那个脚本也是由白鼎轩撰写的。

对岗上人来说，不，对整个京西，对整个河北省，一件惊天动地的事情发生了。

领袖从《人民日报》上看到了岗上经验和吴春山的《骒马经》，还用红笔把《骒马经》整个圈了起来，他对身边人说："这个叫吴春山的农民很有意思，他有主人翁意识，有首创精神，有机会我要见见他哩。"

到了冬天，要召开全国农村工作会议，在筹备期间，领袖听取农业部的汇报。听着听着，他有些不悦，觉得有点不对心思，便说："北京的西南有个岗上村，岗上村有个吴春山，把他找来，我要见他。"

听说伟大领袖要见吴春山，胡振常说："这可不得了，吴春山把天捅破了。"

上边给的准备时间只有三天，胡振常对古月说："你赶紧去找白鼎轩，白天黑夜连轴转给老吴准备典型材料，要用心揣摩老人家的意图，别说不到点上。"

还是不放心，胡振常本人到了岗上，亲自坐镇。他前脚刚到，农业部的一个副部长、河北省的一个副省长也到了岗上。

即便是平常很留心记录，基本情况也容易说得清楚，但怎么说到点上，白鼎轩揣摩不上来。不仅他揣摩不上来，副县长、副省长、副部长也揣摩不上来。于是，三天的时间，白鼎轩在领导的指导下，先后写了六稿，以至在场的人，觉得哪稿都好，哪稿都不好，真是六神无主。压力之下连续写作，白鼎轩体力不支，肝火攻心，直挺挺地昏过去了。

没办法，最后决定，六稿都带着，汇报时，让吴春山随机应变。

吴春山本人却不着急。他只考虑一件事，就是穿什么衣服好。

　　真是没什么衣服可穿。毛衣毛裤他没有，着穿的外套也没有，有的只是补丁摞补丁的老棉裤、老棉袄。

　　古月对吴春山说："我有一套尚新的军棉服，你能穿。"

　　吴春山摇摇头："我又没当过兵，不穿。"

　　胡振常说："我身上的这身适合你，脱给你穿。"

　　吴春山摇摇头："谁敢在县太爷头上动土？不穿。"

　　副省长说："活人还让尿憋死，赶紧去给他买一套。"

　　吴春山还是摇摇头："这新衣裳一上身，我就浑身不自在，不穿。"

　　最后还是副部长发了话："领袖他老人家也不讲究穿，所以老吴爱穿什么就穿什么吧，再说，见的是他这个人，又不是他的衣裳，大可以随便。"

50

　　吴春山在中南海怀仁堂受到领袖接见。

　　领袖站起身来，紧紧地握着他的手，"你就是吴春山？"

　　领袖的手跟他的手一样厚实，而且在某个部位还有老茧，这让他很激动，用力地点点头。

　　"你识字不识字，上过学没有？"

　　"从小就给地主放羊，没上过学，只是跟白秀才上了几天夜校，识了几个字。""那你就真的不简单了。"领袖指了指身边的座位，"咱们坐下来说。"

　　刚挨着领袖坐下，领袖就说："你们岗上村出大名了，连我都知道了。"

　　吴春山又激动地站了起来，说："还不是您老人家领导得好。"

　　"你这个人很会讲话。"领袖笑笑，问，"那我们就开门见山，你觉得你们最得意的做法是什么？"

　　吴春山说："以粮为纲，多种经营，农、林、牧、副、渔五业并举。"

　　领袖摇摇头，"不要背我的话，说你自己的话。"

　　吴春山赶紧从破棉袄兜里掏出书面材料，由于有六份，他不知用哪份好，手剧烈地抖，汗哗哗地下。

领袖一笑，"也不用说他们的话，就说你自己的话。"

吴春山把材料装进兜里之后，好像又找回了自己，他说："首先要种好粮食，有了粮食，老百姓肚子不饿，说毛主席好，共产党好。"

领袖眼睛一亮，点上了一支烟，用未熄灭的火柴朝他点了点，"你说，你说。"

"紧接着打井，地能浇上水，就能多打粮食，手中有粮心中不慌。"

领袖用力抽了一口烟，"你说，你说。"

"再接下来是养牲畜，特别是大牲畜，实行集体耕作、集体运输，解放人力，让老百姓不那么辛苦，牲口粪还可以肥田，提高地力，更多地打粮食。"

领袖点点头，又用力地抽了一口烟，"你说，你说。"

"再接下来，是大搞副业，挣钱，有了钱，可以多买大牲口，多买新型农具，多买肉蛋奶，不仅能多打粮食，还能让老百姓生活好。"

领袖嗯了一声，把手中的烟在空中晃了晃，"你说，你说。"

"再接下来是封山育林，树多了，就能唤来雨，还能固土，减少水土流失，给种粮食提供保障，再说，果树结下的果，可以卖，增加收入，也可以吃，让老百姓甜乎嘴，材树长成的木料，不仅可以卖，还可以让老百姓翻盖房子，住得好。"

领袖手中的烟抽完了又续上了一支，表情严肃，不再追问。吴春山以为自己说得不好，便急急地补充道："我不会讲话，总是接下来接下来的，其实这几件事我们都是在保证种好粮食的同时，不分先后，同时搞。"

"我知道。"领袖笑了,说,"不过,我看得出,不管你搞这个搞那个,都是围绕着粮食搞,这就是以粮为纲,好得很哩。"

吴春山松了一口气,也笑了。

领袖又问:"你搞了这么多事情,还搞得这么盈满,你靠的是什么招数?"

吴春山说:"我在高级社的统一领导、统一管理下,成立了几个专业合作社,八仙过海,各显神通。"

领袖点点头,并没表态,岔开了话头,"你的《骡马经》我看了,很好,它既简明实用,又深奥融通,充满了辩证法。虽然是民谣,但却是大文章,我和我们的秀才是写不出的,我甘愿当你的小学生。"

吴春山惊得站了起来,"不敢,不敢。"

领袖挥挥拿着烟的手示意他坐下,笑一笑,"你的大社套小社有意思哩,你知道它叫什么,它是人民公社的雏形。"领袖说到此,把烟头狠狠地捻在烟缸里,严肃地说道,"你今天是结结实实地给我们上了一堂实践课,有人说我的人民公社的提法有些冒进了,我看是落后了,落在人民群众的后头了,我们必须迎头赶上。"

陪同的人员紧张地记录。

领袖对吴春山说:"吴春山同志,我有个提议,你能不能把你的经验到全国各地去讲一讲?"

吴春山一愣,然后斗胆地说道:"先请您原谅,我这个人只会干不会讲,别耽误了您的大事,再说,村里的事忙,我脱不开身哩。"

"你至少要在北京讲一课,让省部级大员听一听,让他们开开眼界,我的话他们不信,你吴春山的话他们不能不信。"

领袖十分开心，大有余兴，笑着对吴春山耳语道："你的马成色怎么样，拿得出拿不出手？"

吴春山赶紧说："个个高高大大，油光水滑，拿得出手哩。"

"那么好，咱们约定，你就给我选出一百匹马，在明年国庆大典的时候，你上观礼台，你的马上长安街，接受检阅。"

回到岗上村之后，吴春山马不停蹄地召开了社员大会，把领袖接见的情景和他老人家说过的话一五一十地传达了。

没想到，社员比吴春山还激动、还感动，不停地鼓掌，不停地流泪。他们说："吴书记，我们每个人都要跟你握手，因为你的手被领袖握过。"

"要握，得我先握，因为我是他媳妇。"吴李氏说。

握手之前，吴李氏突然想起了什么，问："领袖他老人家说你穿的衣裳没有？"

"他没说，他根本就不在意我穿什么衣裳。"

"那你看到领袖他老人家穿什么衣裳没有？"

"没有，我根本就想不起来看。"

就握手。

大家握得很紧、很虔诚，好像领袖神明，吴春山也跟着神明。

社员大会还没散，胡振常带着古月一帮人进了会场，劈头就说："吴春山，你眼里还有组织没有？你回来应该第一时间到县委去，向县里汇报，你可好，先回家来了。"

"你们官儿太小。"吴春山笑着说。

"你倒长行市了，那么我问你，谁官儿大？"

"村里的老百姓，也就是你们常说的，人民群众。"

胡振常本来就没有真的动怒，听他这么一说，哈哈大笑，

"你吴春山就是不一般，还真经得起世面。"

这之后，吴春山在农业部大礼堂给省部级领导干部做了一次报告。

他没有照本宣科，而是娓娓而谈。由于他把毛主席语录活用，把乡情俚语结合，把上边的精神与自己的实践融汇，讲得生动幽默，不断被掌声打断，便陡升骄傲与自豪，结束时振臂一挥，"萧瑟秋风今又是，换了人间，欢迎各位领导到我们岗上去！岗上不会让各位失望！"

紧接着，吴春山被邀请参加了全国农村工作会议，并被评为全国劳模。

接着，1958年国庆，他真的上了天安门观礼台，他的马队排在农业方阵的前列，雄赳赳气昂昂地从观礼台前走过。

那些马不仅高高大大，经过天安门城楼时，还齐刷刷地扭过头来向观礼台行注目礼，领袖很高兴，对特意安排在身边的吴春山说："你没骗我，真是好马，不仅形色威武，还很懂人性哩。"

"都是按您老人家的意思调教的。"吴春山真是会说话。

领袖兴奋，说："我要让人从西郊农场给你挑一匹特别听话的军马，作为礼物送给你，留作纪念。"

　　全国各地都纷纷成立人民公社，京西县也划归了北京市。

　　胡振常由于培育全国农业典型有功，升任北京市农村工作委员会主任。本来是想让他接任县长职务，但因为他是党外干部，在当时的政治环境下，不适宜担任区县行政主官。

　　市县安排吴春山任主管农业的副县长，但他坚拒，说自己不过是个农民，只会种粮食，行政管理一窍不通，别耽误了党和人民的大事。再说，对岗上村今后的发展他有一整套规划，真的离不开。他对古月袒露心迹，说："我不过是只井底之蛙，而不是蛟龙，屁股大的地方还可以折腾出一点水花儿，一到了大的水面，就沉底了，我有自知之明。"

　　但市县领导还是想要他更大地发挥作用，让他兼任新成立的良乡人民公社副主任。岗上离良乡城近在咫尺，也是它的下辖村落，而且也不用坐班，吴春山就同意了。

　　古月顺理成章地担任了副县长一职，同时兼任县农业工作委员会主任，在他的提议下，白鼎轩升任副主任。

　　在农委的班子会上，为了树立白鼎轩的威信，让他便于开展工作，古月通报了他在农村工作中的出色表现，特别是在培育和塑造岗上这一先进典型中所做出的突出贡献，并提议发展他入党。

大家对白鼎轩是认可的，觉得他既有知识，又爱动脑筋，还作风扎实，是一个难得的人才。

但白鼎轩本人面有难色，说自己是旧政府的留用人员，离党和人民的要求还差得很远，还要继续进行思想改造。

古月说，我们对干部的使用，历来不问出处，重在表现，就你白鼎轩的表现来说，政治觉悟是高的，工作业绩是突出的，吴春山同志和岗上群众是非常赞赏的，已完全具备了入党条件，你赶紧写一份入党申请书。

但白鼎轩还是坚持留在党外，他说："不加入组织，并不意味着放松对自己的要求，我会加倍努力地工作，没有别的，做不是党员的党员，我心里安妥。"

这是什么理由？大家百般不解。

在古月和大家的一再催促下，他说了一番话：

"在我的观念里，想做一个不党不群的人，也就是说，我喜欢自由自在地依本分行事，不喜欢被约束。在旧政府里，我虽然做着县党部的训导员，但也不是国民党党员，我尽职尽责地训导，是为了让那些被训导的人，心中有家国情怀和百姓福祉，不能只考虑个人得失和一己私利。现在我不入党，不是不拥护党的领导，而是想做一个纯粹的人，远离升官发财的欲望，一心一意为国家、为百姓做点实事，对得起良心，对得起所拿的俸禄。"

他的这番话，出乎古月的意料，他觉得他真不应该在这样的公开场合说这样的话。古月被吓了一跳，他很生气地说："既然是这样，连农委副主任的职务你都不应该接受！"

"这是两码事。"白鼎轩严肃地说，"因为有位才能有为。"

以为多年的共事，已经很了解自己这位伙伴儿了，没想到他这么复杂，古月连连摇头，无话可说。

与会的可都是党员，白鼎轩的说法让他们很不舒服，其中的一个同志忍无可忍，激动地说："你是要把自己立成一面镜子，整天要照照别人的脸上是不是干净，你要真的那么纯粹，首先要做的，是每天要照照自己。"

　　"我会的。"白鼎轩说。

　　本来是让他树立威信的，没想到他自毁长城，古月狠狠地瞪了白鼎轩一眼，"散会，散会，但我要强调一点，今天是班子会，内部充分发扬民主，对外要统一口径，大家说的话，特别是白鼎轩同志的个人观点，就地消化，不许外传，记住，这是一条纪律。"

　　就剩下他们两个人的时候，古月对白鼎轩说："你这个人不懂时势，白在胡县长手下干了这么多年。也是，说到根儿上，是你读的书太多，中毒太深。"他后悔把那架书还给了白鼎轩。

52

　　有岗上这面镜子照着，古月在副县长的位置上，大抓特抓典型，在农业战线，树立了十面旗帜，又先后推出了三个全国劳模，还有其他几个市级劳模或全国行业先进工作者。

　　其中全国劳模、南韩继村党支部书记徐庆文在解放战争时期，出生入死，英勇作战，曾7次负伤，9次立功，是国家的功臣。后来他拖着二等乙级残废的身躯，谢绝组织在工作上的关怀照顾，毅然回到家乡，立志挑起改变家乡面貌的重担，并把自己仅有的1000元转业费，献给集体。

　　他本来是个团职干部，却以普通农民的面貌出现，与全村老百姓打成一片。更让人感慨的是，他从不脱产指挥，每天参加一线劳动，吃住在队部，社员谁家有事，都能随时找到他。他一天到晚不顾家，而南韩继村的家家户户都装在他的心中，南韩继村的每一寸土地，也都留下了他辛勤的汗水。

　　人们亲热地称呼他为"贴心书记"，什么话都愿意跟他说，什么建议都愿意跟他提，什么困难都愿意找他解决。老百姓觉得这样的书记天下难找，因为他的身份非常特殊，既是村子的主心骨、当家人，又是全村人的不要一分工钱的长工。

　　他学习吴春山，树立"思想插红旗，产量步步高"的发展思路，带领全村人，始终不渝地重视粮食生产，用自己勤劳智慧的双手，改变了南韩继"十年九旱八不收"的落后面貌。全村粮食生产1957年上《纲要》，1958年过"黄河"，1963年跨"长江"，1965年闯过千斤关，甚至超过了岗上村的粮食生产水平，成为北京市农业创高产的一面红旗。

徐庆文虽身居乡土，却不匍匐，他有强烈的国家意识、"天下人"意识，能听从国家召唤。在国家面临经济困难的时候，他教育群众多替国家分忧，主动压缩上级批准的口粮标准，自愿过"瓜菜代"的苦日子，硬是将50多万斤余粮，全部交给国家。还有，只要京西的某个地方发生了灾害，徐庆文总是代表南韩继人前去慰问，并慷慨相助。

南韩继村和徐庆文是过硬的典型，不仅多次受到毛泽东的接见，周恩来、朱德和北京市领导彭真、刘仁、万里、赵凡、郑天翔也都亲切接见他并听取他对农村工作的意见。为了发挥典型引路作用，在中央新闻纪录电影制片厂摄制的大型纪录片《北京农业的大跃进》中，徐庆文和南韩继人占据了全片镜头的30%。"徐庆文和南韩继人"名震全国。吴春山经常到徐庆文那里去，对他说："老徐啊，你这是后来者居上，让我有压力啊，不过你让我深刻理解了主席的一句话：不要吃老本，要立新功。"

有一次，吴春山跟古月开玩笑："你古大县长是从我们岗上村发家的，你对村里的情况知道得一清二楚，也就是说，你从我们这儿找了一把尺子，到别处去量短长，长过我们岗上的，你就树成典型，渐渐地，我们就显得短了。所以，你这个人有点不厚道。"

古月哈哈一笑，"老吴，你说这话，可就冤枉我了，你就说徐庆文吧，人家本身就长，并不是靠我手中的尺子量出来的，还是党的领导好，国家的形势好，用胡县长的话说，这是时势造英雄。"

"你自从当了县长，是越来越会说话了，满口的字儿话。"吴春山说。

古月说："徐庆文和你，都是农村支部书记，可以比竞，那么王砚香呢，任成水呢？"

他所说的王砚香也是他发现并推出的全国劳模。

王砚香是京西黄山店供销社的主任，他创办了"背篓商店"，他带领职工，行走在方圆百里的大山上，用背篓送去生产物资、生活用品，再用背篓把农民的草药、山货及各种农产品收购回来，让群众在自己的家门口，就实现了"买"与"卖"。他们风雨无阻、每天不断，感人至深，以至于中央新闻纪录电影制片厂闻讯赶来，拍摄了《背篓精神放光芒》的纪录片，在全国放映，引起亿万人民惊叹。

京西为什么会出现了一个王砚香？古月知道，绝非出自他手里那把尺子，也就是说，绝非源自领导的号召和组织上的发动，用王砚香自己的话说，是得益于京西的革命传统。

京西是革命老区，抗战时期，老区人民就是用背篓送粮、送盐、送弹药，支援八路军打游击、打胜仗。王砚香的几位前辈，都是其中的一员，其中他的大伯，还在送弹药时跌下山涧，壮烈牺牲。他和同事们有红色的记忆，一旦有了为群众服务的岗位和机会，他们想到的是反哺和感恩，他们要为老百姓重新背起背篓。王砚香在供销社对着门的墙上专门挂上了领袖的手书：发扬革命传统，争取更大光荣。

至于任成水，他是京西的一名普通的乡邮员。

他16岁参加工作，18岁入党。他十几年如一日，不管大雪封山的严冬，还是山洪暴发的雨季，每天都坚持出班，靠着一双铁脚板，走遍了京西北部山区的角角落落，把报刊和信件及时地送到订报单位和收信农户。

任成水从1951年开始，分管房山—周口店—蒲洼—四马台—北岭—上石堡—四马沟—葫芦棚—黄院—房山的路线。他要途经40多个村庄，翻过约80个山头，往返一趟要6天。星期日休息时还要做好交接邮件的工作。就这样不管风里雨里黑天白夜，几经春夏秋冬，硬是走出了一条从房山—青峰岭—拴马庄途经十几道山梁、近百个山头的路线，在投递中他还坚持把信件投递到户，挂号信送到本人手里。1953年7月，任成水又担起了从房山—丁家洼—坨里—万佛堂—南车营—半壁店—南窑—英水的路线，4天往返一趟。1956年开始他调到河北镇邮电支局工作，一干就是17年，每天走百余里山路，一年下来走过的山路达2万余公里。他负责的是从河北镇到大安山的邮路，全长百余里，山水沟滩等地形俱全，全程要爬7座山岭，过4个山洞，其中第三号山洞有6里多长，洞里泥泞、漆黑。山路更不好走，其中有一段路非常难走，当地人管它叫"老虎嘴"，往下看是悬崖深谷；往上瞧，突出的巨石缝犹如猛虎张开的大嘴。人要手攀脚登，侧着身子，贴着峭壁才能跨过去。他每天就奔走在这条路上，下午三四点钟报纸运到后出发，近午夜才能送完信件。送完报以后赶到哪就睡在哪，早八点前赶回河北邮局。报纸的时间性很强，有时报纸出版晚，往往是因为有重要新闻和消息，可越晚群众越想早看到。他理解群众的心，尽量晚中求早，及时送达。

任成水经受住了困难的考验，在崎岖的山间邮路上，他没有误过一次班。冬天大雪封山，老任照样坚持送信报。夏季连阴天，他用雨衣包着信和报蹚水过河，浑身湿透，可他送的信和报一次都没湿过。

与别的乡邮员不同的是，任成水不仅认真做好本职工作，还主动热情地为山区群众服务，就是对那些不属于邮政业务范围的事，他也热心去管。一年春天，一位住在中山村的老大娘胳膊疼，托任成水给买一贴"金不换"膏药。他在河北镇、房山县城都没买着，可他心里一直惦记着这件事。过了两个月，他借去北京开会的机会，跑了几家大小药房，终于买到了"金不换"膏药，他怕一贴不够用，他又用自己的工资多买了几贴。老大娘贴上了膏药之后，任成水还不放心，估摸着膏药快用完了，他就到中山村探望。那位老大娘正在门口等着他呢，老远就喊："成水，这'金不换'就是灵验，你看我这胳膊都能抬起来了。"西流水工地的新工人领工资没有图章，附近又没有刻图章的，正在发愁，任成水说："不要紧，我给你们代刻。"他在河北镇一次又一次地给新工人代刻图章，刻图章的师傅见此情景很受感动，最后干脆带上刻字工具上门服务来了。陈家坟小学有一位刘老师脚有毛病，回北京的时候，背着两个背包，任成水就帮她背。一路上，老任关心地问她在山区工作生活方便不方便，告诉她怎样熟悉当地环境，给她讲艰苦奋斗的道理，鼓励她坚持工作。这种关心与体贴，让刘老师很感动，给他深深地鞠了一躬。

　　这还不算，真正打动古月的，是任成水对山区农业生产所做出的特殊贡献。他为农民代买种子、化肥、农药、镰刀、斧头和铁镐等生产资料，还为农民代卖各种山货，把"捎带脚"变成了自觉行为。这就让他这个主管农业的副县长本能地产生了兴趣，他让县农委主动与县邮局领导联系，联合挖掘整理他的先进事迹，并让白鼎轩写成长篇通讯，在《北京日报》上发表。报纸在发表时，还配发了《随时随地用共产党员的标准严格要求自己》的长篇社论。这个宣传阵势，惊动了北京电影制片厂，他们找到白鼎轩，让他把通讯改成电影脚本。白鼎轩感到为难，想推脱，古月说，这么好的典型如果不被咱们农口推出来，你这个农委副主任就别干了。白鼎轩说，怎么写？古月说，你去沿着任成水走过的山路走一遭，然后如实写。就这样，电影《红色邮路》被顺利地拍摄出来，在全国放映后，影响巨大。得知任成水被评为全国劳模，古月第一时间就到了县邮局，让邮局领导请他和白鼎轩喝酒。邮局领导说，是我们栽的树，你不过是会摘桃子而已。古月哈哈大笑，说，什么摘不摘的，都是咱京西的荣誉，我一个大县长上赶着找你喝酒，是瞧得起你。

古月和吴春山一起回味完了任成水，古月说，京西为什么又出现了一个任成水？是出自我手里那把尺子吗？更不是了。你看，任成水的父母都是1938年的老党员，他一出生就落在红兜肚里，刚一会走路，他父亲就带着他给八路军送鸡毛信，也经历了许多危险，他能平安地活到解放，都是老百姓给他救的急、打的掩护。这样一来，他心中就有了信念，眼中就有了群众，所以，他能成为劳模，是因为他有根，有红色遗传。

听了古月的话，吴春山连连点头，说："我们京西真是一块好地方，土厚、有肥性，既能长好庄稼，也能长好人。"

53

古月在心底还佩服一个人，那就是他的老部下白鼎轩。

这不仅是因为京西的每一个劳模的先进事迹，其挖掘、描绘和宣传，都是出自他手中那支生花妙笔，更让人们感动的，是他全身心投入的工作态度。

譬如他写徐庆文。

徐庆文喜欢事必躬亲，开墒口的时候，他会第一个下到田里，亲自扶犁。他因为负过伤，腿脚不好，牲口矫健的步伐他有点跟不上。他几乎是拼着全身的力气追赶，便跌跌撞撞，泥尘加身。白鼎轩想近距离了解他，便跟在他身边，帮助他扶犁。一次，徐庆文一脚踏在泥窝里，险些摔倒，白鼎轩一步跨上去，把他扶起，因为惯性，他自己却摔在泥里，一身干净的中山装被滚成了泥蛋蛋。白鼎轩爬起来就笑，笑自己太笨。徐庆文很怜惜地看了看他，说："你这个秀才不错，不娇气，肯于和农民在泥水里摸爬滚打。"

到了夏收，徐庆文喜欢亲自去看场院，白鼎轩就每天夜里跟他睡在场院的窝棚里。夜半雨下，他同徐庆文一起去苫场院，把全身淋得精透。他们也没有换穿的衣裳，就把湿衣服拧去雨水后继续穿在身上。徐庆文说，我是当兵的出身，无冬历夏就一件衣服，湿了干干了湿，从不下架，练得能忍，你也能忍？白鼎轩说："能忍，能忍。"湿着衣服夜睡，就着外边的雨声，好像雨滴就淋进皮肉里，很是难受。朦胧中一声轰隆，他们睡的窝棚被雨水淋塌了，他们被捂在里边。老百姓闻声来救，先救出了徐庆文。徐庆文不顾身上的伤，大喊："快，还有个秀才！"他带头扒坍塌物，指甲都扒掉了。白鼎轩被扒出，牙关紧咬，双目紧闭，脸色铁青，徐庆文以为出事故了，抱着白鼎轩就哭，"你要有什么好歹，我怎么向古县长交代。"没想到白鼎轩自己睁开了眼，轻声地说："老徐，你放心，我还没完成古县长交给的任务，不敢有什么好歹。"

事后，徐庆文问白鼎轩："小白，你是不是党员？"

白鼎轩笑而不答。

徐庆文说："你肯定是，不然不会有这个表现。"

白鼎轩点点头。

白鼎轩把写成的文章给徐庆文看，徐庆文说，你念，我听。

白鼎轩一边念，一边感动得流泪，他从心里佩服眼前这个大字不识一箩筐的农民。徐庆文听完，说："你写得不错，像我。"他笑着拍了拍白鼎轩的肩膀，"也是，党员写党员，没个写不好的。"

譬如他写王砚香和任成水。

他在他们行走的路线上反复行走了三次。走王砚香的山路，他也背上背篓，背篓里也装上货物；他走任成水的邮路，也背上邮件，负重攀登。

一次，他和王砚香登上一处梁顶，遇到山风骤起，风吹在背篓上，人站不稳，似要把人推下山崖。王砚香有脚力，稳稳地站住了，但白鼎轩却控制不住，被推下梁去。王砚香以为这次可真的出事故了，没想到白鼎轩的背篓被一丛酸枣树卡住了，身悬命保，只是虚惊一场。虚惊也是惊啊，王砚香带着哭声说："写材料就写材料，非得走山路、背背篓，让一个好人差点成了凶手。"白鼎轩也被吓坏了，坐在山石上直喘气，不停地摇头。

等心情平定了，王砚香突然问："白领导，你哪年入的党？"

白鼎轩笑而不答。

以为他惊魂未定，顾不上答话，王砚香自己答道："一看你就是老党员了，不然也不会为了写个材料这么玩儿命。"

白鼎轩笑着点点头。

也不枉他翻山越岭、迎难涉险，王砚香和任成水的事迹被他写得极为生动，那些在场感极强的细节让人过目不忘，所以就衍发了两部电影。用导演的话说，他之所写，没有说教，到处是镜头。

劳模被国家表彰，白鼎轩被劳模表彰，这让古月非常得意，他一改以往对白鼎轩指手画脚的做派，多了嘘寒问暖，很亲切地待他。古月笑着问他："白鼎轩，你老实交代，李兰玉是不是又有了？"

白鼎轩感到奇怪，一个堂堂的大县长竟问出这么闲淡的话题，他摇摇头，"没有的事。"

"不会吧。"古月有意逗弄他，"昨天我去岗上找老吴，在村口碰到了李兰玉，我看她胖了不少，走路一扭一扭的，像给你们家筛白面。"

"无聊。"白鼎轩也不再拘束，"你给我派了那么多活，整天都不着家，连炕头都摸不着上，她能有什么？"

"鼎轩，你辛苦了。"古月陡地收起了嬉笑，很认真地说，"你要经常回家看看她，她一个人给你拉扯着前窝后窝的三个孩子，也很不容易。"

白鼎轩心头一震，抬头看着古月，而且看了很久。自己能这样久地看着自己的上级，还不难为情，他自己都感到奇怪。古月却经不住他这样看，羞了一下，"白鼎轩，你是怎么回事，黏黏糊糊的，跟个大娘儿们似的。"

　　白鼎轩收回了凝视的目光，低声说道："古县长，我现在想入党，你能不能当我的介绍人？"

　　古月一愣，反过来凝视着白鼎轩，看到他脸色凝重，绝非在开玩笑，便说："是不是这么多先进人物都觉得你是党员，而你实际上不是，心里有了压力？"

　　"既是也不是。"白鼎轩说。

　　"什么既是也不是，我希望你把自己真实的想法不藏不掖地给我讲出来。"古月说。

　　白鼎轩说，那我先说这个"既是"。劳模们都认为我是个党员，说明他们从心底里认可我，觉得我有一个党员的样子。这时候我再游离于组织之外，再唱"做不是党员的党员"的高调，就有点自视清高了，就会跟模范人物格格不入，不便于工作。另外，我们读书人最讲表里如一，既然心已在党，那么人也要在党，不然就会人格分裂，反倒说不过去了。说实在的，一个人的品格高低，内心的恪守固然重要，但也要有相应的外在形式。这么多年来，我发现咱京西这个地界，最无私、最先进、最有情怀、最受老百姓爱戴的，都是共产党员，那么我就要融入、看齐，堂堂正正地成为其中的一员，否则就会成为孤家寡人，甚至走向先进的反面。

　　白鼎轩说，接下来我再说那个"不是"。我要求入党，外界的作用固然是一个因素，但主要的是我从这些劳模身上获得全新的生命体验，因为通过与他们的朝夕相处，我发现，在他们的光环之下，原来他们都是一些普通人，有普通人的喜怒哀乐、兴趣爱好，很真实，很可爱。

譬如吴春山，他很顽皮，如果没有他的顽皮，我和李兰玉很可能不会走在一起。他也很虚荣，岗上村每打出一口井，都必须由他铲最后一锹土，由他宣布出水了。

譬如徐庆文。他为什么每到开春都会第一个下到地里扶第一把犁？他跟我说过，他是伤残军人出身，对"伤残"二字最敏感，他最受不了的，是乡亲们把他当作残疾人来看。而扶犁是好劳力干的活，必须腿脚麻利、体格强健，他生生就去扶，是在告诉大家，我徐庆文是村里第一等的好劳力，你们不能小看。他为什么常年住在队部、一到夏秋就去看场院？他告诉我，责任心重固然是一个原因，更直接的原因，是他那个胖老婆爱打呼噜，吵得他久久不能入睡。他还说，他之所以爱穿破衣服，是因为破衣服，尤其是破棉袄可以养虱子；他之所以爱在院墙下、田埂上晒太阳，因为可以暖暖乎乎地拿虱子。虱子咬在肉皮上，痒乎乎的，舒服；阳光照在肉皮上，一如虱子咬，也是痒乎乎的，舒服。晒着太阳捉虱子，多么享受，让人忘记疲累和烦心事，让人体会到什么叫活着。所以，他每次跟我回味起他捉虱子，都傻乎乎地笑，让我感到，一远离了他劳模的身份，一回到他庄稼汉的肉身，就回到了惬意之中。

譬如王砚香。他告诉我，他起初背背篓，当然是为了老百姓的买与卖，到了后来，他竟发现，这背篓不仅装着别人的福祉，也承载着自己的快乐。走山路可以让自己的腿脚麻利，负重可以让自己的身膀强健，是健康和长寿的底子。别人不知道的是，背篓让他全身泅汗，一到了山顶，卸下背篓小憩，就迎来山风抚摸一样的吹，浑身感到爽快和通泰。放着别人，山风似乎凉，会感冒，但经过背篓的锻炼，他的心跳也平缓有力，呼吸也均匀有序，不怕冷汗的激，只感到痛快。

至于任成水，他更有特殊的体验。他说，风雨无阻地送报送信，那是敬业，本业之外的做好事，那是修福。你看，那个老大娘用了我给她买来的膏药，那一声"成水，这'金不换'就是灵验，你看我这胳膊都能抬起来了"，立刻就让我感到自己像个药师佛。老百姓的山货被我捎带手地卖出去了，看到他们笑呵呵点钱的样子，感到自己就是他们的财神，心里比他们还乐。好事一做久了，竟成了习惯，总想做好事。只要一不做，自己就空落落的，感到不舒服，就赶紧做。所以，做好事是自己的生活需要，不是为了让人说好、让人感恩。任成水还说，通过做好事，他还懂得了什么是爱，爱不是坐等着别人的关心和帮助，而是主动地去关心和帮助别人，你越是关心帮助谁，谁越是被你牵挂。为什么父母对儿女总是惦记和牵挂？不是因为子女听话、孝顺，而是父母为儿女做得多，就是说，你为谁付出得多，谁就会占据你的心，就让你对他产生感情，就不停地为他办事。情同此理，我越是为山里群众办事，我越觉得他们亲，他们让我看到了感情的样子，我心中盈满，活得有滋味，反过来还对他们生出感激之情。

白鼎轩说："这样的党员，虽然境界脱俗，像神，但他们却在俗处立身，是人。奉献着，也生活着，既有为民的作为，又有现实的喜乐，既普通又不普通，多好，这让我倾心，所以我要入党。"

古月被白鼎轩说得五内俱热，激动地说："对什么是党员，你认识得比我要深刻，弄得我反倒有些惭愧了，好，好，我介绍你入党。"

54

　　岗上属丘陵地带，普遍是沙壤土的土质，其中有个叫沙窝的地块，最具典型。沙窝出产一种叫"灌青"的萝卜，个大、瓷实、汁多，吃到嘴里，清爽甜脆，可以作水果享用。它远近闻名，每到春节前夕，十里八乡的人都要到沙窝来，或箱，或筐，或袋地买些"灌青"萝卜回去，预备着过年。吴春山当了劳模之后，来访的人很多，他就用"灌青"萝卜招待，让其品尝之后，留下不忘的记忆。也作为礼物送一些，当然是贵宾，让人们知道，劳模也是人，懂得人情世故。

　　南韩继地处燕赵平原的边缘一角，大部分土地是黑壤土，其中一个叫水头的地块，"黑"得亮眼。水头产一种叫"红玉"的白薯，个大、瓷实、多汁，吃到嘴里，清爽甜脆，可以作水果享用。它远近闻名，每到春节前夕，十里八乡的人都要到水头来，或箱，或筐，或袋地买些"红玉"白薯回去，预备着过年。徐庆文当了劳模之后，来访的人很多，他就用"红玉"白薯招待，让其品尝之后，留下不忘的记忆。也作为礼物送一些，当然是贵宾，让人们知道，劳模也是人，懂得人情世故。

　　这年冬天，古月决定在岗上村召开一个农业工作现场会，让农业战线的劳模现场说法，推动后进。之所以选在岗上，因为吴春山是京西的第一个劳模，有开风气的贡献。徐庆文早就仰慕吴春山，就提前一天先行来到岗上，既交流，也交友。

吴春山在家里接待了徐庆文。

他给客人沏了一壶高末，端上一盘切好了的"灌青"。

"我知道，这高末咱京西都喝，但这灌青，你老徐只能从我这儿才能吃到。"吴春山说。

徐庆文来时随身挎着一个布袋，这时他把布袋往地上一蹾，揪起布袋的下角往上一提，几颗硕大浑圆的白薯就滚了出来，"洗一洗，也切一盘上来。"他笑一笑，说，"这是我们水头的红玉，你也只能从我老徐这儿能吃到。"

"咳，不过是几颗白薯。"吴春山摇摇头，笑着说。

徐庆文也一笑，"要是这么说，你老吴的，也不过几块萝卜。"

"尝了再说。"

"好，尝了再说。"

出于礼貌，也抱着好奇，他们分别品尝。两张皱脸上的笑——不以为然、调侃的笑就都凝固了。然后——几乎是同时，都漱了一口高末，再然后——几乎是同时，两个人都不停地点头。

"不错，萝卜不是萝卜，是灌青。"

"不错，白薯不是白薯，是红玉。"

"什么灌青、红玉的，这么热闹？"声音把古月拽进门来。他看着两个人物，左一眼，右一眼，做迷惑状。

其实，灌青他吃过，红玉他也吃过，知道是京西土地上生长的两个稀罕物，不过是想诱出话题。

两个人各举起一块自己的特产送到古县长面前。古月都接过来，分别尝过之后，也漱一口高末，咂摸咂摸嘴，"都是宝物，像仙人贡品。"

三个人会意，哈哈大笑。

古月又说："你们这两个村子就是神奇，一村出一个能人，一村还配着出一个稀罕物。"

吴春山抢着说道："古县长你说错了，是先出了稀罕物，才配着出了我这个人。"

徐庆文点点头，"老吴说得对，天大地大不能人大，没有好地土、没有好风水，哪儿出得了能人。"

这是两个厚道人，知深浅，知敬畏，两个村子由他们执掌，自然前景大好。古月说："你们都说得好，这叫唯物辩证法。"古月现在很注重学习，思想也开始趋时。

吴春山说："老徐你是后来者居上，你看你的粮食产量，又过黄河又跨长江的，我挤出浑身的屎尿也追不上你。"

徐庆文说："这可怨不得你，你看你们岗上村是什么土质？沙壤土。我们南韩继是什么土质？黑壤土。沙壤土跑冒滴漏，水土保持性差，地力单薄，即便是这样，你还有那么高的产量，已经是很了不起了。黑壤土保水保肥，腐殖质丰富，有油水，不用人费心，它自己就催着庄稼长，如果人再精点儿心，没有不高产的道理。倒是你老吴，把大牲口喂得那么好，都上天安门广场参加庆典了，领袖还把军马作为礼物送你，让人看着直眼馋，我怎么能跟你比。"

"老徐，你这么说就不对了。"吴春山摆摆手说，"我们这儿的沙壤土，不将就庄稼，却喜欢长草，长茂茂密密的草。还有，沙壤土便于扦插，弄几支灌木条子，就能衍生一大片荆棵。还有，沙壤土适宜种豆类，就多豆子和豆秸豆秆。几种条件汇集在一起，饲料就充盈，能多养几头大牲口出来，有什么稀奇的？不稀奇哩不稀奇，我可不敢沾沾自喜。"

两个人都敬佩对方而自谦，让古月很是高兴。“你们二人的话，倒是给了我一个启发。”他大手一挥说，“我是说，本来这次农村工作现场会的意图是要大拨轰、一刀切式地整体推进，你们这么一讲，我觉得应该变个主题，就叫作：立足特色，发挥优势，因地制宜，在保证粮食生产的基础上，多发展几个专业村。”

吴、徐二人几乎是同时站了起来，相互击掌，兴奋于古月这个提法。

由于迎面而站，使他们有机会多看几眼对方。这一看，不要紧，吴春山说：“我说老徐，你怎么也穿着补丁摞补丁的破棉袄？这可是我吴春山的专利，就连见领袖的时候我都没舍得脱。”徐庆文一撇嘴，“什么你的专利？我打一当上支部书记，就穿着这身破棉袄。”他抻了抻吴春山的破棉袄，说：“你看，你的多新，我的多旧，我穿得比你早，你是学我的样子。”

“你瞎说，我穿破棉袄的时候，还没认识你呢，怎么会是学你？倒是说你学我还能说得过去，因为报纸先登的我，那上边有我的照片。”吴春山争执道。

“比着当劳模还好，连破棉袄也比着穿，嘁，真没劲。”徐庆文吐了口唾沫，用脚狠狠地踝了踝。

“你们俩真有意思。”他们孩子一样的表情、言语和动作，把古月逗笑了，“不过，你们俩倒又给了我一个启发。”

“什么启发？”

“农村工作现场会的主题要再加上四个字——不忘本心。”

古月最终确定的主题是：以粮为纲，立足特色，发挥优势，因地制宜，艰苦奋斗，不忘本心。

这时的古月，已经不再是警卫员出身的一介莽夫，在农村工作的实践中，时势的造就、土地的涵养、人民的哺育，使他成了一名有思想、有韬略、有政策水平，能审时度势、顺势而为的基层领导者，他的生命有了质的变化。

三个人都很兴奋，想一饮而快。

吴春山让吴李氏拾掇几个像样的下酒菜。吴李氏说："这还不简单，现在的日子已不是那个揭不开锅的当口了，我去把李兰玉找来，让她帮厨，转眼就能置备一大桌子。"

吴李氏去找李兰玉了，吴春山说："咱们也别干等着，我带你们去瞻仰瞻仰我的马。"

徐庆文说："我早就想瞻仰了，领袖送给你的马，可不是一般的牲口，它就是神，能开眼，能沾仙气。"

吴春山把他们领到后院。

别看吴春山人居的房子依然老旧，但后院却有一座两开间的、崭新的马厩。马厩是按人居的样子建的，四梁八柱、细纹窗棂、红砖青瓦，比人住的要阔气、要贵气。里边设置了两个槽口，一个用来吃草料，一个用来饮水。槽口都是用整节老榆木挖成的，干净精致。地上铺了厚厚的一层绵绵土，人走在上面，绵软而不起灰尘。这绵绵土在京西，是女人生孩子时才用的一种土，垫在身子下，吸湿而温暖。绵绵土得来很费工夫，或者是从经年被阳光照耀的老北墙上慢慢刮下，或者是从北岗坡的坡面上撮来过筛，里面连米粒大的沙砾都不能有。

看到这个阵势，古月和徐庆文心情肃然，这哪里是在养牲口，是当作神来"供"的。

那匹马很文静地站在一角，见人进来，也不惊。它慢慢地走过来，温顺地闻每个人的手，好像跟你打招呼。它的牙口很整齐、很白，像美人的口齿，给人的感觉就一个字：美。它的毛色像一团火，阳光洒在身上，亮闪闪的。它很高大，巨大的马头好像可以擦到房梁。吴春山过去牵它的笼头，它听话地低垂。吴春山也是中等身高的人，但在它的映衬下，显得很矮，牵笼头的动作，不像是牵，好像是巴结、问询。

他把马牵到槽口，示意它吃几口草料给客人看。它便吃。咀嚼的声音很清脆，像珠落玉盘。槽口里的草料也的确如珠玉，是炒熟了的黄豆，还伴有铡成把寸长的黄豆秸。秸秆的长度都是一致的，可见铡的时候是多么精心。

"它叫个什么名字？"徐庆文问。

"叫岗上红。"吴春山说，"本来是叫高原红，因为它产自喀什米尔高原，但既然到了岗上，自然叫岗上红。"

"你可真会给自己脸上贴金。"徐庆文打趣道。

"这不叫贴金，叫感情。"吴春山回敬道。

"这么好的马你就把它圈在屋里，也不拉出去农用？"

"它是神马，是感情的寄托，怎么能拉出去用？"

"不役使的话，马性会退化，就废了。"

"我每天早晨天一蒙蒙亮，就把它拉出去遛，让它走遍岗上的山山水水。"

"遛马究竟不是放蹄，不能保持脚力。"

"等它走到村里人看不见的地界，我会骑上去，勒缰纵马，让它过过跑的瘾。"

"为什么非得等人看不见的时候？"

"累着马，村里老百姓不答应。"

"它与一般的马有什么不同？"

"它记性特别好，走过的地界，它都能记住名字。"

"我不信。"

"那就试给你看。"

吴春山给了马一个指令："去沙窝。"马就朝着那个方向亮蹄。马走的是碎步，只听蹄声嘚嘚，不见沙尘扬起。究竟是马，碎步也疾，三个人就跟在它的身后跑，弄得气喘吁吁。到了一个地方，马戛然止蹄。这肯定是沙窝了，因为地面虽然平整，但布满了一窝一窝的坑穴，那是挖出灌青之后留下来的痕迹，有的坑穴里还残留着灌青的缨子，虽然被晒干了，也还隐隐地青。吴春山捡了几束缨子，在手里把弄，"这灌青留下的缨子，放在温水里一泡，就舒展开了，湛清碧绿的，可以放在肉汤里炖，比肉味还香。"

吴春山又给了马一个指令："去核桃沟。"

马就又朝着一个方向走去。马的身块很大，臀子自然很宏阔，但即便有那么大的屁股，也见不到摇摆，只听到蹄声嘚嘚，只看到身子迅速地位移，似静水行舟，只听到桨声，只看到船动，却看不到激起的浪花。很快就到了那个地方，因为满沟的山核桃树，株矮而虬，树相丑陋。吴春山说："这山核桃起初不值钱，被李兰玉她们老娘儿们拿到河边去淘洗之后就值钱了，因为核桃被淘洗得白光光的，核桃的皱纹好看得像花纹，城里人把它做手玩，像公子哥一样。"徐庆文喘得厉害，他毕竟受过伤，身子被子弹打矮了，且一条腿比另一条腿短一截。他一边喘着，一边说："你们岗上好东西真多。"

又试了两个地方，次次不爽，古月和徐庆文有些累了，说老吴就别试了，马的记性就是好，我们信了。由于满世界跑马占地，惊动了村里的百姓，大家都从屋里走出来，或站在街上，或上了房顶，或爬上山岽，看他们。马兴奋了，朝着人们亮嗓子，咴咴，咴咴，咴咴咴咴。人们也回应，嗷嗷，嗷嗷，嗷嗷嗷嗷。由于暮色已四合了，回音就宏大而悠长，整个岗上村就像开了锅一样，一片沸腾。

徐庆文被震撼了，说："你们岗上村将来可了不得，因为一匹马，人都跟发了情似的，有挡不住的暗劲儿。"

吴春山很得意，兜马而返，"咱们回家喝酒。"

因为吴春山的家是村子的制高点，马不愿意回栏，就站在那高处，俯视岗上的人、民舍和山水，也环视空蒙蒙的远方，颇有站在岗山头，放眼五大洲的豪迈。

吴春山说："咱们甭管它，进屋喝酒。"

"也没拴缰绳，它不会跑？"徐庆文问。

"它站累了，自己就会回到厩里，它知道领袖把它送给岗上了，就忠心耿耿地待在这里。"吴春山说。

屋里果然已预备好了一大桌子菜。

古月一眼就看到了帮厨的李兰玉。他情不自禁地在女人身上逡巡，好像不认识似的。李兰玉也不躲闪，大大方方地朝他点点头，嫣然一笑。

他觉得这个女人过得很幸福，因为她的确是又胖了，屁股大得有山丘的模样。他突然把她与丰收的场院联系在一起，想到了老家的风俗——

在老家榆林水，婆娘们聚得最齐全的时候，便是砸场的时日。

砸场是个细活儿，婆娘们干着是最合适的。

先是把去年的旧场招酥软，再用水泼湿，然后在场面上盖满了红羊草，就赶毛驴上去，拉碌碡压。

红羊草长在山垭的阳坡上，红的茎，红的穗，长得比别的草要高许多；但它味涩筋多，羊就不爱吃。所以，山里人把红羊草叫"轰羊草"。

但正是它的筋多，使它质地柔韧，很有拉力，就成了砸场用的好料子。这是植物的机智，它昭示了"尺有所短，寸有所长"的哲学思想。

碌碡压过，婆娘们便成排地坐上去，用扁平的木榔头在压熨帖的红羊草上砸。砸场是急不得的，要前茬接后茬地跟进，且力气也要使均匀，一下是一下。

砸场，不仅仅因了婆娘的心细和有耐力而由她们独揽了权力，更重要的，是山里的那条古训：生产过的婆娘臀子肥，大臀子砸场谷成堆。

于是，从婆娘们身后望去，便见到慢慢蠕动着的极壮观的一片浑圆。

在一起砸场的婆娘是很开心的，唰地扬起手臂，又唰地放下去，寂寞的山谷便回荡着一个很强劲、很整齐的节奏。

吧嗒——吧嗒——吧嗒嗒……

在一起砸场的婆娘也是很齐心的，面对着共同的丰收前景，各自的芥蒂是微不足道的。谷场的平展与凹凸，牵系着她们同样的命运；心必须没有杂念，榔头必须砸成一个声调——

吧嗒——吧嗒——吧嗒嗒……

细细地砸过之后，再小心地用手把砸烂了的红羊草揭去。于是，浑圆的、光滑平展的一片谷场便镜般可鉴了。

场体被日头晒干之后，谷物便不断地被送到场上，在汉子们高亢的号子声中，谷穗被碾成金黄的谷粒，谷山便把今后的日子耸饱满了。

这时，砸过场的婆娘们，便被人们遗忘了。

看到眼前的李兰玉，他想到了老家的婆娘，离别得太久了，她们还好吗？他有些思念故乡了。

看着越发性感和自在的李兰玉，他不禁有些嫉妒白鼎轩。这小子真是有福气，娶了这么好的一个婆娘。

55

农村工作现场会开得非常成功。

因为既对心气，又鼓士气，与会人员有了底气、有了信心、有了干劲。如果机械地学岗上、学南韩继，有现实难度；如果走"以粮为纲，立足特色，发挥优势，因地制宜，艰苦奋斗，不忘本心"的工作路线，一切从实际出发，走符合自己的路，便都可以出彩、放卫星。

一个叫保兴庄的村，坐落在拒马河下游，地势低洼，泥塘遍地，不好种庄稼，他们就发展养鱼。鱼繁育得快，迅速就见了收益。一个叫惠南庄的村，历史上就有养猪的传统，因为他们的地面上特别爱长地丁、苋菜、大蓟、茼蒿等甜口的野菜，是天然的猪饲料。他们受现场会的启发，集体养猪，短期内就存栏上千头。一个叫高庄的村子，地下水量丰沛，水溢地面，形成一块块毗连的池塘状堰田，其水温全年保持在14至17摄氏度，富含硒，且无污染，加之山前暖风气候，延长了作物的生长期，特别适合种植水稻。长出的稻米米粒透明，如石英，口味清香，几百年来，久负盛名。在民间流传着大米蒸煮七次还犹如新米下锅、一家煮饭十家香的美誉。所以，高庄明清时就是贡米的产地，号称"御塘稻"。现场会之后，他们回归传统，潜心种水稻，产出的大米不用出村，客户不请自来。

喜讯接连传来，古月觉得自己抓对了。

但县长提醒古月，发展特色的前提，还是要以粮为纲，经济上去了，民生改善了，但若是粮食减产了，咱可是犯大错误了，你要慎重。

古月说，县长您放心，我横竖也是老革命了，不会拿自己的政治生命开玩笑。您看，市里给咱下达的粮食总产量是个定数，咱京西有的是像岗上、南韩继这样的产粮大户，让他们增产增效，超额完成指标是绝对没有问题的。其他地区和村庄大可以活泛一些，这叫稳定大局之下的局部调整，在内部掌握。过去打仗的时候也常是这样，大的攻击目标确定之后，每个参战单元在战术上大可以机动灵活。

县长笑了，说，你们部队下来的干部，就是胆子大、点子多。

古月说，也不是的，不过是比着葫芦画瓢的三脚猫功夫。

县长说，别过分谦虚。

古月说，还是县长您开明，我才敢稍微放开点手脚，今后的工作，您还得多提醒、多指点。

县长很满意，说，咱们互相捧着干吧。

其实，古月的做派，也是京西人的性格使然。京西人总体上朴实、忠厚、本分、肯干，但有的时候，又有一些小聪明、小狡黠、小顽皮、小脾气。

县长究竟是县长，他肯定了古月农村工作的成绩和做法，建议县委做出决定，各条战线要向农业战线学习，不要因循守旧，要大胆创新，要立足本职、发挥优势、抓出特色，形成比学赶帮超的发展局面。

这自然也牵动了县医院，乔祺燕更忙了。

这一天，她很晚才回来，一进屋，就把鞋子甩在地上，把身子扔在床上，气哼哼地说："古月，给我洗脚。"

古月赶紧打来热水，小心地试试水温，给她洗脚。

乔祺燕的脚是古月之大喜，小巧、均匀、白皙，握在手里很柔软。他边洗边亲吻。乔祺燕说："肉麻。"

古月一笑，说："用你的话说，肉麻就是文雅，不过，这人间就是不公平。"

乔祺燕用脚踹了他一下，"你到底想说啥？"

"嘿嘿，我是想说，你脚长得这么好，可屁股却那么小，有点不四称。"

"谁的四称？"

"你看人家李兰玉的屁股，大大的，翘翘的，让人看了百爪挠心，嘿嘿。"

"真庸俗！"乔祺燕猛地坐了起来，"你们京西男人就是这么没出息，只喜欢大屁股。"

"你今天这是怎么了，连句玩笑都不能开了，你是不是累了？"

"怎么能不累，你那么能干，全县各单位都向你们学习呢，我们县医院也不能没有动作。"

"一个看病的地方能有什么动作？只要以患者为上，爱岗敬业，提高服务水平就行了。"

"但我们的院长可不这么看，他这个人爱跟风，也要放卫星。"

"听我说，媳妇。"古月一边体贴地给乔祺燕做脚部按摩，一边说，"他跟风，你可别跟风，你是业务院长，要讲究科学严谨的态度，千万不要心浮气躁，因为看病不比种粮食，也要个增产指标。"

乔祺燕用脚趾在古月的手心里挠了一下，"嘻嘻，这才像我的丈夫，一说到正经事，就显得有水平。"

"本来就是嘛，医院虽然是看病的地方，但绝不希望人病，看病的人越少越好，说明老百姓的身体健康。"古月把乔祺燕的脚贴在自己的脸颊上调皮地摩挲，"我媳妇是大小姐出身，我可不希望你累着，一累脾气就大，一累人就变丑。"

京西男人对媳妇有两种截然不同的态度，一种是把媳妇当作家里的使唤丫头，呼来唤去，颐指气使；一种是当宝贝，放在地上怕碰了，捧在手里怕化了。古月是后一种，结婚以来就没有跟乔祺燕红过脸，没有使过性子，差不多是百依百顺。他也跟乔祺燕说过，因为他们的新婚之夜和带乔祺燕回老家省亲时他都保证过，这个家一切都由媳妇做主，他要服从、要听话。当了县长之后，他更是这样。因为他也跟乔祺燕说过，尊重媳妇、疼爱媳妇，也是领导品格的一部分。

乔祺燕很感动，曾跟他开玩笑说："你可别唱高调，那是因为你是警卫员出身，听首长的话听习惯了。"

"古月，我突然想起来了，你现在的嘴不像以前的甜了，很少听你夸我了。"乔祺燕把脚从古月的把握中抽了出来，团在臀下说道。

"都老夫老妻了，再夸就假了。"古月放下挽起来的袖子，"再说，我是县长，也得有点儿架子，显得老成一点儿是不？"

"夫妻之间没大小，我可不希望你在我面前装老，别扭。"

"其实我一直是甜的，就像糖装在罐里，甜在心里，它不会跳出来喊，我是糖。"

古月的风趣把乔祺燕逗乐了，"你伸过脸来，让我亲一口。"

亲过之后，他们顺势相拥，丈夫被温暖得有了玩耍的欲望，却被媳妇推开了。丈夫依旧坚持，"你们院长要放卫星，就让他放去，你现在要用心干一件事，就是给我生孩子。"

"好，生。"

玩耍之后，两个人仰躺着，看天花板。看着看着，媳妇叹了一口气，说："咱们结婚这么多年了，还住在县政府的小房子里，好像整天在住旅店，一点儿家的感觉都没有。"

丈夫说："县政府的家属楼不够分，而眼下又没钱新盖，只能凑合着。再说，现在上下都讲'先治坡后治窝'，县政府也应该做表率啊。"

"那就一辈子做苦行僧啊？"

"不会的。"丈夫用脸贴了一下媳妇的脸，说："要不咱们去找一下老吴，在岗上要一处宅院，咱们自己盖，也好跟白鼎轩做邻居。"

"拉倒吧。"媳妇捶了一下丈夫，"我还不知道你，你好有机会看人家的大屁股。"

"又来了。"丈夫在媳妇的脸上轻轻地拧了一下，做了象征性的惩罚，然后说，"其实住在这儿也很好，墙上挂着领袖的画像，整天注视着我们，老人家就会亲自为我们做证，作为人民的公仆，他的一双小儿女，还是合格的。"

56

生活虽然有着自身的存在逻辑，但有的时候也会在逻辑之外，让人看到传奇的模样。

乔祺燕本来没有放"卫星"之心，却出人意料地，放了一颗大大的"卫星"。

惠南庄为了扩大养猪规模，大面积地扩建猪舍，就需要大量的木材，就要砍树。村子周边，包括街巷、道路、农田中的树，牵系着村容村貌，不能砍。就要到荒山上去，伐野林。野林里有老榆树、青杠木、黄栎，都是硬木，普通的斧和锯显得无力，就借了县林场的电锯。由于不是专业工人，村民用起来很不顺手，甚至战战兢兢。支部书记刘金一气之下，从一个村民手里夺过电锯，亲自操作，进度果然迅速。他很得意，对手下人说："支部书记可不是光会动嘴皮子的，真干起来，也比你们强。"也许是干的时间长了，疲软了臂力，也许是扬扬得意，而放松了警惕，不期然间，电锯就锯上了左臂，把一只手齐刷刷地锯掉了。

支部书记的手被锯掉，可不是小事，几个农民捂住断臂，抬起书记就跑，一个农民把书记的断手捂在胸口的衣襟下，怀抱着跑。他们跑下大山，跑上公路，拼死拦下一辆卡车，直奔县医院。

事情真是凑巧，县医院最好的外科大夫乔祺燕正在诊室，见了一群农民前呼后拥、呼天抢地闯进来，她下意识地站了起来。

查看了刘金的伤口，她大吃一惊，"怎么，手没了？"

"谁说手没了？"那个农民掀开衣襟，"在这儿呢。"

露出血淋淋的断手，断手上的两个指头居然还动了一下。

乔祺燕倒吸了一口冷气，"这个手术咱们县医院做不了，赶紧送北京的积水潭医院。"

几个农民都跳了起来，"不成，要是送到那里，书记的血就流干了，不但接不上手，人也死球的了。"

他们说得有道理。乔祺燕还知道，如果拖得久了，创面腐烂，细胞坏死，断手再植的机会就错失了。

正在犹豫之间，院长闻声而来。他上眼一看，果断地说："甭废话，赶紧转院。"他是觉得，这明显就是一个天大的陷阱，即便是条件好的大医院，再植成功的概率也是极小的，更何况是设备、技术都十分落后的小小的县医院！这近乎是天方夜谭，这样无谓的冒险，在比学赶帮超的形势下，不啻是一个灭顶之灾。

他的话一出，几个农民就愤怒了，先是把诊室的门堵上，后是把门上的玻璃打碎，每人攥起一块碎玻璃，"谁要是把我们书记耽误了，这玩意儿可不认人。"

院长被吓坏了，用求救的目光看着乔祺燕。

乔祺燕表情冷峻，面色苍白，像一座大理石雕像。几个农民看出她是唯一的救星，一起给她跪下了。

"快，送手术室。"天使朱唇开启，要做悲壮的拯救。

"乔祺燕，这样的手术你也敢做，你要考虑后果。"院长带着哭声说。

"院长，你要知道，我是战地医生出身，有的是胆量。"乔祺燕凄然一笑，说，"战地医生的本能是先救人，至于后果，顾不上了。"

人进了手术室之后，院长逃走，他去起草检查去了。此时却迎风来了三个人——李满柱、范晚吾、盲人刘。三人还没有站稳，手术室的门开了，一个穿白大褂的女护士出来，朝他们一点头，"乔大夫让你们进去。"

"瞧，我说什么来着，她乔大夫一定需要咱们。"李满柱很得意地对那两个人说。

三个人进去了，守在门外的几个农民很是疑惑：这三个人虽然也穿着白大褂，却是拐子、瘦子、瞎子。这拐子、瘦子、瞎子跟我们书记的断手有什么关系？

接上断手，并不难，难的是血脉流通、筋络复活，不能僵，更不能坏死。这需要精确对骨、活血化瘀、恢复功能。正骨是李满柱的本行，活血化瘀是范晚吾的日常功夫，激活功能是盲人刘的行医基础，他们一个都不能少。

当然，这都是后续的动作，首先，他们必须有临床的观察，好取得术后施治的基本信息。所以他们必须在场。

术中最现实的难题是，血管、肌肉和经络可以缝合，那么断骨呢？需要不锈钢的钢板、铆钉等固定器具，但手术室里却没有现成的材质，乔祺燕大夫有些无措，汗如雨下。李满柱冷眼看了看，看到手骨是瞬间被电锯切下来的，断口整齐，没有碎骨，便小声地对乔祺燕说："你只需把骨线对正，先进行缝合，接下来就交给我。"见乔祺燕很疑惑，他说："我的李拐子膏药药力很大，既能催生新骨，又能固定聚合，因为断处没有破碎，骨头完全可以自己长在一起。"

"你有把握？"乔祺燕问。

"绝对有把握。"李满柱说。

乔祺燕便进行缝合。

李满柱转身就往外跑，他要到自己的诊室去，把李拐子膏药取来。平时他一脚深一脚浅地走，此时因为跑得迅疾，来不及显示出落差，反而像个健儿。但他心里暗自叫苦，我的李拐子膏药是有些神奇，但也没神奇到百分之百能把齐刷刷的断骨聚合上的保证，但是，如果自己不给出一个断然的说法，乔大夫怎么能把手术继续做下去？听天由命吧。

乔祺燕的缝合刚刚完成，李拐子膏药就到了。他小心地在断处摸索了一下，说了一句："就是它了。"便把膏药糊上了。他拿来的是一贴特大号膏药，把那截断臂完整地包上了。

然后是特级护理。

范晚吾根据自己的观察，精心地配制了活血化瘀的药剂，给患者灌下。妇女不孕不育症，多与瘀症有关，因此他积累了丰富的临床经验，所以他对自己的药剂还是有一点信心的。但为什么不是完全的信心？因为那是化妇女的内瘀，慢慢见效也无关紧要，但这次是化外伤的血瘀，虽药理上相通，却是急于见效，它能听人的吗？听天由命吧。

伤口可千万别感染，患者可千万别发烧！乔祺燕就住在医院，亲自进行24小时的监护。伤处被李拐子膏药糊着，不会被外部感染，但会不会内生感染？她不敢断定，听天由命吧。

过了一个星期，伤口进入了愈合期，居然没有发烧，患者也有了清醒的意识。乔祺燕问刘金："刘书记，手有感觉吗？"刘金说："是死的，没感觉。"

乔祺燕很生气，大声说："你怎么能说是死的，应该说是木的。"

虚弱的刘金被吓了一跳，委屈地说："你看，这只手的手指头都是黑的，怎么会不是死的？"

"是紫，不是黑。"乔祺燕又大声地说道。

紫是说明血脉欠通，前景还是通的，黑可就不同了，是完全不能通。这让乔祺燕难以承受。"快，去把刘大夫请来。"她对护士说。

声音未落，盲人刘自己就进来了，"乔院长，我一直就在外边候着呢。"

"刘大夫，从现在开始，你给刘书记做理疗。"乔祺燕吩咐道。

盲人刘先是按摩那几个发紫的手指头，弄了一个时辰，他转而按摩患者的臂肘、大臂和肩膀。指头是梢，后边的部位是根，他这像是抓两头带中间，让群众一齐进步。

按摩了半个月，刘金手指头的颜色变浅了些。乔祺燕轻轻地敲了敲包裹着的李拐子膏药，"刘书记，有感觉没有？"

"有，又像没有。"刘金说。

"到底是有还是没有？"乔祺燕的声音有些尖厉。

虚弱的刘金又被吓了一跳，委屈地说："有，有一点。"

"一点是什么意思？"

"里边像有一条冻僵了的毛毛虫，有气无力地动了一下。"

"你这个人真有意思。"乔祺燕说。

"乔大夫，我对你有意见，跟我说话，你能不能轻一点？"

乔祺燕白了刘金一眼，转身出去了。到了外边，她的眼泪簌簌地流了下来。因为她知道，这一点感觉，意味着有成功的希望。

她没有吱声，只是来得更勤了。

三个月之后，刘金的手指居然能抓挠了，虽缓慢笨拙，却是真实的动。她让李满柱揭开李拐子膏药，欣喜地看到，创面鲜红，愈合良好，没有脓肿。李满柱说："还得给他换一贴膏药，因为六个月之后才真正开始长骨头，不能让它错位。"

乔祺燕只来得及点点头，就飞快地跑出了病房。她不能自已，放声大哭。多亏了她不拘一格招拢人才，就是这几位拐子、瘦子、瞎子在关键时刻挺身而出，助她一臂之力，才使她化险为夷、立于不败之地。他们是她的救星。

六个月后，刘金的手能自由活动了，他迎来了一个白面长身的访客，便是秀才白鼎轩。他一直关注着这个事件，到了今天，他觉得是该出手的时候了。他采访了所有当事人，包括那三个拐子、瘦子、瞎子和乔祺燕以及县医院的院长。

在采访院长时，他眉飞色舞、夸夸其谈，说了许多时髦的话、拔高的话，临了，院长小声地对白鼎轩说："你能不能提醒一下刘金，给我们医院送一面锦旗。"白鼎轩刚一提及，刘金就爽快地答应了，"送，必须送！但你得给我出一句词。"

词是这样的——抬头：敬赠乔祺燕大夫；正文：断手再植令枯木逢春，天使下凡创人间奇迹；落款：京西惠南庄村刘金。

词送院长审阅。院长草草一看，板着面孔说道："抬头不能这么写，应该写：敬赠京西县医院外科，不，连外科也不用写了，就直接写县医院的名字吧。"

锦旗送到，院长把它挂到了自己的办公室里。

但白鼎轩写的长篇通讯里，出现的却是当事人的名字。因为按新闻报道时间、地点、人物三要素的要求，要真实，而不能假托，更不能虚拟。《北京日报》在发表时，还配发了本报社论，题目是：《在毛泽东思想的武装下，什么样的人间奇迹都可以创造出来》。

《人民日报》旋即转载，一颗卫生战线的卫星飞上了神州大地的上空。

57

　　乔祺燕一下子成了新闻人物，她被评为北京市劳动模范和全国三八红旗手。

　　全国各地前来学习的医务人员和单位络绎不绝。

　　她起初参加接待了几拨，但很快就拒绝接见，因为作为一个医生、一个文静的女性，整天抛头露面，自我描画，她不厌其烦。而且奇迹的产生近乎命运所赐，回想起来至今还心有余悸，柔软的内心不可承受。

　　就把光荣的机会推给了院长。

　　院长乐得露面，每次都眉飞色舞、口沫四溅，院领导如何，医疗团队如何，接诊医生如何，绘声绘色，既感动别人又感动自己，有强烈的身份感和成就感。到了后来，他发现，听者都是有选择地听取他的介绍，更关心的是乔祺燕大夫如何，那三个拐子、瘸子、瞎子如何，他便有所醒悟，原来是费自己的唾沫，为他人歌功颂德，便兴致大减，索性委托给几个政工干部鹦鹉学舌，自己躲到后边去了。

　　金子和碎玻璃虽然都发光，但人们都捡拾金子，而把碎玻璃扫进垃圾斗里。他有了深刻的心理体验，所以很懊丧，对乔祺燕有了隐隐的恨意。

但乔祺燕究竟是县医院的医生，功劳的取得，还是有他一部分的。县委做出决定，他升任县卫生局副局长，乔祺燕接替他当院长。这是个顺理成章的结局，但却有了出人意料的状况。乔祺燕死活不当这个院长，她说自己只是个医生，当个主管业务的副院长就已经是勉为其难了，再管行政事务，她干不来，想想就头疼，甚至想疯。卫生局长苦口婆心地做她的工作，说，谁也不是干事的把式，慢慢就习惯了。乔祺燕说，如果你非得让我干，我就疯给你看。局长苦笑一下，说，你应该理解我们的处境，现在的你，已经不单单是你，关系到我们对劳模人物、对知识分子是不是重视、是不是尊重，这很重要，因为上边、整个社会不知有多少双眼睛在看着我们，我们也很为难。乔祺燕说，你们要是真重视、真尊重，就把我放在适宜的位置，专心行医，给患者看病。做不通她本人的工作，局长就去拜见古县长。古月对局长很热情，亲自沏茶倒水，然后客客气气地说，我真诚地谢谢你，不过，乔祺燕的想法不是没有道理，你就尊重她吧。局长愣在那里，连水都忘了喝一口，迟迟疑疑地走了。

由于乔祺燕死活不肯上任，院长也就不得升任，无可奈何地留在那里。客观上，乔祺燕挡了院长的道，不仅无声地挡在路上，还留下了巨大的阴影。由于她名声太大，医术太优秀，人缘也太好，在医护人员中，甚至在医院的上上下下，都有很高的威望，就暗淡了院长的光辉，降低了院长的权威，指挥起来有些疙疙瘩瘩，调动起来有些黏黏缀缀。甚至有些医疗方案要他签字，他刚要落笔，上报人会忍不住问一句："乔院长她什么意见？"笔就停在空中。他感到很屈辱，索性把笔一扔，"你去找乔院长签字好了。"来人也不识趣，还真的去找乔院长。乔祺燕有自知之明，她知道，劳模不过是一种荣誉，而不是权力，便委婉地拒绝，客客气气地把来人打发回去。一放一拒间，干群之间就有了隔阂，不像原来那么自在了。

院长对乔祺燕的恨，就一天天深起来。

乔祺燕内心透亮，并不察觉这恨，依然满面春风，望闻问切，为患者悉心服务。

她与古月感情愈加深厚，既爱且敬。

她感谢古月善解人意，尊重她的选择。而且她看得出，古月的尊重，不是故作姿态，而是出自真切的理解和相知。乔祺燕出身豪门，见过富；经历过烽火硝烟，懂得生死；见证过时代变迁，知道深浅；亲炙过百姓病痛，体会冷暖。因而她没有名利之心，她听从于自己的内心、服从于自己的性情，乐享无欲无求的生活。所以，当乔祺燕终于推掉了院长的羁绊，他亲自下厨，给她做了几个老家的小吃。"今天，古县长得给你祝贺一下，祝贺你终于得逞了。"

一句"得逞了"的调侃，让乔祺燕心花怒放，"不成，你得陪我喝几杯。"

"我给你预备着呢。"古月笑着拿出一瓶衡水老白干，"不过，这酒可冲。"

"冲我不怕，怕的是不明不白、不阴不阳、不温不火。"乔祺燕说。

古月听得出，这是对他鲜明的态度、坚定的支持的赞美，含着情不自禁的爱意。

"这个酒，虽然冲，但是爽口。"古月把眼前的两个酒杯都斟满了，说："刘秉彦司令就喜欢这口儿，无论走到哪儿，只要有人请喝酒，他都会喊，有衡水老白干没有，呵呵。"

"你怎么能跟刘司令比？"

"怎么不能比？我现在大小也是县长了。"

"当个小小的县长就了不起了，你是不是骄傲了？"

"我哪敢骄傲，我的意思是说，我们走到现在，还是有出息的，没给他丢脸。"

"这还差不多。"

两个人开始对酌。

他们轻轻地举杯，轻轻地碰杯，沉默地喝。

因为他们从心底里不约而同地升起一种庄重的情感——

自从在战地医院相识，他们一路走来，结伴而行，都怀着为这块土地、为这个国家做一番贡献的情怀，因而不陷于家庭之小，而是互相鼓励、互相支持，比竞着作为。如今他们已进入了青春的末梢，没有居所，没有子嗣，还是二人相守，但是，他们兑现了当初的承诺，问心无愧，便不为物喜，不以己悲，大可以骄傲和自豪。

酒喝到心热，平静就被打破了。古月说："没想到，你一个资本家的大小姐，却这么革命，把青春全都献给了我们京西，我代表京西人民敬你一杯。"

"你开什么玩笑，你一个小小的副县长能代表得了京西？你代表古家还可以。"但她还是端起了酒杯，"我问你，我是不是你们古家最好的媳妇？"

"是，当然是。"古月举杯响亮地碰过去，"所以我要真心地敬你一杯。"

两人一饮而尽。

乔祺燕抢过瓶子，含笑给两个人斟满，先就举起杯来，说："我也没想到，你一个莽撞的京西汉子，也变得这么内心锦绣，里里外外都从容有度，让你媳妇很有面子，所以我也真心地敬你一杯。"

由于相互欣赏，酒就喝得很纵情，他们从地上喝到了床上。到了床上就玩耍，玩耍得不管不顾，大呼小叫。女人被自己的叫声吓坏了，自己紧闭了嘴之后，又去捂男人的嘴。男人甩掉她的手，"就是要叫，叫着才痛快。"女人说："你可别忘了，咱们可都是有身份的，一个是县长，一个是院长。"男人说："都什么时候了，还管那个，不过是一对公狗母狗。"女人说："你真是没文化，不会比喻，这叫床下君子床上夫妻。"

玩耍一遍之后，男人还不尽兴，"再来一次。"

女人说："那可不成，酒后乱性，小心伤身。"

男人说："你忘了，咱们现在的头等大事，就是造孩子。"

女人不同意，告诉他，这个时候不能造孩子，因为酒后败坏，造出的孩子不聪明，非傻即呆。所以要想造孩子，这之前要有足够的时日远酒避怒，避免过劳，做到血脉健旺，神清气爽，是很讲究的。这就是你们京西人所说的，封山育林。

男人很任性，说，别那么臭讲究了，柴在灶边就得烧，花在手边就得掐，婆娘躺在身边就得日鼓。再说了，我们这个地界，从来是生冷不忌，顺其自然，随心所欲。借酒生事，造出的孩子也未必呆傻，都虎羔子似的，都贼狸子似的，又壮又聪明，你比如我吧。

"嘁，你以为你就聪明？"

"不聪明能把你这资本家的大小姐搞到手？不聪明能把京西的农村工作搞得头头是道，年纪轻轻就当了县长？"

"纠正一下，是副的。"

"副的怎么了？正副不重要，关键是起不起作用。"男人佯装发怒，顺势朝女人匝了过来，"再说了，副才舒服，你没听说，吃饭要吃素，穿衣要穿布，出门要用步，当官要当副，这一如六月的天气下小雪，舒服舒服真舒服。"男人顺势一用力，舒服下去了。

女人忍俊不禁，笑出声来，"随你。"

58

然而，大历史容不得小生活。

就在古月和乔祺燕回到家庭，经营温馨，孕育未来的时候，风云骤起，突然运动了。

北大、清华等几所首都高校的红卫兵组织下到京郊，推动运动。在他们的带动下，京西、保定、涿州、武清等京津冀地区的红卫兵联合成立了"燕赵风"革命造反司令部。

他们打砸抢、揪批斗、抢班夺权，冲击了各级政府组织。京西县委自然也受到了冲击，被改组为县革命委员会，古月暂时被任命为革委会副主任。之所以暂时，据说，是因为他有历史问题，待甄别清楚之后，再考虑是不是让他坐稳了现在的位子。

一时间，秩序大乱，生产停顿，人人过关，人人自危。许多干部群众被裹挟进运动。为了过关自保，各单位各地区积极行动，迅速站队，争相检举揭发，用别人的落马和惊慌失措，换取自己的平安和悠然自得。

县医院第一个被拉出来揪斗的就是美女院长乔祺燕。

由于长期积累的怨恨，院长敏感地把握了运动的机会，准确地列举了她的种种历史问题，包括她的资本家出身，包括她曾经任过伪职，包括她是非不分，把仇恨社会主义的江湖郎中拉进革命队伍，并营造个人小势力对抗党的领导，等等。

这些列举，像秃子头上的虱子——明摆着，让乔祺燕百口莫辩。虽然她有突出贡献，是远近闻名的先进人物，斗争的原则也是重在现实表现，但一旦被有意构陷，被做有罪联系，以往的行为也就变成了别有用心，就更反动了。

县医院的小广场上，临时搭起了一座批斗用的高台。

乔祺燕是被从她的诊所里揪出来的，事先毫无心理准备，所以被推搡上高台的时候，还穿着她那身整洁的白大褂。

院长感到刺眼，阴阳怪气地说道："白大褂是神圣的象征，她配穿在身上吗？"

两个押解的红卫兵立刻会意，粗暴地给她扒去了。

站在高台上的乔祺燕被五花大绑，由于被不断推搡，那个临时的台子左摇右晃，发出吱吱嘎嘎的声音，像随时就要坍塌。

乔祺燕战战兢兢，咬紧嘴唇，闭上了眼睛。面对突降的厄运，她不知所措，只能听天由命。

她在台上瑟瑟发抖，台下被拉来陪绑的三个人，也瑟瑟发抖。

拐子、瘦子、瞎子坐在诊室里，是一方神圣。而在斗争的呐喊中，他们猥猥琐琐，更有惨不忍睹的残疾。

斗争的人且呐喊且嬉笑，他们觉得有趣，心中欢快。

但院长却不觉得有趣，因为他发现：被批斗的乔祺燕，无论怎么被红卫兵做有罪问讯，她都闭口不语；无论怎么被红卫兵羞辱甚至殴打，她都牙关紧咬，不发出一声呻吟。她的坚贞不屈，反倒衬得打手的滑稽，这让他无法承受。

更让他无法承受的，是乔祺燕被扒去白大褂之后，却露出了她身姿的姣好和性感。她头型秀美，脖颈颀长而白皙，被绣花小圆领托举着，像花朵。一条藏蓝的制服裤，肥瘦适宜，显得她的腿部线条玲珑而柔媚,太有味道了!特别是她的腰部,她的小腹微微隆起——虽然他知道那是孕妇的特征——再配以上提的臀线,更有了很凶险的性感。她居然在难处还美,让他在平安处找不到自己的平安。

他恼了,从红卫兵在台前不停闪回的缝隙间,瞅准机会,偷偷地、狠狠地在台柱子上踹了一脚。

那座本来就吱嘎作响的高台不可承受其重,摇晃了几下,慢慢地倾倒下来。

那三个陪绑的残疾人见状,本能地扑上去,施以肩扛、手托,在不稳中给以稳定的支点。

"把他们拖走!"院长已不顾隐身,跳出来喊道。

来人就拖,拖不走就施以拳脚。

在危急中冲上来一个人。

许多人都认识,那是县革委会副主任古月。

他大喊一声:"媳妇,你别害怕,我来了!"

他冲上台去,抱起乔祺燕,又翻身跳下,然后迅速撤离现场,一连串动作,完成于一瞬之间。

在场的人都呆了,呐喊变成沉默,眼睁睁地看着批斗对象被劫持而走。

高台缓缓地倒下。那三个人从倾覆中爬出来,彼此拍去身上的尘土,各自擦去脸上的血迹,不为己忧,反为人喜,不约而同地说道:"够爷儿们。"

人们醒过神来,把他们三个人围住了,要拿他们出气。

院长觉得无趣,喊道:"都散了,都散了。"

红卫兵的头目说:"人是我们揪来斗的,凭什么你说散了就散了?"

"请原谅。"院长拱一拱手,说,"究竟是在我的一亩三分地里，你们要给我留点后路。"

人虽然散了，但事情还没有完。红卫兵造反派逼迫他必须做出处理决定。

乔祺燕自然是被撤职开除。

那三个陪绑的人，按造反派的意见，也要清退，清除出革命队伍。作为院领导，院长毕竟要做一些权衡。他跟造反派商量道，他们虽然是江湖郎中出身，虽然是乔祺燕的死党，但也是一线的门诊大夫，一旦辞退，对医院的业务工作影响很大，对人民群众的看病就医十分不利，我看还是留下来，进行思想改造，控制使用吧。

造反派说，要革命就要有牺牲，绝不能心慈手软，姑息放任。

说得对，说得对。他先是笑着应承，之后却收敛了笑容，反问道，牺牲谁？牺牲人民群众？

造反派被问住了，愤愤地看着他。

为了不激怒造反派，他重新堆起了笑容，补充道，我所说的思想改造、控制使用，就是让他们白天坐班看病，一早一晚，包括公休日让他们打扫院里的卫生。而且要早请示晚汇报，不许乱说乱动。这就叫作，劳其筋骨，苦其心智，还要剥夺他们做人的尊严。

造反派转怒为喜，拍拍他的肩膀，还是你狠，就依你说的办吧。

59

红卫兵把县政府包围了。

他们先是搜查了古月和乔祺燕的住处,一无所获之后,喊着让古月出来对质。

古月从容地走了出来,身上居然穿着一套土黄色的军装。那是他转业时作为纪念收藏起来的,虽然没有领章帽徽,但在阳光下,也熠熠生辉,也有着现役军人的威严。

他胖了,所以不仅威严,还透出带着力量的威武。

与之相比,那些还在生长发育之中的红卫兵,就显得单薄;他们虽然也穿着军装,但颜色太绿,嫩得有些柔弱。古月站在他们面前,像他们的首长,弄得他们不敢过分造次。

红卫兵的头目说:"古副主任,我们也不想难为你,只想请你把反革命分子乔祺燕交出来。"

"她不就在你们手里吗?"古月一笑,居然说。

"她被你从会场抢走了。"

"谁能证明?"

"我们都能证明。"

"你们又是谁?"

"我们是红卫兵革命小将。"

"红卫兵小将？什么番号？什么级别？"

"我们是龙乡战斗大队，隶属燕赵风革命司令部。"

古月便知道，这是本地的造反派。因为京西有个周口店北京猿人遗址，遗址里有座龙骨山，藏着龙骨化石，所以京西又被称作龙乡。他说："去把你们的司令找来，我只跟级别比我高的人对话。"

红卫兵愣了，他们面面相觑、喊喊喳喳一阵后，一个头目说道："我们司令在保定呢，来不及见你，再说，你以为你是谁，想见我们司令就见我们司令？"

"我看你们毫无诚意，所以我请你们散了。"古月挑了一下眉毛，厉声说道，"这里是政府重地，不容许聚众干扰！"

说完，他迈着方步，打道回府。

这疑似是命令，倒叫红卫兵小将有些心怯，既然兴师问罪的对象已从眼前消失，再待下去也没什么意思，就稀稀拉拉地撤了出去。他们到了院墙之外，又觉得没法跟司令部交代，就不停地逡巡，最后竟坐地支起了帐篷，安营扎寨，设岗查询。

古月被堵在了县政府里。

红卫兵居然搞起了路边烧烤，他们又吃又喝又喊叫，还伴以炭火，伴以硝烟，纵享革命的浪漫。

古月待在屋里，一刻都没有平静。他是在担心乔祺燕。

从县医院的批斗现场抢走乔祺燕之后，他把她交给了接应他的白鼎轩，让他马不停蹄地转移到岗上村去。他觉得那是他最可靠的战斗堡垒，吴春山一定会妥善安置，让他无后顾之忧。

他对老吴有本能的信任，问题是，白鼎轩是一介书生，情形紧急之下，会不会走漏风声，拖泥带水？

正焦灼之间，白鼎轩进了门。

"怎么样，妥了？"他站起身来问。

"妥了，老吴让我告诉你，只要有他吴春山在，事后一定会还给你一个全须全尾的乔祺燕。"

"老吴我倒不担心，我担心的是你。"

"我你也不用担心，我是亲自用自行车把她带过去的，中间没让任何一个人经手，而且我还把她包裹得很严实，不露脸不露眼的，没人认出她来。"

"这叫什么事啊，跟搞地下工作似的。"古月感慨道。

"就现在的社会形势，不亚于搞地下工作。"白鼎轩说。

"你就不害怕，就不怕被连累？"

"这有什么可怕的，你别忘了，我也是见过世面的。再说，你古月是什么人，乔祺燕是什么人，我比谁都清楚。古人说得好，士为知己者死，我倒想为知己者死一回哩。"

"死？不至于吧。"门外传来一个声音，县长，不，革委会主任推门而进。

古月迎上前去，"主任，给您添麻烦了。"

主任摇摇头，"咱俩就别客气了，既然是一个战壕的战友，共担风险，也是应有之义。"

他们共同分析了眼前的形势，一致认为，看红卫兵的架势，他们是在等上边的指示，或者是等什么人的到来，如果不给他们一个说得过去的交代，他们是不会鸣锣收兵的。

古月说："能给他们什么交代呢？他们的目的很明确，就是让我把乔祺燕交出来，让他们批斗。这样的交代能给吗？"

"不能给。"白鼎轩抢先说道。

主任略作沉吟，说："就是因为他们目的明确，所以才不能一味回避，我看红卫兵现在是为荣誉而战，你不让他们开成那个批斗会，怎么会熄灭他们心中的气焰？"

"依您的意思，是把乔祺燕交出去让他们斗一斗？"

"就让他们走走过场吧，我会从县武装部抽调几名战士在暗中保护，把局面控制住。"

　　"但是，火一旦烧起来，您是控制不住的，周围已经出现了打死人的情况，再说，乔祺燕已经有了三个月的身孕，经不住惊吓，经不住屈辱，更经不住失控之后的拳打脚踢。"

　　主任脸红了一下，说："如果不让他们批斗，恐怕你会引火烧身，自身难保。"

　　"那就让他们斗我。"古月满脸通红，说，"我古月自参加革命以来，为国家和民族而战，为党和人民而战，作为七尺男儿，这次也要为自己的媳妇而战了，不然我愧对先人！"

　　白鼎轩情不自禁地鼓起掌来。主任瞪了他一眼，"净添乱。"

　　白鼎轩说："搁我身上，也会做这样的选择，男人要是没了血性，等于自阉。"

　　"看来我是说不服你们了。"主任苦笑了一下，说，"古月，我要嘱咐你一句，遇事要冷静，不能意气用事，我还要告诉你的是，你不是孤军作战，你身后还有我，还有县革委会和县委。"

　　天亮之后，红卫兵又冲进县委大院。这一次，人数很多，好像是几股力量的合流，堪称人山人海。他们也不呼喊，只是义愤填膺地站在那里，肃杀的气氛很重，让县政府留守的值班人员感到很害怕。在政府里上班的人员陆续露头，一看到这个阵势，都转身欲走，却被墙外候援的红卫兵拦住了。他们得到的指令是，许进不许出，一个也不能少。

　　恐怖啊。

　　从红卫兵的队伍里走出了一个人，也穿着土黄色的军装。他的身块要比古月庞大得多，两股眉毛像利剑，不停地挑动。他背着手，也迈着方步，直朝县委大门走去。他身后还跟着两个卫兵，背着长枪，长枪上还上着刺刀。

县委的门卫上来拦挡，穿土黄色军装的人不耐烦地挥挥手，"快去通报，我们要跟县委对话。"

革委会主任首先得到禀报，他对办公室主任说："我们首先要做的，是要保护好县委，你赶紧去报告书记，请他不要露面，这里的一切，都由我来处置。"

他主动迎出门去，把穿土黄色军装的人请进会议室。"请坐，我们县革委会一班人都在这里了。"

"很好，态度不错。"穿土黄色军装的人一屁股坐下，朝两个卫兵挥挥手，让他们候在门外。

"鄙姓王，大号王林青，燕赵风司令部副总司令。"他自我介绍道。

主任也连忙介绍自己，"我叫何海晏，革委会主任。"然后他一一介绍自己的下属。介绍到古月的时候，王林青摆摆手，"就不用介绍了，看打扮，是古月，古副主任，嘿嘿。"两声嘿嘿，别有意味，古月不禁皱了皱眉头。

两个人都穿着土黄色的军装，又相对而坐，其余的人都紧张起来。

"那我就开门见山了。"王林青盯着古月说，"我这次来，并不是为了乔祺燕，她个头太小，我是专为古副主任而来，因为他比较有分量。"

在座的人都愣了，为什么改变了斗争的大方向？

王林青说："据我们调查，古月他本人的问题，比他老婆乔祺燕的问题要严重得多。"

如何多法？

王林青开始历数——

这第一，在解放房山城的时候，他违反党的政策，为报个人私仇，公然枪杀俘虏，造成了极恶劣的影响。什么？那是俘虏冯景旺设下的圈套？其实是他畏罪自杀？谁做的甄别？谁下的结论？谁能站出来证明？哈哈，没有。

　　这第二，在分管农村工作的时候，对伟大领袖的最高指示，他阳奉阴违，大搞资本主义复辟。什么？这纯粹是污蔑？你们看，伟大领袖讲要以粮为纲，他古月在干什么？搞什么特色生产，养猪、养鱼、养马驴骡。中央一再强调，要割资本主义的尾巴，他却明目张胆地肥了资本主义的尾巴。他的党性到哪里去了？什么？别扣帽子？这还用扣吗？就他的事实表现，他彻头彻尾地是混入我们党内的走资本主义道路的当权派。

　　这第三，他是非不分、立场不明，为了树立个人威信，搞个人的团团伙伙，不顾党的神圣宗旨，也不捍卫党的纯洁性，把对党、对社会主义怀有二心的国民党伪职人员拉入党内，并委以重用。什么？白鼎轩入党是出于自愿？他已具备了入党条件？谁谈的心？谁做的考察？你们谁敢负责？哈哈，还是没有。

　　这第四，他霸占县政府的公共房间为己用，从解放至今，长期不退，不做反省，还心安理得？什么？那是县政府分配给他使用的？那我问你们，怎么不分给别人？还有，他交管理费了没有？他交水电费了没有？侵吞私占国家财产，不是简单的思想认识问题，那是犯罪，是可以判刑的。

　　从王林青的口音判断，他不是本地人，是来自唐山、宝坻那一带，但一个外地人，仅仅在一夜之间，就把古月的底细摸得这么清楚，看来燕赵风司令部是很下了一番功夫的。在座的各位心中惴惴，这造反派真是不好惹啊。更让他们不寒而栗的是，他们本能地想到了这背后的什么。就像抗战时期，京西就既频出英烈也多出奸细一样，这县政府内部，或者附近周围，也大有给造反派引路的、告密的人在。想到这儿，他们人人自危，陡生自保意识，谁也不敢再多说话了。

　　但是，还是有一个人站了出来，"请允许我说几句公平话。"

60

这个站出来的人，居然是革委会主任何海晏。

这出乎王林青所料，他一惊，"你？"

不仅王林青吃惊，古月和在座的所有人都大感意外。

何海晏并不急于表述，而是拉起了家常。"王司令，听口音，您是京津塘三家地带的人。"

"唐山。"

"哦，那咱们也算是老乡了，我老家是天津宝坻，咱们离得很近，我姥姥家就是唐山人，也姓王。"

"这么巧？"

"俗话说，老乡见老乡，两眼泪汪汪。"何海晏笑着说，"既然是老乡，那咱们就可以抄近了说话，通个心气，给个照应。"

"好说好说。"

何海晏开始说正题，他说——

您说的枪杀俘虏的问题，那纯属于意外事件，的确是冯景旺设下的圈套，古月同志只是失察、疏于防范。事情发生后，晋察冀军区二纵政治部已做了严肃处理，古月同志被革除军职，转业到京西降级使用。既然组织上已下了结论，做了处理，我看就不宜在这上面纠缠了，要尊重历史。

王林青点点头，"是。"

至于说古月同志走资本主义道路，就与事实有出入，他坚持的"以粮为纲，立足特色，发挥优势，因地制宜，艰苦奋斗，不忘本心"的工作方针，是经过县委集体讨论做出的决定，而且也是被北京市委批准了的，他本人不过是具体执行而已。况且，搞特色农业，搞多种经营，养鱼养猪养马驴骡，都是在超额完成粮食生产计划的前提下进行的，并且富裕了农村，促进了发展，上边是高度肯定的。如果要追究责任，要由县委、县政府负责。

王林青又点了点头，"也是。"

说到白鼎轩入党的问题，也不是古月同志一人"拉入"的个人愿望，是基于白鼎轩个人的突出表现。他听党的话，跟党走，严格要求自己，自觉地进行思想改造，并且常年深入一线，与群众打成一片，尊重农民的革命热情和首创精神，挖掘出一批先进典型，有突出贡献，在群众中也有很高的威望。我看，发展这样的同志入党，也是事业的需要，不存在所谓的树立个人威信、搞个人的团团伙伙的问题。

王林青依旧点了点头，"的确是。"

还有古月同志的生活用房问题，那也绝不是个人行为，而是组织的决定。古月是军转干部，乔祺燕是医疗专家，这就牵扯到了党的荣誉军人政策和知识分子政策，县委也是基于落实政策的考虑，做了那样的安置。再说，按古月同志的条件，早就应该享受分配住房的福利，但是他每一次都高风亮节，让给了别的同志。他那个住房，是属于库房性质，空间狭小，阴暗潮湿，也只有像古月这样的有高度政治觉悟的同志才甘于居住，而不对组织有一丝抱怨。他本应该是领导干部学习的榜样，倒成了"霸占"的罪状，真是不可思议。

何海晏陈述完毕，王林青不断地点头，笑着说："你说的全是。"

以为事情有了转机，大家都松了一口气。但是，王林青脸上的笑容突然凝固了，他严肃地说道："我说老乡，即便你说的都是，但你能说服得了我，你能说服得了我的上司吗？"

王林青说，一声老乡，胜过老酒一缸，念老乡的情分，我不打官腔，听你说了这么多，也承认你说得都有道理。但我什么也不能答应你，因为古副主任把事情闹大了，被上边盯上了，不好变通了。你看，乔祺燕没斗成，让本地红卫兵丢了面子，他们一个电话汇报到燕赵风司令部，派我连夜赶来。临行前司令部给我下了死命令，一定要揭开盖子，把乔祺燕背后的黑手挖出来，在光天化日下批斗示众。如果你们舍不得把古月抛出来，那就是让"燕赵风"丢了面子，那司令本人就会亲自下来，那他瞄准的对象可就不是古月了，而是古月背后的人，不言而喻，就是你老兄和你身后的县革委会、县委。要知道，我们司令可是一手通天、一手遮天的人物，有不达目的绝不罢休的脾性，孰轻孰重你要权衡啊！

依他的逻辑，斗争会逐步升级，乔祺燕——古月——何海晏——县委。

没想到事态会这么严重，何海晏不知说什么好了。

王林青拍了拍何海晏的肩膀，说："因为是老乡，我就当你今天什么也没说，不过我真心地劝你一句，在铺天盖地的运动面前，你要学会审时度势、明哲保身，别搞哥们义气那一套。"

何海晏忧伤地看了王林青一眼，嗫嚅道："我做不到。"

一声我做不到，虽然轻微，却被古月清晰地听到耳里，他大为感动。

京津冀有"京油子卫嘴子保定府的狗腿子"一说，喻北京城的人世故油滑，天津卫的人会说会吃，就是不讲义气、不动真格的，而保定府的人一遇危机就出卖朋友，当奸细、当狗腿子。不知怎的，对这个说法，古月记得很清楚，并深信不疑。而今天，何海晏这个天津卫，却在关键时刻挺身而出，替下属说话，讲了义气、动了真格的。这真是出乎古月之所料，所以他吃惊，他感动。

感动之下，古月顿生豪气，他猛地站了起来，"我算是弄明白了，如果不把我交出去，打成个什么分子，就会连累何主任和整个县委。这坚决不成！谁都知道，县委一旦受到冲击，领导就会瘫痪，秩序就会大乱，生产就会停顿，人心就会涣散。这是不得了的大事，这里边的责任要多重有多重，一个小小的古月是承担不起的，我不能当历史的罪人。"

王林青点点头，说："你分析得很透彻，正是这样。"

古月对何海晏说："您如果有什么顾虑，怕事后被人指责，我倒有一个不错的建议，革委会的所有成员都在，咱们举手表决。"

"都什么时候了，你还有心开玩笑，跟说旁人的事似的。"何海晏也离开座位，在人前踱来踱去，"把你交出去，怎么定性？一切都是莫须有嘛。"

"我说老乡，你可真是书生气。"王林青对何海晏说，"革命不是请客吃饭，不是做文章，不是绘画绣花，不能那样雅致，那样从容不迫，文质彬彬，那样温良恭俭让。这是谁说的？这是最高指示，就是说，革命不容商量，更不能斤斤计较，目标一旦确定，如果需要，没有也是有，有也是没有，所以老乡，你就尊重古月的意见吧。"

表决的结果，除了何海晏反对之外，大家都同意把古月交出去，因为事已至此，真是没有别的选择。

何海晏满脸抽搐，沉痛地对古月说："眼睁睁把自己的同志推出去，真是无地自容啊。"他的眼泪不禁簌簌落下。

一直十分平和的一个人居然有这样强烈的反应，让古月大感欣慰。他说："何主任，遇到你，是我古月的造化，我古月要给你鞠上一躬。"

其实，何海晏能有这样的反应，是他的出身和经历使然，只不过古月多少有些感情用事，还不会用历史的眼光分析和判断人和事物。

共事这么多年，对何海晏的历史，古月是了解的。

何海晏原来是天津南开大学的学生，是学生运动的骨干，经历了1920年1月29日天津直隶当局镇压爱国人士的"廿九"惨案。

五四运动后，天津抵制日货的风潮渐起，引起了经营日本商场老板的不满，有些店主勾结日本人殴打学生，致使2人受伤。对此，学生及各界提出强烈抗议。1920年1月24日，天津当局又逮捕检查日货的学生和各界联合会代表10余人，同时查封了学生联合会和各界联合会。29日，天津学生5000余人在周恩来的领导下到省公署请愿，要求释放被捕代表，为学生联合会和各界联合会等启封。请愿学生再次遭到军警镇压，有50余人受伤。周恩来、郭隆真、张若名、何海晏等代表均被逮捕。2月1日，各校学生开始罢课。2日，全国各界联合会等纷纷通电，要求释放被捕学生和代表。反动当局迫于全国的压力，才在7月17日把被捕的周恩来等各界代表释放出来。何海晏等爱国学生因为上了当局的黑名单，在天津难以容身，周恩来通过北平地下党把他们安排进北京大学学习，期间他加入了党组织。何海晏后来又参加了北平"一二·九"学生运动，运动被镇压之后，北平地下党调他到京西，担任了地下交通站站长。

抗日战争时期，地下交通站在北平与延安之间，建立了一条秘密交通线，即历史上著名的平西情报交通线，史称"红色走廊"。利用这条交通线，不仅传递情报，还源源不断地运送了包括药品、医疗器械等各种紧缺军用物资，更重要的是，把爱国学生、知识分子和身份暴露的共产党员一批又一批地护送到延安。最著名的是，把国际友人、无线电专家林迈克安全地护送到延安。林迈克到延安后，担任了新华社对外广播顾问，开通了国际广播，使世界第一次听到了延安的声音。

京西解放后，何海晏被组织上就地安排，担任县长，一干就干到了现在。这样一个人，蹲过敌人的监狱，经受过白色恐怖的考验，思想觉悟、革命意志、情怀操守和个人品格，自然无可挑剔。在关键时刻，能替古月说话，一点也不意外。

所以，当古月起身，要给他鞠躬的时候，他拦住了。他觉得，古月这是在表达哥们义气，与他的本意相去甚远。他说："你古副主任现在可穿的是军装，你应该敬礼，致以无产阶级革命的崇高敬礼。"

这时，同样穿着军装的王林青感到这里有戏谑嘲弄的味道，摆摆手说道："敬什么礼，你们要严肃点。"

"那好，那咱就说点正事。"何海晏对王林青说，"何司令，你得答应我一件事。"

"什么事？"

"古月毕竟是我们革委会的领导，你们批斗的时候，一定要掌握好分寸，也就是说，要文斗不要武斗，不要羞辱，更不要打骂，斗完之后，你要把他完好无损地还给我。"

"好说好说。"

"批斗会我一定好好配合，但我也有个条件。"古月插话道。

"你一个被批斗的对象，讲什么条件？笑话。"王林青说。

"我自己当然不会讲什么条件，我是为县革委会和县委考虑。"

"呃，那倒可以说出来听听。"

"你们要斗，就把我拉出去斗，绝不能在县委大院里斗。为什么？因为县委所在地是神圣的地方，不能上演乱哄哄的闹剧。"

"你还真有点意思，就依你。那么，你说去哪儿呢？"王林青也真有点意思，居然反过来问批斗对象。

"去县医院吧，那里有现成的台子，虽然塌了半角，但你们可以重新立起来。"古月说。

见王林青有些犹豫，古月补充说道："那个地方最合适不过了，你们是在那里失了面子，就应该从那里找回来。"

王林青听罢，哈哈大笑，"谢了，古副主任。"他朝门外大喊一声，"来人，把古副主任押走。"

两个荷枪的人闻声而进，就要捆绑，古月一摆手，"王司令，有来无往非礼也，我既然给你面子，你也要给我面子。"

"什么意思？"

"你先带人去搭台子，我随后自己送上门去，捆绑就免了。"

王林青想了想，觉得这主意不错，因为批斗对象自己走过去，主动接受批斗，这是他完胜的象征，代表了他高超的斗争艺术。

他哈哈大笑，"就依你。"

61

到了规定的时间，古月整理了一下行装，扎紧腰带，系好风纪扣，昂首挺胸地以标准的军人步伐朝着县医院的批斗现场走去。

最初，他还有些忧伤，觉得一个堂堂的县革委会副主任，为了自己的老婆，为了强加于自己头上莫须有的罪名前去挨斗，而且还是自己走过去，真是不可思议，便不禁问自己，这是什么理儿？

他想到了一个答案，忍不住笑了笑，因为那是一句乡下俚语，很不雅驯。什么理儿？草驴的屄——黑理儿。

因为戏谑，把自己逗乐了，他的忧伤淡了许多。

县委大院离医院有五公里的路程，中途要经过县城的大街。这条大街原来是一条坑洼不平的土路，走在上边，晴天一身土，雨天两脚泥，跟县城极不匹配。是由他牵头，从一些相对富裕的乡村调集了一些建筑材料，铺设了一条水泥街道。并且还从乡下移植来针叶松，种在道路两旁，使水泥路成为一条长青大道。

由于路面平展，他可以踢开正步。这坚实的行走，让他感受到了大地的支撑，心中升起力量，忧伤竟彻底消失了。

走着走着，他突然心中一动。他想到了何家栋。

何家栋虽然白面长身、外形柔弱，却是一个顶天立地的汉子。本来他已经突围出去了，行走在平静而安全的山道上，但当他听到如果他不及时现身，鬼子就要屠村泄愤，便不听众战士的阻拦，义无反顾地走向敌人的刑场。

那几十里山路，崎岖不平，但他靠一双普通布鞋，走得从容而平静。为了百姓的生存，他把自己喂进凶残的恶犬之口，不剩一块完骨，牺牲得极为壮烈。

每一忆及，古月都呼吸急促、心跳加剧，激荡的情感就把自己整个充满。

这时候想到了何家栋，使他情不自禁地产生了联想：为了不让运动冲击县委，为了捍卫党组织的尊严，他也选择了自己走上批斗的现场，虽然与何家栋不可做比，但也表现出了一个共产党员应有的模样。

这种联想，让古月对自己的行为有了一种重新的认识，他感到了意义的存在，心中升起一种叫豪迈的感情，便加快了脚步，有了慷慨赴义的坚定。

县医院的台子已经重新搭好，台子的顶沿上扯着一块阔大的横幅，书写着一行黑体大字：打倒资产阶级的代理人、黑帮分子古月。古月两字上用红笔打了一个大大的叉子，有永不得翻身的用意。

见古月走来，场上的红卫兵自动给他让开一条缝隙，默默注视着他走向前台。因为古月表情凛然，他们不知所措，想不起高喊口号。

古月走上台之后，王林青的一个眼色，几个红卫兵才一拥而上，把他五花大绑。绳索能消减人的威严，被捆绑了的古月，本能地用力挣脱，但越挣脱勒得越紧，直至喘不上气来。因为绳索扎的是反扣，朝人挣脱的反面使力。古月有些站立不稳，显出狼狈之相。

英雄一落了架子，枭雄就趁势激动，场上立刻就喊起了口号。先是此起彼伏，后是铺天盖地，震耳欲聋。古月不可承受，闭上眼，皱起了眉头。

这时，龙乡造反派的头目，为了一雪前耻，冲上台去，发出一串质问——

古月，在解放房山城的时候，你是不是违反党的政策，为报私仇，公然枪杀俘虏，造成了极恶劣的影响？

古月，在分管农村工作的时候，你是不是对伟大领袖的最高指示，阳奉阴违，阻挠"割尾巴"运动，大搞资本主义复辟？

古月，你是不是是非不分、立场不明，为了树立个人威信，搞个人的团团伙伙，不顾党的神圣宗旨，也不捍卫党的纯洁性，把对党、对社会主义怀有二心的国民党伪职人员拉入党内，并委以重用？

古月，你是不是霸占县政府的公共房间据为己用，从解放至今，长期不退，不做反省，还心安理得？

听着这一声声质问，古月一直合着双眼，紧皱眉头，一声不吭。他不屑于与"莫须有"进行争辩，因为这种争辩无逻辑依据，只是别有用心的情绪，辩到最后，会把无混淆成有，徒然增长对方的嚣张气焰。

他的沉默，被对方认作是轻蔑，那个头目愤怒了，大喊道："同志们，这是个反革命的顽固分子，必须对他实行无产阶级专政！"

专政开始。

先是给古月的脖子上挂了一块大大的牌子，牌子上写着：打倒走资派古月。古月两个字上，这回不是打叉，而是画了两个圈，有验明正身、放心批斗的意思。

由于牌子的分量很重，古月的身子不禁矮了下去。他心中有些恼火，努力挺起身子，不让自己低头。

头目一笑，转到他身后，把一双倒捆着的胳膊猛地抬起来。前边有坠，后边有抬，古月撑持不住，咕咚一声跪倒在台上。这失去尊严的一跪，让古月情不自禁地低声骂了一句："狗日的！"

这一声骂，旁人听不清，但那个头目却听得真切，他撇了撇嘴，命令道："给他点厉害看，让他坐飞机。"

手下人迅速在台上放了一条高凳，高凳上又摆了一把椅子，然后把古月架上去。这是一个不稳的架构，古月站在上面不停地晃悠，即便是英魂，也情不自禁地要出窍了。

王林青觉得有点不对劲，把那个头目拉到一边，"你要掌握分寸，他毕竟是革委会副主任，事先我有过承诺。"

头目毕恭毕敬地说："明白，明白。"

但转过身去，他的心态又变了，他心里说："我明白管个屁，这得看他的态度。"

重新回到台上，他说："古月，你现在已到了危险的边缘，只要你承认你所犯下的罪行，我们可以考虑对你从轻发落。"

古月说："我一个堂堂的革委会副主任，只有功劳，没有罪过，你们选错了对象。"

头目被刺痛，狞笑着说："听你这话，好像我们无产阶级司令部在无理取闹，岂有此理！"话音未落，他顺势抬起了右腿，狠狠地在高凳上踹了一脚。

椅子、古月，从高处跌了下来，疑似飞机迫降失败，摔在地上。

古月被摔成一团，半天没有动静。在场的人以为出人命了，乱成一片。

王林青赶紧对手下人说："咱们燕赵风本部的赶紧悄悄地撤，他们好像是在泄私愤，结局难料。"

手下人却不动，说："司令，您放心，没您的话，我们坚决不动，但你得允许我们看看热闹，机会难得啊。"

再看台上，古月居然摇摇晃晃地站了起来。他狠狠地吐了口唾沫，"你们还想怎么样？"

以为他死了，却还活，并且还那么坚强，台下的看客有些生气，群起而呼："砸烂他的狗头，再踏上千百只脚，让他永世不得翻身。"

众人的呼喊，让那个头目从尴尬中回到理直气壮，狠狠地给了古月一拳。

古月晃了晃身子，又站直了。头目的下属觉得有紧跟的必要，便一起挥动了老拳。古月任其挥洒，始终隐忍。终于被打倒在地，不动了。台下不少人为了发泄激情的余绪，拥上台来，对趴在台上的这只死老虎，又踹又踢，还伴以踏。趴在地上的古月，一阵昏迷，一阵清醒，他叮嘱自己，要隐忍到底，一旦他们真把他当成了死老虎，也就消了戾气，肯于罢手。那么，乔祺燕、革委会和县委就保住了。所以，他一直就那么趴着，趴得像一只死老虎。

其实，古月的做法，也符合京西男人的性格。京西男子有极端的禀性：要是反抗，就会不管不顾地反抗，反抗到底，不计利害；要是忍受，就会一以贯之地忍受，忍受到底，不计荣辱。古月既然从一开始就确定了化解危机的办法，就要把禀性中忍受的一面发挥到极致。他是把隐忍化成了应付运动的斗争艺术。

倒是王林青再也不能隐忍，他对那个小头目吼道："叫你的人赶紧滚蛋，就知道发泄私愤，一点斗争原则都不讲。"

他对一个手下人说："你赶紧去通知何海晏，让他过来救人。"

人去风清。

广场上空的天一片湛蓝。京西的天总是一片湛蓝，容不下一丝云絮。

那个慷慨赴义的人就那么一动不动地趴着，但在迷糊中，他只想笑。

用白鼎轩的话说，他们古主任这就叫作也倒也立，或者是不倒不立，因为这之后就没事，他得逞了。

62

伤痕累累的古月被何海晏亲自转移到岗上。

他对吴春山说："老吴，古副主任我就交给你了，你要当作一个政治任务，把他给我照顾好。"

吴春山说："你放心，我同古副主任从土改开始就并肩作战，他对我们岗上有恩，我们知道怎么对待恩人。"

"恩人的话，不能随便说，免得给人留下口实，就算是在你们岗上村劳动改造吧。"何海晏提醒道。

吴春山把古月安置在一座粮仓里。外边看是粮仓，里边却有一个可以居住的房间，那是保管员值班的地方。房间里，除了灶具，一应俱全。他对古月说："你就放心地在这里养伤，我们两口子给你们送饭。还有，一会儿我把乔大夫给你送过来，护理的事儿，就交给她。"

吴春山走后，古月静静地躺着，这种静，放大了疼痛，他感到全身每一处都疼痛，像万箭穿身。他想呻吟，但摇摇头，忍了。因为他觉得，既然充了一次好汉，在暗处也要有好汉的样子，不然就愧对好汉的名号了。

房间的顶棚上挂着一盏白炽灯，瓦数低微，所以灯光昏黄。但上眼望去，也感到刺眼，他躲开了。一只仓鼠簌簌地爬过来，也不怕人，径直爬到他的床上，嗅他的手。那咻咻的气息嘘得他有些痒，他忍不住笑出声来。大难之后居然还能这样笑，他心里暖了一下。那仓鼠的眼睛如豆，却滴溜溜的，炯炯有神，多情地注视着他，好像他是一个旧客，一切都会心，不必多说。他顺势抚摸着那颗小小的脑袋，小鼠惬意，发出唧唧的声音。

因为这一只小小的仓鼠，让他觉得，发生的一切不过是一场短暂的噩梦，睁开眼睛，生息还在，不必哀伤，更不必自怜，还要有直面的勇气。

正与小鼠忘情逗弄，另一只小鼠悄然而至。是乔祺燕。

乔祺燕扑在古月身上放声大哭。

古月任其哭，轻轻地抚摸她的背膀。他感到，她还是那么多肉，并没有被突如其来的打击弄得缺斤短两。他的放任，反倒叫乔祺燕感到羞愧，她止住哭声，揉揉眼，说："究竟是小女人，说不哭不哭，还是哭了。"

古月说："你得哭，自家男人被打成了这样，再不哭，要么是没心没肺，要么是已有二心，嘿嘿。"

"都这样了，你还有心开玩笑，你是不是被打傻了？"

"有点儿。"

"他们打你的时候，疼不疼？"

"疼，疼死了，疼得气短，直想骂娘。"

"让你遭罪了。"女人把他的头拥在怀里，轻轻揉搓。

"哎，我说乔大夫，你的手艺可真不怎么样。"见女人疑惑，男人笑着说："挨打的时候，就数你给治过的地方疼，好像缝过的伤口又撕裂了，好像接上的筋脉又断开了，疼得死去活来。嘿嘿。"

女人又重哭，但不出声音，光掉眼泪，泪珠硕大，砸在他的脸上。"再好的手艺，也经不住不由分说的打，谁让你为了自己的老婆，把自己的肉身子送进魔爪，还不是找打。"

古月抓过女人的手，拍了拍，说："也多亏了你的手艺，把我修补得这么结实，不然可就真的回不来了。"

"你真应该把我交出去，我毕竟是个女人，我就不相信了，他们也能下得了黑手？"

"你可太天真了，在那样的气氛下，他们死了的兽性又活了，他们只想发泄，哪里还能管住自己。"

"想想都后怕。"女人不禁皱了皱眉头，"为了我，你遭了这么大的罪，真是对不起了。"

"不。"古月用力摇了摇头，"我还真得感谢你，是你让我有机会检验了一下自己，我到底是不是一条汉子。"

"那还用说，我们古月，打仗的时候，冲锋陷阵，为首长挡子弹，搞农村工作，不辞辛苦，一心为群众着想，早就是一条汉子了。"乔祺燕动情地说。

媳妇的动情，让古月很受用，他说："媳妇，你知道我为什么不能把你交出去？我古月这么多年来，对得起首长，对得起组织，也对得起群众，当然也要对得起媳妇，这样一来，我就圆全了，也就问心无愧了。"

"古月！"失声叫了一声之后，乔祺燕颤抖着捧起了古月的脸，死死地吻了下去。

一阵昏天黑地，全不顾身后有人来。身后人只好干咳两声。

吴春山臂弯里挎着一只荆篮，上边用笼屉布严严地盖着。

乔祺燕连忙站起身来，羞红着脸叫了一声："吴书记。"

吴春山笑着点点头，示意她把角落里的一只方桌搬过来。方桌上落了一层尘土，乔祺燕想找个什么东西擦一擦。吴春山喏了一声，引她看篮子底下他的一只手。那只手抖动着一块抹布，"给你预备着呢"。

这个老吴，一个粗糙的乡下汉子，居然这么细致，让乔祺燕心里动了一下。

揩净桌面，吴春山开始往上摆篮子里的东西。一盘高碑店豆腐丝、一盘拍黄瓜、一盘河虾炒韭菜、一盘干煸豆角、一盘蒜蓉豆腐、一海碗猪肉白菜炖粉条。六个菜之外，还有一罐臭豆腐，一盆鸡蛋汤。主食是四个暄腾腾的大馒头和一钵大豆小米焖饭。

一片小小的桌面，被吃食覆盖得不剩一点空隙。

古月从床上欠了欠身子，惊呼："老吴，就差把你们家厨房一起搬过来了！"

吴春山说："这还差两样呢，一个是葱爆羊肉，一个是焦熘驴板肠。本来你嫂子已经备下料了，但想着你有内伤，羊肉和驴肉都是发物，没给你做，等过些天再说吧。"

"这么多东西，我怎么吃得了。"古月说。

"不是还有乔大夫呢吗。"吴春山瞧了一眼乔祺燕，"乔大夫可比你能吃，这些天来我可没亏待她，你没看她都胖了。"

"每天都这么吃？"

"对，每天都这么吃。只要你在我这儿待一天，我都会变换着花样给你拾掇，绝不让你亏嘴。"

"哎呀我说老吴，你有多大的家底经得起我们这样吃？还不给你吃空了？"

"空？你算是小瞧我吴春山和岗上村了。"吴春山环视了一下粮仓，说，"你看这粮仓没有，像这样的粮仓咱岗上村就有十二座，装满了小麦、谷子、玉米、高粱、大豆，不管他们外边怎么折腾，即便是破坏了生产，粮食歉收，三五年之内，咱们岗上村也不会亏粮。再说，咱们岗上村最不用说的是畜牧业，让你每顿饭都吃上肉，还不是小菜一碟？"

"可是我是个有罪之人，走资派、反革命。"

"那是他们的说法，在我吴春山和岗上村老百姓眼里，你古月是个好领导、大功臣、造福我们的大恩人，我们必须好好招待，别昧了良心。"

"我说老吴，有酒没有？我心里激动，想喝两盅。"

"酒当然有，但眼前你就别喝了，你这外伤内瘀的，酒一刺激，会出血。"

"看把你能的，好像什么都懂。"

"那当然，不然我怎么会鼓捣出《骡马经》，嘿嘿。"

吴春山的到来和他的一番风趣幽默的谈话，给这个晦暗的空间带来了充盈的豁亮和喜气，让一对落难的人，忘记了悲伤，只想不喜不忧、不声不响地生活。

"你们慢慢地吃吧，我就不打扰了。"吴春山转身欲走，却又停了下来，"你们放心，我在粮仓门外和村里关键地界都放了流动哨，在我这儿养伤绝对安全。"

不容古月说出感激的话，吴春山放步就走。

古月对乔祺燕说："扶我起来，到桌子那里去，我要端端正正、认认真真地吃饭，在这个不明不白的运动面前，吃饭是大事。"

古月并不用筷子，而是用手抓起大海碗里的猪肉膘子，狠狠地塞进嘴里，一顿狼吞虎咽。他的确是饿了。

"我必须让自己吃饱。"他吮着指头上的油腻，咕哝道："只有把身体养好，才对得起自己，对得起人心。"

63

在造反司令部的督促下，县革委会不得不对古月做了组织处理：撤销党内外一切职务，留党察看，发配原籍劳动改造。

白鼎轩的历史问题也被重新提起，他在农委班子会上关于入党与不入党的议论被人举报，被认为是反党言论，两罪并罚，被定性为反革命分子。由于何海晏的争取和王林青的妥协，不再对他进行游街批斗，而是做出开除党籍、开除公职、清理出革命队伍的处理决定。

历史就是这样吊诡，生活也是这样有趣。古月被发配原籍，他究竟是有故乡的人；白鼎轩就不同了，他出生于远遥的湘西，自幼就在四处漂泊，而现在的老家已无任何亲人，便无故乡可归，乃纯粹的游子。但是，他有岗上，他有李兰玉。岗上是他的落脚之地，李兰玉是他的温柔之乡，这疑似是生活预先的安排，或者是命运所赐，使他游而不陷，游而不孤。当他推开岗上的家门，见到迎上来的李兰玉，还有心笑一笑，说：“我回来了。”

“我知道了。”李兰玉居然也回报以笑，从他肩上接过那卷铺盖，平静地给他铺在炕上，“你看，还是咱的土炕睡着踏实。”

因为心中没有罪的意识，所以白鼎轩并不觉得悲哀，他依旧笑着说："咱在岗上有地，这回，我可以一心一意给你当帮工的了，而且我现在浑身有的是力气，你不用给我省着。"

"省着？屋里大小有好几个崽儿，能给你省？你尽管卖命就是了。"李兰玉本来是想打趣一下，却把自己弄哭了，两个肩膀抽搭得一上一下，无法掩饰。

白鼎轩抱了抱她，"你看，你还是不皮实。"

"没事，这以后就皮实了。"李兰玉破涕为笑，"女人不跟命争，老天爷塞给她什么日子，她就接过来什么日子，顺势就往好里过，不懂得抱怨。"

很快吴春山就上门看望。他对白鼎轩说，你回到村里来，也算是回归故里，你毕竟是岗上村的女婿嘛。你的事，对你来说，可能是坏事，对咱们岗上，却是一件大好事，岗上最缺的就是书力人儿。背背挎挎、锄锄耪耪的事，用不着你干，那是大材小用。你就给村里当文书，记记账、记记工分、写写材料——眼下这运动，也少不了咱农村，也得应付，大字报、小字报、请示汇报、各种批判稿件都得写，这正好是你的长处，解决了我的燃眉之急。我给你按特困户分配口粮，按一等劳力记工分，到年底决算，你少拿不了现钱。你的日子一点都不用发愁，可有一样，你得心安，别发泄不平，要把自己扮成死老虎，不招崇乎。我冷眼观察了一阵子，我发现，这运动不是毛主席他老人家的本意，是被别有用心的人利用了，他们专对唱反调的、有锋芒的、不服气的动手，只要你像死老虎那样趴在那里，他们很快就把你忘了，你也就有了安生的日子。

白鼎轩说，吴书记你放心，对运动的性质我心知肚明，它搞人人过关，就我的出身和来路，是横竖也躲不过的，所以我坦然接受，对党和国家一点怨言都没有。最让我感动的是，你吴书记不仅不怕被牵连，还这样对我关心照顾；不仅不落井下石、搞人格歧视，还把我当作人才爱护使用——你不仅是贤人、能人，还是当今圣人，请允许我给您鞠上一躬。

"免了，免了。"吴春山赶紧拦住激动的白鼎轩，"你也不用给我戴高帽，我不是什么贤人、能人，更不是什么圣人，我不过是一个有头脑、有良心的农民，一个土地的代表，遵从着朴素的土地道德：你们种下了恩德，就给你们长出恩德。"

吴春山的话，让白鼎轩很受震动，没想到这么一个放羊娃出身的人，见过社会世面、经过时势历练，心力大了，眼界不俗了，不仅能说会道、能说出哲理，还不失去自我、失去本真，保持着难得的感情纯度和认知定力——这个世道，毕竟是向上生长了。

在国民党当权时期，能有这样的人吗？他不禁问自己。

问过之后，他一点也不后悔自己的历史选择。因为自己的选择，他认识了古月，认识了吴春山、徐庆文、王砚香、任成水，个个都是有担当、有情怀、有百姓、有奉献，脱离了低级趣味和自私自利之心的人。与他们为伍，一起作为，让我一个小小的白鼎轩，不高大也高大，不鲜亮也鲜亮，不起眼也起眼，不风光也风光，真是值了。

见白鼎轩久久不语，吴春山一笑，"我说秀才，你在琢磨什么呢？"

白鼎轩说："按照吴书记的叮嘱，试着安安心。"

吴春山说："也没那么多事，就简单的一个字：忍。"

白鼎轩点点头，嘿嘿地笑了起来。

在两个人交谈期间，李兰玉就一直在一旁听着，见自家男人笑得有了模样，她一拍大腿，"哎呀，书记大哥，就光听你们说话了，都忘了给您沏茶了。"

"茶就甭沏了，但你要记住一句话，这白大秀才可是你死乞白赖地弄到手的，这时候，你也要死乞白赖地对他好，别让岗上村的人说我吴春山的亲戚不厚道。"

"这您就放心吧，我李兰玉的名字里，好歹也有个'玉'字。"

"这就对了。"吴春山突然想起了什么，对李兰玉说，"我说妹子，这白大秀才我还要暂时借用一下，我要带他去见一个人。"

白鼎轩立刻就知道要见什么人，急迫地说："那咱们现在就走。"

白鼎轩见了古月，飞身扑了上去，两个人紧紧地拥抱。

激动的情绪平定之后，两个人倒不知说什么好了。他们觉得，在这种情况之下，说与不说是一样的，一切都在无言之中。

室内沉静了很久。

还是古月首先打破了沉静，他说："鼎轩既然回来了，那我就该走了。"

"为什么？"吴春山急切地问。

古月回答说，因为他和白鼎轩、乔祺燕都是运动的焦点人物，是造反派的眼中钉、肉中刺，那你吴春山就成了坏分子的保护伞，岗上也就成了对抗运动的反革命堡垒。而你是全国劳模，岗上是全国农业战线的一面旗帜、先进典型，我们要珍惜，要爱护，不能被牵连，被抹黑。

吴春山说，那不成，在我们的感情里，你们都是我们岗上的恩人、亲人，要同舟共济、肝胆相照、荣辱与共，即便是把岗上当作黑旗给拔了，把我吴春山当作黑线人物给打倒了，也要把你们保护起来。你们要知道，我们这个地界，历史上属于范阳郡，范阳（涿州）出了刘关张桃园三结义，留下了"义"字当先的传统，再说，咱们燕赵大地自古就俗重气侠、多慷慨悲歌之士，我有承受的底气、豁出去的勇气。

古月乐了，他摆摆手，说，老吴，白鼎轩的夜校你真的没白上，"两报一刊"你也真的没白看，越来越有文化了。但是，什么同舟共济、肝胆相照、荣辱与共？那是社论上的大词，一到了实际，可就是牺牲和代价；什么义字当先、俗重气侠？那是评书里的煽情句子，一具体分析，就是愚昧和莽撞。而你吴春山不属于你自己，岗上也不仅仅属于京西，它属于北京、属于全国、属于毛主席，所以，你老吴不能为了所谓的"义"字，而因小失大，因私毁公，那你可就是历史的罪人了。你要是历史的罪人，那我们就是罪人里的罪人了。

古月在日常生活里，是一个平实的人，甚至还是一个有点粗糙的人，但在情急之下，居然也发表了一番慷慨激昂的陈词，出人意外，让大家都感到有些陌生。

然而，就是这个"陌生"，倒让在场的人感到了一种肃然的力量。

大家就又沉默了。

白鼎轩觉得，正像胡振常所说，这人要懂得"时势"，古月当了这么多年的领导干部，即便不刻意追赶"时势"，也会潜移默化地被时势所改造，从政治觉悟、思想水平、感情方式到生活态度，也必然要打上时代的烙印，也必然有了本性之外的东西。不仅是他，连自己也是这样，不然为什么遇到了这么大的变故，自己居然能够不惊慌失措，还有着坦然面对的沉稳与静气？我白鼎轩也不是过去的白鼎轩了。"吴书记，古副主任说的是对的。"他首先打破了沉默。

"他说的自然对，但我感情上还是接受不了。"吴春山说。

"都是人嘛。"乔祺燕插话道。

"那么，古副主任，你离开岗上，能去哪儿？"吴春山问。

古月一笑，说："县革委会的决定不是说得很明白吗，发配原籍劳动改造，我自然是回我的老家榆林水。"

吴春山说："那可是个穷地方，可没有我这儿吃得好，你能养得好病？"

"但那里山高路远，地界偏僻，可以少受冲击。"古月拍拍吴春山的肩膀，"老吴你就放心吧，那里漫山遍野都是草药，既可以治病又可以打牙祭，再说，我那里还有一个瞎眼的嫂子，孤苦伶仃的，正需要我回去孝顺呢。"

"你可真会开玩笑。"吴春山悻悻地说。

"唉，我说老吴，还不赶紧拿酒来，咱们好好喝一喝，既是为白鼎轩接风，又是给我壮行，岂不两全其美！"

64

古月和乔祺燕被吴春山用村里的拖拉机送回了榆林水。

一路上，拖拉机发动机的声音很聒噪，加速的时候，嘭嘭嘭，减速的时候，啪啪啪，像交替响起的枪炮声。

两个人也不嫌烦，反而沉浸地谛听。他们离开战场已经太久了，而这声音又把他们拉回战争年代，让他们回味起战斗中的青春岁月。

声音打在山壁上，迅速地折回来，回声连绵。他们居然被弄得有些兴奋。这密集的枪炮声，没有生死相伴，疑似浪漫，他们很享受。

古月身上的伤处被震得隐隐作痛，但他快活地承受。这种疼痛，与枪炮的创伤相比，像在蚊子的叮处挠了一下痒，是不痛之痛。山里人的棉袄里多虱，但他们也不悉数扣尽，而是留几尾，因为彻底没了那瘙痒，他们反而觉得不舒服。眼下的古月与之类同，他是在隐痛中过瘾，证明他的战火经历和军人出身。那是他的骄傲啊！

与上次的新婚省亲不同，两个人一路上的话语不多。他们只是紧靠着，颠簸中身子倾倒，互相扶一扶。这扶一扶就足够了，感觉上的厚，胜过柔情蜜意。

毕竟是滚在风尘中，已不是小儿女，甜言蜜语已不相宜，而是默默地依靠与扶。

　　到了村口，那棵老榆树还在。古月的心暖了一下。他也知道，那不是旧有的那棵老榆树，那棵老榆树已被炮火摧折，这是从根系上长出来的新株。但新株在经历了岁月之后也老得有了前辈的模样，已浑然不辨了。这就是故乡。村里人留着永久的地标，让归来人能镶嵌记忆，感到亲。

　　村庙依旧坍颓在那里，没有重修的痕迹，那座孤零零的庙门，那片冷清清的高台阶，赫然入目，让人心悲。悲的是，它们在瞬间就幻化出死亡的影子，好像古大富和何家栋在向他们微笑、招手。

　　古月低声说了一句："我回来了。"

　　乔祺燕知道他在同谁讲话，善解人意地鞠了一躬。

　　古月在她的肩头拍了拍，感谢她的相知与好。

　　拖拉机的声音自然会惊动山村。但村里人好像见过大世面，或者不关心身外世事，久久不见人来，只是在某个门缝里闪了一下身子，在某座墙垛口上露了一下人头。古月叹了一口气，他知道，毕竟不是根据地时期那如火如荼的岁月了，人来人往、熙熙攘攘属于新的生活。而眼下的光景，让他们迷糊，让他们忧伤。

　　他们独自走进属于自己的门庭。被炮弹炸毁的后院就那么坍着，前院的房子倾斜而立，门上挂着一把锈锁。古月脱下脚上的布鞋，一鞋底子就把锁砸开了。土炕还在，原来的铺盖也还在，一股陈腐的霉味扑面而来，让人不禁掩鼻。替他们背着行李的拖拉机手，把行李扔在土炕上，说："我走了。"

　　"坐下来休息休息吧，我去给你准备饭。"乔祺燕表达着主人的热情。

　　拖拉机手凄然一笑，说："您就别客气了，这么冷清的地界，我不忍心待。"

"那就请你给老吴带话儿，说我们老家挺好。"古月叮嘱道。

拖拉机手撇撇嘴，"知道了。"

拖拉机开走了，就像是鬼子的扫荡部队隆隆地撤了，终于有老乡亲露出了头脸，来了一个人。

那个人推门进来，打量了一番屋里的两个人，对古月说："莫非你是我们的大英雄古月？"

"古月没错，但大英雄不敢当。"古月伸出手想跟来人握一握，那个人并不出手，"我是村里的支部书记，叫史天水。"

史天水长得很年轻，身块、长相酷似何家栋，古月立刻就生出一份尊重，"你好，史书记。"

"你不是在县里当大官儿呢嘛，怎么又回来了，看样子还是要长期住下，到底是怎么回事儿？"说话的口气却不像何家栋。

"啊，这不是犯错误了吗，回老家劳动改造。"古月回答道。

"什么？你古月也会犯错误？要知道，咱们榆林水村全以你为骄傲呢，你这让我怎么跟父老乡亲交代？"史天水带着哭声。

"这里的事儿一句话两句话也说不清楚，我先安顿下来，以后再细细地跟你说吧。"

"安顿什么，这么个破地方也能住人？你是我们心中的大英雄，怎么能让你住这儿？还是跟我走吧，村部里还有两间像样的房子，你们就去那里住。"

"不了，就住这里吧，这是我的老宅，住这儿可以想起过去，我心里舒服。再说，住这儿，等上边来人检查，也有个劳动改造的样子。"

"我不懂。"

"慢慢你就懂了。"

"论辈分我还得管你叫叔呢，我怎么能让叔儿受这罪，明天我找两个人来，给你修修房子，不图舒服，图个安全，我也落忍（心安）。"

"那就拜托了。"

"嘁，还拜托，跟个外人似的。"

他的意思是说，你是咱村里的自家人，不是外人，没必要那么客气。这让古月的心里又暖了一下，他初尝了故乡的滋味。

史天水说："这里你们回头再收拾，我先带你们去见一个人。"

他们知道他要带他们去见柳绵桃，也就立刻跟他走。他走在前面，乔祺燕发现，也许是他长得高，两条瘦腿就显得格外长，走起路来晃晃悠悠的，好像有些瘸。他不禁看了一下古月。古月一乐，低声跟她说："山路不平，身子自然要一上一下的，以保持平衡，时间久了，就像瘸了一样，我们山里人差不多都这样。"对古月来说，史天水的瘸，让他更看到了故乡的模样，他心里有些喜。

果然走到了崖下的那间"养汉屋"。

藤蔓已把屋子遮得只露出一爿门楣，窗户纸背后，好像还有灯光。古月感到惊奇，都大晴的天色了，怎么还有灯光？

到了跟前，敲一敲门，门竟悄然自开。灯下，一个满头白发的老婆婆安详地躺在床上。她的眼皮动了两下，分明已知道有客到来，却不说话。

"柳婶儿，有客人来了。"史天水说。

"呃。"她只是欠了欠身子，"坐吧，我眼不好，看不见你们。"

古月愣了一下，依旧站着。

"天水，谁来了？"她有气无力地问。

天水说："我古月叔两口子。"

她长长地呃了一声，坐起身来，"早就知道他们要来，没想到来得这么快。我前两天眼就跳，还真应验了。"

古月扑上去，紧紧地抱住柳绵桃，"嫂子，你一个人吃苦了。"在灯光下，柳绵桃却不曾有一丝忧伤，竟咯咯笑起来。"说的是什么话，人只要活着，就都苦，不单单是我。"

"嫂子，你还好吧？"

"好着哩，村里把我当作功臣伺候着，吃穿不愁。"柳绵桃说。

史天水告诉古月，他柳婶吃着县民政局的救济，受着村委会专门的照料。山下的人白天上来转一遭，看看柴米不缺、一切无恙之后，才放心离去。

"嫂子，你什么也看不见，为什么大白天还要点灯呢？"古月问。

"为什么？"古月的问，好像让她有点不高兴，"不光是白天点着，夜里也点，灯亮着，野兽不敢来，盗贼不敢来，恶鬼不敢来，灯是瞎子的眼哩。"

"瞎子的眼？！"乔祺燕惊罕地叫道。

史天水告诉他们，在漫长而孤寂的白昼与长夜，瞎眼柳婶与灯独对，听着火焰毕毕剥剥的微音，一如听着亲人在耳边细语，从而排遣去心头无边的寂寞，让自己感到自己还活着。

乔祺燕不禁唏嘘，在旷野中，一盏点亮的灯，对柳绵桃多么的重要啊——它是生命存在的证明。"嫂子，我们这次回来，就不走了，一直陪着你。"她动情地说。

"瞎说，公家有那么多的事等着你们做，哪儿能让你们陪我？"

"婶子，他们真的不走了。"史天水也不过脑子，径直地告诉她，"他们犯了错误，回老家劳动改造来了。"

"什么？我们家古月也会犯错误，打死我也不相信，我们古家的人为革命都快死绝了，怎么会跟共产党不一条心？这里肯定

374

出了什么误会。"她伸出一只手来，摸索着找古月的手。当攥住古月的手之后，她说，"古月，你给嫂子记住，即便是被组织上误会了，你也千万不要记恨，叫改造就改造，只要心是红的，无论怎么染，它也黑不了。"

"嫂子，我记住了。"古月哽咽道。

柳绵桃似乎觉得这气氛有些沉重，她对古月说："扶嫂子起来，我突然想唱一曲。"

柳绵桃说："自从眼睛瞎了，就没再唱过，不知这嗓子还做主不做主。"她也不试嗓，径直就唱了起来——

　　　　没有共产党就没有中国，
　　　　没有共产党就没有中国，
　　　　共产党，辛劳为民族，
　　　　共产党他一心救中国，
　　　　他指给了人民解放的道路，
　　　　他领导中国走向光明，
　　　　他坚持了抗战六年多，
　　　　他改善了人民生活，
　　　　他建设了敌后根据地，
　　　　他实行了民主好处多。
　　　　没有共产党就没有中国，
　　　　没有共产党就没有中国。

嗓音虽然有些干涩，但咬字还是那么清晰，旋律还是那么准确，感情还是那么饱满。古月被深深触动，却原来，只要生命打上了深深的历史烙印，岁月也尘封不了心灵的记忆。

65

　　回来一段时间之后，古月发现，榆林水还是那么清冷，还是那么贫穷。

　　他感到很惭愧。因为自从他逃命似的走出故乡之后，就再也没有做过深情的回望，没给故乡做过什么事，也没给过一点儿实际的帮助。他欠债太多。

　　榆林水是山地，土地瘠薄，不适宜耕种。谷子、高粱、大豆等小杂粮虽多有种植，但产量低，也做不得口粮。做口粮的，主要是玉米。榆林水适宜种植的，是一个叫"小八趟"的农家品种。从开春种下，到深秋才收获，占地时间长，虽品质好、口感甜糯，但产量极低，亩产不过是三百斤左右。实际的状况便是，三季的劳作，不过收获一季的口粮，另外三季，瓜菜代之。

　　以粮为纲，大搞农业生产的运动，自然也波及了榆林水。上面强令村里改种小麦，拨了不少资金修了三级扬水站，但山地跑冒滴漏，日照不足，小麦的产量低得可怜，亩产不过二百斤左右。到头来，只是甜乎了几顿嘴，过了过吃细粮的瘾，很快就仓廪空空，陷入饥饿。倒是土场上堆积了大垛大垛的麦秸，雨水浇过，发霉腐烂，簇生出一丛丛的蘑菇，让人打几顿牙祭。

　　山里人务实、倔强，这种劳民伤财的种植，他们坚决不干了，不管如何上纲上线，威逼利诱，他们都不为之所动，决绝地改回种他们的"小八趟"。公社领导虽然恨铁不成钢，但也不忍惩罚，因为这里是革命老区，户户都有人牺牲，还得体恤，便让榆林水村吃上了返销粮。

山里的返销粮基本上是粗粮，主要是玉米、红薯、土豆，虽不至于饿肚子，但也不能吃好，维持在温饱水平。村里人也很知足，从不提额外的要求，还真诚地念党和政府的好。因为他们经历过血与火，知道是何家栋、古大富这些公家人用自己的生命救了全村人，使村里人繁衍生息至今，他们感恩，并且有英烈情结。

在这个情结的作用下，无论是搞生产，还是搞运动，这地界的人，对瑞云寺兵工厂旧址、五区区政府遗址还有隔岭的《没有共产党就没有新中国》[①]词曲诞生地——堂上中堂庙，都悉心保护。虽然他们还不知道如何恢复重建，也没有爱国主义教育基地的概念，但他们也把它们当作神圣之地，不许人乱动，更不许拆砖撤瓦搞破坏，他们自觉地维持现状，期待着有目的、有组织的修复利用。

古月看着依旧坍颓在那里的村庙（五区遗址），看着那座孤零零的庙门，那片冷清清的高台阶，不禁想起云居寺住持说过的一句话："山门不倒必重修。"

他笑了。他这次被发配回原籍进行劳动改造的任务，竟然可以具体到一个使命，就是对革命遗址的重修。

这真是命运的额外恩赐，让他的陷落，有了重生的意义。他兴奋得几个夜晚都没有睡好觉，他在紧张地思考，如何把念头变成行动。

---

① 见第54页注释。

他把自己的想法跟乔祺燕和史天水说了，他们都毫不犹豫地支持。史天水说，其实他早有此意，不过是因为自己没文化，也没有见地，不知该不该这样做。

　　古月和史天水到五区遗址废墟上勘察，掀开断木碎瓦，积尘飞扬，他们居然闻到了一股硝烟和死尸的味道。他们很奇怪，都过去这么多年了，那种味道竟然还那么强烈，吸进鼻翼，令人感到窒息。史天水说，这或许就是老辈人说的那样，因为有冤屈和仇恨，所以阴魂不散。古月说，不能这样说，应该是英灵常在，呼唤我们早一天把他们供到光荣的位置。

　　这坚定了古月修复遗址的决心，他和史天水专门去了一趟公社，想赢得公社领导的同意和支持。由于有古月出面，公社领导不好反对，但他们说，这事儿他们吃不准，不好明确表态，既然你们想干，我们就睁一只眼闭一只眼。这就是很好的态度了，可以排除干扰，所以古月的心情大好。

　　紧接着，他带史天水又去了一趟京西南尚乐的云居寺，向那里的住持讨主意。住持说，革命遗址也算是文物了，修复文物的原则是修旧如旧。所谓"修旧如旧"，就是过去是什么样子就修成什么样子。扩大不对，缩小不对，不能人为地增添和消减。严格地说，要保持原来的形制，原来的结构，原来的材料，原来的工艺。住持还说，你们做这事儿，是在积功德，不仅要干，而且还要干好。要想干好，就不能心急，要一丝不苟地慢慢干，以保证质量为前提。寺庙的修复也不是一蹴而就的，而是经过了一代又一代人的长年接力。不能有太多的现世功利，要以功不必在我的锲而不舍的精神，沉下心来干。

　　回到榆林水村之后，他们预备了纸笔，精细丈量，认真观察，把村庙形制、结构、材料、工艺都记下了，残损不清的，古月一点点回忆，把幼时的印象，复原在纸上。怕还不准确，他一个一个地访问了包括柳绵桃在内的在世老人，诱导他们一点一点地回想，并让每个人的回忆都在他这里重叠，最终确定下来。他还不放心，把自己关在屋里，使劲地想，直至把整座村庙在心里想得活灵活现，赶紧在纸上画下来。虽然他没有学过制图，但他是画给自己看的，别人看起来莫名其妙、似是而非，但一笔一画、每一个符号，他自己都能辨识，绝对错不了。

他高兴得嘿嘿笑，他古月虽然不是领导干部了，但现在又有了新的生活目标，他再生了。

史天水把村里的青壮劳力组织起来，"几垄堰田不经种，横竖也是闲着的时候多，不如跟着你干件正经事。"大家都很兴奋，好像又回到了过去，过起了传说中的根据地生活。

"开醋坊的事儿，咱没经过，也就算了。"

"砍山木烧炭的事儿，咱没经过，也就算了。"

"打土豪、分田地的事儿，咱没赶上，也就算了。"

"造枪弹、送军粮、抬担架、打鬼子的事儿，咱没赶上，也就算了。"

"但这次的事儿，咱正好赶上了，真是六月之天下小雪，痛快痛快真痛快！"

死寂的山村生活因为有了新的内容，榆林水村的人都变得异常兴奋。

"高兴是高兴，可别到外边说，对这事儿，公社领导都吃不准，外边就更难说了，所以必须偷着干，神不知鬼不觉。"古月叮嘱说。

这种叮嘱反倒叫大家感到刺激，他们摩拳擦掌，力量倍增，"那还用说。"

就这样，特殊时期的十年间，山外在搞运动，山里在修庙。几处遗址，他们都修得像模像样。能收集到的文物，他们都按原位放回庙里，但那些英灵，他们不知道如何供奉。古月就出了一次山，到岗上找白鼎轩。白鼎轩说，根据地时期，特别是五区事变，都牺牲了哪些同志，你们要捯出根儿来，然后整理出他们的生平事迹，还要找到他们的照片、手迹、遗物，在庙里辟出专门的房间，搞陈列，让人们通过观看，就知道他们的丰功伟绩，受到教育。要想做到这一点，就要先有个文案，然后按图索骥，有目的地去征集和搜集。

那么，这个文案就请你来做吧。古月对白鼎轩说。

白鼎轩一笑，我就知道会引火烧身，不过你得跟吴春山说一下，不仅让他同意，还要让他帮助打掩护，因为文案的设计，不是一时半会儿就能做出来的，我要实地了解、调查，少则一两个月，多则一年半载。吴春山当然同意，他说，古副主任，你的事儿，倒给了我一个启发，回头让鼎轩也给岗上搞一个文案，时机成熟的时候，也搞一个村史陈列馆。古月说，老吴，那你身上这件破棉袄一定要保存好了，将来一定能进陈列馆。吴春山哈哈一笑，回头我就把破棉袄烧了，陈列馆里不能突出我个人。

白鼎轩跟古月进了山，开始了秘密的了解、调查。他对古月说，跟你一起搞这项工作，就跟你在岗上搞土改、搞合作社一样，总有一种搞地下工作的感觉，既神圣又刺激，不由自主地就想把它搞好。古月说，我也有这样的感觉，所以，我们两个是天生的一对搭档、一对革命战友。

由于搜集得及时，烈士的许多遗物还是能找到的，当时《晋察冀日报》对根据地的有关报道，从柳绵桃那里就找到不少。关于何家栋的出身，还有他来根据地之前的革命和创作生活，古月的老首长刘秉彦那里就有积攒，这在他当警卫员的时候，是知道的。所以他给在河北军区的刘秉彦写了封信，请求提供。刘秉彦很快就回了信，不仅提供了重要的文献，还对古月赞许有加。他说，没想到我的老部下身处逆境，还考虑未来的事，理想信仰是经得住考验的。读完刘秉彦的信，古月忍不住轻声抽泣，他既温暖又委屈，感受复杂。

至于兵工厂和五区政府的历史，村里还有几位见证者，而且古月和柳绵桃本身就是亲历者，能有准确的回忆。堂上中堂庙能飞出《没有共产党就没有新中国》这一真理的歌声，从历史背景、群众剧社的活动到创作、传唱，《解放日报》《晋察冀日报》都有详细报道，而且也能找到，柳绵桃也乐得回忆，她在本子上写出了完整的回忆。

五区的两个主要人物，何家栋和古大富能够很好地还原，而且他们还都留下了照片。何家栋的照片是他学生时代留下的，很年轻、很英俊。柳绵桃过去见过，说，革命人永远是年轻，他在根据地的时候也跟照片上一样年轻英俊，没有往老上边老上一点点。很有意思的是，古大富的照片是从日本人在南窑坨清高线的档案室里找到的，是日本特务到根据地搞秘密侦察时，偷拍下来的，为的是要张贴通缉令。这一线索还是乔祺燕提供的，她在据点里当军医时，就有所发现。古月派人去南窑高线据点寻找的时候，那个档案室居然还贴着封条，没被启封过，遂幸有所获。

古月拿着照片又去了一趟云居寺附近的南尚乐高庄村。这里是著名的汉白玉之乡，云居寺的一万多块石经，就是用这里的汉白玉石材雕刻的。北京故宫保和殿的那块巨大的云龙石阶，天安门的石狮、华表都是出自高庄的汉白玉。古月想给英烈人物做雕像、镂制碑刻，好立在五区遗址的厅堂里，供人瞻仰。

古月是农民出身，在他的观念里，修复的遗址，类似祖祠和先人祠堂，没有石像和碑刻，有失庄严和肃穆，是镇不住的。

他还偷偷地拿了一个人的照片，便是他的瞎眼嫂子柳绵桃。虽然她人还活着，石像不宜进祠堂，但她的悲壮行径，在古月眼里，也有感人的英烈之风，值得，也应该给她造像。所以，他提前给她预备着，到了时候，能及时地给她供奉上去，让祠堂完满。

这一切，自然是要瞒着柳绵桃的。山里人迷信，活着就造像，近乎咒，虽然她在血与火的洗浴中已变得豁达，但未必就能接受。

虽然古月和乔祺燕总是动员她跟他们一起住，一是免得她清冷寂寞，二是他们可以行孝老之礼，但柳绵桃固执地住在"养汉屋"里，她说自己是个活死人，阴气太重，不能给本已落魄的一对小夫妻再添晦气。

虽然她自称是活死人，但是在整个遗址的修复期间，她总是早早地来到工地，或轻声，或放嗓，唱她的拿手歌曲《没有共产党就没有新中国》。她好像是从昔日的战场上，往今日的和平地界唱，因为歌唱的间隙，她总是自言自语地讲过去的经历和动人的故事。时间久了，工地上的人，都知道了她不一般的生命传奇，觉得这个形容枯槁的小老太太，其实是活得很精彩的。人们羡慕她，也敬佩她，一点也不觉得她可怜。

任由她唱吧。

我们埋头做。

这就是我们榆林水了，人们知道不知道、记得不记得，有什么关系？村里人很盈满。

　　回到榆林水村的第二年初春，乔祺燕顺利地给古月产下了一对双胞胎男丁。

　　古月大笑，说："我们古家也邪了，只要是生孩子，一生就是男的。"他稍一思忖，就给他们起了名字，先娩出来的叫古立清，后边的叫古立明，寓意很简单，寓政治清明、社会清明、世道清明。

　　乔祺燕说，名字起得太正，缺乏诗意，但依京西乡俗，孩子要由做父亲的赐字，还是由着你吧。

　　这让古月很高兴，没想到乔祺燕虽然是知识分子出身，却入乡随俗，念及夫道、父道，这媳妇旺夫，会给古家带来好运。

　　因为生在早春，天气清寒，一家人居住的地方破旧漏风，乔祺燕格外小心，催促古月又新糊了一层窗纸，把风道和门缝堵得严严实实。她还给每个孩子都缝了一个厚厚的襁褓，不仅裹得严严实实，还不错眼珠地加以看护，不让其露出胳膊腿。

　　但很奇怪，两个孩子总是拼命蹬蹿，只有胳膊腿露在外边，才安生，才高兴。

　　到了能爬的时候，他们会沿着土炕比竞着爬到窗户的位置，把身子攀上去，用小手撕窗户纸。风吹进，他们高兴得啊啊叫。

他们不怕冷。

到了夏天，也不怕热。在土炕上时，追着光线去晒；到了院里，他们光屁股坐在滚热的石板上，也不嫌烫。汗水从头脸上往下淌，也不让揩，好像只有被汗水洇着，他们才感到舒服。

也不怕脏。他们满地上爬来爬去，尿尿和泥，把晒脆了的鸡屎干当点心吃。不让吃就哭，直至哭烦了你。也不怕摔。栽倒了，马上就爬起来，蹲了屁股，本能地哭两嗓，马上就破涕为笑。身上虽然青一块紫一块的，但也不嫌疼，依然往硬处挪动。人们说，要是换了别的孩子，早就忍不住硌，朝松软里躲了。

也不挑食。给奶水就吮奶，给玉米糊糊就吃玉米糊糊，给块窝头也敢咽，从没有卡住的时候。

春夏秋冬，他们顺顺利利，健健康康，不泄不吐不病，长得虎头虎脑、皮皮实实。

古月说："到底是打过游击、经历过战火、挨过批斗的人的孩子，一点儿都不娇气。"

乔祺燕说："他们生的时辰也好，生在开春，春夏秋冬四季都经历了，见过春华秋实，沐过风霜雪雨，尝过苦辣酸甜，完整地感应了时序，原始地感受了自然的节律，他们顺生、顺应，也就顺遂。"

古月说："你说得太复杂，我只知道他们很让大人省心省力，不耽误事。"

起初，柳绵桃倒是提出来给他们带孩子，被他们婉谢了。一是因为她眼睛看不见，年纪也大了，行动不方便。二是他们也有忌讳，她毕竟经历过生死，受到过强烈刺激，甫说阴气太重，一些悲悲切切的情绪也会自然流露，传染给孩子不好。

他们真是心疼父母，毫不费力地就往大里长。最让古月吃惊的是，乔祺燕虽然已经是两个孩子的母亲，但脸色越来越红润，脸型越来越清秀，本来眼睛稍小一些，却意外变大了，有了流盼之光。她虽然经历了自然哺乳，但乳房却一天天坚挺，身子也长开了，腰越来越细，臀子越来越翘，美得有了逼人的韵味。

她让古月心中的灰暗一扫而光，每日里都有蠢蠢欲动的激情，他频繁地匝在乔祺燕的身上，以至于乔祺燕不得不正正经经地提醒他："革命不要吃老本，要立新功——你不可能下半辈子就待在榆林水，肯定有平反的时候，还要重新恢复工作，到时候如果没有一个好身体，可就遗憾了。"她把桌子上的本子和图纸狠狠地推到他的眼前，"你不要颓废，要专心致志地研究你的修复工作。"

媳妇居然把他的激情表达当作颓废表现，让古月有了一丝羞愧，他说："好，好，你就别多说了，给我留点面子。"

其实，他对他们古家的血脉有深刻的了解，对女人有强烈的贪恋，他的大哥古年就是用情太深，甚至有些放纵，死在柳绵桃的身子上。这很不名誉，让人小瞧。以至于让人们对柳绵桃高洁的品性也有了质疑，在暗处也觉得她有祸水之嫌，让烈女的英名，也打了些折扣。

当乔祺燕来到工地，她的美丽，准确地说是她的美艳，也强烈地撩拨了村里青壮年的眼眸。他们从没见过这么好看的女人，只觉得榆林水村这个不毛之地，也是美的，也是有魅力的。但京西男子的天性，让他们不好意思直着看美丽女人的脸，他们低下头去，使劲儿干手中的活儿。他们也越来越听古月的话，因为他们觉得，屋里有好看女人的男人，是有主见的、有能力的、有章法的，不能嫉妒，要好好听从。

榆林水村的革命遗址修复工作，进展得很顺利，而且有板有眼，毫不马虎。

乔祺燕毕竟不是柳绵桃，她对美色对男人的作用有清醒的认识，并化成一种自警。她认为，女人的美，如果仅仅是好看、是吸引，那就是迷惑，就是风骚，甚至是祸水，必须有之外的表现和作为，让男人高看、敬重。

所以乔祺燕一边拉扯着孩子，一边发挥自己的长处，给山里人治病。山里人缺医少药，因为贫穷，也看不起病。他们对疾病的基本态度是：小病靠忍，大病靠扛，重病听天由命。就落下了很多后遗症，致残率和死亡率就大，严重地影响了生命质量。山里人为了节俭生活开支，很少吃菜蔬，每家的屋里都会放上一口大缸，大量地腌渍蔓菁、地萝卜，还美其名曰：咸菜就饭，越吃越香。长此以往，口味就重，普遍都有心血管病。很精壮的一个小伙子，干着干着活儿，会突然倒在地上，是猝发了心脏病，因没有预知和防备，眼睁睁地看着他死去。盐是土盐、粗盐，碘的含量很低，不少人害着大脖子病，挺好看的一个女孩子，脖子底下挂着一个大瘿袋，连婆家都不好找。女人生育，土法接生，也不懂得消毒，就在土炕上撒上一层绵绵土，用锈剪子切脐带。虽然女人乐观、不畏惧，还自嘲：生第一胎疼，生第二胎麻，三胎之后就像拉屎一样，要想生得顺利，多生就是了。但生育事故还是屡有发生，让人痛惜不已。

乔祺燕不厌其烦地普及健康的生活知识，推动山里人少盐、多碘、多吃新鲜蔬菜。她告诉人们，山场广阔，遍地都是不需要钱买的菜蔬，只要不偷懒，随时可以剜到。她说，你们看，木本的有香椿、木榄、青瓷白、羊角叶、花椒芽、核桃穗，草本的有拉拉秧、猪耳朵、猪毛尾、马齿苋、仁蓳菜、大蓟、地黄、茼蒿、水芹、苦荬、海棠、山葱、野韭。还有树林里、草垛上的菌子，松鼠菇、鸡腿菇、马粪菇、洋钱菇、地苔、山衣，这些野地里长着的，哪个不是现成的蔬菜，都可以放心入口，增加营养。她还普及基本的生育知识，让山里人讲卫生、少生育。虽然说多子多孙多福气，但孩子太多，会导致贫穷，降低生活水平。人们很顽固，说孩子多了反而好养，一个宠着，两个哄着，三个以上就赶着，容易得就像放羊一样，并不怎么费事。乔祺燕说，人可不是羊，得教育，得培养性情，得脱离野蛮，得投入很多精力。你看，山里的女子生育之前多水灵，由于不知道节育，年纪轻轻就老得跟老太婆似的，既没心气往好里活，也让自己失去了魅力，让男人一天比一天不稀罕。山里的男人为什么打野食的多、跟别的女人厮混的多？道理就在这里。女人们被她鼓动得明白了好多事理，不愿再不管不顾地生下去，她们说："女人也是人，别净让男人们省心、得逞。"

乔祺燕没有收入，一家人只靠古月那一点生活费过活。但榆林水村人厚道，总是接济他们吃食，而且村支书史天水也把古月当作村里的好劳力看待，不由分说地给他们分配一份救济粮。所以乔祺燕觉得，既然是村里人养活了自己，就要舍得给村里人花钱，便从古月的那一点现金收入里抽出一部分来，买了常用的药品和医疗器械，正正经经地开办了家庭诊所。

常见病、多发病，她及时上门去诊治，无偿供给药品。她每年给村里人检查一次身体，给每家每户都建立了医疗档案，谁经常患什么病，她都知道得一清二楚。中老年多气喘和腰腿病，她备下咳喘宁和膏药，嘱咐他们按时来领取。一次，史天水在工地里正在搬一块石头，突然呼吸急促、心口针扎似的疼痛，他刚呻吟了两声，就咕咚倒在地上，昏死过去了。乔祺燕迅速赶到现场，听了在场群众的描述，断定他是猝发了心脏病。她二话不说，俯下身去给他做人工呼吸，缓过神来之后，她让人们轻轻地把他抬到自己的家里，亲自做二十四小时的监护，直到病情稳定。

这成了在村里久久传颂的一个动人事件，人们说："这个乔大夫可真神了，史天水他都死了，硬是让她亲嘴给亲活了。"史天水被亲活之后，再见到乔祺燕时，总是不敢抬头，他觉得党的恩情大、毛主席的恩情大，乔大夫的恩情也大，大得他不敢再轻浮说话，要埋头干活，不仅要修好遗址，也要多为乡亲们做事。他的书记就努力往好里当，不贪不占、不馋不懒，且兢兢业业、勤勤恳恳，让村里人都服气。

那一年上边来了医疗小分队，给村里人义诊。让人满世界吆喝，还挨家挨户邀诊，就是没人应承。他们对村里人说："你们尽管看病，我们不要钱。"村里人纷纷说："这我们知道，可是我们现在没病。"义诊的人说："没大病还有小病呢，没有疑难杂症还有常见病呢，你们怎么敢说没病？"众人说："就是没病嘛，因为我们有乔大夫，她随时给我们治。"这诱发了小分队的兴趣，他们执意要见见乔大夫。他们一见，就大吃一惊，乔大夫是个大美人儿，原来是县城医院里的大角儿，不过是被下放了，被下放了也不自暴自弃，而是安贫乐道，艺高心好，普度众生。这是什么境界？从她身上，小分队的医生再一次感受了医务工作者使命的崇高，他们喜欢上了她。临走的时候，给她撂下了不少医疗设备和药品，并说："谢谢你了，乔大夫，你就替我们为山里的群众服务吧。"

那时候，县里给乡下培养、配备赤脚医生，轮到榆林水村，乔祺燕对公社领导说："就把赤脚医生的名额给最需要的村吧，这里有我呢。"公社领导，赤脚医生是要给报酬的，你一个被组织上处理过的人，我们怎么给报酬？乔祺燕说，这请领导放心，我不要公家的报酬，我自己给自己报酬。见领导不解，她说，我是医生出身，见病就想治、见伤就想扶，能尽本分、履本职，就安心了，这是我自己给自己最好的报酬。公社领导很感动，说，从你身上，哪里看得出坏分子的模样？你要是坏分子，这周遭就没有好人了。乔祺燕也很感动，说，领导的话就是对我最大的报酬，虽然不是决定，但差不多是给我平反了。

就是这样，乔祺燕每天行走在崎岖、凸凹的山路上，寂寞着美丽，古道着心肠，忘记着忧愁，为山里百姓送医送药，满面春风。村里人每一见到她，肯定是堆满了微笑，说道："乔大夫，你好！"

67

一天，寂静的山环里突然一阵接一阵地响起开山炮声。山里人被震醒了，纷纷走出房门，看究竟。

原来，为了落实反修防修、备战备荒为人民的战略部署，国家要在京西西部山区建一条战备路，称作108国道。国道途经宛平、岗上、坨里、南窖、大安山、长操、榆林水、堂上、娄子水、雨斗泉、涞源，从北京一直通到山西境内。

国家调来工程兵74军进行施工，沿线各地区、各公社、各村也要抽调人力配合，全线开工，红旗招展，浩浩荡荡，炮声隆隆。

山里人极为兴奋，因为他们多少年来，一直走的是河涧石子路、山间沙土路，饱经交通不便的困苦，不久的将来，他们就要走上平展的柏油路了，真是改天换地日月更新，天上掉馅儿饼哩。

史天水带着村里的二十几个民工，帮修榆林水村前地段，他对古月说："这是公社的要求，不能不派出人来，修庙的事儿就整个撂给你了，受影响哩。"以为古月会抱怨，没想到古月竟笑了，他说："不仅不受影响，咱还能沾上大光哩。"

"能沾上什么光？"

古月说："你也别问，以后你就知道了。"

这支施工队的工程兵，主要来自川鄂，晚上就住在山崖边上临时搭建的帐篷里。

这是吃得大苦的一群人。虽然穿的是军装，但都显得很旧，背上都洇着很厚的汗碱。并不是他们不喜干净，而是每日里土炮开山、肩背移石、横竖与烟尘咸汗相厮磨，那一套军装洗不洗又有什么意义呢？所以就不洗。由于是战备工程，一味地抢进度，所以，便很少见到他们歇一歇的时候。吃饭也不入定，黑眉黑脸地坐在石头尖上，一支筷子上穿四五个馒头，手里攥一根浑黑的咸菜，吃得很快。吃完了，抖抖手上的馒头屑就又去搬石头了。即便是歇一歇，也很少听他们讲话，但打钎、抬石头时却喊很响的号子。号子高亢而悠长，便觉得，川鄂人都有一副好嗓子。

那天中午，史天水端着一小碗肉去找其中的两个相熟的四川青年。他们与他同龄，却不曾读过书。十七八岁的额头，却已爬上六十岁的皱纹。他自然很心疼。他想，我好歹也念到小学毕业哩，还守家在地。

"吃几块肉吧。"他见他们碗里的那份肉都吃完了，只剩下咸菜，便想把自己碗中的肉拨给他们一点。

"不哩，咸菜挺好！"

"不吃不够意思。"史天水说。

他俩互相觑了觑，"那就吃哩。"

史天水高兴他们给了面子，却看到了他们眼角竟悄然蠕动着两滴泪。他一惊，没想到，这当兵的居然也这么脆弱、这么容易被感动，他觉得他们很亲。吃完饭，他们从兜里拿出烟来，卷很大的一支烟炮，闷闷地抽着，并不因吃了他给的肉而与他多说几句话。

"怎不念书呢？"他只好发问。

"没用，念书救不了穷。"一个说。

"你们的号子喊得好听。"

"唉，心里发闷，只有喊。"

他还想跟他们聊点什么，他们却有几分不耐烦了，站起身来，客气话不曾说一句，扭身走了。好怪啊。

下午他俩点炮，点完了，猴子一般躲到史天水待的那间工棚前。等了半天，未听到炮响。他们急着出去。史天水拽住他们，"会有危险，就再等会儿吧。"

"娘个巴子的，横竖一条穷命，怕什么怕！"甩下这么粗鲁的一句话，他们冲出去了。

一会儿便听到炮响。史天水心里一阵冰凉。跑到出事地点，就看到两个破碎的身体——一个被齐腰炸断了双腿，只剩下了半截身子；一个被锋利的长石穿透了腹背，肠胃破裂，还能清晰地看到馒头和肉的影子。他们剧烈地抽搐了一阵，就都不动了。原来生死的变化，就仅在一瞬间啊！史天水极为震惊，吓得扯嗓号啕……

史天水接受不了这猝发的死亡，他甚至感到，断送他们生命的原因里很有可能有他的一份——

因为他们穷，便在很小的年纪出来当兵，自卑是伴随他们的一条影子；而年轻的心又是极其敏感的，与旁人相处时，自卑便转化成极端的自尊。所以，那天，他的那一小碗肉和"再等会儿吧"的一声善意的提醒，或许就激发了这种转化。

工程兵的团政委正好就在现场，他走上前来，在他的屁股上踢了一脚，"你在这儿号什么？动摇军心。"

他愤怒地站了起来，狠狠地瞪着政委。"当兵的也是人，你们当官儿的不能为了抢进度就不顾人的死活！"

"那是他们违规操作，跟我有什么关系？倒是你，与我的战士私下里喊喊喳喳的，分了他们的心。"政委严厉地说。

史天水被吓了一跳，躲在一边不吭声了。

政委对身边的人说："赶紧清理一下现场，把他们就地埋了。"

听了这话，史天水又跳了起来，"依我们京西老理，死者为大，你们应该厚葬他们，不能这样就地落草。"

政委又瞪了他一眼，"要革命就会有牺牲，别磨叽，埋。"

几个战士闻声拿来两块防雨的帆布，就要卷遗体，史天水扑上去，"你们不能就这样卷，容我回村里去，给他们操办两副棺木。"

史天水的阻拦，激怒了政委，"他这是在破坏军事行动，把他给我绑起来。"

几个民工冲上来，护住史天水，"看你们谁敢绑？"

正僵持间，古月拨开人群，走到政委跟前，"首长，息怒。"他点头笑笑，"我叫古月，原来的县革委会副主任，也曾在华北野战军七纵二十旅当过警卫营营长。"指导员一愣，"我知道您，刘秉彦司令的贴身警卫，我们部队也是从七纵分出来的，说起来，您是老前辈了。"

"那好，那咱们借一步说话。"古月把政委拉到一边，低声说："即便是在炮火连天的战场，战士们牺牲了，如果是条件允许，遗体也是认真安葬的，再说，现在是和平年代，更要讲究。咱的举动不是小事，因为身边的战士都看着咱们呢，不能寒了他们的心。"

政委觉得老前辈说得有道理，犹豫了一下，"依您看，这事怎么处理？"

"这事你就交给我吧。"古月拍了拍政委的肩膀，"你看，我们榆林水村，风水好的地界到处都是，就把他们埋在村里的山岭上吧，让他们的坟墓坐西朝东，让他们生为毛主席的好战士，死了也一颗红心向北京。"

古月的话，弄得政委心里很激动，"那敢情好，他们毕竟是我的战士，说真的，我也想善待他们，不过是情急之下，没了主意。"

古月说："我还有个主意，就是把他们的遗体安葬在山岭上，把他们的牌位立在五区旧址，让他们英灵永在，教育后人。"古月告诉政委，村里修复了包括共产党五区区政府旧址在内的几处革命遗址，在五区旧址内，他们设了英烈祠，可以把两个牺牲战士的牌位立在祠里，把他们的事迹展示出来，不仅可以随时祭奠英灵，也能通过他们，把你们工程兵修路备战的光荣历史留给后人，很有意义哩。

政委大喜，"好主意！"

就这样，在古月的主持下，村里人贡献了两副棺木，用乡下的仪式，把两位烈士隆重地安葬在榆林水村的后岭。安葬前还像模像样地开了一个追悼会，政委还拿着架势做了悼词。整个会场，战士们眼里有庄严之光，心中有不怕牺牲之情，气氛感人。政委对古月说："老前辈，你的主意好，既让我们的政治工作有的放矢，又贯彻了毛主席的指示。"他所说的毛主席的指示，是《为人民服务》中那段著名的话："今后我们的队伍里，不管死了谁，不管是炊事员，是战士，只要他是做过一些有益的工作的，我们都要给他送葬，开追悼会。这要成为一个制度。这个方法也要介绍到老百姓那里去。村上的人死了，开个追悼会。用这样的方法，寄托我们的哀思，使整个人民团结起来。"

古月说："因为我也是部队出身，感情上是相通的。"

政委说："这今后，老前辈你要是有什么需要帮忙的，就尽管开口。"

"既然你这么说，那我也就不客气了。"古月盯着政委的眼睛说，"我眼下还真有事想麻烦你。"

"你尽管说。"

古月说，我这几年发动群众，搞了几处革命遗址的修复工作，已经都有了眉目，但有一点，就是通往遗址的路，我们自己没能力修。首长，你看，遗址就是让人看的，就是用于教育后人的，如果交通不便，来人就少。我是想，战备路都修到我们家门口了，如果从主路上往遗址那里顺势延伸一下，就连上了，就从根本上解决了交通问题。

政委说，你的想法很对，这个忙我帮，你这儿的两处遗址我知道，到五区遗址不过两华里，到兵工厂遗址也才四华里多，工程量不大，我让战士们多放几炮，多铲几个土石方，就给你连上了。

古月说，那就感谢了，不过还有一处，你也得帮忙，就是《没有共产党就没有新中国》词曲诞生地中堂庙遗址。

"它的位置在哪儿？"政委问。

"我指给你看。"

顺着古月手指的方向，政委用望远镜瞭望。

政委观察完毕，说："这个位置有些远，少说也有十华里。"

古月说："不过是十华里，捎带手的事儿。"

政委摇摇头，"望山跑死马，你看着十华里不远，但得要多少土石方？再说，它偏离了主路，已经不是捎带手的事儿，纯粹是另外的工程了。"

古月说："你这儿有现成的设备、足够的人力和使不完的炸药，修也就修了，如果放下了，就是猴年马月的事儿了，你能忍心？"

政委问:"堂上也属于你们榆林水?"

古月答:"不属于,它属于霞云岭公社。"

政委笑了,"那不结了,既然不属于你们榆林水村,这个人情我就不给了。"

古月急了,说:"这几处遗址是有连带关系的,共同验证了'没有共产党就没有新中国'这个真理,而且堂上的遗址是核心部分,所以必须整体地开发出来。再说,我毕竟是当过副县长的,一颗心早已属于整个京西了,想问题、干事,不能只站在榆林水这么个小地界,一句话,我是公家人。"

政委很感动,说:"这么说,我要是把堂上的马路给你连上了,就等于是给你们京西干了一件好事儿?"

"那当然。"

"那好,这事儿我可以考虑一下。"政委沉吟了一下,"不过,因为这个工程已经不属于捎带手的性质,我得向上级汇报一下。"

一听说要向上级汇报,古月担心会生变,赶紧说:"我们作战部队在攻击战略目标的时候,往往在行进中,会根据战场的实际情况,对遇到的能够攻克的非计划目标也顺势打下来。比如打某座县城,推进的道路上会遇到一些零散的据点,机会难得,来不及请示,我们都是打下来再说。攻击战结束后,首长对扩大了的战果,往往是肯定的,对一线指挥员还要表扬,表扬他既顾全大局又机动灵活,是军师干才,大多要提拔重用。"

"这我知道,这我知道,那咱们也干了再说?"政委是怕被前辈小看,但是他又说,"不过,这样一来,我的责任就大了,施工的时候,我必须亲自盯守,不能出一点安全事故,工程中用多少炸药不好计算,不是定数。可以撒开了用,但我工兵人数可是登记在册的,是瞒不了人的定数,就绝不能有意外减员。"

在这几处延长线的施工期间，政委每天吃住在工地上。他谨小慎微，每天都要巡查数遍。腿肿了消、消了肿，嘴上也打满了燎泡。古月给他预备下酒菜，想慰劳他一下，被他坚拒。"这时候，你的酒我一滴都不能喝，等路给你修好了，我跟你一醉方休。"古月被他感染，每天也陪在他身边，帮助史天水管理民工，别给政委捅娄子。

两个人甚至胼手胝足地睡在一起，话出身、拉家常、交流时事、规划未来，相见恨晚，友谊也深厚起来。

老天也讲人情，给了他们最彻底的保佑。路修得很快，仅一个星期，就与主路贯通。其间，没有发生一桩事故，皆大欢喜。

榆林水村杀了十几只羊，犒劳施工的战士，在河滩上支起了大锅，用柏木炭给他们炖全羊。所谓"炖全羊"，就是刮过毛发、滤过污血、净过粪便之后，羊身上所有部位都放在一个锅里炖，既全面分享，又原汁原味。这是山里人只有过年时才开筵的大餐。

这多少有些铺张，但政委并不去阻拦，因为他懂风俗、懂人情、懂民心，也懂战士们的辛苦，他不能太教条了。

炖全羊要想地道，是要在沸汤里放几粒羊粪豆儿的，会增加膻气。没有这股膻气，还谈什么正宗？

有人问政委，放不放羊粪豆儿？

政委一笑，"当然要放，咱要入乡随俗，尊重地道口味。"

吃炖全羊，喝乡下小烧，五内通泰，政委很快就进入了醺然的境界。他对古月说，不怕你笑话，我之所以谨小慎微，是因为我身后有拖累——我老家在川西农村，老婆是农民，还有两个穿屁帘子的孩子，穷得叮当响，家里的嚼裹儿全指望我在部队这点粮饷，在政治上不能有什么闪失，属于易碎品，经不起任何磕碰。眼下，你的忙我帮了，也平安无事，我提着的心也就放下了，所以你得好好敬我两杯。

"敬，当然敬。"古月就大碗敬了。

"接下来我要敬你。"政委自己斟满了酒，说，为什么要敬你？因为老前辈你让我从心里敬佩——你是一个被打倒了的人，都被劳动改造了，还想着把革命历史保存下来、传承下去，对党和人民的忠诚到了忘我的地步，你默默地给我上了一课。我说实话，帮你把遗址的路都给连上，不是因为我有设备、有兵力、有炸药，可以捎带手地办，是因为被你打动，便忘了个人得失，有了胆量。所以，表面上是我给你修了路，其实是你自己修的。

也许是政委的话触动了古月心里最薄弱的部位，也许是酒喝得太尽兴而情绪失控，古月哭了。他这一哭，也带动了政委，两人抱头大哭，让众人感到了一种叫悲壮的东西，军民互敬，像一家人。

在情意浓浓中，古月突然问："你们修战备路，到现在一共牺牲了多少战士？"

"据我所知，有二十几个。"政委反问道，"你问这干什么？"

古月说，没有推不倒的篱笆，没有不透风的墙，你帮我们修路，早晚会被上级知道，即便咱们干的是政治上正确的事儿，弄不好你也会背上擅作主张、先斩后奏的责任。我是想说，榆林水后岭上给你埋两个战士是埋，埋二十几个战士也是埋，我五区遗址里给你立两块碑是立，立二十几块碑也是立，不如你向军党委建议，在后岭专为你们工程兵建一座烈士陵园，陵园里再建一个英烈事迹陈列馆，那可是又新建了一块革命圣地啊。

政委一拍大腿，"好主意！"

报告上去，果然得到军党委的一致肯定，遂陵园落成，烈士遗体被统一安葬，也为后人祭祀、纪念、进行爱国主义教育，提供了一个特色基地。政委因谋划有功，被评为优秀政工干部，也被树为军地共建先进典型，受到表彰和嘉奖。

正因为是先进典型，战备路竣工之后，政委作为军代表，在地方政府搞"三结合"的组织架构中，被"结合"进京西县革命委员会，任副主任。他的家属和孩子，被组织照顾安置，也从川西老家落户到县革委会所在地城关公社。

进京了，团圆了，命运让政委的生活得到了意外的改变，大喜之余，他不禁暗自感叹：这个古月，非等闲之辈啊，即便是在落魄之中，也能成事，也能成就人。

68

这期间，还有个意外的小插曲——

在修筑通往几处遗址的道路时，开山的爆破，居然炸出来几处矿脉——煤。

老辈子人曾说过，榆林水这地界有煤，大家还不以为然，没想到还真的有。那煤层储存得很浅，山炮掀开地表的岩石之后，立刻就出现了乌黑的一片。起初大家还很吃惊，坐下来一分析，觉得这是很好理解的事。榆林水地处百花山南麓，北麓就是门头沟斋堂，那里有斋堂煤矿、木城涧煤矿、辛街房煤矿等等，再加上东北麓著名的大安山煤矿，十几个大小煤矿构成了整个京西矿务局。既然榆林水与这些地界同属于一个山脉，地下有煤，就是一桩很自然的事。

只不过榆林水海拔高，是大山之顶，煤层自然比较浅，不需要掘进，进行巷道作业，用铁锹镐头就能把煤挖出来。由于榆林水自古以农耕为主，没有采矿意识，即便是煤就在脚下不深处，也任其沉睡。这山炮把煤"惊"在眼前，怎么办？古月和史天水经过紧急商量，认为，现在是以粮为纲，不主张发展副业，而且矿藏资源属于国家，不允许私自开采，所以还要把露出地面的煤层重新埋起来，待日后政策活泛了，再进行开采。史天水说，咱们是不是留下一处，村里偷偷地、有组织地挖一些煤，分配给社员过冬用，要知道，这么多年来，社员生活用煤都是要到大老远的大安山去，用大车拉、用牲口驮，很艰难哩。古月说，那也不成，如果我不在这里，你们可以搞些小动作，但就是因为我在，所以坚决禁止。因为我虽然被下放了，但我觉得，我是不是革委会的副主任，都要站在县领导的高度想问题。

他就让工程兵用开山车进行覆盖，并让路基稍稍绕了一下，避开了。工程兵的政委觉得有趣，说："你们京西人就是实在，就如同大姑娘脱了裤子站在眼前，不仅不敢动，还吓得转身就跑。"古月说："你还是政工干部呢，也这么差劲。"政委说："其实表面差劲的人，骨子里最正经，就像爱打架的人，其实最讲义气一样。"两个人笑作一团，感到他们之间的感情是越来越实在了。

就是这几处矿脉，日后让榆林水村暴富，也成就了古立清、古立明哥儿俩，或许是天道公平，体恤老实人吧。

说到古立清、古立明，真是独特的一对。

由于古月修庙、筑路，乔祺燕行医，他们懂事以后就被放养，任其自由生长。所以，他们特别淘气，特别顽皮，特别有主意。

他们爬山越坎，追鸡赶兔，捉蝎打鸟，玩儿疯了。所以他们身子灵活，在山地上奔跑，如履平地。也是由于是大山的自由之子，他们识得百虫、识得白鸟、识得百草，哪些可以入口，哪些可以入药，他们都知道得八九不离十，所以，他们总能吃上山珍野味儿，也能给母亲采得药草，助她行医。他们很有灵气。

山里的小学，是联校，上下连三村的孩子都聚在一所学校。学生多，老师少，采用复式教学，在一间教室里，一帮孩子听课，一帮孩子自学。他俩自学时总是坐不住，出怪声、做鬼脸、弄小动作，弄得老师烦。因为是原副县长的孩子，老师也不好意思告状，就用粉笔头甩他们，他们居然能接住，又把粉笔头甩回去，弄得老师哭笑不得，就骂："妈了个巴子！"他们明白老师的意思，但故作天真地问："老师，巴子是啥，长在哪儿？"老师羞愧，摇摇头，不再理睬。但两个孩子太聪明，考试的时候，总是在全校并列第一，学校也拿他们没办法。

小学毕业，他们决意不上初中。他们对父母说，现在都在搞运动，学校也是乱哄哄的，学工、学农，又学兵，就是不学知识，上了也白上，还瞎耽误工夫。乔祺燕说，你们不上学，没有文化，将来可就废了。他们说，你上过大学，而我爹只上过两天识字班，但他当了县长，你只不过是院长，这怎么解释？乔祺燕没法解释，便恼了，抽了一把荆条就上前打。孩子们便喊，都说你是个温顺的女人，竟也会打，真是虚伪。他们一边喊着一边跑，弄得乔祺燕气喘吁吁，清秀的脸也变得丑了。俩孩子见状，自己就停在那里，并且主动褪下裤子露出尖尖的屁股，说，给你打。乔祺燕反而下不去手了，不知所措地哭了。他们俩面面相觑，说，咱的妈到底是温柔的。

他们不忍母亲伤心，很不情愿地去上初中了。用他们自己的话说，就糊弄几年吧。

一天，两个孩子像商量好了似的，并排着站在古月面前。他吓了一跳，问他们："你们想干什么？"

两个孩子的表情都很麻木，谁也不接话茬儿。

乔祺燕说："你看看他们的脚，鞋子都破得露脚指头了。"

古月看都不看一眼，笑着说："喊，这也算事儿？"

乔祺燕眼里含着泪水，反问道："什么？穷得连鞋子都穿不上了，还不算事儿？"

"不算事儿。"古月说，"没鞋可穿，不是还有脚吗，只要

402

脚齐全就成。"

"哼，你自己怎么穿那么齐整的鞋？"

"废话，谁让我是他们的老子哩！"

孩子们一听，知道跟这样的父亲讨鞋穿是没有希望的，便反过来安慰母亲说："妈，你甭跟我爸置气，我们早晚是要穿上好鞋子的。"

古月毫不羞愧地笑了，"嗯，是我的种！"

乔祺燕说："你就不能用你的津贴给孩子买双鞋？"

古月说："不能，那是我修遗址的经费。"

乔祺燕心疼孩子，去找柳绵桃，"嫂子，你教给我怎么做针线活。"

"你要干吗？"

"我要给孩子做两双鞋。"

柳绵桃说："就让我给他们做吧，你的手细皮嫩肉的，经不住锥子扎。"

"你的眼睛不好。"

"你这就不知道了，山里的婆娘从小就学会了做鞋，天长日久，手上就长了眼，合着眼就能把鞋绱好。"

两个孩子穿上瞎眼伯母做的鞋之后，心立刻就大了。

怎么会大了？

学校距榆林水有五华里的距离，由于不安排住校，孩子们去上学，一往一返，每天要走十华里的山路。孩子们不忍心鞋子破，从家里一走出，就脱下鞋装进书包里，光着脚走山路，到了学校再把鞋穿上。这样，既节省了，又体面了。所以说，他们的心大。

他们还特别有心。

那个年代，学生几无课外读物，他们便自己寻找。史天水任着村里的支书，公社给他分配着"两报一刊"（《人民日报》《解放军报》和《红旗》杂志）。因为他识字少，没有阅读兴趣，报纸随手就扔在他们家的角柜上。怕被扣上反革命帽子，他也不敢处理，就越堆越多，有了赫然的一摞。他们串门时，发现了这奇特的风景，就对史天水说，能不能让我们把这些报纸抱走，我们要看。史天水一愣，这是给大人们看的，你们小孩子也能看懂？他们坚定地说，能看懂。史天水大手一挥，你们拿去吧。他又说，这报纸每天都有，想看你们就自己来取，我可不管送。他们高兴地说，不麻烦你。

这些报刊，在那个时代，固然有强烈的大批判色彩，但因少年的阅读全凭了自己的兴趣，就有了意外的增益。譬如提升了认字率、词汇量，使他们比别的少年有了更强的阅读能力；譬如知道了汉字的变体，黑体、楷体、宋体、魏碑，使他们比别的同学更深地认识了汉字之美，照猫画虎之后，就写了一手好字。阅读能力的增强，反过来推动他们的阅读，以至于对读物有本能的喜爱，几乎是见到什么就读什么，得意扬扬。能写好字，就增加了自信和表现欲，以至于他们独揽了班里的黑板报的书写。同时他们也知道了很多外边的事，就不满意小山村这种孤陋、封闭的生活，便在小小的心田里生出大志向：等长大后，要不就走出去，要不就在本地做一番轰轰烈烈的大事业，绝不像老辈那样活，也绝不跟在别人屁股后面，听别人的指使和吆喝。年纪虽小，却有了出人头地的野心。

那时的电影只有那么几部战争片，譬如《地雷战》《地道战》《南征北战》和《红日》，即所谓的"三战一红"。虽然电影放映队在本村演过，但是移至别村，他们还是跟了过去，一遍一遍地再看。山村路遥，村与村之间有很长的距离，他们竟也不畏惧。晚上电影散场后，考虑到明天还要上学，不能耽误睡，便每次都疾速地跑，所以，他们练出了很好的脚力和爆发力。其实山路黢黑，他们也害怕，但他们忍受不了山村生活的枯寂，更重要的是，那些电影能给他们带来心灵的愉悦和生命的冲动，让他们感到，吃得好坏、穿得好坏其实是无所谓的，最重要的是自己要有心气，要不自卑。崎岖夜路上就两个少年，周遭些微的动静，就放大，一片哗响，惹人惊悚。他们谨记祖训，走夜路时如果身后有声响，你要兀自朝前走，千万别回头。因为你怕，夜鬼也害怕，你不回头，它不知道你有什么身手，它便不敢贸动；你一回头就代表心怯，它就有底气了，就会伸出魔爪。一天，身后有一个声响，窸窸窣窣的，你快它也快，你慢它也慢，你走它也走，你停它也停，持久地跟随，怎么也甩不掉它。哥俩就烦了，管它什么祖训，豁出去了，他们猛地转过头去，就与那个尾随物撞了个对脸。原来是头落单了的羊，跟随人回归羊栏。他俩就乐了，让羊走在前面，他们在后边赶着。他们便觉得，其实这世间并没有鬼，不过是风声、夜里出来活动的走兽和走失了的家畜。从此以后，他们再走夜路，便自由自在，毫无顾忌。村里人便说，这对兄弟胆大，与别的孩子不同，他们不信邪。

他们还与别的孩子不同的是，他们居然会向山里的地产要收入，会变钱。

那时不许搞副业，许多来钱的路子都被堵死了，连猪都卖不上好价钱。

但山口上的供销社收蝎子，而且每斤干蝎能卖到八元之多，这一点，被小哥俩看在眼里、记在心上。一到暑假，他们俩就朝山壁上攀去，掀翻了许多陈年石板，用筷子制成的镊子捉那丑陋的蝎子。因为聪明，他们发现，阳坡的石板底下蝎最多，而阴坡的石板下蝎则寥寥无几。后来就不盲目地翻坡上的每一块石头了，而是单拣照到太阳的石头翻，收获自然就多了起来。

一个暑假，他们竟得了八十多元的蝎钱。这是一笔巨款啊，把山里人都惊呆了。他们用卖蝎子的钱给母亲乔祺燕买了一双电影《春苗》里女主人公喜欢穿的那种襻带布鞋，感动得乔祺燕流了半天眼泪。他们把剩下的钱悉数给了母亲，虽然是自己所挣，但他们不昧，这让乔祺燕和古月都喜在心里。

　　他们还盯上了另一种能带来收益的东西。

　　在榆林水村的悬崖峭壁之上，居停着一种怪异的复齿鼯鼠，村里人称之为"寒号鸟"。它体似松鼠，前后肢间生有宽大多毛的飞膜，孤傲地在山间滑翔，且常在夜深风高时发出凄哀的锐叫，一如啼饥号寒。名贵的是它的粪便，是上好的中药，医生的方笺上写着：五灵脂。都知道五灵脂可以换钱，但它窝藏在陡处，采取之时，有性命之虞。在村里人的记忆里，已有人跌下山谷，落得无完整尸骨，所以，即便是村里的精壮，也大都望而却步。小哥俩就偷偷商议，咱们俩敢不敢冒一下险？他们俩从史天水家里偷出来攀山用的羊毛大绳，就试探去了。居然真掏回来两小袋五灵脂，卖到山口的供销社，得到的收益，比一夏天翻来的蝎子还多。钱拿到手里，他们发愁了——不能径直地给父母，他们会问来由，会惊恐。最后想出办法，就放在土炕的炕席底下，得机会献出。

　　毕竟是冒险，小哥俩也不敢更多地去尝试，但是他们总是惦记着五灵脂，怎么办？他们想出了主意，把寒号鸟从峭岩上捉回来，养在家中的笼子里。一共有五只，他们分养进两个笼子。寒号鸟喜吃柏灵，他们就把柏树枝撅回来，储存在柴棚里，放学回家，再逗弄着喂。起初寒号鸟还很欢实，吃得多也拉得多，他们收敛了很多五灵脂。卖到供销社，连同以前的那部分收益，很名正言顺递给了母亲。后来寒号鸟就不吃不喝，整天缩在笼子里，好像就要死了。他们问古月，这是怎么回事儿。古月说，它们是在悬崖峭壁上飞的东西，你们非得给圈在笼子里，逆了本性，它们怎么活？他们就打开了笼门。笼门一开，它们立刻身起，朝外探探脑袋，感到没有危险，拼命抖动膜翅，飞远了，一边飞一边啼号，啊啊，啊啊啊。

小哥俩开了灵窍，原来这钱不是怎么都能挣的，要尊重本性，要取之有道，既不能坑蒙拐骗，又不能投机取巧。

就这样，两个孩子不像是在榆林水出生的孩子，他们心大、胆大、聪明灵慧，特别有主意，人们都觉得，这俩孩子将来是能成大事的。村里人虽然知道自己的孩子比不了，但也不奇怪、不嫉妒，他们说，人家根儿好，毕竟人家的爹是大干部，娘是大大夫。古月说，屁，这是放养的好处，就一如我要不是出去打游击，在枪林弹雨里摸爬滚打，在斗争与生产中伸胳膊伸腿，哪儿有现在的不悲不喜、乐天安命？放养的好处就是：漫山遍野都长着大道理，他们可以学；春夏秋冬都暗藏着各种生机，他们可以寻。

说完他哈哈大笑，说，这对我来说，就叫作歪打正着、因祸得福。

69

还有歪打正着的事，就是古月本人的处境。

因为县革委会里有何海晏，后来又"三结合"进了工程兵的政委，古月就免受了进一步的冲击，整个运动期间，他平安无事。

"燕赵风"刮过一阵之后，撤走了，本地的造反派"龙骨山"曾几次筹划，要杀到榆林水去，对古月继续批斗。起初都被何海晏阻拦了，他对他们说，古月已经是死老虎了，斗与不斗都没什么关系，你们还是多关心一下阶级斗争新动向吧。这似乎很有道理，他们对古月的气焰暂时熄灭，去到别处。但后来他们纳过闷来，觉得何海晏是别有用心，实际上是在充当古月的保护伞。他们很生气，贴了何海晏的大字报，并决意要进山，在古月这只死老虎身上，再踏上若干只脚，让他永世不得翻身。正在这时，"结合"进革委会当副主任的政委出现了，他先是撕去了关于何海晏的大字报，然后呵斥道，这是不允许的！为什么？那我就很严肃地告诉你们，古月虽然是反革命，但是，他现在正在村里夜以继日地做修复革命遗址的事儿，也就是说，反革命正在做最革命的事儿——这是运动所结出的最伟大的成果，如果你们再不管不顾地去批斗，那就会走向革命的反面，就是在破坏运动的伟大成果。

军代表的身份就让红卫兵敬畏，他那不可辩驳的理由和硬朗的语气及做派，更对他们产生了震慑。"原来是这样。"他们吐吐舌头，尴尬地笑笑，"好，好，那我们的行动就取消了。"

古月得以风平浪静地生活，而徐庆文和吴春山则在运动中按兵不动。徐庆文每天还是住到场院去，看庄稼的长势，守护集体的财产，颇为自得地扪虱、晒太阳。他对运动不感兴趣，对支部一班人说："现在的事情咱看不准，别跟着瞎掺和；我只知道这地不种它不会自己长庄稼，这杂草不锄它一定会疯长，咱还是尽自己的本分吧。"吴春山还是一心一意地种地、植树、养畜，对运动他不做一句评价，而是把自己的心思用行动告诉村里人。每天天刚蒙蒙亮，他就到街上去，背着个粪箕子，埋头捡牲口粪。他从街巷捡起，一直捡到公路上，走得很远很远。他对村里人说，我这个人历来就有个毛病，不甘人后，每天如果我不捡清晨第一泡粪，你们休想捡。所以岗上村在晨光熹微中，总是有一道好风景：吴春山背着粪箕子走在前边，青壮年背着粪箕子尾在后面，等到天光大亮，岗上这地界，从街巷到公路，从门庭到阡陌，清清白白，地上没有一泡牲口粪便。捡来的粪便就堆在村口的一块田里，小山一般赫然。待庄稼要劲的时候，他们把粪便弄碎、过筛，再掺上豆渣子，施到地里去，庄稼欢喜地长。

至于任成水本来就是个送报的、送信的，上边又有指示，叫最高指示传达不过夜，报纸必须快速送达，所以他专心投递，运动的事也不便找他。王砚香倒是有些曲折，帮着农民卖山货，被指斥为助长资本主义尾巴，那就不卖。为老百姓送货上门，这是货真价实地为人民服务，也没有人敢公然反对。只不过他总是能感到在身后有一股股阴风吹拂，说他们搞的是资产阶级的温情主义，甚至还说，他们给群众上门服务是假，逃避运动是真。王砚香只是微微一笑，他心有定力，因为咱头顶上早就戴着一顶为人民服务的红帽子，别的颜色的帽子，也不好再扣上。所以他对伙伴们说："咱只管专心送货，不用捡茬儿，他们如果不嫌累，帽子就让他们在手里拿着吧。"

就这样，京西的劳模在特殊的年代，都没有失去本色，在后来的清查中，他们都没有什么问题，均立于不败之地。这让古月大为自豪，说："我古月发现的典型，哪里会有菜货，都是不怕锤打火炼的真金！"何海晏拦住他，"这话你以后就不要说了，是他们党性强，功劳归功于党的培养"。古月吐吐舌头，"这就是京西人的劣根性，在好事面前，总爱显摆自己，藏不住尾巴，对这一点，白鼎轩也曾提醒过我。"

白鼎轩在运动中得到了吴春山的悉心保护。

造反派来到岗上，要开批斗会。吴春山笑脸相迎，动情相劝。他对他们说，白鼎轩是历史反革命不假，但是他被双开了，被彻底清理出了革命队伍。他现在是个地地道道的农民，靠种地吃饭，没有说话的舞台了。再说，既是农民就归我管，我是谁？是咱京西第一个全国劳模，领袖都接见过我，你们说，我的心是不是比谁都红？你们放心，我一定把他管住，不让他乱说乱动。所以，你们这一次就别斗了，因为你们有强烈的革命激情，这一斗，免不了会失手，真要是把他打残了，他怎么种地？他家里的孩子又多，不种地他们吃什么？没得吃，还得村里想办法，给村集体增加负担。因为我们共产党是最讲人道主义的嘛，哪能不管？

没想到一个农民居然讲得这么入情入理，造反派不禁佩服，说，那就听你的，你毕竟是被领袖接见过的全国先进，值得信任。

吴春山赶紧让人抬出早就预备着的几筐灌青萝卜，笑着说，你们革命小将都辛苦了，这个萝卜只有我们岗上有，既好吃又解渴。

革命小将吃了萝卜，心情大好，满意而归。

白鼎轩在岗上记记工分、记记账目、写写大批判材料，日子过得很滋润，也有时间读书，平静得近乎无聊，就专注于在李兰玉身上释放多余的激情。他们感情很好，又产下二子。本来是想要个女儿，毕竟白鼎轩有书香底蕴，有驱不走的浪漫，想给自己弄个隔辈的小情人儿——京西有谚：女儿是母亲的小棉袄，父亲的小情人儿。但事与愿违，李兰玉只会生儿子。怕再生育，被孩子拖累，李兰玉去县医院做了绝育手术。这之后，她的身体发生了变异，不停地往横了长，成了一个胖大的女人。除了面相上还有一丝妩媚之外，声音也粗糙了，一切都近乎丑。但在白鼎轩眼里，她一直是美的，既善解人意，不抱怨生活，又拾掇一手好饭菜，能让他在绝望中看到希望，是他休养生息的福地。白鼎轩平庸而安命，他感到很幸福。

时间到了1976年，平地雷起，伟人逝去了。

古月从榆林水山顶的高音喇叭里听到沉重的《告全党全军全国各族人民书》，头炸了一下，立刻就陷入一片空白。待醒过神来，他立刻拉过村里的一头骡子，朝山外狂奔。他要到岗上去，因为吴春山见过伟人，他要跟他一起悼念、倾诉、哭泣。蹄声密，声声咽，满河川里都是低回的哀乐。到了吴春山的家，家里已布置了灵堂，村支部的干部和白鼎轩已肃立在那里。见到破门而入的古月，吴春山立刻迎上前去，"古月，你终于来了。"他俩紧紧抱在一起，哭在一起。

九月的天，京西还是热的，但吴春山却穿着受伟人接见时穿的那件破棉袄。他脸上只有泪，没有汗，好像他很冷，身上不停地打摆子。他痛到心里去了。

到了该吃饭的时候，没人去端饭碗，他们饿到夜幕四合，索性撤去碗筷，专心守灵。吴春山让别的人回家去了，独留下古月和白鼎轩，他觉得，这个时候，三个人必须并肩守立，因为他们共同推动、见证了岗上村的历史变迁。

站到夜半，经过百里狂奔的古月，体力实在不能撑持，"我得睡一会儿了。"他说。白鼎轩也跟了一句，"我也想睡会儿。"吴春山幽怨地看了他们一眼，"睡就睡吧，但我横竖不想睡。"

古月囫囵地睡了一会儿，睁开眼，见吴春山还兀立在那里。古月很心疼，欠了欠身子，"老吴，你也睡会儿吧。""不睡。"吴春山恨恨地说。这类似埋怨，让古月不忍心再睡，也翻身下炕。吴春山点点头，"既然不睡了，就跟我去看看马。"

进了后院，见了那马，古月不禁大吃一惊：几年不见，"岗上红"变化太大，一头火红壮伟的骏马，变得太老了，太瘦了，身上的每块骨头都争先恐后地表现棱角；马的毛也极稀泛黄，但很干净。那马起初是极慵懒地卧着，见了老吴和古月，竟嗒地站起来，朝老吴嗅。待马极费力地张开嘴巴，便见到茶锈般乌黑的下膛，它满口的牙已落光了。感觉告诉古月：这马不会活得太久了，尽管有的马能活三十年。

这时，老吴极激动，抚着马的鬃毛，胸口起伏如潮，喘息如风。

古月问老吴："还能吃吗？"

兴奋的光便倏地从老吴眼里消失："吃不动了，水煮的软玉米，每天才只咽下两只，而且，只要我不喂它，它就不吃。"

"它这个样子，是从什么时候开始的？"古月问。

"从去年秋后。"吴春山揉了揉眼角，说，"收秋的时候它还活蹦乱跳地吃嫩玉米，收完秋就突然不吃不喝了，当时我心中就一咯噔，它是不是感应到了什么？这不就应验了，可能就是从那个时候起，领袖他老人家的病就开始重了。"

吴春山的话，神秘又沉重，把古月的心紧紧地揪了一下，他点点头。在京西，人们认为大牲口是灵兽，它能感知天象和人事，所以，对马的预知能力，他是信的。他不禁看了看马的眼睛，看到马的眼里果然洇着两汪泪水。这泪水也被老吴见到了，他冲动地将脸贴到马脸上，上下摩挲，且嘴里念叨着：

"老伙计，你真是，我不喂你你就不吃。你要肯吃一点，多撑几年，等等我。咱村上，就你和我见过老人家。如今老人家去了，你是难受，但不是还有我吗，你得好好陪着我，继承他老人家的遗志，也时常提醒村里人别忘了他老人家的恩情，好好地走社会主义的道路。如果你不在了，我就孤单了，孤单我不怕，怕的是没你的见证，后人不信我上过天安门、见过领袖。"说到这儿，老吴更可劲地与马摩挲，干咳了两声。

"我总是想，我个泥腿子，你个哑巴牲口，怎么偏偏就见到老人家了！这些年，我总是按他老人说的那样拼命干，他老人家也不是知道不知道？"

久久，才见老吴平静下来，抓起一把草料，"吃一点儿吧，伙计，千万要多撑几年！"那马果然就舔他掌心里的料；那低而沉闷的咀嚼声，极似一声声的呜咽。

白鼎轩就掩在门外，看了这一幕，他忍不住想哭。但他急忙闪回身去，极轻极轻地将已推开的半扇门掩好。不是怕惊动老吴，而是他觉得，像这样的一扇门，的的确确是应该轻轻地关上的。

这是一个老人的感情世界中，极神圣的一隅。即便是天地岁月，也是体恤的。在场的古月不仅体恤，而且还沉浸，他叫了一声"老吴"，然后失声痛哭。

70

这之后，就是一个反党集团的被粉碎，就是实践是检验真理的标准的大讨论，就是拨乱反正，就是十一届三中全会，以经济建设为中心，实行改革开放。

古月自然被落实政策，重新回到了工作岗位上。

在全国农村实行土地联产承包责任制的大潮中，出了诸多劳模、积累了丰富的农村工作经验，并经历了运动的洗礼的京西人，有了从实际出发的发展理论，所以，县委、县政府并不搞大拨轰，山区和偏僻落后地区实行大包干，平原产粮区和发展基础比较好的乡村则实行集体经营。这里自然包括岗上和南韩继。

这种勇气，得益于县政府现有的班底。县长何海晏、副县长古月和改任副县长的工程兵政委，一个是思想解放、开明务实的知识分子，两个是部队出身，实干、有魄力。

这期间，杀出了一匹黑马。

京西最大的回民村窦店，既有着深厚的民族团结基础，又地处平原、土地连片，老百姓不愿意把土地分散种植，他们呼唤统一经营。支部书记仇振亮尊重实际，顺应民意，带领群众理直气壮地走上了集体发展的道路。他延聘先农科所的所长张中兴做村里的顾问，实行科学种田。他们改革了耕作制度，从一年一熟变为一年三熟，并引进良种，推行中茬平播，播种、中耕、收割、晾晒、入库，一律进行机械化作业，实现了亩产吨量的高产目标。农场化管理，解放出了大量的农村劳动力，遂发展专业化的养羊、养牛，办肉联厂、服装厂、制药厂、珐琅厂，农牧工副，业业兴旺，集体和个人都富得流油。于是引起高层注意，从主管农业的国务院副总理，到党中央总书记都到窦店来调研，被誉为社会主义现代农业的雏形，被铺天盖地地宣传报道，仇振亮本人也被评为全国劳模。

京西真是一块神奇的土地，每个时期，都劳模辈出，农业先进县的美誉永不褪色。这让古月频生骄傲与自豪，他干劲倍增，不减当年，全县上下每一个村庄，都不时地出现他的身影。

但毕竟韶华不再，由于年龄关系，他被转任县政协的副主席，他的职务由白鼎轩接任。白鼎轩跟他工作了多年，熟悉农村工作，也学到了他的工作经验，接替他是合适的。但他还是忍不住在心里骂了一句："这个小兔崽子，挤兑起师傅来了，真是教会了徒弟，饿死了师傅！"

当组织上找他谈话时，他第一次跟上级拍了桌子，"这叫什么事儿啊！难道师傅还不如学生？"领导一笑，"你的心情我理解，但这是组织原则，你得服从。不过，你也别伤感，京西县马上就要跟隔壁的燕山化工区合并，改成京西区，你的副主席的级别就变成了副局级，你也算是修成正果了。"

"屁，即便是从处级变成局级，对我来说又有什么用？要知道，我是干事的人啊！"

"我们党的干部，哪个不是干事的？你这个老同志，怎么这么没觉悟，真是岂有此理！"

到了还落下个没觉悟的评价，古月很郁闷，他在副主席的座位上坐不住，感到无聊的时候，就到县医院乔祺燕的诊室去，看她接诊。

乔祺燕虽然又坐回了她副院长的位置，但她跟新上任的院长明确表示，要少给她分配行政事务，让她以为患者看病为主。院长很理解她，像她这种专业人士，看重的是自己特长的发挥，毕竟被耽误了十多年，她有只争朝夕的心境，所以给她开了专家门诊。

乔祺燕对古月说："你坐在这里，影响我看病。"

古月拿起暖壶给乔祺燕空了的水杯注上热水，"你尽管看病，我不多说话。"

"你一个堂堂的县领导给我倒水，我真有点儿承受不起。"

"别客气，我是一个闲人，理应给为人民服务的人做点服务。"

"你是心中不平，拿我寻开心。"

"真的不是。"古月摇摇头，"我是从心底羡慕你，你比我强，像你这样的专家，永远没有退到二线的时候，而且是越老越值钱。"

"再值钱也是你的老婆，你有什么想不开的。"

"媳妇，你晚上想吃点儿什么，我给你做。"

晚上一下班，他就到菜市场买了一条鲑鱼，快速回到家里，红烧。落实政策，县里给古月分了一套三居室，他一个人忙活，觉得家里太空旷，烦心。

乔祺燕懂他，比往天回来得早些，吃了他烧的鱼，盛赞烧得好，说，这么好的鱼，得喝两杯。他们推杯换盏，弄得古月心里热了起来。他很欣慰，因为他们的感情越来越深厚，他既能享受到爱情，也能感受到亲情。

一天，古月突然接到了老首长刘秉彦的一个长途电话，说让他明天到石家庄来见他，有要事相商。

放下电话，他不停地猜测，老首长要跟自己说什么呢？刘秉彦现在任着河北省的省长，肯定与部队里的事无关。他反复猜测，不得其解，弄得自己无眠。他捅了捅身边人，让咱们亲热一下吧，不然今晚上是过不去了。

乔祺燕顺从地让他亲热，不过嘴上却说："都什么岁数了，还这么大心火，你呀你。"

第二天天刚蒙蒙亮，他就到了县政府机关，把值班室的司机喊起来，驱车上路，全速行驶。到了石家庄已近中午，刘秉彦直接把他引进食堂，说："很久不见了，我要跟你喝两杯。"

古月哪里有喝酒的心思，急切地说："首长您有什么吩咐，赶紧讲，我都急死了，心里就像十五个桶打水，七上八下的。"

刘秉彦说："不急，先把情谊酒喝透了，再说正事，不然我不落忍。"

古月说："您就别折磨我了，您也知道我的脾气，您要不说什么事儿，酒我是喝不下去的。"

"你还是老样子，心里装不下事儿。"刘秉彦手一摊，"那我就直说了，我想把你调到河北来，帮助我干点事儿。"

古月一惊，说："老首长，您可能不知道，我都已经退居二线了，还能帮您干什么事儿呢，秋风无力了。"

"你古月可是搞农村工作的好手，如果不继续发挥作用，实在是可惜了。"刘秉彦端起酒杯，跟古月碰了一下，示意他喝下。酒杯空了之后，他说："我是想给你一个一线的岗位，请你当我们涿县主管农业的副县长。"

这的确出乎古月的意料，他不禁问道："您怎么有这么奇怪的想法？"

"我是受刺激了，而且是受了很大的刺激！"刘秉彦愤愤地说。

他告诉古月，前几天他下乡转到了一个叫榆树庄的村子，目睹了一个叫他不能承受的情景。

他们一行走到村口的时候，天上打了一个霹雷，他本能地反应到，可能有雷阵雨。而村口正有一块麦子熟老了，如果不抢在雷阵雨之前割下来，雨一淋，粒子就掉在地里了。几个农民听到雷声，拼命跑到地里，抢收。他们手里拿的是镰刀，无论他们怎么拼命，割在手里的也只能是一个一个小小的麦捆。

而对面的一个村子，是京西窦店的夏村，村口也正有一块熟老了的麦地，随着雷声，四台联合收割机开上去了，隆隆的机器声中，扬起了一片烟尘。四台农机一阵猛抢，雷声密集的时候，那块麦地已经收完了。机手跷腿坐在驾驶室里，冲着这边嘿嘿傻笑。

他眼前的麦地里传来一阵急迫的喊声：夏村的爷儿们，咱可都是共产党的天下，你们可不能见死不救啊！

同样是一块麦田，也同样熟老了，那边转眼之间就安全归仓，而这边，却是几个男女老少光着膀子，绝望地挥镰。但是无论怎么拼命，在偌大的一块麦地之前，也只像蚂蚁一般朝前蠕动。

见对面的人有些犹豫，他情不自禁地大喊一声："夏村的父老乡亲们，我是河北省的省长刘秉彦，请你们越界帮忙，都是农民的血汗，不能被大雨糟蹋了。"

话音刚落，四台农机就轰隆隆地开过来了。那块麦地刚刚割完，雨就铺天盖地地下来了。

那户农家主事的人连连说道："恩人啊！恩人！"

那几个农机手看了一眼刘秉彦，不好意思地说："别客气，不过是举手之劳而已。"

两个家庭妇女一头扑在雨水里，放声大哭。她们是喜极而泣。

那个主事的人脸子抽搐了一下，叹了一口气，说："做京郊的农民真是幸福啊，地分了也有人管，不用发愁。"

自己的脸就像被人打了一样，刘秉彦默默地上前跟几个机手握手，然后一言不发地转身就走。走到半路，他的秘书又趱了回来，对机手们说："我们省长说了，你们有机会去石家庄的时候，一定要找他，他请你们喝茅台。"

听完刘秉彦的叙述，古月说："首长，这不过是小事儿一桩，您不必挂怀。"

"什么小事儿一桩？这是大事，说明河北省的农业生产水平，被首都甩得太远了，我们对农民的欠账太多了。"刘秉彦又说道——

由于经常下乡，对农村的发展现状我知道得很清楚。农村到处都一样，虽然现在依然很苦，但老百姓对新政策的拥护是由衷的，对未来富裕生活的憧憬是强烈的。他们不抱怨以前受过的磨难，只是千方百计地算计着眼前的日子。比如希望分的地块好一点儿，国家的承包款收得低一些，交公粮的时候千万别遇见打白条儿，村里的干部别整天吃吃喝喝也能给他们提供点儿方便——比如能给他们进点儿优质良种、低价化肥啥的，他们很现实，不再愿意听大话、套话和空话。有的干部就抱怨说，现在的农民不好领导了，既不关心国家大事，也不关心集体公益，只是盯着自己的那一亩三分地。

然而我说，这些干部还是用过去的政治眼光看群众，有些跟不上形势。过去的政治运动，农民受的伤害最大，是到了该休养生息的时候了。国家大事是政治家和党政官员的事儿，而发展集体公益、建立社会保障机制的谋划与实施也不应该只靠老百姓自己，其主体，应该是各级政府。农民最大的政治，就是把地种好，把农村的经济发展好，走上富裕之路。农民自身的富裕就是对国家的贡献。

所以，我抓农业的一个着眼点，就不仅是粮食增产，也要农民增收，从农业的良性循环来看，后者显得更为重要。我们这里就出现了很多的教训，增产不增收，甚至减收，严重地挫伤了农民种田的积极性，他们没有粮食想粮食，有了粮食恨粮食，因为种地都可以把人种穷了。

所以，在你们京郊有许多需要我们学习的地方，因为你们的地虽然也大多分到农民手里了，但对农民的服务却一天都没有停止过，而且服务的体制越来越完善、服务的领域越来越宽广、服务的力度也越来越大，服务于产前、产中和产后整个过程。乡镇的农技站负责茬口安排和技术指导，种子公司负责调配增产良种，农资公司负责提供优质低价化肥，农机公司（队）负责抢种抢收，农粮员负责公粮指标分配和商品粮收购指导……总之，每个环节都要有镇村两级政府的服务。

这些好经验我们怎么学？一是需要我们自己觉悟，迎头赶上；二是要征得首都农业战线的支持、指导；三是索性把有丰富农村工作经验的北京同志挖过来，带着我们的人干。嘿嘿，说到这第三点，我立刻就想到了你，我的老部下，古月同志。

"古月，希望你能答应我，到我们涿县来，给我当主管农业的副县长。"

古月一时纳不过闷来，没有立刻表态，只是笑。刘秉彦沉不住气了，说："涿县和你们京西房山、良乡、琉璃河、长沟历史上都属于一个行政区划——范阳郡，本来就是一体的，有共同的河流、共同的文脉、共同的道德伦理、共同的乡风习俗、共同的感情记忆和价值取向，分不出你我，现在理应该传帮带，共生共荣，不然就是数典忘祖，有失敦厚。"

这一连串的攻势，让古月有点晕，但他依旧笑而不语。

刘秉彦急了，"在军事上还讲究个相互策应、相互支援，你们房山城就是我给你们打下来的，现在轮到我的涿县农业攻坚战了，你古月必须给我担任主攻，不然我就执行战场纪律了。"

古月马上起身，啪地一个立正，"是，司令员！"

刘秉彦哈哈大笑，"我就说嘛，你古月毕竟是我的兵，哪能不听我的话。"

老首长的意图实现，老部下重回一线，二人心情大好，酒喝得畅快淋漓，他们没醉，陪酒的可都醉得一塌糊涂。

刘秉彦说："古月，你到我这儿不会让你吃亏，虽然当的是副县长，但也会给你保留副局级待遇。"

古月说："什么待遇不待遇的，能跟着您干，我也算是枯木逢春，即便是一枝狗尾巴花，也要往艳里开。"

"你还是那么没正形，唉，乔祺燕她怎么样了，还好吧？"

"好，好得很哩，专家门诊，来客盈门，忙，但忙得受用，所以一直不显老。"

"可惜了，一枝鲜花插在牛粪上了。"

"粪也是好粪，什么插在上边都会没皮没脸地长，不然您也不会伸这么长的手来铲。"

"瞧把你美的，别翘尾巴。"

"想翘也翘不动了，因为总是听您的话，夹着尾巴做人，时间长了，粘连了。"

"我马上就给你办调动手续。"

"从北京调干部，恐怕有点儿难。"

"有什么难的，你别忘了，胡振常现在是你们北京市主管农业的副市长，找他办。"

"他这个人可有点儿像蛋。"

"他跟我可不敢像蛋，你别忘了，他也是我的老部下，我交给他的事儿，他一点儿也不敢打折扣。"

哈哈，哈哈哈，哈哈哈哈——

尾　声

古月和乔祺燕的两个双胞胎儿子，由于是在他们落难之时，坐生于榆林水村，因此就有了本地的农民户口。

恢复高考之后，夫妇俩极力鼓励他们参加高考，好让他们走出大山去，在更广阔的世界里有一番作为。

也许是自由自在惯了，也许是被土性熏染得心野了，他们都放弃了高考，一个声音说道："我们哪儿都不去，就待在这山里，就凭我们哥儿俩的活泛气儿，照样会闯出一番天地。"

山外搞土地承包，山里退耕还林，实行山林承包。但他们山林也不承包，认为林木是拴牲口的桩子，人会被拴死在这里。

农村实行开放搞活，乡镇企业如雨后春笋，铺天盖地地生长。就着行市，国家也放开了矿业资源，允许农民采矿。榆林水村被回埋了的煤层，便被掀开了覆盖，进行理直气壮的开采。村里也实行承包，在竞包时，村里人都觉得底价太高，都打了退堂鼓。只有古立清、古立明哥俩站了出来，眼都不眨一下，把几处矿脉都承包了。

村里人也不眼红，反而说："俗话说，撑死胆大的，烂死出头的，你们早晚有后悔的那一天。"

哥儿俩一笑，说："咱们可说好了，这承包煤矿的事儿，可是你情我愿的公平竞争，跟我们那个当县长的老子可一点儿关系都没有，别到将来你们后悔了，说我们哥儿俩以权谋私。”

“这我们都能证明。”乡亲们为了表示一片仁义，还说道，“我们是看着你俩长大的，所以我们好心提醒你们，这煤窑可不是存钱罐，那是赔钱的窟窿，你们可要慎重点儿。”

他们不慎重，撒开了挖。

这矿工也好找，他们经当副县长的工程兵政委引荐，从川鄂招来了一大批。

没想到，那煤真是好卖，挖出多少卖多少，竟至没有隔夜的存货。

村里人哪里知道，由于开放搞活，乡镇企业大发展，又实行差价政策，钢筋、水泥、煤炭、化工产品等特别热销，以至供不应求。就说煤炭，山西和京西矿务局采下来的煤都脱销，他们都找上门来，让小煤窑打着他们的名号给客户供煤。

他们哥儿俩经营有道，特别注意采矿安全，以国矿的标准加固巷道、排放瓦斯，还招聘了一批专业的安全员，二十四小时不间断地进行隐患排查。别的地区的乡镇煤矿不时发生安全事故，他们的煤矿事故率一直是零。他们给矿工的工资也高，是别处矿工的两倍。他们不仅建了安有空调的职工宿舍，还建了安居房，让远道而来的家属舒舒服服地住进去，一家人团圆在一起。这样一来，矿工春节也不回家，而是坐等家属。别的煤矿一到节假日，就出现用工荒，而他们的煤矿从来都是满员，丝毫不影响生产。由于家属的涌入，他们适时地建了商店、饭店、理发店、洗浴店、诊所和邮政所，有了新型矿区的模样，一片生机盎然。

他们哥儿俩发了。

这时候，村里人眼红了，“这矿脉是村里的，是国家的，凭什么就你们哥儿俩发财，你们得养活我们。”

哥儿俩毫不犹豫地说："养。"

村里人只要愿意到他们矿上来的，他们都给两倍于外地民工的工资。但村里人还不知足，说，我们可不下井挖煤，我们得在地面上干活，给你们管管这店那店的。

"行。"他们虽然笑着应了，但转过身去就板起了面孔，"你们是人，外地民工就不是人？这管理岗位要体现公平，你们和他们一起竞争上岗。"

在他们看来，这人就怕惯，会蹬鼻子上脸，再顾念乡情，也要恩威并重。

他们懂人心，自己过得好，也让别人过得好——他们运煤的车辆，只要路过村庄，只要道路两边有人家，他们都要让车速慢下来。因为车子装煤的车斗都是敞开了的，车子路过，那里的百姓，可以站在路边、蹲在墙上，用铁锨、用扫帚、用树杈，往下扒煤。虽然扒得稀稀拉拉，但天长日久，也能扒到成吨成吨的煤，弄回庭院，成堆地储存下来，就是过冬的用项。所以，沿路的村民，烧煤从来不用买，古家二兄弟用这种特殊的方式给他们供应。

古月得知，很是不以为然，他说，你们这样做，是妇人之仁，会污染道路，污染环境，会破坏生态。你们要遵守国家的有关规定，运煤时要把车体遮苫。

两兄弟说，遮苫它干什么？大路朝天你尽管走，再说，挖煤的人多了，就咱们一两家自律，就能改善环境？

古月说，然而你们是县长的儿子，必须遮苫。

只好照办。

但事情却朝着不利的方向发展——山里人扒不到煤，很是不平，他们在路上扔石头，横木头，放荆棘，设置路障，让你的车子没法走。于是，他们就不再听县长父亲的话，依旧敞开了车斗运煤。他们说，你净了道路，却伤了人心，划不来，我们不能按照你的规则进行成本核算。也只有等时机成熟了，咱再主动投入，涵养环境吧。

古月摇摇头，面对现状，他只能适应，俗话说，干什么事情，不能剃头的挑子——一头热。

古家二兄弟发了大财，不，准确地说，是暴富。因为他们交的承包款呈指数增长，榆林水村也变得很富裕，村里盖的办公楼，比乡政府还阔气，支部书记史天水也坐上了奥迪A6，让乡长嫉妒得眼红。

但古家二兄弟并不治窝，也不治车，还住在倾斜的石板小院，交通工具也不过是普通的桑塔纳。他们不想露出暴发户的样子，觉得行事坐卧要与朴实的山村相和谐。他们还富而思忧，觉得小煤矿再红火，毕竟是掠夺式开采，既污染环境，又浪费资源，还跟国有煤矿争食，一旦国家进行规划调整，早晚有关闭的那一天。这就如寒号鸟虽然拉的是金子一样的粪便，但你一旦捉来私养，就不拉五灵脂了。所以，他们一边开着煤矿，一边琢磨向朝阳产业转型。

他们观察到，北京市正在大力推进新农村建设，而新农村建设表面看起来是硬化、美化、亮化，实际上是城市化。城市化的背后，是农民的市民化，就是要离土、离乡，建新型居民小区，让农民住上楼房。嗨，那咱就搞房地产。咱一个农民能搞房地产吗？怎么不能？开发房地产，首先得有能力垫资，咱手里有的是钱，垫得起呀！

他们还观察到，现在农民富裕了，生活好了，就特别喜欢旅游。他们游山玩水，寻找翻身解放的感觉。就京西南部山区，榆林水上下的三乡五村，土得掉渣的山里人居然喜欢"新马泰"七日游，回来就说人妖，好像昨日的天方夜谭，一下子就变成了今天的家常琐事。而京西是个什么地方？是文物圣地、山水福地。有人之源——周口店北京人遗址，有城之源——琉璃河商周遗址，有都之源——金陵遗址，有佛教文化传播之源——云居寺，有猎场文化之源——镇江营遗址，还有幽燕奥室——上方山，北方山水小桂林——十渡，山地平原——百花山白草畔，佛道两重天——圣莲山，溶洞王国——石花洞、银狐洞、仙栖洞，京西小西藏——蒲洼。更喜人的是，京西是红色旅游的重地，有堂上《没有共产党就没有新中国》词曲诞生地，有瑞云寺兵工厂旧址，有榆林水五区区政府遗址，有十渡平西抗日纪念馆，有老帽山六壮士就义地，有后岭工程兵烈士陵园，海了去了。所以，京西特别适合开发旅游。眼下，这些景区都被政府管着，政府管着是事业而不是产业，必须融入民间资本，走上经营之路，才能激发活力，提升效益。咱们手里有钱啊，得主动融入啊，得注册旅游公司啊。

古家哥儿俩琢磨得热血沸腾，依他俩的脾气和秉性，说干就干，很快就成立了两家公司：龙骨山房地产责任有限公司，百花山旅游开发责任有限公司。

谁担纲房地产公司？古立清说，自然是我。

古立明立刻就笑了，说，据说房地产老板最会忽悠，心肝也最黑，你长得身长面白一派清秀，却干最不文静的买卖，是不是有点不合适？

古立清说，要不你干？

我不干。古立明摇摇头，说，我还是喜欢搞旅游。

古立清也一笑，说，你这个人身矮面黑胖得粗野，却游走在风清月明、山清水秀之间，一如文戏里冒出来个俗物，是不是也有些不合适？

怎么不合适？古立明挺拔了一下矮胖的身子，说，这符合《易经》里的辩证哲学，什么事儿，往往是相反相成，你没看在实际生活里，文静的其实最蛮野，粗糙的其实最温柔，就这么定吧。

公司刚开始运营，北京就制定了新的首都功能定位，京西被划为城市发展新区、现代生态休闲新城。紧接着，国家就强令关闭煤矿，大力推进以生态涵养为核心的北京西南绿色屏障、世界度假休闲目的地的建设。榆林水村的百姓惊叹，古家的两个孩子，从小就鬼精鬼精的，这一回，又精到点子上了。

古立明的旅游公司，就从身边做起，首先利用乃父古月修复的几处遗址，搞红色旅游。婶母柳绵桃也被他动员出户，到堂上《没有共产党就没有新中国》创作旧址进行现场传唱。本来柳绵桃已进入了枯槁之境，但一到了现场，就像神灵附体，往高亢里活。她满头白发，一脸沟壑，唱歌之前，表情凝重，沉默得像个活化石，好像心中有痛，强忍着。待游人趋近，要她表演，一放开歌喉，皱纹立刻就全部舒展开了，清脆流利的歌声奔蹿上天空，把人心整个攫住。唱到高潮处，还要舞几个霸王鞭的动作，佝偻的身子，且直且婀娜，直让人惊。

听说堂上有个特别的旅游项目，就是第一代传唱人现身演唱，游人便纷纷拥来，旅游效益便日益看好。以至于远在天津、任着音协主席的曹火星也闻讯赶来，要见一见他的老嫂子。

他起初在人群中站着，想默默地倾听。但柳绵桃的歌唱让他激动，因为虽然经历了岁月，听过了无数次的歌声，但万千种歌唱，都回到了初始的声音，让他想到了来路，重温了昔日的豪情与光荣。他疾步上前，紧紧地握着柳绵桃的手，在她的耳边低语道："老嫂子，你猜我是谁？"

柳绵桃戛然止了歌唱，泪流满面地说："你，你，曹火星！"

"你怎么知道是我？"

"我虽然眼睛看不见了，但你年轻的声音，我永远听得出。"

"老嫂子，你的声音也还是那么年轻，跟那个时候一模一样。"

两个人紧紧地抱在一起，都哭了。

曹火星在榆林水住了一天，两个老人不吃不喝，昼夜交谈，把昔日的创作与传唱、战火与友谊，所有的过程和细节都历数了一番。古立明都听呆了，心中有大感觉，他感到，自己搞红色旅游是搞对了，因为自己的血液里，早已传下了红色基因，他不搞，谁搞？

曹火星临走时给堂上旧址留下了题词："一首歌曲，一个真理，永远的旋律。"他还捐献了当时的手稿，还说："等我死了，我用过的钢琴，我所有的遗物，都要捐给堂上，供你们建纪念馆时，充实馆藏。"

曹火星的举动，类似一个指令，古立明立刻生出一个念头：待到来日，我一定要申请建一座"《没有共产党就没有新中国》诞生纪念馆"，我可不是一般的商人，我横竖也是红二代哩。

古立清的房地产公司也是发展得顺风顺水。他是先从建民房开始，后到各乡镇政府所在地的小城镇，再到京西的中心城区，最后把业务发展到了河北的保定、衡水、涿州、香河、唐山，天津的宝坻、武清、宁河。在涿州搞房建的时候，古月到了工地，追问他，这是我当差的地界，你能杀进来，是不是借用了我的关系？古立清说，还真犯不上，你想啊，你们涿州，经济发展滞后，你们这里的人太穷，你们当地的建筑公司搞房地产开发，普遍垫不起资，那还不让我乘虚而入？古月说，既然是这样，我得叮嘱你一句，就是因为我在这儿，你必须保证工程质量，也不许拖欠农民工工资，卖房的时候，也不要哄炒房价。古立清说，这你放心，我不能让你的老首长刘秉彦小瞧了你，也不能让当地的老百姓在背后戳你的脊梁骨，我要让你的小小县长当得大大方方、硬硬朗朗、风风光光。古月说，听你的话，你是不是有点儿小瞧你爹了？古立清说，不是小瞧，而是我的一举一动，关系着京西人的人品和咱们古家的名誉，不敢不小心从事。

更让古月想不到的是，古立清还把业务拓展到了北京这样的国际化大城市，居然拿下了中关村的一个高科技园区的商务楼宇和炙手可热的紫荆冠大饭店的工程项目。古月有点坐不住了，质问他，你是不是用了非正常的公关手段，行贿了，送银子了？古立清笑着摇摇头，你甭管。古月一拍桌子，你必须给我说清楚！

古立清说，行贿倒不至于，因为我知道，行贿与受贿一样有罪，只不过，也的确用了点非正常手段。

他告诉古月，申请中关村商务楼宇项目的时候，人家采用的是国际化竞争标准，得硬碰硬。你儿子我从小就胆子大，还怕硬碰硬？倒是紫荆冠大饭店项目，分管的是一个高官，他有暗示，要用潜规则。用咱们京西的话说，母狗不摇尾，公狗怎傍前？我就拿着款子去了他指定的地方。我本来是想痛痛快快地送上的，但那个当官的，还开口规定闭口原则的，弄得自己像天下最正经的人似的。你既然正经就真正经，但随后他却提出了条件、暗示了数目。对这种既当婊子又立牌坊的做派，我十分反感，便说，您说的好处费我会毫厘不差地落实，但这数目出乎意料，我带来的不够支付，请允许我明天再来。第二天去的时候，我告诉他，款子我根本就没带，但工程您必须给我。他震怒，凭什么？我一笑，对不起，昨天咱们谈判的时候，我录音了，如果您反悔，我就去举报。那高官脸色立刻就青了，大喊，来人！立刻就来了几个彪形大汉，把我围住了。那当官的狞笑着说，古立清，你信不信，我现在就灭了你？我说，您大可不必，受贿不是死罪，可以改悔，杀人可就不同了，你会人财两空。再说，你虽然露出了品质之劣，我也不会泄露，因为品质作用于内，作用于你自己，你已经不安，知耻了，我为啥还借助外力？你大可放心，咱相安无事。只是你要特别关注自己，看所作所为，是否能心灵安妥。有时自惩比外惩更让人难以承受。

你他妈个京西侉子，还挺深奥。他说。

我说，无他，我们京西满山遍野都生长着道理，我不过是善于捡而已。

后来，这个高官到底还是把紫荆冠大饭店项目给了我，他说，如果不给你，会让你认为我欺负乡下人，道德和伦理就不占优势了。你看，他可真成，横竖都能给自己找回面子。

古月听罢，久久不说话，最后摇摇头，走了。

古家二兄弟的产业越发展越大，在京西有了左右行市的影响。

但是，古月高兴不起来，每天都忧心忡忡，不时还莫名其妙地嘟囔，不好，不好。

那天，他陪刘秉彦参加中央电视台涿州影视城的落成典礼。典礼完毕，刘秉彦极兴奋，拍着他的肩膀说："古月，你还是当年的那个古月，没给我丢脸，不仅给我提升了对传统农业的服务水平，还开发了现代的生态农业，而且起点还很高，一弄就给我弄出来一个震动全国的影视城。"

不知怎的，老首长肯定的话刚落，他就耳鸣起来，心跳加剧，直发慌。

送走了老首长，他急急忙忙地回到京西，立刻要见他的两个儿子。

三人刚落座，他劈头就说："你们一挖煤，就发煤财，你们一搞房地产，就发房地产的财，你们一做生态旅游，就连红色遗址都供你们发财，凭什么？"

古立清说："这还不是归功于你，小时候我们穿不上鞋，你不仅不给，还说，他们的鞋破了，脚不是还齐全吗？只要有脚在，他们自己就能穿上鞋，是你教育有方。"

"别跟我要贫嘴，说正经的。"古月摆摆手说。

"这还不好说。"古立明代古立清接过话头，说，"我们从小就有经济头脑，翻蝎子挣钱，掏五灵脂挣钱，对发财的道儿敏感。"

好像受了古立明的启发，古立清说："其实也不是我们有多能耐，是时势好。你不是常跟我们说，胡振常他老人家比你聪明，因为他懂得顺应时势，我们不过是反应得快，也顺应了一下。"

"理儿倒是这个理儿，但是我还是不踏实，担心你们一旦走不好，会出事儿。"古月说。

"我们都是合法经营，会出什么事儿？你不要无中生有、杞人忧天。"古立清说。

"什么？我杞人忧天？"古月提高了声音说，"就说你那紫荆冠大饭店项目的事儿，那就很悬，已经到了危险的边缘——你一旦行贿成为事实，既污了我们古家的声名，又毁了我们的领导干部；你那个非正常手段，也让人后怕，如果人家不守住最后的底线，你就被灭了，还沾沾自喜，自以为聪明，屁！"

古立明赶紧出来解围，说："那也只是个例，今后注意就是了。"

"你也别假充圣明。"古月瞪了一眼古立明，说："还有你的红色旅游，那是政治性很强的事儿，用什么样的口径，用什么样的方式，用什么样的内容，也不是你想怎么样就怎么样，得遵守上边的规定，得有相关部门的把关指导，嗽！"

面对咄咄逼人的父亲，哥儿俩面面相觑，不知说什么才好。

久久的沉默之后，古月突然面带喜色，很庄重地说："我有个想法，可以解我的后顾之忧，那就是，你们都给我入党。"

"为什么？"

"儿女大了，父母的话就不好使了，只有你们入了党，有了组织的管束，才可靠，才有效。"

"这是严肃的事儿，你容我们好好考虑考虑。"

"就是，就是。"

"不成，你们必须现在就给我表态。"

哥儿俩愣了，久久无言。古月很着急，不停地在地上走来走去。

两个年轻人被老头子弄得心生怜惜，齐声说："那好，就听你的。"

古月终于听到他们答应，紧悬着的心嗒地落下了。由于落得太急，血压陡升，他晕倒了。

哥儿俩把他扶到座位上，大叫："爸，你醒醒，爸，你醒醒。"

叫了半天，也不见醒，古立清对弟弟说："快叫救护车。"

古月扑哧笑了，抬起头来说："我没事儿，只是激动了点儿，再说，有你们这两盏不让人省油的灯，我得好好活着。"

一稿于北京京西良乡昊天塔下石板宅

图书在版编目 (CIP) 数据

京西之南 / 凸凹著. — 北京：北京十月文艺出版
社，2019.9
ISBN 978-7-5302-1975-1

Ⅰ.①京… Ⅱ.①凸… Ⅲ.①长篇小说—中国—当代
Ⅳ.①I247.5

中国版本图书馆 CIP 数据核字 (2019) 第 137645 号

京西之南
JINGXI ZHINAN
凸凹　著

出　　版　北京出版集团公司
　　　　　北京十月文艺出版社
地　　址　北京北三环中路 6 号
邮　　编　100120
网　　址　www.bph.com.cn
发　　行　新经典发行有限公司
　　　　　电话（010）68423599
经　　销　新华书店
印　　刷　北京盛通印刷股份有限公司
版　　次　2019 年 9 月第 1 版
　　　　　2019 年 9 月第 1 次印刷
开　　本　880 毫米 × 1230 毫米　1/32
印　　张　13.75
字　　数　350 千字
书　　号　ISBN 978-7-5302-1975-1
定　　价　49.80 元
质量监督电话　010-58572393
如有印装质量问题，由本社负责调换。